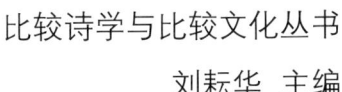

比较诗学与比较文化丛书

刘耘华 主编

日本诗学导论

严　明
[日]山本景子　著
熊　啸

本书受到中央财政支持地方高校发展专项资金项目"上海师范大学·比较文学与世界文学"以及上海高校高峰学科建设计划项目"上海师范大学·中国语言文学"资助

本书为国家社会科学基金重大项目"东亚汉诗史（多卷本）"
（批准号：19ZDA295）中期成果
上海师范大学中国语言文学创新团队成果

"诗学"本义与诗学再诠

——"比较诗学与比较文化丛书"编纂前言

刘耘华

"比较诗学与比较文化丛书"的编纂缘起,始于国家重点学科——上海师范大学"比较文学与世界文学"学科的一次人员调整。2012年5月,本学科的奠基人和开拓者——郑克鲁先生和先师孙景尧先生先后退休,学科的另外一些重要成员,如朱宪生教授、刘文荣教授以及刚刚从北京大学引入不久的孙轶旻博士,也先后或者退休,或者出国,使本学科陷入青黄不接、师资匮乏的局面。本人蒙学校不弃,临危受命担任学科负责人,首要之责自然便是大力引进人才——在学校一路绿灯的特殊关照之下,本学科自2012年5月起,在短短4年时间里先后引入了11名专职教师(他们全部都有名校博士学位,其中,两名是长聘的外籍专家),我自己则离开中外文学文化关系研究室,进入比较文学与中外文论研究室,研究的重心,相应地也由"基督教与中国古代文学文化关系"调整到"比较文学与中西文论比较"——后者被我国比较文学界日益认可和接纳的"学名"就是"中西比较诗学"。

中西比较诗学研究,不可能直接上手就做,而是先得培植根基——经典的阅读则是不二法门。我为研究生开设的"诗学"方面的课程,主要也就是中西诗学原典的导读以及比较文化方法论导论。在古代中国经典导读方面,因我自己长期对先秦两汉的著述颇有兴趣且比较熟悉,故这一课程我选择先秦两汉的重要著作作为导读的对象(我感到,中西比较诗学研究的展开,对于先秦两汉经典的研读乃是必经之途,否则,一方面《文心雕龙》《诗品》之类的古代文论专书之精微旨趣没法得到深切的领悟和体味,另一方面中外文论之间绵延不断的彼此吞吐融摄之原理机制也难以得到深刻的透析);在西方经典导读方面,我却一直窘迫于"教材"的选择:毋庸说,可供选择的"西方美学史"、"西方文论史"中英论著其实相当丰富且精准深入,不过,对于刚刚本科毕业的硕士生来说,"脱离"了经典文本的论述显得较为艰涩,而不少英文的诗学或文论原著选读本,却又往往缺乏"史"的连贯性和脉络性,对学生而言仍然难以产生"清楚明白"的效果。我突然想,为何不能自己编纂一套能够克服上述缺欠的诗学教材呢?即:选择一些诗学原典,同时每篇均给予概要性的精准导读。当时,学科点得到财政部"中央财政支持地方高校专项资金项目·比较文学与世界文学"的资助,经费比较丰沛(这一项目于2015年终止之后,上海高校高峰学科建设计划资助项目"上海师范大学·中国语言文学"给予了跟进支持);同时我又把设想向乐黛云师汇报,乐师对此十分支持并乐见其成,因此我便下了决心编纂这套丛书。

丛书的构成有三块:第一块是诗学原典的选粹和导读。朱立元先生推荐著名学者陆扬教授主持西方古典诗学部分,西方现代诗学部分我则请青年才俊范劲教授帮忙,结果两位都爽快地答应了。东方诗学部分,日本文论方面王向远教授于2012年编译出版了《日本古典文论选译》(四卷本),希望过几年我们还能编选一套原文导读本;印度诗学的编选与导读难度太大(更毋庸说阿拉伯文论了),本丛书只好暂付阙如。第二块是国别诗学的导论性著作,其中,尹锡南教授可谓担纲《印度诗学导论》的不二人选,《日本诗学导论》由我校严明教授和东京大学文学博士山本景子等合作编撰,也是上佳的组合。《中国古典诗学导论》和《中国现代诗学导论》分别由朱志荣教授和赵小琪教授负责,二位是各自领域内最有资质的专家,相信其撰述能够行之久远。第三块是综合比较的研究,主要是《比较诗学导论》和《比较文化方法论》。前者由郭西安副教授负责,后者由我负责。我们希望到时能够交出令学界和自己都比较满意的答卷。

我们从2013年起,连续举办了三次编纂会,对各位专家所提出的选编策略、对象范围、撰写提纲、行文风格,特别是"诗学"的蕴含等问题进行了热烈而富有成效的讨论,有力地推动了项目的进度。《中国比较文学》对此做了跟进报道,而《上海师范大学学报》则开辟专栏来展示本项目的前期研究成果。现在第一批的五种著述将要先行问世,本丛书的选编策略、对象范围、行文风格等问题可在阅读中一眼即知,似毋需再作解释,倒是"诗学"概念的蕴含问题,讨论之时大家就歧论纷纭,难以统一,落实到实际的撰述或编选过程之中,似乎也有彼此扞格不一之处。我感到有必要借此机会对此予以学理上的澄清。

作为**系统性地**讨论"做诗术"的专有名词,"诗学"的概念似首起于亚里士多德。但是,即使在《诗学》之中,"诗"(poiesis)的本义也并非今日之文体意义上的一个文类[①],

---

[①] 按:《诗学》中较为严格意义上的"文类",有史诗(epikos)、悲剧(tragoidia)、喜剧(komoidia)以及"dithurambos"等其他地方性的艺术形式,它们都是"poiesis"的不同产品,而非全然是"poiesis"本身(无论用"行为"还是"结果"来衡量)。

而是指"制作"(to make)或"创造"(to create)的"行为"或"结果",后来,特别是指化"虚(不可见者)"为"实(可见者)"、"无"中生"有"之"制作"的"技能/技巧"(techne)。《会饮篇》205c-d 记录了苏格拉底借第俄提玛(Diotima)之口所说的话:

> 创造(poiesis),可是件复杂的事情。任何事物,只要从非存在进入到存在,它的整个构造原理①就是创造(poiesis)。所有技艺(technais)的产品都是创造物(poiesis),而其制作者(demiourgoi)则都是创造者(poietai)。……可是你知道,人们不是把所有的制作者都叫做"诗人"(poietai),而是以各种其他的名字称呼他们。只有一种制作从制作的整体中被分立出来,即,单单是使用音乐和格律的(技艺)才叫做"创造"(poiesis),拥有这种技能的人才被称为"诗人"。②

这段话很重要,也被后世学人反复征引,因为由此可知,在亚里士多德之前,"poiesis"便已专指"诗"的"制作"或"创造"了,我们相应地可推断,"Peri Poietikes"译成"诗术"或"诗法"是比较准确的。这里有必要指出的是,在苏格拉底甚至更早的时代,"制作"的"技艺"**天然地**与"摹仿"(mimesis)相关,而在柏拉图的笔下,"制作"的"技艺"更是无疑地"具有模仿性的结构"③:造物者(demiourgos)的本义为"工匠"、"手艺人",即,使用某种技艺(techne)来制作(poiein)产品的人,无论何种"工匠",都需要通过"摹仿"。神圣的宇宙制作者(poietes)摹仿宇宙的"Nous"(在《蒂迈欧篇》里是指所有"eidos"的存储者),使"混沌(chaos)"变成"宇宙(cosmos)"④;人世的工匠通过摹仿万有之"eidos/idea"来制作和生产,这些工作都是把"不存在的"或"不可见的"变成"存在的"或"可见的",都是"无中生有"的"创造"⑤。这种通过"techne"(复数 technais)把"某物"(ousiai)带入存在的活动,就是"poiesis"(生产/制作),因此,在"制

---

① 按:原文用的词是"aitia",它的主要意思是"原因、理由、控告"。一些中英译本将其译为"构造的过程",似不准确。

② Plato, *Symposium*: 205c-d. 按:此段引文是笔者根据《牛津古典文本》及《洛布丛书》收录的《会饮篇》希腊原文自行翻译的。

③ 〔美〕萨利斯(John Sallis):《方圆说:论柏拉图〈蒂迈欧〉中的开端》,孔许友译,戴晓光校,上海:华东师范大学出版社,2013 年,第 74 页。

④ 柏拉图认为,这是神圣而智性的(noetic)的"创造",超出了人的"言说"(logos)范围。见:《蒂迈欧》28c。

⑤ 很显然,这种宇宙工匠的"创造",与基督教神学中绝对"无中生有"(Ex nihilo)的上帝创世论有所不同,因为前者用"技艺"制作,乃是化无秩序之混沌为有秩序之宇宙,其性质是从混沌之"有"到秩序之"有",不是绝对的"无"中生"有"。

作的秩序"①中,"poiesis"与"techne"的含义是可以彼此互换的。当然,在柏拉图看来,"techne"也不是在所有的情况下都等同于"poiesis",譬如,实践性的活动(学习、打猎、求知、教育等)虽有"技巧",却无需工匠(demiourgoi)的"制作",也不把新的存在带入"可见"的世界。按照亚里士多德的说法,实践(praxis)是"行"(doing),制作是"造"(making),二者不一样(*Nichomachean Ethics*, VI, iii, 4 - iv. 6②)。

亚里士多德十分重视摹仿与艺术的关系,他断言一切艺术皆源于摹仿。摹仿以及音调感、节奏感的产生,都是出自人的天性和本能,人在摹仿的成果中获得快感③。在亚氏这儿,摹仿似乎成了艺术创造的唯一途径。不过,若深入辨析一下,我们就能够发现,即使在亚氏这里,"摹仿"仍然只是**一种**"制作"(poiesis)的技艺:它没有完全等同于或者彻底覆盖"制作"的全部蕴含。首先,《诗学》的摹仿论只应用于对"行动"摹仿的文类(特别是悲剧、喜剧和史诗),像酒神颂之类的诗歌不在他的论列范围;其次,尽管亚里士多德特别重视悲剧的摹仿,但是这种"摹仿"从未与"悲剧"的文类划上等号(同样,他也未把史诗的摹仿与史诗的文类相等同),可以说他的"诗学",作为以韵律、节奏、言语、情节、性格、思想、场景或叙述等手段来对"一个完整划一,有起始、中段和结尾的行动"④进行创造性或虚构性"摹仿"的技艺(techne),**从逻辑上说**并不单纯地局限于或等同于某些特定的文类,也即,亚氏侧重于以**功能作用**,而非本体论地阐述"摹仿"或文类之"何所谓"(what it is),这样一来便使得"诗学"一词在后来的演变和发展中具有很大的包容性和开放性。可以换一种表述来重申一下笔者的观点:**作为"制作"或"创造"的诗学,它的外延超过了作为"摹仿"的诗学;进一步说,类似于"诗言志"的非摹仿性、非情节性、缺乏起承转合之行动时间的"诗学"(如希腊酒神颂以及后来的浪漫主义诗学、表现主义诗学等),归根结底,也是一种"制作"的技艺**。鉴于此,笔者认为,今天我们以"诗学"来指称"文学理论"、"文艺理论"或者甚至让它承担更特别的功能——譬如海德格尔让它来承纳"存在"的"真理",等等,这些都与"诗学"在古希腊时代的原初本义存有内在的逻辑勾连性,因而都是"合法的"挪用。

---

① 按:与之相对的是"生长或生育的秩序",即无需人工技能的照料、自然生发的秩序。
② 按:此处的英译采用"洛布丛书"(Loeb Classical Library)本。
③ 主要见于亚里士多德《论诗术》(*PeriPoietikes*)的第1—4章(陈中梅译:《诗学》,商务印书馆,1999年,第27—57页)。
④ 这是《诗学》第23章对史诗"行动"的规定,悲剧所摹仿的"行动"则要短一些,所以加了"有一定长度"(要尽量限制在"太阳转一圈"的时间之内)的修饰(第5—6章),两种"行动"都需要合乎"必然"或"可然"的原则,而非像历史一样只是具体事件的如实记录。

陆扬教授《西方古典诗学经典导读》的《选编序言》主张,"西方古典诗学"所覆盖的经典诗学文本,既可以是狭义的诗的理论和批评,也可以是广义的文学理论。后者他以托多罗夫(Tzvetan Todorov)的观点为据,认为亚氏的《诗学》所论述的对象并非后来叫做"文学"的东西,它只是探究怎样使用语言来进行摹仿(即,一种功能机制上的寻索)。窃以为,这一观点刚好与本人的上述见解相一致。范劲教授《西方现代诗学经典导读》的《选编序言》乃长篇宏文,依笔者的浅见,其要旨在于:包括文学理论在内的一切人类的知识,其实与生命一样是一个活的、开放的、整体性的系统。"诗学"以其灵动的模糊性而适于"模拟"这一"系统性",并承担整合与协调系统之内纷繁多样之差异性(特别是内与外、无限与有限、整体与个别、现实与虚构、理性与知性、艺术与政治、文学与其他学科之间的复杂关系)的功能,它是一个富有弹性、可以让"理论"——包括"反理论"的理论、"反诗学"的诗学——既彼此渗透交缠又各自腾挪自如的自由游戏的空间。因此,相比较而言,"诗学"所表象的是世界的"大的理性",而追求明晰分界因而自我拘束的"理论"反而是"小的理性"。"诗学"古老而常新,既与现代德国早期浪漫派心心相印,也与以《易经》为代表的中国诗学殊途同归,因而堪称弥合古今、融通中西、不断建构和创新的**自生性**思维框架,而且毫无疑问,它也同时具有比较诗学方法论的意义。作为本套丛书的发起人和组织者,本人不仅深深欣赏这一理论姿态,而且乐于认同和接受这一立场,因为它一方面颇合于亚里士多德以"创造"的行为来诠释"做诗术"的诗学精神,另一方面也为本丛书的国别诗学论述提供了富有包容性和适切性的言述空间。我们可以放心地说,无论是赵小琪教授从权力关系的视角对现代中国诗学的三脉主流——自由主义诗学、保守主义诗学和马克思主义诗学之互动与变奏关系的深层透视,还是尹锡南教授以范畴、命题、文体为核心对古老印度诗学之流变的严谨辨释,抑或严明教授和山本景子博士从发展阶段性、文体、范畴以及特质入手对日本诗学的清晰诠解,全都是"诗学"场地内的兴之所至的"自由游戏"。这些严谨扎实、蕴含丰厚的国别诗学论著,既是对于国别诗学的事实性陈述,同时也无不隐含了东方(主要是中国)比较诗学研究者的独特视角和"世界"关怀,因而无疑也是具有新的时代精神与学术情怀的"诗学再诠"。我们期待学术界对此展开严肃的批评和讨论。

借此机会,我也谨向诸位专家表示诚挚的敬意和真切的谢意。

2017 年 9 月 28 日
上海师范大学文苑楼

目 录

"诗学"本义与诗学再诠
——"比较诗学与比较文化丛书"编纂前言 …………… 刘耘华 （1）

序言　日本诗学的概念界定 ………………………………………（1）

第一章　日本诗学发展阶段论 ……………………………………（1）
　　第一节　萌芽期（上古—9世纪末平安前期） ………………（1）
　　第二节　发轫期（平安时代10世纪—12世纪） ……………（20）
　　第三节　拓展期（镰仓时代—13世纪至14世纪初） ………（35）
　　第四节　嬗变期（室町时代—14世纪至16世纪） …………（48）
　　第五节　创新期（江户时代前期—17世纪至18世纪前半）………（60）
　　第六节　扩展期（江户时代后期—18世纪后半至19世纪前半）……（71）
　　第七节　重塑期（明治时代—1868年至1912年） …………（84）
　　第八节　成熟期（大正、昭和前期—1912年至1945年） …（95）
　　结　语 ……………………………………………………（103）

第二章　日本文体论 ……………………………………………（105）
　　第一节　和歌 ……………………………………………（105）
　　第二节　连歌 ……………………………………………（114）
　　第三节　俳谐 ……………………………………………（122）
　　第四节　物语 ……………………………………………（128）
　　第五节　新诗体 …………………………………………（148）
　　第六节　新小说 …………………………………………（167）

· 1 ·

第三章　日本诗学范畴论 ……………………………………… (178)

 第一节　"诚"（まこと）……………………………………… (178)

 第二节　"物哀"（もののあはれ）与"清趣"（をかし）…… (187)

 第三节　"幽玄"（ゆうげん）………………………………… (198)

 第四节　"寂"（さび）………………………………………… (206)

 第五节　"好色"（こうしょく）与"劝惩"（かんちょう）…… (215)

 第六节　"丈夫风格"（ますらをぶり）与"弱女风格"（たをやめぶり）…… (231)

第四章　日本诗学特征论 ……………………………………… (239)

 第一节　"间"意识的渗透 ……………………………………… (240)

 第二节　崇"情"的传统 ………………………………………… (245)

 第三节　"私人"化的写作倾向 ………………………………… (252)

 第四节　尚"小"的审美取向 …………………………………… (260)

第五章　日本诗学价值论 ……………………………………… (269)

 第一节　日本诗学价值的基本层面 …………………………… (269)

 第二节　杂糅中的固守本色 …………………………………… (282)

 第三节　日本诗学与歌学之辨 ………………………………… (297)

参考书目 ………………………………………………………… (309)

跋语 ……………………………………………………………… (311)

序言　日本诗学的概念界定

一、东西方诗学之辨

西方"诗学"一词的来源,出自古希腊博学家亚里士多德(前384—前322)的著作《诗学》,其中认为模仿的方式是美和艺术的本质特征,因此文艺的表现方式和技巧是第一位的。对文艺本质的这一阐述,成为西方诗学的认知滥觞,其影响深刻而久远。当今中国学术界所沿用的"诗学"概念,与西方传统诗学概念所指有所不同,其解读可以分为狭义和广义两种,狭义是专指对诗歌的批评理论,广义则泛指整个文学的理论。

广义的诗学理念内涵,来源于西方诗学的一贯传统。与中国的传统诗学相比,西方传统诗学的体系性强、结构完整严密,经典论著如亚里士多德的《诗学》、康德的《判断力批判》、黑格尔的《美学》等,都显示出完整的理论体系以及层层相扣的理论阐述;而中国传统诗学多为对具体作家作品的辨析和批评,缺乏整体的理论结构,论述方式较为简单,内容略显粗疏松散。当然,西方诗学体系中也有许多简短的论述形式,也可见大量的具体评论(commentary),但这些简短的评论篇章一般得不到后人的重视,因而流传不广,影响不大。

实际上,中国传统的诗学概念所指范围也有广狭区别。狭义的"诗"概念,专指周代的诗三百篇。中国的"诗学"最初就是汉朝时对周诗三百篇的专门研究,也就是《诗经》学的简称。中国有《诗经》、《楚辞》这样的诗赋总集,也有乐府、词曲、文章、小说等文体类型,在长期的发展过程中都形成了专学门类,这些都超越了狭义"诗学"的论述范围。而广义的中国诗学概念,就包括了对各类文体的性质、特征、功能、价值、作用、地位、风格、流派等方面内容的论述,甚至还涉及文学的样式(体裁)与艺术门类(如音乐、歌舞、美术等)的关系等。从中西比较的角度看,中国诗学还包括了中国本土特有的论述概念,比如六义、四始、比兴、美刺、言志、缘情、才性、识力、风骨、气韵、意象、境界、兴寄、载道、形神、虚实、复古、通变等术语,正是这些中国特有的论述概念,构架出中国诗学的理论体系。到近现代引进了西方文学作品及诗学理论之后,中国学术界越来越普遍地使用舶来的"诗学"概念,用来指代和概括与文学相关的理论体系,包括了从文学思想、文学理论、文学批评、文学欣赏等各个范畴的论述。

中国古代诗学的文化积淀深厚,与西方诗学相比,中国传统诗学在社会文化背景、范畴体系及思维模式等方面都有明显不同。中国传统诗学重视诗歌的社会功能,也重视诗歌的抒情特征;既有大量的文体形式方面的探讨,也有许多关于诗歌审美效应的论述;既有少数系统的理论阐述,如《沧浪诗话》、《原诗》之类,也有数量更多的随笔与感悟,如《六一诗话》、《苕溪渔隐丛话》等。从诗学的形态上看,专著论述当然是重要的形式,但还有更大量的序跋、书信、选本、评点等形式,这些都成为表现内容极为丰富的中国诗学的内涵。而日本古代诗学的起源,来自对中国诗学的模仿和借鉴。但在融入越来越多的本土因素之后,日本古代诗学的演绎走出了具有特色的发展途径。

二、日本诗学的产生背景

作为东亚邻国,中国诗歌及诗学典籍对日本诗学的产生和发展有着深刻的影响。濒临太平洋东岸的日本列岛有着悠久的文明渊源,现代考古学已证明在10万年乃至20万年以前(即旧石器时代前期),便有先民在日本列岛繁衍生息。从1万年前到前3世纪,是日本的绳纹时代。这一阶段地球变暖,海面上升,日本列岛与亚洲大陆渐行渐远。日本民族是在漫长的历史演变过程中,由来自东南亚的移民和来自东北亚的移民长期混血形成的,最后成为大和民族,而日本语也是由亚洲大陆北方系统语言和南方系统语言混合而成的"混合语"。这种混合性的文明渊源,对日本文化乃至文学的发展都产生了极为深刻的影响。

在弥生时代前期(约前3世纪至1世纪),在日本列岛的北九州和本岛畿内地区出现了许多"原生小国"。《汉书·地理志》记载:"乐浪海中有倭人,分为百余国,以岁时来献见云。"其中所言"百余国"虽非确数,但也反映出这一时期日本列岛氏族小国林立的大致状况。之后有《后汉书·倭传》明确记载"倭奴国":"建武中元二年(57年),倭奴国奉贡朝贺。使人自称大夫,倭国之极南界也,光武赐以印绶。"其中提及的汉光武帝赐给倭奴国王的印章,近世(1784年)在日本北九州福冈县博多湾志贺岛古墓出土。这是一枚长宽约为2.3厘米,厚0.8厘米的金印,蛇形纽,阴文篆书"汉委奴国王"5个字。据日本专家考证,这件出土的印章可以认定是汉代遗物,因而成为中日悠久文化交流的重要物证。

中日文学交流的历史同样源远流长。从保留下来的日本早期文集看,直接受到了来自中国大陆文史哲思潮的深刻影响,从最早的《古事记》和《日本书纪》(720年)即可看出。从奈良时代(710年—794年)到平安时代(794年—1192年),是日本古典文学的萌发期。这四百年期间，日本文学的形式和内容都明显受到中国文学的熏陶影响，可以说是直接模仿的产物，所以占主流地位是汉文学，而中下层流行的则是和文学。从7世纪一直到19世纪，日本文学一直并存着和文学和汉文学，即假名歌谣和汉诗文。前者的代表作《万叶集》《古今和歌集》，后者代表作《怀风藻》《文华秀丽集》，皆为传世佳作。

毋庸置疑，用假名创作的和歌相较汉诗文而言，能够更细腻微妙地表现出日本民族的感情生活世界。但不可否认的是，日本历代汉诗文所表现出来的丰富内容及深厚思想感情，同样是非常精彩和重要的，其对日本社会的稳定和文学的发展都是不可或缺的。直到近代明治维新之前，日本的法律文书、政府公告、商贸协议、史书编撰等方面，都是汉文写作占据了绝对主导地位，汉文在日本漫长的历史阶段中几乎成为唯一的官方文字。这一现象也明显影响到日本诗学观念的不断发展和表述，比如用汉文写成的《文镜秘府论》，其展现出来的清晰思路及较为完整的论述，就明显超过同时代用假名写的诗论《歌经标式》。总体而言，中古时代的日本汉文学涌现出许多高水平的杰作，如室町时代五山诗僧的汉诗，与日本语的连歌都达到当时的最高艺术水平。至近世江户时代乃至近代明治大正年间，和语文学与汉文学创作并行不悖，长期保持繁荣发展，因此可以说，和汉两种文字的文学创作都是日本文学的本土创作，都对日本文学史的长期发展作出了不可或缺的，也是不可估量的贡献。

日本文学在长期的历史进程中，产生了不少具有独特形式和东瀛特色的美学类型。日本文学式样和美学观念的产生和发展，是在不断吸收和杂糅中国及本土因素的过程中，逐步成型和成熟的。值得注意的是，中国文学史表现出来的，更多的是随着不断改朝换代而以一种文学式样遮蔽甚至取代另一种文学式样的更替过程；而日本文学史所呈现的，则是文体样式的不断叠加而不是遮蔽更替。比如日本和歌抒情诗的主要形式，早在8世纪就形成了三十一音缀成的短歌，17世纪产生了十七音的俳句，20世纪以后又诞生了自由体诗型，在一千多年的发展过程中，其脉络延续十分清晰。时至今日，短歌和俳句仍然是日本大众抒情诗的主要形式。古代日本全面接受中国大陆文明，亦步亦趋，645年发生的大化革新对日本社会影响深远。近代日本又全面接受西洋文化洗礼，明治维新效果显著。日本国千百年来能够不被外来文明洪流所吞没，而是能够借风使力、乘流而上，在学习外来先进文明的过程中建立起日本独自的文化传统，因而堪称东亚各国中最善于学习外来文明的民族。

江户时代出现的近世日本文化新发展，其表现出的显著特质之一，就是呈现出了崇高的精神气质以及崇尚本土美学趣味的倾向。而在这样的社会文化背景中,构建出了日本诗学理念体系,这一本土理念体系显示出了两个方面的特色。其一是越来越明确地推崇"大和魂",在这一本土价值的选择趋向中,江户国学家逐渐建构出武士道、奉公之心、秩序、名誉、勇气、洒脱、恻隐之心等核心理念。其二是崇尚生活美学,彰扬脚踏实地、活在当下的生活态度,注重日常生活中的细节审美。自古以来的日本文学创作,亲近自然界,对风花雪月感受性强,注重与自然万物的体贴共生。这一审美趋势到了江户时代得到了加强,促进了文学创作的本土性凸显,其他如茶道、花道、剑道的发展也大致如此。江户文艺的代表形式,最初皆源于中国大陆,在引进和运用的过程中逐渐演化成富有江户风味的细腻文化传统,这一过程透露出了日本文化改造和创新的强大力量。

三、日本诗学概念的确立

日本长期受到中国文化的滋养,汉字汉籍汉学最早是通过朝鲜半岛传到日本的,中国文化的诸多内容长期以来早已渗透了东瀛列岛。然而在日本文学史上,"诗学"实际上是一个有点令人困惑的词语概念。因为在古代日本,"诗学"专指研究"汉诗"的学问,而把对日本和歌的论述称为"歌学"。近代之前的日语中,"诗"一直专指中文古诗,也包括日本人写的汉诗,但是从来不包括和歌。因此诗与歌,在古代日本指的是两样不同的事物,不能连在一起使用,更不能混为一谈。在吸收西方文化后的近世日语中,"诗学"作为"poetics"的日译词,才得到了广泛使用。到了当代日本学术界,早已顺应西方学界的惯例,接受了将"诗学"作为文艺理论总和的概念,并有了较为权威的统一定义。

先看日本的辞典对诗学的定义:

《国语辞典》[①]:

> 詩学:詩の原理や作詩法などについて研究する学問。
> (译文)诗学:研究诗的原理或诗歌创作法的学问。

《新明解国语辞典》[②]:

[①] 《国语辞典》,日本:旺文社,1980年版,第463页。
[②] 《新明解国语辞典》,日本:三省堂,1989年版,第513页。

詩学：① 詩を研究する学問。② 詩の作り方。

（译文）诗学：① 研究诗的学问。② 诗的创作方法。

《百科事典 My Pedia》①：

詩学：広義の〈詩〉に関する理論的考察の称。英語 poetics（ポエティクス）などはすべてギリシア語に由来し、アリストテレスの《詩学》（原題ポイエティケについて）が源泉。

（译文）关于广义的诗的理论性考察的名称。英语的 poetics 等都源于希腊语，其源泉是亚里斯多德的《诗学》。

《世界大百科事典》②：

詩学：〈詩〉あるいは〈詩〉の創作にかかわる研究・分析・論考をさす言葉。ただしここでいうところの〈詩〉とは、狭い意味でのいわゆる詩ばかりではなく（このような比較的狭い範囲のものを扱う場合には、〈詩法〉、〈詩論〉の用語もしばしば用いられる）、文学一般、さらにロシア・フォルマリスムの登場以後の現代においては、全く違う視座から、芸術全般、文化全般をも含むものとなっている。そのような意味での今日における詩学とは、文化の、あるいは文化の創生にかかわる構造、あるいは〈内在的論理〉とでもいうべきものの解明の学になっているといってもよかろう。

（译文）诗学：指关于诗或诗创作的研究、分析、论述的词语。不过这里所说的诗，不仅指狭义的所谓诗（如果指狭义的诗，也经常用"诗法"、"诗论"等词），还包括文学总体。又，俄罗斯形式主义出现后的现代诗学，从完全不同的观点出发，认为诗学一词是包含着艺术文化总体概念的。从这个意义上可以说，现在的诗学是解释文化、文化创造构造及"内在理论"的学问。

---

① 《百科事典 My Pedia》网络版（https://kotobank.jp）。
② 《世界大百科事典》，日本：平凡社。

再看在日本出版的冠以"诗学"题名的著作，除了像建筑诗学、音乐诗学之类称谓以外，文学理论方面冠以"诗学"的论著所阐述的大多是西方文学的诗歌理论。1947年在日本设立的"诗学社"，是专门出版现代诗集、诗歌论的出版社，其出版的《诗学》一直是引导现代日本诗坛的杂志之一（诗学社直至2007年才停业）。这一现象也反映出，日本出版业界至今仍然普遍认为"诗学"只指关于诗歌方面的学问。查阅在日本近年题目中有"诗学"一词的博士论文，这一概念有的是作为诗歌理论而用，有的作为诗歌创作方式而用，还包括运用语言的规则、原理等。值得注意的是，大多数是在论述西方著作理论时使用"诗学"概念，如"××的诗学"。也有极少数论述具体的日本文学作品里的"诗学"，但是没有以日本文学总体作为诗学研究对象的论述。

可以看出，与大量出版题目为"中国诗学……"的中国学术界和出版界相比，尽管日本吸收西方概念的时间较早，但是将诗学的概念套在自己固有文学上的意识，远不及当今中国那样明确而彻底，日本学界在"诗学"概念的运用上显得相对保守。究其原因，其一在古代日本，诗就是指汉诗，不包括日本固有的歌。日本一直有"诗学"和"歌学"的区分，没有用"诗学"来概括两种不同文体的指称习惯。其二，日本人也没有综合性论述文学理论的传统，古来只有对具体文体（比如和歌、连歌、俳谐等）的分论。因此传统日语中，没有一个合适的概念词可以统括各种文体和文学总论。以"诗学"一词来统称日本文学理论研究，与"诗学"在日本的习惯性用法及概念指称，日本读者很容易产生理解上的混乱和冲突。

经过一百多年来的西学洗礼，用诗学一词来指称一般文艺理论的观念，在现代的日本已经基本上被接受。尽管如此，如果把诗学这个概念用在日本固有的文学理论上，特别是用在古代日本文献上，就必须先做充分的解释和清晰的定义，以免套用西方概念词语而产生理解歧义及概念混乱。

西方亚里士多德诗学的发生基于评论戏剧活动，日本诗学的起点在于评论汉诗创作，后来也扩大到评论和歌。了解日本诗学的起源与特征，须从最早出现的用日语写的和歌论开始，也即须先明了《古今和歌集序》的时代文化背景。日本诗学是在引进汉诗的基础上萌生的，长期受到中国文学和文化的影响。这篇序文首先指出日本诗学的特殊性在于：第一，日本没有固有的文字，日本人起初以汉字作为表音文字记录自己民族的诗歌。第二，其他国家叫作"诗"的，在日本却称为"歌"。日本近代之前"诗"这个词一直专指汉诗，可见诗和歌的并行不悖，与日本诗学起源有着密切的关系。

8世纪初，奈良朝皇室组织编写了日本史上最初的书籍《古事记》和《日本书纪》。

不过在编撰过程中,到底用汉语还是日语来书写,编者曾为此伤过脑筋。在《古事记》的序里,编撰者太安万侣这样描述其用意:

> 上古之时,言意并朴,敷文构句,于字即难,已因训述者,词不逮心。全以音连者,事趣更长。是以今或一句之中,交用音训,或一事之内,全以训录。即辞理叵见,以注明,意况易解更非注。亦于姓日下,谓玖沙诃,于名带字,谓多罗斯,如此之类,随本不改。

意思是说,如果都用中文来书写(训述),汉字文辞和原来的日语意思不会完全一致,这样就很难表达出其本意;但如果都按照本音来表达(即记录日语的发音),则会显得冗长且语意不明。最后决定采用中日文混杂的写法。但在记录日本歌谣的部分,《古事记》和《日本书纪》都把汉字作为表音文字使用,即用汉字记录日语的发音。

8世纪后期至9世纪初,日本最早的和歌集《万叶集》问世,收集从4世纪至8世纪的日本歌谣,时间跨度达四百多年。《万叶集》里用的文字后来被称为万叶假名,也是把汉字当作表音文字使用。表示一个日语的音,可以用不同的汉字。比如,表示 Shi 的发音,用了"之"、"志"、"斯"、"寺"、"思"、"四"、"事"、"式"等汉字。有趣的是,《万叶集》的日本歌谣,并不是全用汉字来记录表音,也包括了汉字表意,犹如《古事记》的叙述部分一样,中日文混杂的和歌较多。往往一首和歌,一部分用汉字表意,另一部分以汉字表音,如:

笼毛与　美笼母乳　布久思毛与　美夫君志持　此岳尔　菜采须儿　家吉闲名告纱根

Komoyo / mikomochi / fukushimoyo / mibukushimochi / konookani / natsumasuko / iekikana / nanorasane

籠もよ / み籠持ち / ふくしもよ / みぶくし持ち / この丘に / 菜摘ます児 / 家聞かな / 名告さね

(译文)持有美丽的笼子和刮刀,在此丘摘菜的女儿,请问家在哪里,请问你的名字。

划线的汉字(笼、持、此岳、菜、采、儿、家、名告),是用原来的汉字字义,其他汉字就是万叶假名,也就是用来标注日语发音的汉字。

由于在同一首日本诗作中,汉字的表音与表意的混杂使用并无固定的规律,使得《万叶集》中的有些歌作至今含义不明。这其中最主要的原因,是有些汉字的使用,难以判断到底是表示日语的发音,还是表示汉字的原意。由于时代久远,当时许多日语的发音,后人已经难以知晓,所以也难以判断所用汉字到底是用于表音,还是表意。

还应该看到的是,日本和歌的发展长期受到中国诗词的影响,虽然唱起来完全是日语歌,但要是写成文字形式,还是会模仿较为高贵也较为正式的汉诗形式。到《万叶集》的时代,和歌形式已经基本定型。日本和歌不押韵,只有音节限制,绝大多数句式是由五个音节和七个音节的句子组合起来。关于和歌的五音节及七音节的来源,一说是符合日语原有的节奏而自然定下来的;另一说法认为是受到了中国的五言、七言体诗的影响。

8世纪末(794),日本首都迁都到平安京(现在的京都),从此进入了平安时代。日本朝廷积极吸收先进的中国文化,学习和使用汉文成为当时及后来日本官僚武士乃至文人学者的必修课。朝廷所有正式文件都用汉文书写,同时汉诗文也非常流行。在朝廷举办的各种文化聚会中,汉诗文长期占据着正统地位。9世纪,日本皇室陆续编撰了三部钦定汉诗集,即814年的《凌云诗集》、818年的《文华秀丽集》、827年的《经国集》。从唐朝留学归来的和尚空海,撰写了《文镜秘府论》,收录中国南北朝直至中唐诸多诗歌作法、诗歌理论著作、作诗作文的规则等。平安时代中的日本诗人轻视本土的和歌,崇拜中国诗歌,积极引进,刻苦模仿,大量写作汉诗。平安时代的汉诗文巩固了其作为"公"势力的地位,而日本固有的和歌,虽然在百姓生活中一直存在,但没有受到官方的重视,只好作为"私"的内容以及"民族风俗"的方式默默地存在。

日本和歌发展的转折点,还是与中国的变化相关。894年,随着唐朝的衰退,日本取消了遣唐使制度。日本皇室贵族开始意识到还是需要发展自己本土固有的文化,包括倡导本土的和歌。905年,奉醍醐天皇之令,第一部敕撰和歌集《古今和歌集》问世。"古今"的意思,是指该书收集了从《万叶集》以前的古代到当代的歌,"和歌"这个名称也从此开始正式使用。之前的《万叶集》里也出现过"和歌"一词,但把"和"作为"唱和"动词用,而不是"日本"的意思。将日本固有的歌叫作"和歌",这是针对"汉诗"的概念做了区隔。其意图是把和歌提升到与汉诗一样受尊重的"公"家之物的地位。因此,提出和歌的概念是有倡导本土性的含义的。

《古今和歌集》有两个序言:一个是用汉语写的真名序,另一个是用日语平假名写的假名序。这两篇序言,是日本最早出现的和歌论。特别是其中的假名序,是日本人第一次用自己的语言文字讲述日本固有文学(和歌)的诗学论。上述空海的《文镜秘府论》是针对中国汉诗文写法的归纳论述,8世纪后期(772年)藤原滨成编的《歌经标式》,虽然是日本第一本针对和歌体式和理论方面的论述,但一来是用汉语写作,二来是套用了中国的诗论,用汉诗的声韵理论解释和歌体式,难免牵强附会。另外,藤原滨成生活的时代(724—790)是汉诗文特别流行的时代,虽然他有意提升和歌理论,但他的和歌意识当时并未成系统,没有后来《古今和歌集》的编撰者那么明确。

敕撰和歌集《古今和歌集》(905)的出现,是日本皇室开始重视本土诗歌的开始。编者在序言里讲述了和歌的起源及和歌的精神,这些都是为了让和歌在日本文化殿堂内获得一个堂皇的正式位置。这部和歌集,最初起名为《续万叶集》,但最终改名为《古今和歌集》,由此可看出当时编者对"和歌"这一本土概念极为重视。《古今和歌集》问世后的五百年间,日本又继续编撰钦定和歌集,历朝积累下来共有二十一部。这二十一部和歌集的名称,都叫作"××和歌集"。对日本诗人和学者来说,越来越认为和歌是最重要的本土文学表现,并且开始有意识地以吟诵和歌来与本土汉诗作区隔,有时候甚至相互竞争。

看《古今和歌集》的序言,可知编者意在宣扬和歌是日本固有文化传统的观点,并试图建立和歌理论,但这样的立意及描述语言,还是借用了中国诗论的表述方式。如:

> 动天地,感鬼神,化人伦,和夫妇,莫宜于和歌。①

这段话显然是模仿了《诗经》大序的"动天地,感鬼神,莫近于诗"。

又如:

> 和歌有六义,一曰风,二曰赋,三曰比,四曰兴,五曰雅,六曰颂。②

也是完全模仿了汉儒的《诗经》六义之说。这样的论述是可以理解的,因为当时的日本刚开始意识到和歌的重要性,本土化的文学理论远未成型,只能借用中国诗学概念和语

---

① 《古今和歌集》,日本:岩波文库,2012年版,第261页。
② 同上,第262页。

言进行表述。但值得注意的是,这时候日本的编撰者已经不用"诗"来表示自己固有的诗歌,而是始终用"歌"字来指代日本语诗歌,并且在"歌"前面还加了一个"和"字,用来彰显日本的本土身份,并与外来的汉诗形式作了清晰的区分。

在19世纪后半叶大量接触西方文学之前,日本诗人除了持续写作汉诗之外,还越来越多地创作和歌,和歌的形式也多有发展变化,名篇层出不穷,佳作丰富多彩。至今日本流行不衰的俳句,也是从江户时代短歌、俳谐的形式变化中产生出来的。从比较文学研究的角度看,审视日本古代诗学,须探讨日本吸收中国诗歌的形式内容和日本和歌创作之间的互相影响关系,更须探索其共同发展的融合过程。日本和歌创作,除了大量的歌集、歌论以外,在历代日本文学代表性的作品中也一直存在,并对日本各体文学的发展起到了重要作用。日本各个时代的主要文学概念,也都会出现在当时的和歌创作及论述中。所以可以认为,通过研究以和歌为中心的日本古代诗学,最能直接进入和体现日本文学和诗学传统的精髓。

第一章 日本诗学发展阶段论

第一节 萌芽期(上古—9世纪末平安前期)

从上古到平安时代前期是日本诗学的萌芽期,也是全面吸收、借用和模仿中国的历史阶段。894年废止遣唐使,可以作为这一历史阶段结束的标记,因为此事意味着日本停止了全面模仿中国,开始显露出试图创造日本独有文化的决心。

从东亚历史角度看,这一历史阶段是日本从隶属于中国体制,逐步转向独立的过程。面对强大繁荣的中国,日本逐渐从朝贡关系转到力图建立对等关系;针对日本国内而言,又是推进中央集权化,形成律令国家的过程。日本在很长的历史阶段中都没有自己的文字,因此关于最早时期的中日交流情况,只能根据中国史书上的记载来了解。中国史书中最初出现对日本(当时叫"倭国")的记载,是在《汉书》地理志中,日本人(当时叫"倭人")定期向乐浪郡派使者。[①] 此后,《后汉书》、《魏志》、《宋书》等正史中均有倭人遣使朝贡并接受册封的记载。[②] 此阶段的日本与中国以册封形式确立上下宗属关系,承认中国是世界中心,日本从属于中国的天下,得到中国的认可才能对日本国内显示其权威性。但从5世纪末直至隋朝建立前的百年间,由于中国进入五代十国分裂阶段,内战不息,中日外交关系处于断绝状态。

6世纪末隋朝初年,日本处于动乱,直到厩户王(Umayato Oh,574—622,又名圣德太子)积极推进统一朝政的形成。在厩户王积极外交政策指导下,日本于隋开皇二十年(600年)首次向隋朝派出了使节。大业三年(607年),又派出使节并向隋炀帝递呈国书。至此时,日本对中国的态度出现了与之前完全不同的转变,力图获得与隋朝对等的关系。据《隋书·倭国传》记载,日本国书开篇写道:"日出处天子致书于日没处天子",口气极为强硬。隋炀帝自然是"览之不悦"。尽管如此,次年炀帝还是遣使回访,

---

[①] 《汉书·地理志》:"乐浪海中有倭人,分为百余国,以岁时来献见云。"

[②] 《后汉书·东夷传》载,建武中元二年(57年),"倭奴国奉贡朝贺",光武帝赐给印绶。安帝永初元年(107年)也有倭国朝贡一事。《三国志·魏书·倭人传》记载,景初二年(注:应是景初三年,239年)邪马台国女王卑弥呼朝贡于魏国,受赐了亲魏倭王的称号和铜镜等。《宋书·倭国传》记载倭国五王遣使朝贡于南朝并接受册封的事。

并与日本恢复了外交关系。

唐王朝兴起后,日本愈加热心西往,多次派出遣唐使,积极学习唐朝的政治、制度、思想、文化等。① 厩户王死去后,为争夺朝政主导权,日本发生了几次动乱,其中672年的壬申之乱,对此后日本国家体制的形成有着重大的影响。② 壬申之乱的胜利者天武天皇,极力推进中央集权国家的形成。作为律令国家的统治者,天皇意识到需要向国内外证明自己皇权统治的正统性和权威性。因此日本朝廷开始推进编撰史书,目的就是要展示日本的历史渊源由来以及天皇的统治依据。

从8世纪到9世纪,日本虽然摆脱了隶属中国的身份,但仍然以中国作为模仿榜样,试图创建一个与中国同样强大繁荣的国家。701年,日本制定了《大宝律令》,全面参照了唐朝的《永徽律》。③ 710年建造的平城京,794年建造的平安京,其形制、布局都模仿中国皇城长安、洛阳,只不过格局小了不少。

894年,随着唐朝的衰退,日本决定废止遣唐使,这时也正好到了日本民族意识高涨,朝廷的关注点转到国内的时刻。到此时为止,日本在全面学习借鉴中国各方面思想体制上取得了巨大的进步,日本第一部史书、第一部和歌集、第一部汉诗集、第一篇歌论文章等,都是以中国经典作为效学模仿的对象。

日本曾经长时期没有自己的文字。置身于中国主导的天下体系,日本的东亚交往必须使用汉字。到了5世纪,日本模仿中国政治体制,在形成律令国家的过程中,把积极吸收当时最先进的中国文化作为最重要的朝政举措,并推广"文章经国"的文艺观念。学习和使用汉文成为当时及后来日本贵族官僚、文人学者的人生必修课,在各级官学机构中也设了明经道(儒教)、纪传道(中国的历史、文学)等基础科目,日本朝廷里的所有正式文件都用汉文书写。同时,汉诗文创作在日本也非常流行,在朝廷举办的各种文化聚会中,汉诗文取得了正统地位。朝廷非常重视汉诗文的态度,促使汉诗文巩固了作为"公"的正统崇高地位:日本现存最古的汉诗集《怀风藻》的成书时间,早于日本现

---

① 日本还通过朝鲜半岛吸收中国文化。663年,日本为帮助百济复国,向朝鲜半岛派出军队,与唐、新罗联军在白村江交战(即白村江战役)。结果日军大败,百济灭亡。此时百济的遗臣、遗民大量亡命到日本,也是一个传入中国文化的主要渠道。

② 壬申之乱是天智天皇的儿子大友皇子和天智天皇的弟弟大海人皇子之间的政权之争。最后大海人皇子打败大友皇子,即位为天武天皇。

③ 《永徽律疏》是唐代法律的代表,制订于唐高宗永徽年间。《永徽律》共十二篇,是唐太宗《贞观律》的翻版,也对汉朝以来的立法经验进行了总结,在律疏中大量引用儒家经典理论,因而也是一部儒家化的法典。

存最古的歌集《万叶集》。① 9世纪陆续奉旨编撰的三本诗文集,均是汉诗集,其中包括了日本人创作的汉诗文。

日本于8世纪初开始编撰史书。为记录古代歌谣,编撰者使用汉字作为表音文字,即借用汉字的音来记录日语②。此时段的表音式的汉字使用方式尚未统一,但有了文字表现形式,日本文学就从口传进入了文字记录的阶段,这是非常重要的一步。日本固有的和歌,从此可以借用汉字的音记录下来,并得以流传下去。不过在日本朝廷,仍然只有汉诗被认为是具有"公"的崇高地位,而和歌只能处在"私"的次要地位。因为汉诗被认为具有公的属性,男人可以作汉诗,在朝廷等公的场合也可以讨论发表汉诗。日本汉诗从一开始就是一种地位尊贵、高等级仪礼性质的表达方式,具有公家的和外来先进的属性。相对而言,和歌就只有私家的秉性,也就是地位较低,摆不上朝廷公家的台面,至于男女私下喜爱欣赏则无碍,所以是一种在私人场合中使用的感情表达方式。

佛教于6世纪经朝鲜半岛传入,很快就成为日本流行最广、影响最大的几乎全民族都遵从的宗教。日本历代统治者大都信奉佛教"镇护国家"的作用,积极推广佛教。7世纪制定的《十七条宪法》,其中就包括了尊崇佛教的方针。在朝廷的倡导下,日本各地大量修建佛教寺院。从中国、朝鲜半岛渡海而来的僧侣、日本留学僧等,先后带来了佛教的宗派典籍,也在日本列岛各处创建了许多佛禅寺院。这一历史阶段中,日本人对佛教的期待主要是在现世能够获得利益的效果③。受到唐代的《冥报记》、《金刚般若经集验记》等典籍的影响,8世纪初成书的《日本灵异记》就记录了许多有关观世音应验、善恶报应的故事。故事的主人公也上自皇族、贵族,下至庶民,说明此时期的日本佛教典籍已广泛流传到了社会下层民众之中。

一、歌谣的记录

每个民族的文学发展都经历了早先的口传时代。为了流传、保存、保留本族的文学作品,日本先民用歌谣口耳相传的方式传承,后来逐渐发明出自己的文字。日本实行文字化的过程,乃至日本文化、文学的发展都离不开国家体制的掌控。日本的文字化过

---

① 《怀风藻》成书于751年。《万叶集》的成书时间不详,但所收录的歌之中最晚的是759年之作。
② 根据现存的考古资料,5世纪已经存在用汉字的音表示日本人的名字、地名的方式(如稻荷山古墓出土的铁剑铭)。
③ 9世纪初,随遣唐使赴唐的留学僧侣最澄(Saichoh,767—822)和空海(Kuhkai,774—835)回国后分别创建了日本的天台宗和真言宗,也强调现世报应。

程，与朝廷的修史需求有着直接的关系。

如上所述，日本皇室在建立律令国家的过程中，意识到了向内外宣扬其正统性和权威性的需要。为了展示其正统的渊源和发展历史，早在 8 世纪初，天皇就组织文臣编撰了《古事记》和《日本书纪》，使其成为日本现存最古的典籍。据《古事记》序言，经历了壬申之乱之后，以保留"真实"的日本历史为目的，天武天皇（673—686 在位）命令舍人稗田阿礼（Hiedano Are,654—？）诵习帝纪和本辞①。但撰录工作完成之前，天武天皇去世。711 年，元明天皇（707—715 在位）诏令太安万侣（Ohno Yasumaro,？—723）"撰录稗田阿礼所诵之敕语旧辞以献上"。712 年，太安万侣献上了《古事记》。714 年，元明天皇再次诏令编撰国史。720 年，日本第一部正史《日本书纪》问世，至此，长期以来一直靠口耳相传的日本历史，首次呈现为有文字记载的信史。②

《古事记》和《日本书纪》的性质有所不同，《古事记》是针对国内读者而编的，为此编者采用了中日文混杂的写法（当时只有汉字，因此用汉字的读音，来表示日语的发音，即将汉字作为表音文字而使用）。《日本书纪》则全然模仿中国史书，采用编年体，显然它是更为正式的官方史录，同时也是为了对外显示日本的文明水平，所以基本上采用了中文表述。有趣的是，记录日本固有的歌谣部分，两本书均采用汉字作为表音标示。

先看一下《古事记》：

> 此八千矛神，将婚高志国之沼河比卖，幸行之时，到其沼河比卖之家，歌曰：
> 夜知富许能 迦微能美许登波 夜斯麻久尔 都麻麻岐迦泥弖 登富登富斯 故志能久迩迩 佐加志卖远 阿理登岐加志弖 久波志卖远 阿理登伎许志弖 佐用婆比尔 阿理多多斯 用婆比迩 阿理加用婆势……③

---

① 《古事记》序：于是天皇诏之："朕闻，诸家之所赍《帝纪》及《本辞》，既违正实，多加虚伪。当今之时，不改其失，未经几年，其旨欲灭。斯乃邦家之经纬，王化之鸿基焉。故惟撰录《帝纪》，讨核《旧辞》，削伪定实，欲流后叶。"……即敕语阿礼，令诵习《帝皇日继》及《先代旧辞》。（《古事记》，《新编日本古典文学全集 1》，日本：小学馆，1997 年版，第 20 页。）

② 此外，713 年也有诏令，要求各地编撰《风土记》（地方志）："畿内七道诸国郡乡名，着好字，其郡内所生银铜、彩色、草木、禽兽、鱼虫等物，具录色目，及土地沃瘠、山川原野名号所由。又古老相传旧闻异事，载于史籍言上。"（《续日本纪》"和铜六年五月甲子"条）

③ 《古事记》，第 84 页。

上文第一行,虽然"沼河比卖"(人名)是按照发音写的,但是总体的文章结构符合汉语行文语法。第二行"歌曰"以后则不同,如果仅从汉字字意来解读,完全不能理解其内容。因为这里只是将汉字作为日语的表音文字来使用。今以日语罗马字表示其发音如下(斜体是现代日语的写法):

夜知富许能 迦微能美许登波 夜斯麻久尔 都麻麻岐迦泥弖 登富登富斯 故志能久迩迩

Yachihokono / kaminomikotowa / yashimakuni / tsumamakikanete / tohotohoshi / koshinokunini /

八千矛の／神の命は／八島国／妻枕きかねて／遠遠し／高志の国に

佐加志卖远 阿理登岐加志弖 久波志卖远 阿理登伎许志弖 佐用婆比尔 阿理多多斯

Sakashimewo / aritokikashite / kuwashimewo / aritokikoshite / sayobahini / aritatashi

賢し女を／ありと聞かして／麗し女を／ありと聞こして／さ婚ひに／あり立たし

用婆比迩 阿理加用婆势……
Yobahini / arikayohase
婚ひに／あり通はせ…

(译文)八千矛神,在八岛国里娶不到妻,听说在遥远的高志国有聪明、美丽的女人,经常去……

再看《日本书纪》:

于时,丰玉姫命寄玉依姫,而奉报歌曰:
阿轲娜磨廼 比饲利播阿利登 比邓播伊珮耐 企弾我誉赠比志 多辅妒勾阿利计利

凡此赠答二首，号曰举歌。①

Akadamano / hikariwaarito / hitowaiedo / kimigayosoishi / toutokuarikeri

赤玉の／光はありと／人は言へど／君が装し／貴くありけり

（译文）人们称赞明珠之美，但我觉得您的风采才是高尚非凡。

第二段是歌谣部分，则仍以汉字注音，无法根据汉字字意解读。

  日本首次编撰史书的过程，实际上也是用汉字记录日语的尝试过程。歌谣的传播效果与日语独特的发音节奏有着密切关系，用汉字标示读音固然有助于保留歌谣典籍，但这样做毕竟如太安万侣所说，有些"词不逮心"，诗人内心的复杂情意往往表达不出来，更难以透彻语意的微妙。只是当时的日本还没有产生出自己的文字系统，只能借用日本人已经很熟悉的汉字来记录和歌的发声。

  《古事记》《日本书纪》中的汉字歌谣记录法，直接影响到了后代日本文学的书写方式。原来只能通过口传的歌谣，可以使用外来的汉字加以完整的记录流传，虽然这样做往往有词不达意的遗憾之处，但毕竟可以通过汉字来保存较多的本土歌谣典籍，而让优美的日本歌谣流传千古。所以外来的汉字，对于古代日本歌谣的记录、保存和发展，可谓功莫大焉。

二、歌集的编撰

  《万叶集》是日本现存最古的歌集，共二十卷，收录四千五百余首和歌，形式上包括了短歌、长歌、旋头歌、佛足石歌等。万叶集和歌产生的年代主要是从舒明天皇（629—641 在位）时代到 759 年，②作者上自从天皇下至驻防士兵等民众。其成书年代和编撰者历来有多种说法，一般认为经过几次编撰，8 世纪后半期由大伴家持（Ohtomono Yakamochi，717—785）主持完成。③

  《万叶集》的作品产生时代较为混杂，研究者一般将其分为四期。

  第一期是从舒明天皇时代至壬申之乱（672 年）之前。代表性歌人大都出自皇族，如舒明天皇、齐名天皇、有间皇子、天智天皇、大海人皇子（后来的天武天皇）、额田王、

---

① 《日本书纪》，日本：岩波书店，2010 年版，第 474 页。
② 有些歌冠以舒明天皇时代之前皇族之名，但一般认为是假托，不宜采信。不过假托也可以视为一种新的文艺意识（个人创作的才能认定为文艺）的出现。（小西甚一：《日本文学史》，日本：讲谈社，1993 年版，第 34 页。）
③ 从《万叶集》里的注，我们了解到当时已有一些个人歌集，但没有流传到后世。

大津皇子等。这是从作为代表集团的共同感情的歌谣,变成冠以个人之名的抒情歌谣的时期,多数和歌抒发了歌者内心的细腻情感。

第二期是壬申之乱至平城迁都(710年)。代表歌人是柿本人麻吕(Kakinomotono Hitomaro,约666—约720)。人麻吕作了许多仪礼歌和皇族的挽歌、献歌等,是飞鸟时代宫廷歌人的代表。人麻吕对日本文学发展的最大贡献,是其对和歌独创力和表现技巧的提升,这主要表现在三个方面。第一,确定了长歌的主要形式,即以五七(字数)为一个单位,重复下去,最后以五七七为止,后面附上反歌。第二,在和歌中运用大量的枕词和序词(人麻吕用的枕词约一百四十种,一半初出于人麻吕的和歌)。第三,提高了在和歌中运用对句、比喻修辞等的技巧。

第三期是平城迁都至733年山上忆良去世。其间为奈良时代,最具代表性的歌人是山上忆良(Yamanoueno Okura,660—733)、大伴旅人(Ohtomono Tabito,665—731)、山部赤人(Yamabeno Akahito,?—736?)等。山上忆良曾当过遣唐使随员,他和大伴旅人均精通汉诗文和佛典。他们同在九州的太宰府就职,故而经常切磋汉诗文,竞争创作,将汉诗文的表现方式积极引入和歌创作中。山上忆良的和歌以其独特的题材而出名,如《贫穷问答歌》、《思子歌》,皆传诵人口。之后山部赤人继承人麻吕的路线,担任宫廷歌人的角色,然其平淡叙景的歌风又是别具一格。

第四期是733年至《万叶集》中最后一首和歌的759年,这一时期代表性歌人是大伴旅人之子大伴家持。大伴家持像其祖父大伴安麻吕、父亲大伴旅人一样作为有为的政治家而名留史册,他经历了残酷的天平政争而幸存下来,并在延历年间晋升为中纳言。家持的长歌、短歌共有473首被《万叶集》收集,超过了《万叶集》歌作总数的一成。家持把忧郁情感与四季风景巧妙结合起来,创作出一种景情融合的歌风。熟读魏晋南北朝诗论的他,还进一步将汉诗文的表现法应用到和歌,如其所述"凄惆之意,非歌难拨"[①],表现出以歌慰情的诗学观念。

《万叶集》的编撰方式、表现形式乃至题材内容,都深受汉诗文的影响。其编撰形式明显模仿了中国的传统诗集。

首先看分类和排列顺序。《万叶集》编撰者按内容的不同把和歌分成了三类(三大

---

① 《万叶集》卷十九,第4292首左注:"春日迟迟,鸧鹒正啼。凄惆之意,非歌拨耳。仍作此歌,式展缔绪。"(《万叶集·四》,《新日本古典文学大系4》,日本:岩波书店,2003年版,第359页。)

部立)①,即杂歌、相闻、挽歌。"杂歌"包括了仪礼歌、羁旅歌、宴会歌等,一般认为由《文选》的分类"杂诗"而得名。"相闻"与"相问"语义相同,本义是互相通信,询问对方的情况。不过《万叶集》中的相闻歌,大多是男女之间的恋爱歌曲。"相闻"一词,《文选》中只出现一例(卷四十二),因此,《文选》难以作为其起名根据,但可能受到过一些影响。"挽歌"是对逝者追悼或有关死亡的歌,应是由《文选》中的"挽歌"而得名。《万叶集》编撰者在每一分类中,按照每首和歌的创作年代先后排列顺序。尽管每一卷的歌风不同,但按照年代先后排列的方法是贯彻始终的,这说明编撰者的意图在于展示从古到今的日本歌史。

再看每首歌所附题词和左注(注在歌的左边而得名)。这里能够看出日本歌论的萌芽:如对和歌的优劣做出评价②;或提及先人歌体的注释③;或对新古歌体的识别等④。

还有使用的语言和收录的文体体裁。《万叶集》是和歌集,但其中的题词、左注是用汉文写的。这部和歌集中还收录了大量的汉诗文,比如卷五原文的字数中汉文占40%⑤,包括山上忆良所做的长篇汉文《沉痾自哀文》;又如卷十七所收的大伴家持和池主的往来书信,除了和歌以外的部分,都用汉文写,还包括两人相赠的汉诗⑥。

注意到这些特点而阅读《万叶集》,令人感觉仿佛汉诗文集的"诗"的部分换成了"歌"。《万叶集》是借用汉诗集的形式来编撰的歌集,这说明当时日本诗学刚从单纯的模仿进入实际运用的阶段,尚未走出套用汉诗集的路子;但《万叶集》的编撰,也说明日本人对作为文学体裁的歌,开始有了一定的认识和自觉:日本和歌原本是一种集团性的歌谣,而当时已开始摆脱原始咒词的性质,产生个人创作的歌,并且认识到和歌表现美的抚慰效果。

和歌的表现方式自然也受到汉诗文的全面影响。需要注意的是,《万叶集》的作品

---

① 三大分类形式,有例外:卷八和卷十里,杂歌和相闻,再分四季排列(如春杂歌、春相闻、夏杂歌、夏相闻……);卷十五和卷十七以后不按内容分类,只按时间排列。
② 《万叶集》卷二十,第4330首左注:"二月七日,相模国防人部领使守从五位下藤原朝臣宿奈麻吕进歌数八首。但拙劣歌五首,不取载之。"(《万叶集·四》,《新日本古典文学大系4》,日本:岩波书店,2003年版,第393页。)
③ 《万叶集》卷五,第906首左注:"右一首,作者不详。但以裁歌之体似于山上(引用者注:山上忆良)之操,载此次焉。"(《万叶集·一》,《新日本古典文学大系1》,日本:小学馆,2010年版,第527页。)
④ 《万叶集》卷四,第530首左注:"右,今案,此歌拟古之作也。但以时当,便赐斯歌欤。"(同上,第343页。)
⑤ 《万叶集·二》,《新编日本古典文学全集7》,日本:小学馆,1995年版,第86页上段注释。
⑥ 从这套往来函,我们还能了解到两人都学过六朝诗论。

和日本现存最古的汉诗集《怀风藻》的作品是同时期的产物。万叶歌人中被《怀风藻》收录汉诗作的,多达二十人。其中大津皇子(Ohtsu no miko,663—686)以其诗才而闻名;长屋王(Nagaya Oh,? —729)在其宅邸频繁举办诗会;大伴旅人、山上忆良、大伴家持等贵族政治家也皆擅长汉诗文①。这些人大都擅长和歌,他们创作和歌也都充分利用汉诗文的表现方式。如《万叶集》卷五所录的《太宰帅大伴卿宅宴梅花歌三十二首并序》,前面有汉文的"歌序",显然是模仿中国的"诗序"的形式。此序多借用王羲之《兰亭序》的措辞,不过从全篇结构来看更像是模仿了王勃、骆宾王等初唐流行的诗序形式②。又如山上忆良的长歌曰:

青波に望みは絶えぬ　白雪に涙は尽きぬ③
(译文)苍波望断,白雪泪尽。

这首和歌中运用了魏晋南北朝诗隔句对的技巧,然而"青波"、"望みは絶えぬ"、"涙は尽きぬ",并不是固有的日语词,而分别是汉语"苍波"、"望断"、"泪尽"等词的译词。由此例可见,万叶时代的歌人已开始将他们所熟知的汉诗文知识,巧妙地注入和歌创作中。

另外值得一提的是,咏梅之歌的审美观开始出现变化。对当时的日本而言,梅花是不久前从中国传来的珍贵花卉,汉诗和歌中自然也会咏颂。《万叶集》里咏梅的歌是在第三期以后才出现,而且一开始是赏其颜色,唯一一首咏梅之香味的和歌是市原王(Ichihara no Ohkimi)于758年创作的④。鉴于《万叶集》收录时间最晚的歌是759年所作,并且后续和歌集里的咏梅歌大都是赏梅花之芳香,可见市原王被《万叶集》收入的这首和歌应该是这一写法改变的先驱。和歌赏梅重视品鉴芳香的审美观,应该说是从中国诗文里得到启发而逐步形成的。

万叶歌人广泛参照和大量利用的中国书籍,除了《艺文类聚》、《初学记》等类书,《文选》、《玉台新咏》等诗文集以外,还包括大量的通俗读物。比如唐代小说《游仙窟》,

---

① 不过《怀风藻》未收山上忆良、大伴家持的汉诗文。
② [日]小岛宪之:《上代日本文学と中国文学·中》,日本:塙书房,1988年版,第934—939页。
③ 《万叶集·二》卷八,第1520首,《新日本古典文学大系2》,日本:岩波书店,2013年版,第265页。
④ 《万叶集》卷二十,第4500首。"梅の花香をかぐはしみ遠けども心もしのに君をしそ思ふ"(《万叶集·四》,《新日本古典文学大系4》,日本:岩波书店,2003年版,第483页)。

主人公讲述其游仙艳遇。据日本现存的古写本,其作者是张文成①。《万叶集》卷五的《游于松浦河》序、卷十六的《竹取翁偶逢九个神女 赎近狎之罪作歌》序等,受到《游仙窟》文风影响颇为明显。在卷四的大伴家持和他妻子坂上大嬢(Sakanoueno Daijoh)之间的赠答相闻歌中,家持将自己比拟为《游仙窟》主人公,可见《游仙窟》对《万叶集》的深刻影响。②

如上所述,《万叶集》里的题词、左注是用汉文写的。那么歌作本身呢?当时书写日语,还没有统一标准,《万叶集》采取的书写方式与《古事记》、《日本书纪》又有不同。除了卷五、卷十七以后的歌以及卷十四的"东歌"采用表音方式,大部分采用的是以汉字或表音或表意的混杂书写方式。下面看同一首和歌,在《古事记》和《万叶集》中分别是怎样书写的:

《古事记》:

  岐美贺由岐　气那贺久那理奴　夜麻多豆能
年加闲袁由加牟 麻都尔波麻多士③
Kimigayuki ／ kenagakunarinu ／ yamatazuno ／ mukahewouykamu ／ matunihamataji
  君が行き　日長くなりぬ　やまたづの　迎へを行かむ
待つには待たじ
(译文)你走了太久了。我去接你,不再等待。

《万叶集》:

  君之行　气长久成奴　山多豆乃　迎乎将往　待尔者不待④

《万叶集》里的第一句,用的是汉字表意。第二句中的"长久","长"是表意,"久"(音

---

① 张鷟,字文成。其著作在日本、朝鲜颇受青睐,《新唐书》卷一六一:"新罗、日本使至,必出金宝购其文。"
② 关于《游仙窟》对《万叶集》的影响,详见:小岛宪之《上代日本文学と中国文学·中》第七章《遊仙窟の投げた影》。
③ 《古事记》,日本:岩波书店,2010年版,第199页。
④ 《万叶集·一》卷二,第90首,《新日本古典文学大系1》,日本:岩波书店,2010年版,第89页。

ku)是表音,其中作为表音文字使用的汉字叫作"万叶假名"。由于汉字表音与表意的混杂,使得《万叶集》中的有些和歌篇章至今不能完全读懂。主要是有些汉字,难以判断是表音用法,还是表意用法。即使能推断出是表音或表意,还是难以确认当时该汉字的读音。到了9世纪,随着皇家贵族倡导汉诗文的流行,《万叶集》被束之高阁,注疏尽废,导致后来的日本人很难读懂《万叶集》中的一些篇章。正如《新撰万叶集》(893年)序言中评说的:"文字错乱,非诗非赋,字对杂糅,难入难悟。"直到《后撰和歌集》的编撰者源顺(Minamotono Shitagoh,911—983)等人开始对《万叶集》进行注释解读,才让这部古典巨作迷雾渐散,重新在日本文学史上闪现光彩。

最后需提及《万叶集》卷十六收录的"戏歌"。这些戏歌一般在集会、宴席当中"应声"而作,多用通俗滑稽的词语,起到引人发笑的效果①。有时一人以戏歌嗤笑对方,对方也以戏歌还击②。可见,当时的和歌创作并非只是一种抒情方式,也可以在聚会场合中成为制造轻松娱乐氛围的某种方式。于是和歌创作中出现了庸俗、滑稽、即兴等元素,这些都成为写好戏歌的重要条件,而后世俳谐的兴起,也许可以在此找到滥觞之处。③

三、汉诗的表现

8世纪的日本期盼自己能够像唐朝那样强盛富饶,所以积极地吸收唐朝的制度、技术、艺术、文化。当时的日本汉诗人,首先是一些与朝政活动密切相关者,大都是皇族、贵族及上层官僚。能写作汉诗文,在奈良时代已经成为官吏任职的前提条件,因为所有法律文告都是用汉文撰写的。此外,汉诗文创作还成为与外国使节交流时的重要方式,不懂汉语就无法与东亚各国使者进行交流。这样的功用定位,就确定了当时日本汉诗文的文化性格,是一种凸显外交礼仪性的高雅方式与表达语言。虽然这并非日本人表达内心感情的最佳方式,但还是成为当时最重要的一种方式,具有无可替代的重大作用。在这样的历史氛围中,早期的日本汉诗创作就特别明显地呈现出"公家"的色彩和

---

① 如《万叶集》卷十六,第3824首左注:"右一首,传云一时众集宴饮也,于时夜漏三更,所闻狐声。尔乃众诸诱奥麻吕曰:'关此馔具、杂器、狐声、河桥等物,但作歌者。'即应声作此歌也。"(《万叶集·四》,《新日本古典文学大系4》,日本:岩波书店,2003年版,第37页。)
② 如《万叶集》卷十六,第3840首的题词:"池田朝臣嗤大神朝臣奥守歌一首";第3841首的题词:"大神朝臣奥守报嗤歌一首"。
③ 小岛宪之指出,《万叶集》里将这些戏歌收录于一处的方式,可能启发于《珊玉集》、《朝野佥载》的收录方式。而《朝野佥载》又是张文成所作。([日]小岛宪之《上代日本文学与中国文学·中》,第1066—1071页)

性质。

751年,日本现存最古的汉诗集《怀风藻》成书刊行(编撰者未详)。据其序所述,天智天皇时代的汉诗文作品超过一百篇,但遭壬申之乱均化为灰烬。编撰者为了不忘先哲遗风,收集遗留作品而成书。①《怀风藻》共收诗人六十四人,汉诗一百二十篇。②成书时中国已经进入盛唐时期,《怀风藻》所收日本汉诗作里,可以看到初唐诗的一些影响③。其编撰方针与所选大多数的日本汉诗作,皆以《文选》及魏晋南北朝时期的诗作为模范。

《怀风藻》序文中不少措辞也与《文选》序文相似。如:

《怀风藻》序	《文选》序
遐观载籍,	眇觌玄风……
人文未作。	斯文未作……观乎人文
逮乎圣德太子……肇……	逮乎伏羲氏之王天下也始……
词人间出。	源流间出……词人才子……
余以薄官余间。	余监抚余闲,居多暇日。
远自淡海。	远自周室。

目录下的"略以时代相次,不以尊卑等级",也模仿了《文选》序中的"类分之中,各以时代相次"。序、目录、正文的顺序也与《文选》相同。诗题也多借用魏晋南北朝的诗题。不过《怀风藻》未采用题名分类法,而是根据时代、作者排列作品。由于日本诗作是以朝廷为中心的公共活动,自然是宴会、应诏诗占多。此外,还有"望××"、"玩××"等,都是魏晋南北朝常见的咏物、言志诗题。

由于直接使用外来的文学形式,再加上写韵文的难度更大,《怀风藻》中的汉诗模仿中国诗作的痕迹极为明显。比如纪末茂(Kino Sueshige)的《临水观鱼》一首:

---

① 《怀风藻》序:"……雕章丽笔非唯百篇,但时经乱离,悉从煨烬,言念湮灭,轸悼伤怀……遂乃收鲁壁之余蠹,综秦灭之遗文……余撰此文意者,为将不忘先哲遗风。故以'怀风'名之云尔。"(《怀风藻》,《日本古典文学大系69》,日本:岩波书店,1982年版,第58—62页)

② 不过由于其收集范围有限,《怀风藻》并不是全面反映当时的汉诗总体倾向。

③ 《怀风藻》所收的诗序形式都模仿王勃、骆宾王。如:第52首山田三方《秋日于长王宅宴新罗客》序,第65首下毛野虫麻吕《秋日於长王宅宴新罗客》序等。

> 结宇南林侧,垂钓北池浔。人来戏鸟没,船渡绿萍沉。苔摇识鱼在,缁尽觉潭深。空嗟芳饵下,独见有贪心。

下面列出陈朝诗人张正见的乐府《钓竿篇》,一眼可知就是纪末茂《临水观鱼》诗之所本:

> 结宇长江侧,垂钓广川浔。竹竿横翡翠,桂髓掷黄金。人来水鸟没,楫渡岸花沉。莲摇见鱼近,纶尽觉潭深。渭水终须卜,沧浪徒自吟。空嗟芳饵下,独见有贪心。

总体而论,与当时已臻成熟状态的和歌创作相比,《怀风藻》中所收日本汉诗只是初学阶段的模仿之作,尚不能自由地表现诗人内心的感情,而是一种带有外交礼仪性质的才学展现方式①。《怀风藻》中五言诗所占的高比率(64 篇中,七言诗只有 6 篇),这也证明是对魏晋至初唐流行诗体的仿效。

到了 9 世纪,日本诗作的汉风化(唐风化)明显得到发展。尤其是嵯峨天皇(809—823 在位)非常重视中国文化,积极地引进中国的各种体制仪式,起用富于文才的贵族参与执政。在统治者的热情倡导下,9 世纪初的日本在十余年内连续有三部敕撰汉诗集问世。这三部汉诗集的编撰问世,标志着日本汉诗文的快速发展。其收集汉诗文的年代大致相同(从 8 世纪到 9 世纪初),编撰者也有几位重复,虽然排列顺序方式不同,但诗题也多有相似。

《凌云集》(814 年)是奉嵯峨天皇之命,由小野岑守(Onono Minemori,778—830)、菅原清公(Sugawarano Kiyogimi 或 Kiyotomo,757—829)与勇山文继(Isayamano Fumitsugu)负责编撰,收集 782 年到 814 年的 24 位汉诗人的 91 篇汉诗作,以诗人的官位尊卑排列作品。《凌云集》序的开头引用《文选》所收魏文帝《典论·论文》中的名言:"盖文章经国之大业,不朽之盛事,年寿有时而尽,荣乐止乎其身。""文章经国"是从奈良至平安时代朝廷大力倡导和积极推进的一项文艺政策,《凌云集》的编撰也是实行这项文艺政策中的一项重要内容。当时的汉诗创作是以朝廷为中心的上层社会高雅活

---

① 《怀风藻》收录了许多长屋王举办的诗会里的诗。参加诗会的人除了官吏、文人,还有新罗使节等。作汉诗文,不仅是朝廷任职所需,还成为与外国使节进行交流的重要途径和手段。

动,由于带有"敕撰"的性格,汉诗作品中宴会、应诏的内容自然多见。不过《凌云集》所选七言诗的数量,超过全体诗作的半数,与六十余年前的《怀风藻》相比,显示出当时日本汉诗的创作水平与时俱进,汉诗撰写技巧大有提高,更为成熟。

《文华秀丽集》(818年)也是奉嵯峨天皇之命,由仲雄王(Nakao Oh)与菅原清公、勇山文继、滋野贞主(Shigeno Sadanushi, 785—851)以及桑原腹赤(Kuwaharano Haraaka, 789—825)编撰。如其序所言,收集《凌云集》漏收的作品以及《凌云集》以后的作品。① 共收当时28位汉诗人148篇汉诗。在《凌云集》问世后仅四年,又新编刊行这部汉诗集,这一情况说明平安初期朝廷中的汉诗创作风气十分盛行。②《文华秀丽集》序也参照《文选》之序,但其对文学的认识则较《凌云集》有了进一步的发展。其序曰:

> 或气骨弥高,谐风骚于声律。或轻清渐长,映绮靡于艳流。可谓辂变椎而增华,冰生水以加厉。英声而掩后,逸价藉而冠先。③

这里需要注意的是编撰者提及文学表现中"轻清"到"绮靡"的变化,均见于《文选》卷十七所收陆机《文赋》④,主张文学表现的发展,是经过轻清,达到绮靡状态的过程。而《文华秀丽集》所追求的诗作境界,亦如其书名所示,是一种诗作表现方式与技巧之美。与四年前的《凌云集》不同,《文华秀丽集》的编撰者不特意主张"经国",而明确表现出追求文学之美的态度。虽然此时日本的汉诗写作,仍以教养性和礼仪性为主要秉性,但这部新编汉诗集中七言诗大幅增加,并出现长篇诗和杂言体,这些新现象都说明了当时日本汉诗的创作水平已经更上层楼,达到了新的艺术境界。

《文华秀丽集》的排列顺序与《文选》一样,是根据类题而分的。⑤ 分类名大多是参考《文选》而起,《文华秀丽集》独有的分类是"梵门"(《文选》未设)和"艳情"(可能源

---

① 《文华秀丽集》序:"先漏凌云者,今议而录之。"《日本古典文学大系69》,第195页。
② 《文华秀丽集》序:"凌云集者⋯⋯自厥以来,文章间出,未逾四祀,卷盈百余。"又,此段措辞多据《文选》序:"众制锋起,源流间出⋯⋯自姬汉以来,眇焉悠邈,时更七代,数逾千祀⋯⋯飞文染翰,则卷盈乎缃帙。"
③ 此段参照《文选》序:"若夫椎轮为大辂之始,大辂宁有椎轮之质。增冰为积水所成,积水曾微增冰之凛。何哉? 盖踵其事而增华,变其本而加厉,物既有之,文亦宜然。"
④ 《文选·文赋》:"或言拙而喻巧,或理朴而辞轻。或袭故弥新,或沿浊而更清。""诗缘情而绮靡。"李善注曰:"绮靡,清妙之言。"
⑤ 《文选》序:"凡次文之体,各以汇聚,诗赋体既不一,又以类分。"《文华秀丽集》序:"并皆以类题叙,取其易阅。"

于骆宾王的诗①)。将汉诗人的名字改成"唐风",就是改成类似中国的人名,也成为《文华秀丽集》编辑中的创意之一。如将小野岑守改成野岑守,勇山文继改成勇文继等。这些分类方式和署名的方式,被第三部敕撰汉诗集《经国集》继承并得到进一步发挥。

第三部敕撰汉诗集《经国集》编于827年,奉淳和天皇(823—833在位)的敕令,由良岑安世(Yoshimineno Yasuyo,785—830)、滋野贞主、菅原清公、安野文继(Yasuno Fumitugu)、南渊弘贞(Minabuchino Hirosada)、安倍吉人(Abeno Yoshihito)等人编撰。书名出自魏文帝《典论·论文》中的名句。《经国集》收录707年到827年间178位汉诗文作者的作品,共编成二十卷。内容包括诗(917首)、赋(17首)、序(51首)②、对策(38首)③,作者人数、诗文作品数、卷数,都远远超过之前两部。由于《经国集》只保存下来了卷一、卷十、卷十一、卷十三、卷十四、卷二十,今人只能阅读到原书的部分内容。据序文所述,《经国集》的编撰意图在于彰显日本推进汉文化政策的历程及其成果。该序文借鉴了《文选序》和《典论·论文》,还参考了《艺文类聚》、《初学记》等类书,并采用钟嵘《诗品》里的措辞来展开对文学观念的论述④。该序虽然有剪贴中国文论之感,但也显示出当时日本对中国文论开始有了较为全面的认识。

对于日本汉诗写作本身而言,一来毕竟使用的语言是古代汉语,并且是按照外来的诗歌艺术范式进行的诗歌创作,具有天生的隔阂和难度;二来日本汉诗创作带有"公家"活动的性质,实际写作中也不便表达作者内心的细腻感情活动。所以对于绝大部分的日本汉诗人来说,汉诗创作是备感艰难的,是一种饱受限制、难以自由发挥的文学创作活动。因而,日本汉诗的创作从形式到内容都出现了大量对中国诗歌的模仿和借用。正是在这些模仿和借用中国文学范式的过程中,古代日本的文人学者形成了对文学表现的基础认识和基本看法。这一历史时期编撰各种汉诗集的过程,显示出了日本的文学观念还处在模仿和借鉴中国的阶段,但也可以期待日本诗学从套用舶来品到自创本土观念的阶段到来。

四、日本诗学的萌芽

日本人要学作汉诗,必须先掌握汉诗的基本规则,包括汉诗的文体形式、句法、声律

---

① 骆宾王有《艳情代郭氏答卢照邻》诗,《文华秀丽集》的艳情诗中使用的词语多类似于此诗。
② 《经国集》另设赋、序两类是依据《文选》,这两类在《凌云集》和《文华秀丽集》中尚未分出。
③ 对策是高等文官考试的答案。
④ 如"若无琳琅盈光,琬琰园色,取虬龙片甲,麒麟一毛"。源自《诗品》"虽不具美而文采高丽,并得虬龙片甲,凤凰一毛"。

及基本流派知识。日本诗人重视中国诗论、诗法方面的书籍,从中吸收知识,配合汉诗写作练习掌握技巧。随着汉诗活动的逐渐兴起,日本文坛出现了最初的评判诗歌优劣的诗论著作,形成了日本诗学的萌芽阶段。其中有两部著作对于日本诗学的产生乃至日本文学的发展都具有重要意义,其一是把中国诗论套用于日本和歌论的《歌经标式》,其二是纯粹介绍中国诗论的《文镜秘府论》。

(一) 歌经标式

《歌经标式》,由藤原滨成(Fujiwarano Hamanari,724—790)于宝龟三年(772)奉光仁天皇(770—781在位)的旨意而撰写,是日本最早的一部歌论书[①]。其序文讲述了和歌的意义及起源,也交代了该书的撰著缘由。序文全部使用汉文写作,从"臣滨成言"开始,至"臣滨成诚惶诚恐,顿首谨言"结束,这一格式模仿了中国的表文。序曰:

> 原夫歌者,所以感鬼神之幽情,慰天人之恋心者也。韵者所以异于风俗之言语,长于游乐之精神者也。故有龙女归海,天孙赠于恋妇歌,味耜升天,会者作称威之咏。并尽雅妙,音韵自始也。近代歌人虽表歌句,未知音韵,令他悦怪,犹无知病。准之上古,既无春花之美;传之末叶,不是秋实之味。无味不美,何能感慰天人之际者乎?故建新例,别抄韵曲,合为一卷,名曰"歌式"。盖亦咏之者无罪,闻之者足以戒矣。[②]

每两句构成对句,是六朝骈文的句式写法。首句显然出自《毛诗大序》的"动天地,感鬼神,莫近于诗",后句的"韵"与前句的"歌"对应,论诗起于音韵,是中国诗学理论上的重点之一。作者有意将中国的音韵理论,应用到日本的和歌创作中,形成初步的"歌论"。有趣的是,这段结尾处的"盖亦咏之者无罪,闻之者足以戒矣",还是语出《毛诗大序》,但《毛诗大序》原句是对"风"的释义,思路严密[③];而在《歌经标式》序文,却显得与上下文意有隔阂,显然是硬贴上去的一句话。

此序还多处借用《唐李崇贤上〈文选注〉表》的措辞。如:

[①] 这本书,一般被称为《歌经标式》,不过其序曰"名曰歌式"。鉴于唐代有"××诗式"的书名,而12世纪的《奥义抄》里将此书称为"歌式",可能当时有《歌经标式》和《歌式》两种书名。
[②] 《歌经标式》(真本),《日本歌学大系》第一卷,日本:风间书房,1958年版,第1页。
[③] 《毛诗大序》:"上以风化下,下以风刺上,主文而谲谏,言之者无罪,闻之者足以戒。"

合为一卷,名曰歌式……伏惟圣朝端历六天,奉乐无穷……臣含恩遇奉侍圣明,欲以撮壤导涓之情,而有加于赏乐焉。

对比《唐李崇贤上〈文选注〉表》,可以看到明显的借鉴痕迹:

故撰斯一集,名曰文选……伏惟陛下经纬成德,文思垂风……孰可撮壤崇山,导涓宗海。

《歌经标式》的后记部分,甚至直接引用李善的表文以表明编撰此书的文学抱负①。从内容来看,此书将中国诗学论直接套用在日本的歌体式上面,难免牵强。不过《歌经标式》初步形成了论述体系,涵盖音韵、律动、修辞等各方面,结构较为完整。作为日本最早出现的一部歌论专论书,可谓迈出了建立日本歌论的第一步,在日本诗学史乃至文学史上都有着重大的价值和意义。

《歌经标式》首先指出了当时的七种歌病。这一做法显然是模仿了中国诗学中常见的标示"八病"、"十病"的批评习惯,用以阐明日本和歌创作在音韵方面不可违背的基本规则。这七种歌病分别是:

一、头尾,第一句终字与第二句终字同字也。
二、胸尾,第一句终字与第二句三六等字同字也。
三、腰尾,他句终字与本韵同字也。
四、黡子,五句中本韵与同字有。
五、游风,一句之中与终字同字也。
六、声韵,二句共同字也。
七、遍身,二韵之中除本韵二字以上除同字也。

对每一种歌病,作者都举例(基本上以出错的和歌与规范的和歌相对照)加以说明。不过,作者将中国的声韵改成"音"或"声"而论和歌之病,而和歌创作本身是不要求押韵

---

① "以前歌式,奉制删定如件。唯李善言:'享帚自珍,缄石知缪,敢有尘于广内,庶无遗于小说者。伏愿鸿慈曲垂照览。谨言。'"(《歌经标式》)《唐崇贤上〈文选注〉表》:"享帚自珍,缄石知谬,敢有尘于广内,庶无遗于小说。谨诣阙奉进,伏愿鸿慈,曲垂照览。谨言。"

的,只要求规定字数(即音数)。因此,藤原滨成这样的套用中国诗论而设立"和歌七病",对当时的和歌创作,实际上并没有太大的指导意义。

其次是提出了三种规范的歌体,即求韵、查体和雅体。与论述"和歌七病"一样,作者均一一举例说明。求韵有长歌和短歌两种,查体指有缺陷的七种歌体,雅体指作歌者应努力追求的十种理想歌体。

作为日本歌学的滥觞,《歌经标式》对后代歌坛的影响久远。尤其是其创立的"和歌七病"之说,虽然不符合当时和歌创作实况,但作为一种批评方法论,在当时及后代的歌学批评中一直被沿用。比如平安时代前期的歌论书《喜撰式》中就列出了"和歌四病";约写于10世纪初的歌论书《孙姬式》中,也提出了"短歌八病";平安朝中期《新撰髓脑》、《新撰和歌髓脑》等歌论书中论及的歌病,也都能看出影响。《歌经标式》对和歌理想歌体的十体分类法,也影响到壬生忠峰、源道济的"和歌十种"、藤原定家的"十体"等说法。总之,后世的歌论书,若论及和歌论之渊源,大多会引用到《歌经标式》。

(二) 文镜秘府论

《文镜秘府论》是日本9世纪初汉风大流行时代出现的第一部汉诗学论著。该书分天、地、东、南、西、北六卷,主要论述汉诗的声律、声病、体式等问题,如四声谱调、用声法式、诗对规则及诗病补救等。该书大量引用魏晋南北朝到唐朝前半期的诗学诗法论述,其中有不少是后来在中国失传的著作,因此可以弥补中国唐代及唐前诗论史料之缺失[1]。该书的编著者空海(Kuhkai,774—835)是日本僧侣,804年随第十七次遣唐使入唐求法。入唐次年,拜长安青龙寺密教真言宗第七代教主惠果为师,承续密宗嫡传,受传法阿阇梨位灌顶,继承惠果衣钵。805年底惠果圆寂时,空海奉唐宪宗之命撰碑文。入唐两年后,空海还想继续深造,但不得不遵从日本朝廷的指示,于806年返日。返日后他专心讲经传道,主持佛寺,开创了日本的真言宗。空海在多方面有着天赋才华,二十四岁时以骈体文写出了《三教指归》,评论儒道佛三道之优劣。其著作还有《性灵集》、《十住心论》,均以精美的汉文写就,无论是内容还是措辞,皆堪称上品。在书法方面,空海与嵯峨天皇、橘逸势并称"三笔"。

---

[1] 杨守敬《日本访书志》卷十三:"此书盖为诗文声病而作,汇集沈隐侯、刘善经、刘滔、僧皎然、元兢及王氏、崔氏之说。今传世唯皎然之书,余皆泯灭。按《宋书》虽有'平头'、'上尾'、'蜂腰'、'鹤膝'诸说,近代已不得其详。此篇中所列二十八种病,皆一一引诗,证佐分明。"沈阳:辽宁教育出版社,2003年版,第208页。

《文镜秘府论》是空海回国后完成的诗学著作。他充分利用自己从唐朝带回的大量诗学著作,如王昌龄《诗格》、崔融《唐朝新定诗格》、元兢《诗髓脑》、皎然《诗议》等,汇总分析汉语诗歌的声律、声病和体式等。他使用的都是来自中国第一手的诗学书籍,无论是其视野之开阔、资料之丰富,还是其思路之清晰、论述之深刻,都达到了纯熟的境界。在9世纪初的日本,出现如此非凡的诗学著作,一方面彰显了空海的聪慧睿智及深厚涵养,另一方面说明,平安朝对中国文学和诗学宝库的吸收利用达到了一个崭新的高度,已经超越了以往简单模仿、套用、借用的阶段,开始通过改造外来的文学思想,在融汇中日文化土壤的基础上萌发本土的新芽。

《文镜秘府论》还有一个明显的特点,刊行此书的主要目的不在于介绍汉诗的常识和诗学论述,而在于具体指导汉诗的写作以及提升吟诗推敲的水平。空海在该书《天卷》序中指出,因为四声病犯之说过于繁杂,"贫而乐道者,望绝访写,童而好学者,取决无由",所以决定编写《文镜秘府论》,对各家所说进行梳理,删繁就简,为僧俗学子学习汉诗文提供方便。①《文镜秘府论》涉及的内容大体上可分为两个方面,第一是诗歌声调、声律、声病的问题,第二是诗歌格式及作法技巧,这两方面都是日本人学作汉诗、汉文极为需要的。空海后来又缩编《文镜秘府论》,而成《文笔眼心抄》,更清楚地体现出他的编撰目的。《文笔眼心抄》作为《文镜秘府论》的简明版,删去议论性文字,留下例诗,目的就是让日本读者更容易掌握汉诗文范式,其指导汉诗文写作的实用性就更强了。②

《文镜秘府论》对后世日本诗论及歌论都产生了影响,但这种影响的大小是随时代而变化的。江户时代以前,有关《文镜秘府论》的流传情况并未留下多少记录。同为平安时代刊行的《作文大体》,也是一部讲述汉诗文作法的书籍,其中所论诗文对句技巧,与《文镜秘府论》内容大体一致。该书是否曾受到《文镜秘府论》的影响,甚或就是《文镜秘府论》的另一种缩写本,还有待深究。到了江户时代,《文镜秘府论》才有了多次的翻刻再版,可知其在江户书肆已流传颇广。江户时代的诗论书《诗辙》、《松阴快谈》等,在论及对属技巧时,皆引述了《文镜秘府论》,明显可见受到了《文镜秘府论》的影响。在歌学方面,《文镜秘府论》中论及的"十体"、"八阶"等说法,也多见于其他的歌论书,

---

① 《天卷》序:"阅诸家格式等,勘彼同异,卷轴虽多,要枢则少,名异义同,繁秽尤甚。余癖难疗,即事刀笔,削其重复,存其单号……庶缅素好事之人,山野文会之士,不寻千里,蛇珠自得,不烦旁搜,雕龙可期。"《文镜秘府论》,沈阳:辽宁教育出版社,2003年版,第10页。

② 卢盛江:《文镜秘府论研究》,北京:人民文学出版社,2013年版,第287—293页。

可能亦是受到了《文镜秘府论》的影响。但从另外的角度看,其中一些说法和概念,早在《文镜秘府论》之前的歌论书里就曾出现过。这说明这些说法概念,或许在《文镜秘府论》之前就已传入了日本,并为日本文坛所接受,并不能说是直接受到《文镜秘府论》的影响而产生的。

《歌经标式》是一部直接套用中国诗论来评论和歌的歌论书,就方法论而言并不算很成功。但其提出的诗学概念在后代被不断继承,最终融入后来定型的日本歌论中。《文镜秘府论》则是一部用精美的汉文写就的诗论著作,其重点不在于理论论述,而在于汉诗文创作的实践指导。9世纪的日本文坛,基本上还处于吸收中国文学各方面理论知识和创作方式的阶段。这两本书的出现,可以说标志了日本诗学开始成型,从以直接模仿为主,逐步过渡到推陈出新,有所新创的阶段。

第二节　发轫期(平安时代 10 世纪—12 世纪)

平安时代后期,日本诗学经过对中国诗学的借用、模仿之后,开始进入萌生本土意识的阶段。自废止遣唐使后,中日间依然存有贸易来往,但没有进行外交活动。日本从8世纪以来陆续进行的国史编撰,也在901年完成《日本三代实录》之后而休止,整个日本社会陷入了武力纷争的乱世。

9世纪初,桓武天皇、嵯峨天皇执政,在此过程中,贵族藤原氏获得天皇的深度信任,并凭借着与天皇家族的姻戚关系,不断扩大权势。身为外戚的藤原氏以臣下身份首次担任摄政、关白而实际把握政权[①]。10世纪前半叶,醍醐天皇、村上天皇实行亲政,大力复兴律令国家体制,但藤原氏始终通过联姻保持与天皇家族的紧密关系而实际上继续掌控全国政权。村上天皇去世后,由藤原氏担任摄政、关白的制度得到确定,藤原氏借此更加巩固了其在皇朝的主导势力。10世纪日本的摄关政治处于权力顶峰,同时也是律令体制开始呈现崩坏的时期。

藤原氏作为天皇家外戚专权的状态持续百余年。其间,天皇家与藤原氏外戚的权力斗争日益深化。11世纪中叶,因入宫的藤原氏之女均未能生子,与藤原氏没有血缘

[①] 摄政是代未成年的天皇执政的职位,关白是天皇成人后辅助天皇执政的职位。实际上政权在于摄政、关白之手。

关系的后三条天皇即位。摆脱外戚控制之后,后三条天皇起用非藤原氏官僚,并实行亲政。至白河天皇(1072—1086在位),继承后三条天皇的方针,进行亲政。此一阶段中,天皇家与藤原氏的权力斗争仍然存在,白河天皇为了能够保证自己的子孙延续天皇之位,让位于皇太子,自己成为上皇,以辅佐天皇的名义实际上掌控朝政。由退位的上皇亲政的"院政"①,持续一百余年。

12世纪院政后期,天皇与上皇之间的矛盾激化,加之皇室与藤原氏之间的权力之争,引起两次战乱。② 作战英勇、平乱有功的武士平清盛(Tairano Kiyomori,1118—1181)获得后白河上皇的信赖,开始扩张其在朝廷的势力。平清盛在掌控朝廷军权的同时,与藤原氏、天皇家联姻,进入上层贵族之列。平氏的专权和傲慢行为引起了其他贵族们的强烈不满,要推行院政的后白河法皇(1169年出家,称法皇)和平清盛之间的对立也越来越激化。1179年,平清盛软禁了后白河法皇,擅自解除其他贵族的官职,独揽政权。1180年,平清盛迫使高仓天皇让位于三岁的孙子安德天皇,实行军事独裁政治。如此专横的行为引起了朝野共愤,反对势力迅速聚集,加快了平氏势力的衰败。

这一时段史称"国风文化"的兴盛期,也是日本本土审美观的诞生期。与前时段相比,最大的变化发生在文字书写方面:作为表音文字的平假名得到普及。有了平假名,日本文字的书写方式大大改变。书写日语,不用再将中日文混杂,而可以用表音文字的平假名书写纯粹的日语。之前,日本人已经把汉字作为表音文字使用,但是表示一个日语的音,没有固定的汉字,从而产生混淆。后来,一个日语的音用一个固定的汉字表示,再后来,这些固定汉字变成草书,再变成沿用至今的平假名。③ 发明了平假名以后,日语的发音音节和相应的文字书写趋于一致。平假名的发明并得到推广使用,使得日本人可以更自由、更方便地表情传意,在文字书写方面也可以从繁杂的汉字体系中得到部分解放。虽然在朝政公事行文方面,仍然使用汉语书写,但在日常生活中,尤其咏歌时则已多用平假名书写,这样日本人就能够更自由地表现出自己的细腻复杂的内心感情。平假名又称"女文字",意为供女性使用的文字,但实际上并非女性专用。从其用途和

---

① "院"原来指上皇的住处,后来指上皇本身。
② 1156年保元之乱:后白河天皇和崇德上皇为皇位继承问题发生的斗争。拥有武士平清盛、源义朝的后白河天皇方获得胜利。1159年平治之乱:后白河天皇的近臣藤原通宪和藤原信赖之间的矛盾发展到武力斗争,通宪与平清盛,信赖与源义朝联合战斗,最终平清盛打败源义朝。
③ 平假名的"平"表示平易,"假"表示假借。"真名"则指汉字,从此称谓亦可见当时对汉字、汉语的尊崇态度。

用法来看,应该理解成"私文字"或"生活文字"更为恰当。《古事记》编撰者安万侣所担忧的"已因训述者,词不逮心,全以音连者,事趣更长"的问题,此时至少在咏歌时用平假名的方式得到了解决。拥有了平假名的日本人,终于可以用自己的语言文字自由表达自己的感情了。在这一时期内,平假名文学作品大量产生。日本文学创作中的故事讲述及感情表达,不再被汉语汉字所拘束。虽说汉文依然在朝廷行政外交领域被重视,仍然是唯一使用的正式文字,但在日本人的私生活中,平假名成为男女间传达感情乃至文学创作的主要手段。

9世纪后半叶,汉诗文创作逐渐衰微,这与律令国家(这是汉诗文流行的基础)的逐渐衰微是同步的。朝廷中出现了让和歌获得与汉诗同样崇高地位的舆论,首次刊行敕撰和歌集《古今和歌集》,成功给予和歌以公家的名分及性质。随着和歌活动在宫廷内发挥的作用逐渐增大,和歌创作活动展现出了强大而特殊的交流价值。很长一段时期内摄关政治的隆盛,使得皇家后宫成为朝政的重要交流场所。在以皇后以及宫女为主体的后宫庭院中,和歌成为具有重要社交作用的交流手段。各种兴盛的"歌合"活动,促进了许多本土歌论观念的产生,促进了致日本固有审美观的成熟。天皇院政代替摄关政治之后,导致"后宫沙龙"现象的衰退,这使和歌逐渐失去在皇室的社交价值。时代开始要求和歌创作提升水平,向着独立创作及鉴赏的个人文学的方向发展。

到平安时代末期,以贵族为主体、以京都为舞台的日本贵族文化发生了重大变化。比如后白河法皇放下身段,仿学民间流行歌谣"今样",并亲自编写歌谣集《梁尘秘抄》。又如收录印度、中国和日本的民间说话集《今昔物语》刊行,栩栩如生地描述武士战斗的军记物语大量出现,市井民间出现大量书肆等。这些现象都表明了日本文学的发展开始出现不同的关注方向,文人学者开始关心到地方民间文化,文学创作和阅读活动也开始进入平民、武士的生活,由此带来日本文学创作丰富的内容形式,乃至文学创作的性质也出现了变化。

一、"和歌"概念的成立

9世纪后半叶,随着朝廷律令体制的弱化,日本的汉风化逐渐衰微。虽然汉诗文才能仍然是贵族们从事公事不可缺少的功底,但其高贵荣耀的色彩已明显衰退。随着藤原氏独揽专权时代到来,贵族文人即使拥有汉才(写作汉诗文的能力),也不能保证其在朝廷里保有职位。与此同时,朝廷里出现倡导本土和歌的氛围,使得和歌与汉诗地位逐渐平等。905 年奉醍醐天皇之旨,纪贯之(Kino Tsurayuki,约 870—945)等完成了日本史上首部敕撰和歌集《古今和歌集》。"古今"是指从《万叶集》以前的古代直到当代。"和歌"这一名称的正式使用,也由此开始①。从前日本的"诗"指汉诗,而用"歌"来表示日本固有的诗歌。到了《古今和歌集》,歌前面加了"和"字。这当然是与外来的中国诗作区分,不过这个命名不仅仅是为了区分名词,将日本固有的歌称为"和歌",其更重要的意义,是针对"汉诗"概念而作出的文体区隔,是将和歌上升到与汉诗一样尊贵的"公家"地位。用"和"字说明这是属于日本本土的概念,因此和歌一词具有某种程度的政治性寓意。这部史上首部和歌集,最初名为《续万叶集》,但最终根据醍醐天皇的御命,改名为《古今和歌集》,由此可见当时天皇朝廷对"和歌"这一本土概念的高度重视。《古今和歌集》问世后的五百年间,日本陆续编撰出的钦定和歌集,前后共有二十一种。这二十一种歌集的名称,都叫作"××和歌集"。对日本人来说,和歌是本民族最重要的文学表现,并且有意识地以和歌创作与汉诗创作竞争。《古今和歌集》的另一个划时代意义,是书写方式的彻底改变,其所收集的和歌,全部用平假名书写。用"平假名"书写的"敕撰"的"和歌集",这三个要素集于一体,足以说明当时天皇朝廷编辑刊行《古今和歌集》的高涨热情,以及对倡导和歌的殷切期盼。

首次刊行的《古今和歌集》有两篇序文:一篇用汉语撰写,叫作真名序;另一篇用日语撰写,叫作假名序。这两篇序言,被认为是日本最早的和歌专论。尤其是其中的假名序,是日本人第一次用本土语言论述本土文学(和歌)的诗学论。《古今和歌集》这两篇序言的出现,彰显出天皇朝廷为了发展本土文化,开始重视本土和歌的发展兴盛。

首先,编者在序文中论述了和歌的本质、起源以及传统精神。真名序和假名序的理论阐述并不完全一致,自古以来有关两者比较的论述不胜枚举,但更受关注的是两篇序文所展示出的共同点,可以更清晰地了解和歌的社会意义。比如序文开头所言的和歌本质论:

假名序
　　和歌(やまとうた)は、人の心を種として、万の言の葉とぞなれりける(译

---

① 《万叶集》里也出现过"和歌"一词,但以"和"为动词用,不是作为"日本"的意思而用。

文：夫和歌者，以人心为种，变成千万言词）。①

真名序
　　夫和歌者，托其根于心地，发其花于词林者也。②

编者将和歌的本质分为心和词的二元素：心不会直接变成词，而词也并不等于作者的心，和歌创作成功的根本奥秘就在于把心呈现在词里。这样的基本论述，提出了和歌创作中"二元论"的心词关系。具体论述中还特别关注和歌中的"言词"，是否能够充分地表现出作者的"人心"，这显然有着重要的意义。对于和歌本质论述这样的关注角度，编者在评论"六歌仙"歌风时也提到过。③

其次，编者试图将和歌上升到与汉诗同样重要的地位。为了让和歌在朝廷贵族社会中获得一个正式堂皇的身份地位，编者借用中国诗论的概念，来彰显和歌的社会作用：

假名序
　　力をも入れずして天地を動かし、目に見えぬ鬼神をもあはれと思はせ、男女の中をも和らげ、猛き武士の心をも慰むるは歌なり。④

真名序
　　动天地，感鬼神，化人伦，和夫妇，莫宜于和歌。⑤

这是完全模仿了《毛诗》大序中的"动天地，感鬼神，莫近于诗"的说法。接下来也仿照

---

① 《古今和歌集》，《新编日本古典文学全集11》，日本：小学馆，1994年版，第17页。
② 同上，第422页。
③ "僧正遍照は、歌のさまは得たれども、まことすくなし。たとへば絵、にかける女を見て、いたづらに心を動かすがごとし。在原業平は、その心余りて、詞たらず。しぼめる花の色なくてにほひ残れるがごとし。宇治山の僧喜撰は、詞かすかにして、始め終りたしかならず。いはば、秋の月を見るに暁の雲にあへるがごとし。"（同上，第26—27页）"花山僧正，尤得歌体。然其词花而少实，如图画好女，徒动人情。在原中将之歌，其情有余，其词不足。如萎花虽少彩色，而有薰香……宇治山僧喜撰，其词花丽，而首尾停滞。如望秋月遇晓云。"（同上，第426页。）
④ 同上，第17页。
⑤ 同上，第422页。

《诗经》"六义"的概念,来概括和歌的六种分类:

假名序
　　そもそも、歌のさま、六つなり。唐の詩にもかくぞあるべき。その六種の一つには、そへ歌。二つには、かぞへ歌。三つには、なずらへ歌。四つには、たとへ歌。五つには、ただこと歌。六つには、いはひ歌。①

真名序
　　和歌有六义,一曰风,二曰赋,三曰比,四曰兴,五曰雅,六曰颂。②

再次,编者讲述了和歌的起源在于天神之咏,这也是日本"君权神授"政治概念的艺术翻版:

假名序
　　この歌、天地のひらけ初まりける時よりいできにけり。しかあれども、世に伝はることは、久方の天にしては下照姫に始まり、あらかねの地にしては、素盞鳴尊よりぞ起りける。ちはやぶる神世には、歌の文字も定まらず、素直にして、言の心わきがたかりけらし。人の世となりて、素盞鳴尊よりぞ三十文字、あまり一文字はよみける。③

真名序
　　神世七代,时质人淳,情欲无分,和歌未作。逮于素盏鸣尊到出云国,始有三十一字之咏,今反歌之作也。④

接着,编者讲述和歌的政治作用,天皇统治与推行和歌密切相关,用这样的政治关联来强调和歌在天皇朝廷中的优越地位。

---

① 《古今和歌集》,第19—22页。
② 同上,第422页。
③ 同上,第17—18页。
④ 同上,第422页。

假名序

　　古の世々の帝、春の花の朝、秋の月の夜ごとに、さぶらふ人々を召して、事につけつつ歌を奉らしめ給ふ。あるは花をそふとてたよりなき所にまどひ、あるは月を思ふとてしるべなき闇にたどれる心々を見たまひて、賢し愚かなりとしろしめしけむ。①

真名序

　　古天子，每良辰美景，诏侍臣预宴筵者献和歌。君臣之情，由斯可见，贤愚之性，于是相分。所以随民之欲，择士之才也。②

由上可见，编者是把和歌神授的说法，与汉诗学中"文章经国"的概念相融合，然后套用在和歌理论的叙述上面。这样的论述，其实并未立足于日本和歌发展的事实，而只是为了赋予和歌创作较高的社会价值与地位。

在《万叶集》流行的时代，倡导和歌对于日本歌人来说，有着扫清沉郁心情、增强抚慰感的正面效果。之后历朝历代推广和歌创作的社会意义在于，对大和民族，尤其是对易于感到孤单的日本人内心而言，往往有着"随风潜入夜，润物细无声"（杜甫名句）般的抚慰作用。《古今和歌集》序言中所主张的和歌具有的社会意义，虽然借用了中国诗学的概念用语，但实质上还是有着日本本土文艺价值观的因素存在。正是通过这样的方式，《古今和歌集》的编撰刊行，成功地提升了和歌的地位，也初步确立了和歌的基本概念和社会价值。

二、和歌集的编撰

自《古今和歌集》问世后的300年间，日本陆续出现了七部敕撰和歌集，合称为"八代集"。通过研究从《古今和歌集》到《千载和歌集》中对当时颇有影响并有创新性的论述结构，就较容易理解这一时段中的和歌潮流，以及日本本土审美观的形成过程。

《古今和歌集》的选歌理念和分类法，与《万叶集》截然不同。特别是其分类法，成

---

① 《古今和歌集》，第22—23页。
② 同上，第424页。

为后来敕撰和歌集的范本。《古今和歌集》将和歌先以四季排列(春夏秋冬),之后是贺歌、离别歌、羁旅歌、物名歌、恋歌、哀伤歌、杂歌、杂体歌(短歌、旋头歌、俳谐歌)、大歌所御歌等。全书二十卷中,四季歌(六卷)和恋歌(五卷)合起来占了一半。以四季、恋爱分类,并不是《古今和歌集》首创。893年成书(比《古今和歌集》早十几年)的私撰和歌集《新撰万叶集》[①](据传为菅原道真所撰)就是以四季和恋爱分类的先驱,《古今和歌集》则应该是承袭了这一分类方式。

以四季为主题而分类和歌,可以说体现出了日本民族对季节的敏感、重视和珍惜。这种具有日本特色的文学作品分类法,就是在这一时段定型的。《古今和歌集》中的四季歌和恋歌的排列方式,也经过了编撰者的细心构想。比如春天咏樱花,从未开花时的期待开始,接下来欣赏刚开花的樱花,再赞叹樱花盛开之美,最后惋惜樱花凋谢,这样的次序排列,层次分明,细致入微,充分表现出日本歌人对樱花的深厚感情。同样,分为五卷的恋歌,从恋爱前奏(单相思,恋歌一、恋歌二)开始,到见面后的感情表现(恋歌三),接着预感恋人变心(恋歌四),最后是怀念已逝去的爱情(恋歌五)。与四季歌相同,恋歌也是随着时间的推移而展开。当然,《古今和歌集》中的历时性分类法,并非全然机械地按时间先后来分,其中也有少数时序穿插的分类。

"八代集"第四部《后拾遗和歌集》(1087年)的分类也是按照四季展开,分别是贺歌、离别歌、羁旅歌、哀伤歌、恋歌、杂歌,不同处是在杂歌部新设了"神祇"门类。增设佛教内容的门类,在和歌集的编撰中是一种新的尝试,这也说明当时日本歌人和民众对礼佛的关注程度越来越高,拜佛修炼内容也进入了和歌咏唱的范围。

"八代集"第五部《金叶和歌集》是颇有新奇概念的敕撰和歌集。1124年,白河院指名明源俊赖(Minamotono Toshiyori, 1055—1129)负责编撰。当时藤原基俊(Fujiwarano Mototoshi, ? —1142)作为日本歌坛第一歌人而社会声望隆盛,但是观念保守。但是白河院渴望能编撰出代表新风气的和歌集,所以没有采用保守派歌人,而是选择被视为革新派歌人的俊赖来编辑此歌集。俊赖于1124年、1125年分别呈交两次稿本,都被白河院退回。直到1126年末(一说1127年初)提交第三次修改本才被接纳。此和歌集的书名、卷数、分类,都打破了之前的成书形式。与之前的"古今"、"后撰"(第二部)、"拾遗"(第三部)、"后拾遗"等相比,取名方式显然不同。至于卷数,之前的敕撰和歌集都是二十卷,数量大都超过一千首,而《金叶和歌集》只有十卷七百首。至于

---

① 《新撰万叶集》是每首歌后附一首七言绝句。

分类,《金叶和歌集》只有四季歌、贺歌、别离歌、恋歌、杂歌这样简短的五类。《金叶和歌集》在选歌方面尤其大胆,收录了不少有着崭新风貌的和歌,并因此受到当时歌坛不少人的严厉批评。此外,《金叶和歌集》还在杂歌部首次设立连歌部,连歌是上下分句、组合不同歌人咏唱的和歌新形式,这样的革新自然都令世人瞩目。

"八代集"第七部《千载和歌集》(1188年)由藤原俊成(Fujiwarano Toshinari / Shunzei,1114—1204)奉后白河法皇之旨编撰。在《杂歌下》卷,收录了长歌、旋头歌、俳谐歌,并增收之前收录极少的佛教、神祇主题的和歌,各专置一卷。

随着这些敕撰和歌集的陆续问世,日本和歌的发展方向及审美观基本确立,初步形成了具有特色的创作潮流:分类以四季和恋爱为主,并且季节和感情随着时间的改变而变化。在形式方面则越来越多地收录短歌,最初《万叶集》里收录了约260首的长歌和若干旋头歌、佛足石歌等,而在《古今和歌集》之后的敕撰和歌集,收录的基本上都是短歌了。由于敕撰集具有至高无上的皇家权威性,对于当时的歌人而言,自己的作品是否被选入,是攸关荣耀的大事。和歌集的编者均是当代最有名或者水平最高的歌人,加上选歌过程反映了朝廷执政者的意图,其选歌、编撰标准往往带有浓烈的官方色彩。虽然官方及编者的主观意见能够代表当时的鉴评水平,但日本歌坛中自然也会出现一些不同的意见,甚或对选歌、编撰方式表示不满意的声音。有些敕撰集问世后,也曾引来驳难之书[①]。不过这些现象,更加说明敕撰和歌集编撰本身的重要性以及受到的重视程度。

还有一些细节需要留意:有些和歌集收录名为"物名"和"俳谐"的歌。物名歌是一种语言游戏,在歌中隐藏物名,并且不在歌意中露出;俳谐歌是故意用庸俗、滑稽的措辞,尝试突破和歌局限的作品。这些和歌可以视为是在《万叶集》卷十六收录的戏歌基础上延伸出来的,当然不属于当时歌作主流。但这些不入主流的独创和歌被收录进敕撰集的事实本身,仍标志着其有着一定的创新意义。

最后需提及藤原公任(Fujiwarano Kintou,966—1041)的《和汉朗咏集》(1011或1012年问世)。这不是敕撰和歌集,而是公任甄选当时脍炙人口的汉诗文佳句(短小摘句)与和歌相并编辑而成的一部双语诗歌选集。此集特色表现在:汉诗文以摘句形式收录,这使所摘取的句子,离开原文结构而被独立欣赏;搭配的汉诗文与和歌并不是翻译关系,而是审美表现上的相近吻合;所选的汉诗文及和歌,能够看出当时诗坛的嗜好

---

① 如论《后拾遗和歌集》之难的源经信《难后拾遗》,论《词花和歌集》之难的藤原为超《后叶和歌集》等。

趋向(如汉诗偏重于白居易的作品);上卷的分类法依照《古今和歌集》以四季编排,在季节里再划分各类季语主题,如"立春"、"早春"、"莺"、"霞"等。该书对当时及后世诗坛产生了巨大的影响,与《千字文》、《蒙求》、《李峤杂咏》并称"幼学书",成为贵族子弟学汉诗文时的必读书。该书的问世也表明当时的和歌已与汉诗文并驾齐驱,并逐渐融为一体。因此,流行的汉诗文在书中被按照和歌的审美概念来进行摘选和排列,并与和歌佳作互相呼应。

三、抒情与表现

敕撰和歌集成功地使和歌上升到与汉诗同等重要的社会地位,从此和歌创作不再局限于女性日常生活的抒情。随着和歌地位的上升,歌合(赛歌会)也开始在皇室朝廷盛行。其实歌合活动在《古今和歌集》之前就有,现存最早的记录是885年的民部卿行平家的赛歌会。歌合是一种文学游戏,将参赛歌人分为左右两组,推出一对一对的歌人根据指定的题目咏歌比赛,最后由众议或专人裁决哪一组获胜。这样的赛歌最初纯属娱乐性活动,没有一定的规则。但随着赛歌活动在朝廷贵族间的持久盛行,歌合逐渐摆脱了单纯游戏性质,逐渐成为由贵族男性参加并由宫廷举办的公式行事。其举办的形式也逐渐规范化,对和歌的评判以及评论方式也逐渐规范化。这种规范化评判,也促进了《古今和歌集》编撰者所希求的和歌发展方向,因而成为和歌艺术表现论的成熟体现。

判歌方式,最初是由参加歌合的歌人的众议而决定胜负,后来转为由专人(判者)来评判胜负。判者往往由著名的歌人(同时往往又是德高望重的歌学者)担任,评判的内容也由简单地判优劣,逐步发展到深刻评论和歌的审美内涵。在歌病、声韵、内容、表现方式等各方面,为歌合活动的长期盛行提供了机会,促进了判词质量的提升。歌合上发表的判词越来越受到重视,传播歌人之口,其中有不少都成为当时歌坛的重要审美理念,并不断积累下来。这一阶段出现了许多歌论书籍,大多是歌合判者所写的评价基准。下面通过此时期的主要歌论著作来了解当时日本出现的诗(歌)学概念。

藤原公任的《新撰髓脑》(成书年不详)是将其歌合评论汇总而成的一部歌论著作。书中提出了"心姿相具为佳"的重要歌学理念,明言凡和歌,心深姿清,赏心悦目者,可谓佳作。如心与姿二者兼顾不易,则应以心为先。藤原公任所说的"心"与"姿"的关系,使人联想到《古今和歌集》序言开头所说的"心"与"词"的关系。心是内容,是感情;

词或姿,意味着表现出来的外形。藤原公任的另一本歌论书《和歌九品》(成书年不详,将和歌分为九品,对具体作品进行评价)更体现出其注重心与词关系的评论标准。《和歌九品》上品之上的标准是"词妙且心有余",上品之中是"用词优美而心有余",上品之下是"心虽不深,亦有有趣之处"。最低等级的下品之下是"词呆滞而无趣"。然而总体说来,藤原公任所提出的"有趣"或"无趣",还只是一种不定型的主观判断,只是认知界限较为模糊的审美概念。因为其中既没有说明"心深"或"心有余"与艺术创新的关系,也没讲清楚实现"心姿相具"的具体表现方式及技巧。

与此相比,据传壬生忠岑(Mibuno Tadamine)所撰的《和歌体十种》①则有了明显的进步。他提出了和歌十种"体"的定义方式,并展现出探讨和歌表现论的意识。他参考了《歌经标式》、唐朝崔融《新定格诗》等论著,将和歌分为十体:古歌体、神妙体、直体、余情体、写思体、高情体、器量体、比兴体、华艳体、两方体,并对各体加以具体说明。前人所提及的心与词、心与姿的重要问题,在《和歌体十种》中是以词与义的关系问题来探讨的。作者最推崇"词虽凡流,义入幽玄"的"高情体",此外还重视"余情体"(词标一片,义笼万端)以及"写思体"(志在于胸难显,事在于口难言,自想心见,以歌写之,言语道断,玄又玄也。)②。

源俊赖的《俊赖髓脑》问世于 1111 年至 1114 年之间,此时院政已代替摄关政治,和歌失去了皇室后宫活动的庇护,只能靠着前代兴盛的余势,通过自我提升为有品位的文学创作活动而独立生存。俊赖意识到,当时的和歌已经不再是受到上流社会独尊推崇的主要抒情方式,但可以作为在抒情表意过程中以独特的创造美的方式而生存下去。《俊赖髓脑》是专门为一位社会身份较高的年轻女性贵族撰写的作歌指南。该书从介绍和歌种类开始,讲述歌病、歌人的范围、和歌的作用、作品解释、歌题和咏法、优秀歌介绍、作歌技巧、歌语及表现等。此书继承了藤原公任《新撰髓脑》的歌论叙述,其提出的歌学内容,对后世的歌论书影响极大。比如俊赖认为心与词的关系仍然是和歌创作的重点,好歌应该"以心为先,追求趣向,修饰词而咏"。在进行歌合评价的场合,他实际上更重视不同趣向和声调所体现出的不同美感。对这些特有的美感的细致表现,俊赖是从和歌表现的不同角度来关注和分析的,他认为心因感触到事物和事件而产生感动,

---

① 据《和歌体十种》序可知此书是 945 年壬生忠岑所撰,但学界对此有疑问,疑为与藤原公任同时代的人所作。
② 值得注意的是,与当时其他歌论书不同,《和歌体十种》的序以及对各体的定义是用汉文写的,所表达的内容也更具理论性。

歌人把这些感动用佳词表现出来,这样的和歌就显得既有趣又畅快了。

藤原清辅(Fujiwarano Kiyosuke,1104—1177)的《奥义抄》问世于1135年至1144年之间,是这一阶段歌学新发展的总结。这本书汇总和整理过去一阶段的歌论内容,逐一加以解释。上卷重点讲解的是"式",包括和歌的种类、歌体、歌病等。中卷和下卷是和歌佳作的具体讲解注释,最后是问答式地阐述对古歌的见解。

总之,这一时期的歌论书,论及和歌艺术本质的认知不多,主要是集中在论述作歌方式、作歌需要的教养内容等,重点在于探求和歌创作的具体方法。此阶段写歌论者,往往自己就是实际创作的歌人,而不是缺乏创作经验的歌学评论家,所以他们很少提出理论性和系统性的评论内容。而对这一阶段学习作歌的读者来说,最需要的是由歌人体验出来的、比较具体的和歌创作方法技巧。当时日本歌坛重点关注的是能够用心感受到的具体创作体会,罕有歌人有兴趣探讨所谓系统性的和歌理论。

四、私生活的表现

《古今和歌集》还有一个革新意义是其书写方式的转换:除了真名序以外,整部《古今和歌集》都用平假名书写。这种书写方式,在当时文坛有着重大的革新意义。之前《万叶集》的题词、左注,使用了汉文书写;接着《歌经标式》的本文,也用了汉文书写;到了《古今和歌集》,不仅是和歌部分,连向来用汉文书写的题词、左注等,都一律改成了用假名书写。这是一个非常重要的尝试性举措,标志着当时的日本文人开始意识到不仅和歌的解释应该用和文,连散文创作也可以用平假名来书写。

由于汉文依然保持着独尊的崇高地位(朝政公文必须用汉文),虽然作为文学体裁的和歌获得了"公家"认可的较高地位,但是平假名的书写方式,大部分还是运用在私生活领域。平假名的普遍使用,能让日本文人用适合自己语言的文字表现自己的私生活,文学创作的书写过程变得自由畅达,因此假名散文创作大量产生。此时段的假名散文创作主要有三种体裁形式:物语、日记和随笔。

"物语"(monogatari)这一名词由动词"物語る"(monogataru)派生而出,原意为"讲述"。原来的"物语"不仅指写出来的作品,还包括朋友之间的畅谈,家常话以及男女之间的私话。物语的英译"tale","story"或"narative",能够体现其源于口传文学之意。源为宪(Minamotono Tamenori,?—1011)编撰的佛教入门书《三宝绘词》(又称《三宝绘》,984年刊行)中认为"物语是女心所消遣之物",说明物语当初是在女人私生活领域里流行的娱乐性读物①。物语的早期读者大都是女性,其故事情节也都是围绕着女性生活和思想情感而编写的,但早期物语作者都是男性。从现存的早期物语能看出其在故事结构、细节以及词汇方面都受到中国文学的直接影响,带有明显的模仿痕迹。当时的物语作者的社会身份不高,但都熟读中国古典文学作品。他们使用本土的平假名,编写供中上层女性群体消闲所读的通俗物语。这样的写作行为,在当时不为主流文坛所关注,自然也不是什么值得炫耀之事,因而当时刊行的物语大都没有留下作者的真实姓名。这样的行为从诗学观角度看,也是延续了中国早期的"小说"概念的做法。

紫式部(Murasaki Shikibu,970—约1025)的《源氏物语》,打破了日本早期物语的这一局限。身为女性的紫式部执笔进入了物语的创作领域,并且极大提升了物语文学的艺术价值。《源氏物语》通过贵族主人公源氏的生活经历和爱情故事,描写了当时的上层贵族社会的盛衰荣枯。与早期的物语作者不同,紫式部认为物语的价值和责任,在于通过虚构的故事描写出人世间的真情实事。她借着物语中的人物展开自己的物语论,比如交代自己执笔的动机:

> 原来故事小说,虽然并非如实记载某一人的事迹,但不论善恶,都是世间真人真事。观之不足,听之不足,但觉此种情节,不能笼闭在一人心中,必须传告后世之人,于是执笔写作。因此欲写一善人时,则专选其人之善事。而突出其善的一方;在写恶的一方时,则又专选稀世少见之恶事,使两者互相对比。这些都是真情实事,并非世外之谈……内容之深浅各有差别,若一概指斥为空言,则亦不符合事实。②

紫式部认为物语应该写出真实,但其方式并不是完全记录事实,而是被虚构包围中

---

① 11世纪初成书早于《源氏物语》的现存物语只有三部,即《竹取物语》、《宇津保物语》和《落窪物语》。但除了这三部以外,能够知道物语名的还有三十余部,如《伊势物语》、《平中物语》、《大和物语》等"歌物语"(以歌为主题的物语。散文部分等于和歌制作背景的说明),估计当时实际的物语创作数量更多(如《三宝绘》"比大森林的草还繁茂,比海滨的砂子还多";《蜻蛉日记》"看世间里有很多的古物语的片断"等,说明当时存在许多物语创作),而且内容也不限于讲贵族社会里的恋爱故事,还有传奇性的、佛教性的、异国风情等丰富题材。因此仅根据现存的物语概括当时的物语全貌并不科学,只能说现存作品是作为当时的杰出之作而流传至今。篇幅所限,这里不分析个别物语内容。

② 丰子恺译:《源氏物语》,北京:人民文学出版社,1980年版,第439页。

的真实：即使采取描写虚构的故事和人物的方式，其表现内容还是要以真实性为中心，反映社会实相。她通过《源氏物语》的创作，彰显出了自己的物语论，并给物语文学赋予了新的价值。《源氏物语》先是在贵族女性阶层中传抄流传，后来贵如一条天皇，听女官诵读此书后也是惊叹不已，以比肩《日本书纪》的赞词夸奖了这部女性撰写的物语，带起了皇室中阅读《源氏物语》的风气，一时间朝廷贵族、阁僚百官也纷纷成为女性物语的读者。《源氏物语》的流行也许促使不少女性有勇气执笔写作物语，但紫式部的物语价值观并没有被传承下来，日本女性撰写物语的风气也没有传承下去。平安末期藤原伊行（Fujiwarano Koreyuki,1139—1175）撰写的《源氏物语释》是《源氏物语》最早的注释本，对书中的和歌、汉诗文、故事、佛典等进行注释，其详细考辨的对象以和歌为多。由于《源氏物语》本身充分吸取了和歌艺术传统，紫式部在其中植入了多首和歌，实现了和歌与和文融为一体的小说创作，使其逐渐成为日本歌人的必读之书。总体而言，《源氏物语》的问世及早期的注释，开辟了日本物语文学论的蹊径，但更为深刻的物语论还未成型，尚待时日。

"日记"原来是日本贵族社会男子用汉文对公务活动逐日记录，一般不会涉及自己的私生活内容，因此早期的日记并不属于文学创作的范围。用平假名撰写日记并使其具有文学性质的尝试，自平安王朝时期著名歌人纪贯之开始。他的《土佐日记》（935年以后）采取日记的方式，如实记录作者在土佐国任职期满回平安京途中的所见所感。纪贯之不仅使用平假名，还假托女性的身份写成这部日记。这样做的目的是希望摆脱王朝官人的身份，而作为普通人随心所欲地表达内心感受。《土佐日记》开头写道："男人写的日记，作为女人的我也试一试。"表明他想设身处地站在女人的立场，用女性的眼光和思考方式，来记录和描写现实世界的所见所闻。用通俗的平假名书写，可以有效回避古代汉语书写的固定形式及传统束缚，成为把史录性质的"日记"改变成"日记文学"的关键因素。因为假扮女性身份，就可以用通俗平易的平假名书写，更贴近中下层女子的内心，也更适宜描写作者身边琐事和抒发内心真实情感。《土佐日记》中的这些女性情感的吐露，其实就是纪贯之自身述怀的另一种方式。对日记文学描写这样改造的文学史意义，在于充实和改变了传统日记写法，并通过本土文字平假名的书写，开创了在日记中自由表现个人内心世界的新体裁。

真正由女性执笔写日记并编撰成书的出现，约在纪贯之写作《土佐日记》半个世纪之后。藤原道纲母（Fujiwarano Michitsunano Haha,？—995）的《蜻蛉日记》（10世纪后期），被认为是日本最早的女性日记文学作品。她写这部作品时，已经明确意识到自己

写的是物语文学,而不是完全真实的私人日记。在该书的开头她就表明自己要创造一种新的文学形式:

> 窥看世间许多的古物语,大多写无稽之事,尚且广受欢迎。如果将自己非同寻常的身世用日记形式写出来,会更被称奇吧。

她认为古代的物语,描写的大多是虚构无稽之事,而自己是以日记的形式在记录真实事件情况。她对日记的定义,并不是逐日的记录,而是按照时间顺序记录经过自己亲自体验过的事实。实际上,她写的内容与其说是事实,毋宁说是个人的体验和感受更准确一些。因此,《土佐日记》和《蜻蛉日记》的出发点和写作动机不同,但最终目标似乎一致:二者都通过"日记"形式不约而同地着重表现作者的内心世界,日本的日记文学就这样诞生了。随后陆续出现的女性作者的日记各有特色①,但大都以现实经历为写作题材而又超越记录现实,重在塑造作者的内心世界,这是这一时期女性日记文学的共同特点。

由于日记文学具备上述特征,往往使得日记和物语难以区分:如《伊势物语》又名《在五中将日记》,《和泉式部日记》又被称为《和泉式部物语》。10世纪后半叶至12世纪,可以说是女性日记文学最繁荣的时期,其后的散文创作即使没有明确声称"日记",也或多或少继承了日记文学的写法。甚至到了20世纪前期日本新流行的自然主义私小说中,也能找到传统日记文学的写法印记:即通过对生活琐事连绵不断的叙述,重在表现作者内心的细腻情感。

第三种文学体裁是"随笔",一般指不拘全篇结构及排列顺序,随心所欲而写的散文②。清少纳言(Sei Shohnagon,966?—1025?)的《枕草子》,是一部以智睿的观察、明快的笔调描写宫中生活的随感作品。其独一无二的诙谐幽默感,使历代读者感受到了其特有的清新文笔之美,也让人们顺然接受了其新创的美学观念"をかし"(有趣)。该书具有前所未有的表现形式和美观文字,当时无人能够模仿和继承(直到14世纪出现的《徒然草》),这使其成为独秀于林的文学经典之作。

---

① 著名的有《紫式部日记》、《更级日记》、《赞岐典侍日记》等。
② 不过平安时代还没有出现"随笔"这个名称。在日本最早冠名"随笔"的著作是15世纪一条兼良(Ichijoh Kanera,1402—1481)的《东斋随笔》。他根据洪迈《容斋随笔》的序文所述"予老去习懒,读书不多,意之所之,随即记录,因其后先,无复诠次,故目之曰《随笔》",将自己的作品命名为《东斋随笔》。

这一阶段散文的大发展,使创作者和接受者之间开始出现区隔。长期以来,日本汉诗、和歌的创作过程中,创作者与接受者基本一致。创作者同时就是接受者,诗人或歌人之间可以互相琢磨,共同研讨和推进诗歌创作的发展。散文创作则不然,其受众面甚广,创作者往往并非就是接受者。作者和读者双方所追求的或所认可的观念也许可以一致,但因身份、地位、立场不同,其追求艺术的方式及完成手段也就不一样。前者以创造作品的方式追求艺术理想,后者则以接受或忽视的手段表现各自的艺术理想,这种群体的合力,就决定了文学发展的时代潮流。

第三节　拓展期(镰仓时代—13世纪至14世纪初)

镰仓时代是日本诗学发展进入切磋与磨合的阶段。12世纪末日本出现动乱,朝野愤慨平氏专控政权的强势作为,1180年,源赖政(Minamotono Yorimasa,1104—1180)与后白河天皇的第二皇子以仁亲王携手,向全国武士传达"以仁王令旨",呼吁合力讨伐平氏。源赖朝(Minamotono Yoritomo,1147—1199)与各地源氏纷纷举兵,诸国武士团也陆续响应。这场"源平之乱"持续了五年,在1185年的坛浦之战中,源氏彻底击败了平氏。

源平之乱与12世纪初发生的战乱(保元之乱、平治之乱)相比,不仅战斗规模变大①,更大范围的各地武士团参战而且战乱策划者不再是贵族而是武士。源赖朝举兵后以关东地区的镰仓为根据地,推行"御家人制"②,并建立政务机关,逐渐成为日本东部的实质统治者。平氏灭亡后,源赖朝继续扩大势力。1192年,与赖朝针锋相对的后白河法皇去世,赖朝被朝廷委任为"征夷大将军"③。日本历史上首个武家政权、首次根据封建制度建立的镰仓幕府时代正式开始④。

---

① 保元、平治之乱的武士数量约为几百骑,源平之乱增加到几万骑。
② 御家人制是以土地为媒介结成的武士之间的主从关系,是封建制度。主从关系以"御恩"和"奉公"来形容:主君保障家臣的土地所有权,保证他们原有领地的统治权,对有战功者另赋予新领地;对主君的这些"御恩",家臣"奉公",即侍奉主君,承担军事义务(战时从军,平时担任警卫)以效忠。在武士社会,随从人员被叫作家人。镰仓幕府时代,为向将军致敬,前面加了"御"字。
③ "征夷大将军",原意为征讨虾夷(对日本北海道原住民的蔑称)而临时任职的将军,自从源赖朝成为征夷大将军后,成为武士统治者地位的官职。
④ "幕府"原指将军出征时的营帐,后专指武士首长建立的政权。

镰仓幕府有效掌控了全国的军事力量及实际统治权,各地行政管辖权名义上仍在天皇朝廷掌管中。幕府和朝廷共同持有政权的状态,形成了日本的二元政治结构。幕府以镰仓为中心行使实际权力;朝廷以京都为中心保留形式上的统治权。第一任将军源赖朝去世后,在幕府内部御家人之间陆续发生了权力之争。赖朝之妻北条政子的父亲北条时政(Hohjoh Tokimasa,1138—1215)逐渐掌握政权,随后北条一族以"执权"的权力代替将军执行政务。在朝廷,不甘于受幕府抑制的后鸟羽上皇在实行院政期间策划倒幕,拉拢在京、西日本的武士,1221年发布院宣声讨幕府。但出乎后鸟羽上皇的意料,大多数东国武士结集到了幕府方。于是实力强大的幕府军攻击京都,镇压上皇方,史上称此为"承久之乱"。经过承久之乱,幕府的势力更加强大。幕府设"六波罗探题",加强对朝廷和西日本的监督和管理,乃至天皇的废立及大小朝廷事务,实际上都由幕府牢牢掌控。

镰仓幕府成立后,一直不与宋朝恢复外交关系,但是承接平清盛时代积极的通商政策,两国之间的民间贸易和文化交流仍较为活跃。13世纪后半叶,元朝征服高丽国后,要求日本朝贡。镰仓幕府的拒绝,引起了元军的两次来袭[①]。虽然两次都幸运地让元军退兵,幕府的经济情况却也是越来越恶化,统治力也大大减弱。由于代代分割继承土地,武士阶层的御家人领地越来越小,再加上货币经济的迅速发展,使御家人逐渐陷入贫困处境。御家人全力以赴击退元兵入侵,但因财政状况不佳,幕府最终也未能给他们充分的赏赐补助,这样镰仓幕府就逐渐失去了御家人们的信赖。以北条一族为中心的专制政治更是引起御家人们的不满[②]。

力图扩大天皇实权的后醍醐天皇(1318—1339在位),趁着社会对幕府强烈不满的形势,积极策划倒幕。两次的倒幕计划都归失败,天皇被流放到隐岐岛。天皇之子护良亲王和楠木正成(Kusunoki Masashige,?—1336)召集反幕府势力起兵,继续与幕府争斗。后醍醐天皇从隐岐岛脱出后,再次呼吁全社会倒幕。原幕府方指挥官足利高氏(后改名为尊氏,Ashikaga Takauji,1305—1358)也背叛幕府,攻击六波罗探题。新田义贞(Nitta Yoshisada,?—1338)进攻镰仓,打败北条一族。1333年,镰仓幕府灭亡。

政治上朝廷、幕府权力并存的体制,直接影响到了镰仓时代贵族、武士文化的二元并存。传统文化中心仍在京都,发展文化的话语权依旧掌握在贵族世家手中。然而镰

---

① 两次元军来袭被称为"元寇"。1274年(文永之役)和1281年(弘安之役)元军攻击日本九州,但两次都发生暴风雨,元军遭到巨大损害而退兵。

② 镰仓时代后期,各国守护中北条一族占过一半;各地庄园地头的职位也多归于北条一族之手。

仓武士幕府的出现,使京都贵族意识到他们已不再是日本的行政控制中心。文化才能的优劣已经不再是评判或影响施政任官的重要因素。虽然行政上的任职权仍在京都天皇朝廷掌控之中,但传统的文才已不是官员任职的必要条件。然而,贵族们还是希望能靠掌握传承文化的优势,确认其存在价值及生存意义,这样就开始为了表现文化而追求文化。同时,在怀念已逝去的平安时代、逃避现实的过程中,贵族们更加意识到维护文化的重大价值,于是拥护和继承传统文化就成为京都贵族几乎唯一的存在理由。

对当时的贵族来说,传统文学主要就是和歌。12世纪末到13世纪初,京都歌坛迎来了空前活跃期。藤原俊成的提倡幽玄体,后鸟羽上皇对和歌事业的热衷,《赛歌六百首》《赛歌一千五百首》等大规模赛歌活动的持续进行等,都有效促进了当时歌坛创作潮流朝着新歌方向发展。《新古今和歌集》(1205年)宣扬的和歌审美理念,之后得到藤原俊成之子藤原定家(Fujiwarano Sadaie / Teika,1162—1241)等人的继承并加以拓展。

传统文化由贵族继承并加以精炼的同时,由武士、庶民支持的新型俗文化也逐渐出现并得到快速发展。进入13世纪,战记物语,说话文学等通俗文学样式陆续出现。这些新的文学体裁虽然创作者仍然是贵族、僧侣等知识分子,但阅读消费者已经是武士阶层、庶民等广泛的大众。新的文化消费群的诞生,使日本传统的审美观及作品文体都发生了变化。

这一时段中,佛教再次兴起。贵族集团对现实统治掌控力的逐渐削弱,使贵族不仅丧失现实权力,也失去了精神依托。镰仓新佛教否定现世救济的可能性,批判平安佛教的现世信仰、咒术性,强调佛教的彼岸性与超越性。新创立的镰仓佛教宗派分为两类:一类是开创人没有赴宋求法经历,而在本土依据汉译佛典和中国佛教著作而建立起来的宗派;另一类则是开创人赴宋求法,引进了在南宋达到盛期的禅宗新教义。

法然(Hohnen,1133—1212)的净土宗、亲鸾(Shinran,1173—1262)的净土真宗、一遍(Ippen,1239—1289)的时宗,都主张通过口念佛号,一切人皆可往生净土;日莲(Nichiren,1222—1282)的日莲宗(又叫法华宗)主张通过诵唱《南无妙法莲华经》七字题,即可获得拯救。这些土著宗派的平易信仰方式受到日本各阶层人士的支持,但遭到传统佛教势力的压制和迫害。新佛教在民间的迅速发展扩大的形势,也引起依然推崇旧佛教传教的镰仓幕府及京都朝廷的警惕,并受到了排挤和镇压。

荣西(Eisai,1141—1215)两次入宋学禅宗,回国后开创日本临济宗。跟荣西弟子学禅的道元(Dohgen,1200—1253)赴宋后跟随曹洞宗鼻祖学法,回国后开创日本曹洞宗,传布"专修坐禅"。除了日本僧侣赴宋学禅宗以外,也有东渡日本的南宋僧侣。他们大多是禅僧,抵达日本后都受到幕府、朝廷的尊重和重视。由于禅学的严厉修行法符合武士的行为方式及精神追求,他们在日本建立的禅宗各派,都受到幕府的拥护和敬重。

一、和歌新风

经过源平之乱,镰仓幕府建立后恢复和平状态的京都,以后鸟羽上皇为中心的歌坛极力推展新歌风[①]。1201 年,上皇指名藤原定家等六人编撰《新古今和歌集》[②]。《新古今和歌集》是所谓"八代集"的最后一部敕撰和歌集,与《万叶集》、《古今和歌集》并称为三大和歌集。歌集名含有既秉承《古今和歌集》的传统和歌精神,又创造和歌新风之意。后鸟羽上皇非常重视此和歌集的编撰:编者所选的所有和歌,都交由后鸟羽上皇亲自筛选,再退回给编者分类。虽然原计划是在 1205 年完成编撰工作[③],之后上皇让藤原定家反复修改多次,直到 1216 年才定稿。上皇被流放到隐岐后,再次对此集进行筛选,删除三百余首,做成《隐岐本新古今和歌集》。《新古今和歌集》的编撰对鸟羽上皇来说是极受重视并几乎终生关注的文化事业。

在该歌集的和汉序文中[④],鸟羽上皇称从《拾遗和歌集》到《千载和歌集》都由一人编撰,采歌难免偏重,因此这回指名五个人负责编撰。但由上皇指名的编撰者都属于当时的新派;所有的候选歌上皇都亲自筛选;所选的歌,新派歌人所作居多;由此可见《新古今和歌集》体现的歌风及审美观是上皇所追求并向社会展示的新和歌理想。

《新古今和歌集》的采歌方针是《万叶集》及前七部敕撰和歌集未收的歌[⑤]。采收对象的时间跨度相当长,包含了从古代到当代的和歌作品,并因此尝试创立新的和歌规范。从分类来看,该歌集基本上依照《古今和歌集》,分为四季歌、贺歌、哀伤歌、离别

[①] 上皇为准备敕撰集,1201 年 6 月计划举办"赛歌一千五百首",命三十名第一线歌人呈交一百首歌。同年 7 月,仿照村上天皇时代设置和歌所。

[②] 其中,寂莲受命不久去世,由其他五人参与编撰工作。

[③] 如假名序说"元久二年三月二十六日结束记录",1205 年三月二十六日晚,仿照《日本书纪》讲授结束时举行的"《日本书纪》竞宴"在宫中举行"竞宴"庆祝完成编撰工作。其实竞宴举行时编撰工作并未结束,但后鸟羽上皇执着于使《新古今和歌集》与《古今和歌集》成书年份为同样的干支:905 年和 1205 年,相隔三百年,同样是乙丑年。

[④] 《新古今和歌集》是唯一继承《古今和歌集》的范式,设假名序和真名序。二序分别由藤原良经、藤原亲经领会后鸟羽上皇之意而写成。

[⑤] 真名序:"斯集之为体也,先抽《万叶》之中,更拾《七代》之外。"

歌、羁旅歌、恋歌、杂歌，但不设物名歌、大所歌御歌，而神祇、释教各置一卷，更体现出基于《古今和歌集》传统而创造的幽玄歌风。"幽玄"、"优"、"丽"是《新古今和歌集》的审美标准，认为最理想的和歌是以这些美的因素酿成的言外抒情（余情）的歌。

在编撰方面，值得注意的有两点：一是考虑整体效果的排列方式。《古今和歌集》采取的是按时间先后而排列的模式，在《新古今和歌集》中得到继承并有更为细腻的体现。和歌间的连接，似乎已不是编者的人为排列，而是自然而然地产生的连锁现象。二是对作品作者的重视。《新古今和歌集》里作者不详的和歌很少[1]，这是因为它所关注的是作为歌人自我艺术表现的和歌。《新古今和歌集》编者选歌的重要标准之一，就是和歌作品与创作者歌人必须是一体的，入选的和歌佳作当然就应该与其作者一起介绍。与之相应的，是所选的当代和歌作品数量多，歌人的个人特色非常显著，一眼就可看出作品和作者的密切关系。

《新古今和歌集》的编撰刊行，使得从《古今和歌集》开始的八部敕撰和歌集的编撰活动达到了艺术顶点，同时又成为推进和歌新进程的强大动力。新刊的和歌集还有着另一个值得重视的地方，那就是根据言外抒情的需要，推动和歌句型的改变。原来57/577的断句方式，至此逐步积淀成575／77句式，并产生上句（577）和下句（77）的组合形式。这一和歌句型的局部变化，蕴含着巨大的文学史意义，因为这一文体方面的小改变，实际上酝酿出了下一世纪连歌盛行的新句型萌芽。

二、歌论上的拓展

如果说《古今和歌集》的文学史功绩是使和歌上升到"公家"的地位，给和歌赋予了重要的社会意义，那么《新古今和歌集》的功绩应是将失去宫廷倡导和支持的和歌，改造成一种能够在日本歌坛单独生存下去的个人抒情表现艺术。这赋予和歌新的生存方式的做法，换言之就是传统和歌如何在当代通过新变而生存的问题，是源俊赖早就意识到的（见本章第二节所论），这也成为后来的歌人们所共同关注的重要课题。《新古今和歌集》彰扬的是一种和歌创作的新变之风，鼓励后起的歌人不断拓展创作思路，寻找作为理想的和歌所应具备的艺术表现本质。通过《新古今和歌集》编撰刊行前后的日本歌坛动向，可以了解此时段歌论的改革精炼过程。

第七部敕撰和歌集《千载和歌集》的编者藤原俊成，虽然是保守派代表藤原基俊的

---

[1] 《新古今和歌集》1 978首歌中，作者不详的只有112首。

门下,但他敬仰革新派源俊赖的艺术风格并追随其探索和歌创作的意义价值。在1193年到1194年举行的"赛歌六百首"①过程中,俊成担任判者。俊成以幽玄、优、艳等概念为基准的判词,经过推敲打磨而成为日本歌坛新的审美观②。"幽玄"这个词,早在《古今和歌集》真名序里就有③,《和歌体十种》里也作为高情体的解释被提及④,藤原基俊也作为赛歌判词用过。但到了俊成的论述中,"幽玄"成为和歌创作的最高境界的审美理念。在1197年呈交的歌论书《古来风体抄》里,俊成反复表示和歌的本质难以言述,但鉴于和歌表现的深奥内容与佛教的深渊奥妙之论有着相同之处,他还是依照佛道之理,尽量试图清晰讲述和歌的理想⑤。在和歌创作和接受过程中,"幽玄"所表示的和歌之美在认知上是一种朦胧的存在,是难以清晰解读和把握的。藤原俊成并没有给"幽玄"、"优"、"艳"等概念下清晰的定义,更没有进行具体深入的理论阐述。他只以具体歌作为示范,并通过"姿心"、"姿词"关系来彰显歌论观点。与前面歌论所提及的"心"和"词"或"心"和"姿"的对应概念不同,俊成认为歌的"姿"与其构成因素"心"、"词"之间有着不可分割的关系。他认为理想和歌的条件是:"理想的和歌应是朗诵起来令人不由得感到既妖艳又有情趣。原来叫'咏歌',和歌本来是咏唱的,因此音韵流畅美妙则好听,音韵生硬笨拙则难听。"这句话更清楚地体现俊成的理念:和歌的本质在于表现语言韵律上的微妙的情趣。

藤原定家以其父俊成提倡的幽玄美为出发点,进行理论上的开拓,进一步提出以"余情妖艳"为基底的"有心体"。他在其著作《近代秀歌》、《咏歌大观》、《每月抄》⑥中,展开论述以有心体为主的和歌理想论。他引述其父的话语说:"和歌之道不是求深寻远的知识,而是从己心所求出发,自悟知其答。"又认为"词慕古,心求新,表现效高

---

① 因为比赛规模大,分数次进行朗诵和评定,评定结果送到藤原俊成处,由其判定胜负。
② 此次赛歌评定中,旧派歌人和新派歌人相互展开激烈的争论。旧派显昭(Kenshoh,1130?—?)对俊成的判定不服,写了《六百番陈状》。
③ 《古今和歌集》汉文序:"或事关神异,或兴入幽玄。"
④ 《和歌体十种》:"此体(引者注:高情体)词虽凡流义入幽玄,诸歌之为上科也。"《日本歌学大系1》,日本:风间书房,1991年版,第47页。
⑤ 俊成于1176年因患重病而出家,称释阿在《古来风体抄》里,他提及自己学过《摩诃止观》。
⑥ 这些著作原来是以回答如何咏歌的问题或进行作歌指导而写的书信。《近代秀歌》的答书对象一般认为是镰仓幕府第三代将军源实朝。《咏歌大观》是整理、修改《近代秀歌》的内容而成。《每月抄》是写给身份较高的和歌学习者(每月向定家送来一百首歌作,向他请教)的书信,讲述定家对咏歌的态度。《每月抄》,有伪书之论,此据《新编日本古典文学全集》拟定为定家之真作而论。

姿"①，自然可咏出理想的和歌。他批评纪贯之舍弃"余情妖艳"之体的歌风，指出和歌创作应依照其父所说的"以心为本取舍词"，主张和歌的最高审美理念在于"有心"。至于一直成为争论焦点的心和词的关系，定家认为心和词如鸟的双翼，心词兼具为最佳，如果做不到，与其缺心，宁可拙词。

藤原俊成以"优"、"艳"组合成的"幽玄"论，藤原定家提出的以余情妖艳为基底的"有心"论，到了鸭长明（Kamono Nagaakira / Chohmei，1155—1216）《无名抄》中则混成一体，构建出一种独特的"幽玄美"论，成为评价和歌的一种至高的审美境界。鸭长明所强调的和歌幽玄美，不是在"词"或"姿"的表现上面，而是将其"心"体现在无外在表现、无言无语的过程中。对日本歌人及读者而言，能够达到幽玄境界的和歌佳作，往往能给读者留下无限的余情。

这一时期的歌论论著，开始超越仅是简单罗列歌体及歌病种类的写法，也开始意识到和歌论的重要价值，并开始提出和歌应有的审美理念。但是，当时无论是主张"幽玄"境界，还是主张"艳"之美，提出这些概念词语的真正含义是什么，和歌论者并没有给出合理的阐述。他们提出的这些审美理念，往往是通过和歌作品来表现的，往往是一种说不清晰的歌论概念，甚至是难以用语言表达的一种忘言境界。当然，也有少数歌学论著写得简明扼要，且能辨析到位，比如后鸟羽上皇的歌论书《后鸟羽院御口传》中，就有着对当时歌人的精到评价，从中可以体会到当时日本的和歌理想。

> 俊赖之后是释阿、西行，歌风平易。释阿之和歌优雅、妖艳、感人，有"哀"之美。愚意引为楷模。西行富有情趣，歌心颇深，同时兼有难度，可谓天生之歌人，普通人模仿不得，学而不能，为不可言说之高手。至于清辅，虽无甚可观，但和歌中常常表现出古典修养之深。②

可见上皇对藤原俊成、西行（Saigyoh，1118—1190）所作和歌有着高度评价，此二人的和歌品质高雅，妖艳感人，被后鸟羽上皇引为和歌创作楷模。其和歌创作水平之高，也直接反映在《新古今和歌集》中他们被选歌数方面③。

---

① 定家在《咏歌大观》的开头也讲述同样的作歌原理："情以新为先，词以旧可用。风体可效堪能先达之秀歌。"
② 王向远编：《日本古典文论选译·古代卷》（上），北京：中央编译出版社，2012年版，第120页。
③ 西行是《新古今和歌集》入选歌数最多的歌人，共94首。藤原俊成位于第四位，共72首。

三、物语创作的拓展

如上所述,这一时期的和歌创作已逐渐成为具有艺术表现力的文学方式存在,自《歌经标式》以来不断出现的和歌论,至此也渐趋成熟。相对而言,虽然《源氏物语》作为物语作品已经得到了朝野的推崇,但当时的物语创作大体上仍然属于娱乐性读物,停留在较低的层次。物语创作成为诗学研究的重要对象,要到12世纪才真正开始,此时尚未出现对物语创作的文学评论,而长期以来对物语的研究方法一直以注释考证为主。[①]

藤原俊成除了潜心于和歌创作之外,还广泛阅读《伊势物语》、《源氏物语》、《狭衣物语》等物语作品,从这些名作里汲取本土文化知识,有助于和歌创作开拓新风。其《赛歌六百首》判词曰:"不看《源氏物语》的歌人,真是遗憾。"表明了他对物语名作的推崇态度,断定《源氏物语》是歌人必读之书。他所提倡的幽玄审美观,在来源上也多受《源氏物语》的影响。藤原俊成之子藤原定家,也非常重视阅读物语作品。他不仅反复抄写《源氏物语》、《伊势物语》等名作,还亲自创作物语作品[②],更编撰过《物语赛歌二百首》[③]。定家的异父兄藤原隆信(Fujiwarano Takanobu,1142—1205)也写过《浮浪物语》[④]。这一批观念新锐的文人,他们广泛阅读物语作品的目的,是为了积累本土知识体验,提高自身素质,这样做也有利于提升和歌创作的水平。在这样的跨文体阅读接触过程中,日本的物语(小说)作家渐渐认识到了物语作品所蕴含的巨大文学价值。就在和歌与物语交叉结合的创作环境中,诞生了日本物语名作《无名草子》。

《无名草子》(1200—1201间成书)是一部以评判物语创作为主的文学评论集,相传是藤原俊成的女儿所作[⑤],据学者考证实际上应该是俊成的外孙女所作[⑥]。之前评论物语的论集,往往只是偏重注释其中的汉学知识,考据出典,而对物语文学的写作艺术涉笔不多。至《无名草子》,这一情况有了较大的改变。此书采取物语编写的形式,评论从古到今的物语、歌集和女人,其中物语评论的内容分量最多。有趣的是该书设定形式

---

① 如本章第二节提及的藤原伊行《源氏物语释》。
② 现存据传为藤原定家所作物语有《松浦宫物语》。
③ "物语赛歌"是选物语中的和歌模拟举行赛歌。
④ 《浮浪物语》,今已散佚。
⑤ 《无名草子》的作者至今尚未确定,其中俊成的外孙女为作者的说法最具说服力。
⑥ 专家考证,该书实际上是俊成的女儿八条院三条之女儿,即外孙女。

是女性评论女性的作品①,并由女性笔录。评论的着眼点有人物、情景的描写法,措辞,和歌等,其中对和歌的评价,往往直接联系到对物语的评价。这种重视物语与和歌关联性的评论角度,并非作者个人的创意,而是当时日本文坛已经普遍认同这样的观点,认为和歌可以在物语创作中发挥很大的作用,可以明显提高物语创作的水平。作者虽然承认物语创作本身具有超现实性,但是受到《源氏物语》相关评论的启发,体认到物语创作的重点应该是以虚构材料描写出现实的真实面。所以她对当时物语创作中流行过于虚构的描述,进行了严厉的批评。确实,《源氏物语》之后的物语作品,逐渐离开写实的描写,总的趋向是超越现实性的。《无名草子》是对物语创作从文学的角度进行评论的第一部书,其倡导的物语观,提醒人们重视物语创作所具有的社会文学价值。《源氏物语》倡导物语写实的观念,隔了两百年之后,由《无名草子》承接续论,而这起承两位论者又都是女性。这样的巧合情况,正说明日本文学发展过程中女性作家所发挥的巨大作用。

此时段除了继承平安时代传统物语以外,还产生了大量的战记物语、说话集等类型的散文作品。物语体裁的出现,曾使文学创作者和读者之间发生了区分,而此时新的读者群的出现,又使物语创作不断发生着变化。原来的物语作品,表现内容大多限于贵族生活。对这一阶段中新出现的读者群,比如武士文人、商人庶民来说,传统物语所描写的情与景,往往与自己的实际生活不相关,阅读起来自然会感觉到陌生。描写贵族私生活的平假名文学,到了平安末期已变成文言体文学,与平民社会的脱节越拉越大。当时蓬勃发展的市井社会,对文学有新口语体读物的阅读需求,这样巨大的市场需求呼唤着创造新的文学体裁形式,所以诸如战记物语以及新的说话集等,就应运而生了。

战记物语②,同样属于"物语",但与早先流传的物语在形式上已全然不同,它源于琵琶法师边弹琵琶边唱的说唱故事,所以准确说来是一种说唱表演艺术的文字脚本。战记物语的表演在市井社会流行,其接受群主要是武士、商人、庶民等市井"听众",而非有汉文化修养的上层读者。下层听众的社会背景及民众的审美需求,直接影响到战记物语的表现内容。下层听众不具有汉诗文的修养基础,也不认同贵族的审美观;他们不是为文化而生存而是为生存而挣扎;还有,他们也许根本不识汉字,甚至有人都不会

---

① 作为评论对象的物语共二十八篇,当然并不是所有物语都由女性创作。不过《无名草子》的物语论中,对《源氏物语》的评论部分约占30%。

② "战记物语",日语的说法是"军记物语"。不过"军记物语"这个名称,是从明治时代才开始使用的文学史术语。(参见《平家物语1》,《新编日本古典文学全集45》,日本:小学馆,1994年版,第6页。)

使用平假名。这些来自社会下层接受者的众多因素，都作为新的物语创作需求，而反映到了战记物语的作品中。于是，与原来贵族文化不同的新人物形象、新价值观很快就诞生了。

战记物语的代表作无疑是《平家物语》，这是一部在日本文学史上占据重要地位的物语小说，记叙了源氏与平氏的政权争夺战，以平氏家族的兴亡过程为线索，栩栩如生地描写战争实况和武士们的行为。战记物语的艺术魅力，不仅在于其叙述的战争题材和描写的新人物形象武士，还在于其使用的词汇以及其产生的听觉音韵效果。战记物语中多用源自佛典、汉文的词语和拟声词，听众未必当场听得懂这些佛教、汉文词语的意思，但以这些词汇生成的七五调①的音韵音律，读起来颇有起伏、节奏分明，令听众很快产生共情而逐渐入戏，听得如痴如醉。拟声词的灵活运用，给予读者和听众身临其境的感觉，使他们更亲近、陶醉和理解故事的场景情节。

说话集是收集民间流传故事并改编而成的。这些故事内容大致可分为两类：世俗说话和佛教说话。早在9世纪问世的《日本灵异记》是说话集之祖，接下来12世纪出现的《今昔物语集》，13世纪问世的世俗说话集《宇治拾遗物语》、《十训抄》(1252年)《古今著闻集》(1254年)，佛教说话集《发心集》、《沙石集》(1279—1283年间)等，也多少吸收前期说话集的写作方式。与前期说话集相比，本时期的编者更加有意识地贴近民众。世俗说话集采取用汉字和平假名结合的书写方式，写出通俗易懂的文字②。他们清楚意识到新的消费群所喜欢的通俗内容，积极收集反映当代世相的通俗故事。《沙石集》作者无住(Mujuh，1226—1312)甚至说他的说话是特意为愚蠢的人们而编的。即使是具有训诫意味的故事，编者们也是有意加入一些滑稽因素，这样会令一般民众更容易接受。

汉文创作以外的假名作品种类也在继续扩大。有些作者特意表明选择用日常语写作的目的。慈圆(Jien，1155—1225)在其史论《愚管抄》(1220年左右)中说，即使有学问的人群中，能够通读汉籍而悟其义理的人并不多。不若用日语写作，普通日本人能读懂意思，所以混用和汉文字从事写作，更便于民众理解文意。比如道元(Dohgen，1200—1253)编撰的佛教理论书《正法眼藏》(1233—1246年间)就是用日语写成的。他有四年逗留宋朝的人生经验，汉诗文的功底很深。但他特意采用日语写作《正法眼

---

① 七五调，每句由上半句的七个音节和下半句的五个音节组成的音律节奏。
② 《日本灵异记》用汉文书写，《今昔物语集》的文体是汉文训读体。

藏》，因为他认为只有用日语才能够充分、尽情表达出自己体会到的佛理，也便于日本百姓阅读理解。《十训抄》的作者（不详）也说他特意采取以假名文字为主的书写方式，因为这样更为通俗易懂。这些观点，都说明创作者发现通过日语（假名）能够更容易表达自己的思想，更顺利传达给更多的人。假名创作除了适宜表现私生活内容之外，也适宜作为表意说理的表达方式。

四、无常观

从 12 世纪后半叶起，面对不断发生的武力争斗，政治体制的不断崩溃，再加上经历自然界的天变地异①，多数日本人的心情一直不能安定平静。长期不稳定的社会状况，使日本人趋向于以佛教"无常观"来观照自己的生活乃至整个世界存在，从而加大对上天掌控常人命运的敬畏心。秉持着人生无常的观念，便不再执着现世追求，生活态度也随之出现较大的变化。这一时段中的各类作品里，都反映出了浓郁的无常观。

《平家物语》显示出诸行无常，盛者必衰的世界观。物语开篇八句韵语，就显露要旨：

祇园精舍之钟声，有诸行无常响声。
娑罗双树之花色，示盛者必衰道理。
骄傲者并不长久，唯正如春夜梦幻。
勇猛者终必灭亡，偏同于风前尘土。

全书从平家一族的发家荣华写起，一直到其没落灭亡。其关注重点不在于描写其兴旺，而在于叙述其如何灭亡的过程。整部物语讲述世间各种意想不到的消长变迁，以及失败人物的无奈命运，重点表现人们对失败命运泰然自若地接受，这样的故事叙述令读者感受到人间万物的无常。作者又基于这种伤感、悲哀的无常观，反而赞美失败人物及毁灭之命运，甚至赞美主动选择死亡的审美理念。作者尽情描写平氏一族的奢华、傲慢和专横，又笔带嘲笑写出一个乡下出身的源氏将军进京时的各种失态。但当那些"可恶"或"可耻"人物面临生死之际，又都变成了英雄。当不可避免的灭亡到来时，对能够接受命运而从容奔赴灭亡的人，作者予以尽情赞美。而对企图抗拒厄运而想逃生

---

① 12 世纪末，在京都多次发生灾厄。如 1177 年的大火灾、1180 年的飓风、1181 年起多年的饥馑、1185 年的大地震等。

保命的人,作者直言不讳地给予轻蔑、贬斥。作者没有对书中人物进行类似中国史书般的道德善恶判断,而只是对他们面临死亡时的行为态度加以褒贬评判。这种重视临死表现的审美理念,吸引了活在"命在旦夕"动乱时代的武士及民众,这样视死如归的观念逐渐渗到了日本人的思想传统中。

同样的无常观,表现在遁世者的身上,其行为和想法就大不一样。遁世者是指因种种原因而出家、受沙弥戒,但不属于任何宗派、寺庙的人。有的漂泊在山野,有的隐遁在山林里,也有的仍然过着与出家前同样的生活。如生于神官家的鸭长明对音乐、和歌方面颇有才能,在后鸟羽上皇的歌坛也曾活跃一时。五十岁左右时由于未能如意升职,便失意出家而遁世。他的《方丈记》(1212年)模仿平安时代庆滋保胤(Yoshishigeno Yasutane,?—1002)的《池亭记》,前半部分生动描写亲历的天灾、人事之变,后半部分叙述隐遁后的生活。《池亭记》源于唐朝白居易的《池上篇并序》,然而后出的《方丈记》比《池亭记》更彻底地继承了白居易的隐者精神。《方丈记》开头写道:

　　河流不断而并非是原来的水流。淤水处漂浮的水泡,且消失且出现,没有久留。

又写道:

　　知道许多事情,知道世间,不多希求,不忙碌。只希望安静地过日子,以无忧为至上。[①]

希望能够避开俗世而享受悠闲平静的生活,这样的人生希冀,是亲历过世间无常之后感悟出来的,只是在作者的笔下全然不见一丝悲哀,而是一种悠悠的安逸感。《方丈记》与《平家物语》的无常观最不相同处,是其对"生存"的执着。鸭长明只是放弃俗世生活,并没有放弃活着,他发现了另外的世界(遁世),便选择在这一世界中继续活下去。

比《方丈记》晚约一百年问世的《徒然草》(1330年后)中,这种摸索遁世的生存意义的态度更明显了。作者兼好(Kenkoh,1283?—1352后)法师也是遁世者。不过他出家较早(三十岁左右),且"遁世"后仍然作为歌人、古典学者、书法家、古代典章制度研究家,一直与"俗世"保持着交流。他写道:

[①] 《方丈记》开篇语,见《方丈记》,《新编日本古典文学全集39》,日本:小学馆,2012年版,第15页。

像爱宕山脚下的坟墓的露水永不消失，鸟部山（火葬场）的烟也久久不会散尽那样，如果人也在这个世界永远活着的话，哪里有情趣。这个世界，"不定"才是妙。①

又说：

至人无智、无德、无功、无名，没人知道没人传。这不是隐德守愚，本来就不在于贤愚、得失的境界。②

《平家物语》呈现无常观的态度，是因为无法回避而只能接受现实并感到悲哀③，而《徒然草》则以积极态度认可无常，甚至还能借用老庄的处世哲理，超脱俗世的境地，实现"身在俗世而心在遁世"的生存方式。

同样主张无常观，却衍生出两种不同的理解，其原因可以从物语读者的不同差别中寻到答案。《平家物语》的阅读者主要是普通民众，向他们宣传诸行无常、盛者必衰的人生观和因果报应思想，目的就在于推广儒教政治道德。虽然作者所属的贵族阶层已不再是实际的统治者，但在普及思想教化、文化教育方面，贵族仍然保持其主动和优势，在物语创作中也可以看出他们主动以笔墨推动教化，劝导教诲大众的良苦用意。而对平民大众来说，大都觉得世间无常不可避免，不得不接受，而产生随缘顺命的看法。受此影响，也可能产生出顺从死亡，甚至赞美死亡的审美理念。《方丈记》《徒然草》引用了大量的佛教经典、中国典籍及日本古籍，可见其是为了贵族阶层读者而写的，因为当时的平民百姓不可能掌握汉籍古典知识，很难读懂这些文章。对贵族来说，无常感起源于执着现世的种种名利，因此脱开这些执着（如出家或遁世）就可以得到精神上的慰藉和安逸感。作者毫不掩盖地吐露自己内心矛盾，随后展示放弃俗世种种烦恼后得到的平静心态。而《徒然草》则更进一步，启发和鼓励人们归隐遁世的行为和心境④。

---

① 《徒然草》第七段，《新编日本古典文学全集39》，日本：小学馆，2012年版，第86页。
② 《徒然草》第二三二段，同上，第260页。
③ 《平家物语》卷十二："朝にかはり夕に变ずる、世間の不定こそ哀れなれ。"（早上变，傍晚又变，世间的不定才是悲哀。）（《平家物语》，日本：岩波书店，2010年版，第316页。）
④ 史料未见同时代人读《徒然草》的记录。发现被埋没的《徒然草》的价值而成为第一个热心读者的是下一代的歌人正彻（Shohtetsu，1381—1459）。他于1431年抄写《徒然草》全文，后来在其歌论书《正彻物语》（1448或1450年）里也对此书赞不绝口。

第四节　嬗变期（室町时代—14世纪至16世纪）

　　本时段是日本诗学的嬗变期，也是传统和新兴文化的融合阶段。1333年镰仓幕府灭亡后，后醍醐天皇立即返回京都，改元"建武"，重开亲政（建武中兴①）。他取消院政制度，也不设关白、摄政之位，全力推行以天皇为中心的统治体制。在地方统治方面，任命国司和守护，由公卿、武将担任；在镰仓和奥州作为皇室派出机关，设置将军府。然而其政策都是重公卿、轻武家，忽略之前武士统治时期已形成的种种惯例。武家得不到合理的赏赐，不满情绪日益严重。后醍醐天皇亲政之后也产生了新的矛盾，朝廷内部的对立频现，从而导致朝廷的政务停滞并带来社会矛盾的激化。很快在日本各地都不断出现对新政的抵抗事件，甚至出现企图重开幕府的叛乱活动。

　　1335年，一直等待再起幕府时机的足利尊氏，在接受天皇的镇乱之命，攻入镰仓镇压叛乱军后，未回京都而在镰仓驻扎并擅自处理政务。朝廷发兵声讨足利尊氏，但足利得到各地武士团的响应，继续扩大其军事武力。1336年，足利尊氏打败朝廷方，进入京都。他利用皇室内部的对立情况，拥护与后醍醐天皇的"大觉寺统"有对立关系的"持明院统"的光明天皇即位。被新天皇任命为"征夷大将军"的足利尊氏，公布了新施政方针《建武式目》，表明在京都开新幕府的意志②。后醍醐天皇逃到吉野山中，主张他拥有正统皇权，宣布恢复自己的皇位。从此开启吉野的"南朝"和京都的"北朝"对峙的南北朝时代。

　　新的武士幕府在复杂的政局中继续发展，除了南北两朝之间的斗争，幕府内部也存在对立关系。当时由嫡子单独继承领地的惯例，使各地武士团内部发生分裂和对立，并导致动乱的长期化和扩大化。随着地方武士的势力日益增大，为加强对这些武士的管理，幕府扩大各国守护的职权。一些守护掌握任职国的统治权、世袭其领地和守护职位③。1392年，第三代将军足利义满（Ashikaga Yoshimitsu，1358—1408）实现了南北朝统一，并将朝廷拥有的权限都移交到幕府管辖下，确立了作为全国统一政权的幕府。义满还与明朝、朝鲜建立了良好的邦交关系，积极推动国际贸易。

　　第六代将军足利义教（Ashikaga Yoshinori，1394—1441）为扩大将军权力而推行专

---

① 这一年号是仿照汉光武帝的年号"建武"而取，显示后醍醐天皇重振皇权的决心。
② "室町幕府"因第三代将军足利义满在京都室町修建豪华御宅并在此执政而得名。
③ 此时代的守护，为区别于镰仓时代的守护，又称为守护大名。

制政治。他对守护大名的弹压引起嘉吉之变(1441年),义教被守护大名赤松满祐(Akamatsu Mitsusuke,1373—1441)杀害。虽然赤松被幕府方讨伐,但将军幕府的权威已开始动摇。此后,以将军内部发生的继嗣问题为契机,守护大名之间也为争权夺势发生分裂,形成了两大对立集团,最后于1467年双方军马结集到京都,发生了武力冲突(应仁之乱),从此日本进入战国时代。应仁之乱1477年基本结束,但成为主战场的京都地区荒废,原在京都参与幕政的守护大名纷纷回到自己的属国,幕府对守护的统治权也几乎完全丧失。在各地,民众和地方中小领主(国人)为保护自己的权益,团结反抗暴政。以国人引领的国一揆,以净土真宗教(一向宗)的信徒为组织的一向一揆,由农民举行的土一揆等在全国各地纷纷发起。

进入16世纪,虽然室町幕府依然存在,但已无力维持全国统治权。取而代之的是独立于幕府体制而管辖自己藩属国的战国大名。他们各自统治藩属国,同时还为争夺霸权不断地与近邻战国大名开战。其中,织田信长(Oda Nobunaga,1534—1582)有着实现统一全日本的野望,陆续打败有力的战国大名,扩大了统治范围。1573年,织田信长从京都驱逐将军足利义昭(Ashikaga Yoshimasa,1537—1597),室町幕府灭亡。但1582年,织田信长被其部下明智光秀(Akechi Mitsuhide,1528? —1582)杀害。丰臣秀吉(Toyotomi Hideyoshi,1537—1598)讨伐明智光秀,承接织田信长的统一事业。

由于室町幕府设置在京都,加上幕府积极推动国际交流,使贵族文化和武家文化,传统文化和大陆文化融合起来。第三代将军足利义满在京都北山修建的金阁寺,其建筑风格是传统的寝殿造(贵族居住的宫殿式建筑)和中国禅宗寺院的融合模式,充分体现此时代的文化特征。应仁之乱后,第八代将军足利义政(Ashikaga Yosimasa,1436—1490)在京都东山修建的银阁寺也成为此时期的文化象征,其风格以源于禅宗精神的简朴和传统文化的幽玄、闲寂(わび)为基调。

政治动乱引起从京都到地方的大量文化人口移动,也成为促进文化传播的主要因素。文化传播是双向的:从地域来看,有中心和地方之间的传播;从社会阶层看,有贵族和武士、庶民之间的传播。这些融合和传播的文化经过精炼、调和,形成新的文化创作及接受模式。到了此时段,文艺创作不再是贵族阶层的特权:连歌的创作者从贵族扩大到民间;能乐的演员出身于平民。消费群体的扩大促使文化文学创作趋向专业化。在宫廷、寺院、将军家以及地方武家的庇护下,产生出了连歌师、能乐演员等一类的职业文艺人。

两人共吟一首和歌的连歌,作为一种语言游戏,镰仓时代就已在社会各阶层普遍流行。连歌师周游日本各地进行连歌吟唱的普及活动。进入 14 世纪,开放式的花下连歌会在各地举行,出现了社会各阶层众多人士聚集一堂共吟连歌的盛况。本带着滑稽、庸俗性质流行于民间的连歌,与宫廷里追求幽玄美的连歌融合起来,形成新的艺术形式。1356 年,二条良基(Nijoh Yoshimoto,1320—1388)编撰连歌集《菟玖波集》。该集 1357 年获得准敕撰集之名。从此连歌从和歌中独立出来,并且获得与和歌同样重要的歌坛地位。15 世纪,宗祇(Sohgi,1421—1502)继承并更加深化连歌的审美理念,带头编撰《新撰菟玖波集》(1495 年)。该集也获得准敕撰之名,刊布后迎来全国连歌流行的全盛期。达到全盛顶峰的连歌,形成成熟的文学体裁后,便开始进入墨守成规期。歌人试图摆脱创作上的种种约束,追求连歌原来就有的游戏性。以通俗、滑稽为主题的"俳谐连歌"逐渐形成,并成为歌坛的独自领域。16 世纪,出现山崎宗鉴(Yamazaki Sohkan,？—1539)的《犬筑波集》(又名《俳谐连歌抄》,1528—1532 年间成书)和荒木田守武(Arakida Moritake,1473—1549)的《俳谐独吟千句》(又名《守武千句》,1540 年成书)等俳谐连歌集。

由平民艺术猿乐、田乐演变而来的能乐,得到第三代将军足利义满的喜爱和支持,经过观阿弥(Kan-ami,1333—1384)、世阿弥(Zeami,1364—1436)父子改造提炼,使之成为艺术性较高的猿乐能。世阿弥还写了一本能乐理论著作《风姿花传》。贵族化的能乐,与连歌的发展过程一样,成为追求幽玄美的艺术形式。能乐原担任的大众娱乐性角色,由后来兴起的狂言代替。

临济宗在幕府拥护之下兴盛,有些禅僧还作为幕府的政治外交顾问活动。模仿南宋的五山十刹制度也于此阶段基本确立[①]。五山的禅僧里有许多东渡日本的中国僧和到中国留过学的日本僧,他们在大陆文化气氛十分浓烈的禅林中积极地研究宋学,创作汉诗文。以五山为中心的禅僧进行的汉诗文创作活动史称"五山文学",形成日本汉文学史上的黄金时代。

随着经济发展和文化消费群的扩大,文化教育对象也扩大了。1432 年,"足利学校"重建[②],对来自日本各地的武士、僧侣进行基础汉学教育。其校长通常由著名僧侣

---

① 镰仓幕府时代,日本模仿南宋的五山制度设立镰仓五山(建长寺、圆觉寺、寿福寺、净智寺、净妙寺)。后又设立京都五山(天龙寺、相国寺、建仁寺、东福寺、万寿寺)。1386 年,镰仓和京都分别制定五山十刹,这些寺院的住持由幕府任命。

② 足利学校是镰仓时代初期(13 世纪初)由足利义兼设立在足利町(今栃木县足利市)的日本最古老的学校,至南北朝战乱时期(14 世纪)趋于没落。也有平安时代初期(8 世纪)小野篁创立的说法。1432 年,由关东管领上杉宪实赠献古籍和田地,重建足利学校。

担任,教授科目为《论语》、《五经》、老庄、兵法、医学等。将地方武士子弟托管到寺院接受汉学教育成为惯例。除了武士以外,城市里的商人、农村的管理者也有读、写、算的需求,基础的汉学教育逐渐推广,渗透到日本社会的各个阶层之中。

一、和歌的嬗变——分离和连锁

两人共吟一首和歌的连歌,本作为咏歌后的余兴而作。从共吟一首的"短连歌"发展而来的"锁连歌"(第一人咏上句五七五音节,第二人咏下句七七音节,第三人再咏上句五七五音节,一直连续吟咏),作为一种语言游戏,镰仓时代已在上层社会流行。《新古今和歌集》促进的和歌上下句的分离,能够使上句和下句分别独立表达完整的内容。连歌承接其分离特色的同时,更注重连句之间生成的连锁和变化。许多寺院里举行以僧侣和武士为主的"花下连歌会"。在连歌会上即兴连作的带着滑稽、庸俗性的连歌被称为"地下连歌"。而在贵族阶层也举行"堂上连歌会",后鸟羽院歌坛将和歌的有心、幽玄等优美概念注入连歌,推行"有心连歌",以别于地下派的"无心连歌"。起初,连歌师带头的地下派和贵族的堂上派,各自制定连歌规则,各派分别举行连歌会。进入14世纪,随着开放式的花下连歌会在各地举行,两派有了交流。地下连歌师救济(Kyuhsei,1284—1378)将连歌的游戏性推向艺术化,推行"余情、幽玄"的新歌风。这不仅获得地下派的支持,救济还成为堂上连歌会的指导者,协助堂上派连歌带头人二条良基制定连歌新式定制。地下派和堂上派融合起来的新风连歌及其新规则(应安式目)成为连歌主流。原先颇有游戏性的连歌,从而进入艺术性较高的新文化领域。

二条良基的《菟玖波集》是模仿和歌敕撰集方式而编撰的连歌集。这部连歌集收录从古到当代的连歌,展现连歌历史发展过程的同时,提倡良基、救济推出的具有幽玄美的连歌。《菟玖波集》成书后获得准敕撰集之名,使得连歌成为与和歌同样地位的文化艺术。

随着连歌从和歌中独立出来,连歌论也从和歌论中逐渐分离出来。12至13世纪的歌论都包括连歌论,不过大多讲的是写作规则之类,基本上没有谈到其艺术表现。到了14世纪,出现了专论连歌的著作。一般来说,连歌论著作并非是作者专门构思而展开的理论论述,而往往是针对连歌创作方面遇到具体问题的具体回答。因此,根据提问者的连歌水平或立场,回答的方式、内容也不同,其叙述通常不具备系统性。下面通过几部代表性的连歌论著作,来了解其论述的基本方式。

二条良基的《筑波问答》(1357—1372年间成书)采取写物语的方式(作者在虚构世界里提问,一个虚构的老翁作答),叙述从连歌的起源到当代的发展过程、特点、学习方法、规定等。这部书不同于其他连歌论,是极少数具有体系性的连歌论述。也可认为是首次将连歌定位为与和歌具有同样高的文化价值的连歌论著。关于咏唱连歌的精髓之处,作者指出"着重于当场令大家感动就可",这与和歌不同。连歌的重点是欣赏"当场"之趣味,不需要过分执着隽永的余味。至于如何咏出理想的连歌,良基引用宋魏庆之《诗人玉屑》的"学诗浑似学参禅"的论述,表明"以心传心"之后才能够学到连歌的精髓。

心敬的《私语》(1468年)不采取问答方式,是类似于回忆录写法的连歌论书。他主张和歌、连歌同一论,并在该书中自由地开展论述。其和歌、连歌同一论的主旨,是熟练制作和歌才能促进连歌达到最佳境地。他多引用源于佛典和中国的典故,主张无须忘记人间的无常变迁,而保持深情高洁的心,就能咏出好的连歌。

宗祇的《长六文》(1466年)是写给长尾孙六的书信,是以回答具体提问的方式所写的一部连歌写作技术指导书。先讲述连歌与和歌的差异,接着一一指导如何用助词、如何用词等细腻技巧。他主张"咏出连歌,必须一个劲地追求幽玄、高尚而有心的姿态",但并没有解释这些幽玄、高尚、有心到底是什么样的概念,而是通过展示具体作品让对方体会理想姿态。宗祇的另一部著作《老者惆怅》(1479年)也是写给特定人物——浅仓(朝仓)弹正左卫门尉的连歌论,列举模范句,逐一进行分析批评。也采取以展示具体作品让读者体会连歌理想境地的方式。

宗长(Sohchoh,1448—1532)的《连歌比况集》作于1508年至1509年之间,是将宗祇生前传授给他的连歌论整理成书。其传授以问答和比喻指导为主,比如针对如何承接上句而附下句的提问,宗祇这样回答:"理想的附句是不离前句且离而不离,犹如藕断丝连。"该书还大量引用了《论语》、《孟子》、《庄子》、《蒙求》等中国书籍,通俗讲解附句的方法。至于如何在连歌创作中达到佳境,书中引用禅宗的"教外别传"的说法,认为真正的悟道不能由他人指点而只能靠自己感悟而自得。歌道同样如此,最高境界的传授只能是以心传心。

对连歌论的特色探讨,通常是结合与和歌的关系来谈的。有人把连歌提升到与和歌一样的重要地位,比如二条良基《筑波问答》中所论。也有人认为和歌、连歌同一论,比如心敬《私语》中所论。甚至还有主张连歌超过和歌之论,比如宗长《连歌比况集》中所论。[①] 不过不管认为连歌和和歌有何等关系,当时的论者都认为连歌创作水平的提

[①] 宗长《连歌比况集》:"夫连歌出于歌而其感情深于歌,犹如冰出于水而寒于水。"此根据《荀子·劝学篇》:"青取之于蓝而青于蓝,冰水为之而寒于水。"

高,在于必须先有较高的和歌创作水平。有了创作和歌的扎实基础,包括相关知识、修养,才有可能咏出高水平的连歌。

那么为何此时段歌坛盛行的是连歌,而不是和歌?答案还是在于连歌与和歌的差别。连歌是颇具即兴性的创作模式,"着重于当场令大家感动就可"(《筑波问答》)。《连歌比况集》的比喻更容易理解和歌和连歌的差异:和歌像攻城,可以事先准备应战;连歌像野外合战,时时警惕,临机应变。连歌还具有互动性、连带性的创作模式,和歌则是一人一首完结的创作,始终是个人的文学作品;而连歌是在座的多数人共同、当场完成的连带作品。因此,连歌创作成功的重点,在于当场在座的歌人们的情感是否能发生共鸣。如此重视"一时兴趣",反过来说就是令人深刻体会到瞬间胜于永远,人世间一切均是无常。承接上一句,咏出一句,再承接一句,随着这样的反复连接,咏出的季节、情感也渐渐变化。连歌的这种动态吟唱,正如尘世的反复无常,很容易让活在战乱时代的人们,逐渐产生出强烈的共鸣与深沉的感慨。

还值得一提的是,连歌的表达方式也受到宋代诗论中"以禅喻诗"观念的深刻影响。禅宗的重视悟道修行、言外之心的说法,正符合日本连歌师所信奉的传统审美中的"幽玄、有心"的论述。

二、民间文艺的嬗变——能乐兴起

和歌论的出现基于和歌创作的盛况与歌人自觉意识的产生,连歌论的诞生同样以连歌创作盛行与社会评价升高为背景。能乐论的出现也不可缺少能乐演出的流行、其社会地位的上升以及能乐演员的艺术自觉提高等因素。

能乐的渊源来自奈良时代从中国传来的"散乐"(又叫"猿乐")。其发展轨迹是在猿乐的歌舞上加上戏剧因素成为"猿乐能",再与源于日本农村歌舞的"田乐"结合而成为"田乐能"。到了13世纪后半期,形成了以能乐演出为生计的同业会("座")组织。这些同业会组织大都是在寺院经济的支援下得到了发展壮大。其中,观世座的观阿弥不仅表演出色,还在创作能乐作品上显露才华而出名。原先只是在民间演出只被庶民关注的猿乐能,随着观阿弥的名声越来越高,引起当时的第三代将军足利义满的注意。1375年,足利义满首次观赏观阿弥、世阿弥父子表演的能乐,被其高超的艺术性所吸引,转而热心支持能乐,后来成为能乐演出的最大庇护者。原来只为庶民演出的平民文艺猿乐能,从此朝着得到贵族鉴赏喜爱的方向发展。

原本属于民间文艺的能乐,在得到当权者喜爱及庇护之后,朝着满足贵族审美娱乐趣味的方向发展。这意味着在这一时期,贵族的审美需求支配着社会的主流精神,而影响着一切文艺表演形式,能乐自然也不例外。足利义满虽然是武家出身,但他一直追求、模仿和崇拜贵族文化。因此观阿弥、世阿弥的能乐表演需要符合足利义满所追求的贵族艺术审美的要求。观阿弥对其子世阿弥长期进行贵族化的教育。而随着猿乐能社会地位的上升,世阿弥的文学艺术修养不断提高,他对猿乐能的进一步发展做出了巨大贡献,并在此过程中形成了他的能乐论。

世阿弥除了记载其父观阿弥遗训的《风姿花传》(1400—1418年间论述)以外,还写了近二十本能乐论。世阿弥并非是评论家,而首先是能乐演员,是能乐作品的作者。他的能乐论同时体现在他的剧作中以及舞台表演艺术中。其能乐论的重点,正如其主要著作的书名《风姿花传》、《花镜》、《至花道》等,简言之就是一个"花"字。"花"是能乐演员以表演给观众带来感动的比喻性表现,是能乐的最高艺术美的体现。如何让花盛开,应追求什么品种和颜色的花,怎样修炼才能表现出理想的花,等等,世阿弥的能乐论始终围绕这些问题而展开。与同时代的和歌论、连歌论一样,世阿弥也提倡能乐应具有"幽玄美","幽玄美"和"花"的概念虽然很接近,但并不是同一个概念。可以说"花"是幽玄审美概念的具象表征,而"幽玄美"又是"花"最理想的本质状态。

在世阿弥的著作里,有着不少与二条良基连歌论相类似的文辞。二条良基所论,不少是足利义满的贵族生活指南,也有些讨好义满之意。良基热心照顾世阿弥,甚至让少年世阿弥参加自家举办的连歌会。世阿弥成长过程中接触的贵族文化,对他的能乐论有着很深刻的影响。此外世阿弥在剧论著作中多引用中国典籍知识,还多涉及禅宗修炼之道,用以概述能乐艺术之法,这些都可看出他受到当代连歌论的影响。

与和歌、连歌等歌人不同,对能乐剧作家和演员来说,能乐创作表演不仅仅是一种艺术表现,而更是其生计的依靠。能乐作家和演员是以演出收入作为其生活来源的,而能乐的存续和发展,都需要广大观众的捧场支持。反过来说,失去了一定数量的观众来源,能乐作家和演员的生计都难以维持,其能乐艺术自然就难以存活。世阿弥的能乐剧作大多是在1408年足利义满死后创作的,这与下一代将军足利义持(Ashikaga Yoshimochi,1386—1428)的大力捧场支持是密切相关的。世阿弥曾明确表示:当他面临能乐表演不再是社会主流追捧对象的时候,会更加需要保留其父和自己所创造出的能乐艺术。他说"担心(演员)不顾世间诽谤而杜绝能乐之道","忧虑现在的演员只追求一时的名利而忘记源泉、失去风流"。因此,"为了能乐之道的生存,为了我们观世家的生存"而写出能乐精髓,以传给后代。他还说:"人的生命有终点,但能乐(能乐演员的表演水平)没有终点。"(《花镜》)从这些表述中,不难看出世阿弥终生努力,不断追求能乐艺术最高境界的忘我精神。

世阿弥之后,还陆续出现了一些能乐论述。但总体而言,这些后出的能乐论述,无论是在能乐的表演体系方面,还是在能乐剧作的评论鉴赏方面,都远不及世阿弥论著所达到的高度。值得注意的是,世阿弥在其论著中声明,能乐技艺的继承发展只能依靠家族秘传的方式,而且每家只能传授给自己有才能的子孙。世阿弥的《风姿花传》跋语最后这样说:

> 此篇"别纸口传",于艺道、于我家均极重要。一代只可单传一人,即使是吾家血脉,若无此道才赋,亦不得相传。有言曰:"家,仅有后嗣不能称其为家,有继承者方可为家;人,不在于有人,惟有传人,方可谓人。"此口传之各条,早先曾传与胞弟四郎。因元次有能乐之天赋,故又传之。秘传秘传!①

世阿弥强调,能乐是其家族的遗产,只能挑选富有戏剧表演天赋的自家孩子代代相传。观阿弥、世阿弥父子的能乐艺术确实是由他们的子孙世代继承下来,成为日本能乐界的主流传统。这样极富家族内部私密相授的传承方式,固然确保了其能乐技艺的不外传,即最大限度地保存了所谓的纯洁性;但同时也使得世阿弥极富创见的能乐论,对当时及后来的能乐发展,并没能起到较为明显的影响促进作用,这也是极为可惜的。而重新发现世阿弥能乐论的巨大价值,是要等到 20 世纪初才出现的。②

三、创作者的嬗变——禅僧的文学创作

五山文学是从镰仓时代到室町时代末期,以京都、镰仓的五山十刹为中心的禅僧们创作的汉诗文的总称。来自中国的五山十刹制度,在南宋时传入日本,本质上说是中央朝廷对地方寺院的一种统治管理制度。这一制度在日本实施后,寺院的主要人事由幕府任命,并获得幕府赋予的政治权力及经济上的庇护。

五山汉文学的兴起有几个重要因素在起作用。首先,这一阶段中日禅僧频繁进行文化交流,大批日僧赴宋研究禅学,而许多中国禅僧也东渡日本传播禅宗。其中有受到

---

① 王向远译:《日本古典文论选译·古代卷》(下),中央编译出版社,2012 年版,第 573 页。
② 1909 年,收集世阿弥十六部著作的《世阿弥十六部集》刊行,世人才知道这些能乐论的存在。

幕府邀请而来的,也有元朝灭宋后流亡到日本的。宋代禅林流行诗文创作的风潮,也同步地传到了日本。其次,五山十刹的禅僧开始担任幕府的外交、文化顾问,需要发挥诗文才能的机会增多。与待在寺院进行禅学修养相比,涉及公事的禅僧的文学才华更有社会价值,因而也更受到重视。还有一个重要的因素,是在五山禅林诗坛中渐渐渗入了"禅诗一味"的创作论,产生积极推崇汉诗文创作的风潮。下面通过禅僧文学观的辨析,来观察这一禅林汉诗文创作集团的创作过程。

  禅宗思想体系中原本并不重视文学,正如道元和尚①所说:"学禅只管打坐,勿管他;佛祖之道,只有坐禅","文笔诗歌是无用之物",即强调学禅不需要关注文学。1246年赴日,成为建长寺开山之祖的兰溪道隆(1213—1278)也说:"参禅学道非四六文章",劝诫禅僧不要沉溺于华丽辞藻的诗文创作。以如此严厉口吻训诫,说明当时已有禅僧热心汉诗文创作的风气。当然也有赞成禅僧参与诗文创作的,其代表人物是归化僧一山一宁(Ichizan Ichinei,1247—1317)和竺仙梵仙(Jikusen Bonsen,1292—1348)。竺仙主张作为禅僧应以参禅悟道为本,但理想状况是参禅与文学兼修,把参禅与文学的关系比作主食与副食、栋梁与建材的关系,将文学视为帮助参禅的手段。与绝海中津(Zekkai Chuhshin,1336—1405)一起被称为五山文学双璧的义堂周信(Gidoh Shuhshin,1325—1388),在强调"禅本文末"的立场同时,也认可汉诗文创作的绝对必要性。他说禅僧作诗并非只是为了吟咏讽诵,历代祖师的偈句,皆以世俗的诗作形式表达其修炼悟得的深奥禅意,因此后代的禅僧在精进修炼的同时,还应该积极学作汉诗。

  对汉诗文的肯定之声,进入室町时代之后就更多了。仲芳圆伊(Chuhhoh Enyi)、岐阳方秀(Giyoh Hohshuh,1363—1424)深化了禅诗一味论,在"禅本文末"的基础上提出了"禅熟则诗文自熟"的观点。尽管没有直接否定"禅本文末"的关系,但还是提升了汉诗文创作的地位。如此一来,参禅开悟好像不是禅僧所追求的学道终点,而是为得到诗文之才的手段。原来作为帮助参禅学道手段的汉文学,逐渐变成了追求的本身及最终目的。

  到室町中期,倡导"禅诗一味"的观念,便堂而皇之地从"禅本文末"变成"文本禅末"。从万里集九(Banri Shuhku,1428—?)的"诗熟则文必熟,文熟则禅必熟",到景徐周麟(Keijo Shuhrin,1440—1518)的"参诗如参禅"等说法,完全肯定禅僧的汉诗文创作

---

① 道元和尚(1200—1253),日本佛教曹洞宗创始人,也是日本佛教史上最富哲理的思想家。俗姓源,号希玄,京都人。内大臣久我通亲之子,村上天皇第九代后裔。

活动,也成为禅僧们热心于诗文创作的正当依据。

"禅诗一味"的说法最早见于南宋严羽《沧浪诗话》、魏庆之《诗人玉屑》等诗话,后者,更是五山禅僧学汉诗时的必读课本。此外觉范慧洪《石门文字禅》也是禅僧的必读书。这些把禅理与汉诗创作融为一体的理念,到了五山禅僧手中,更升温到有些极端化的程度,似乎学禅者只要埋头作汉诗就可悟禅得道。按照"禅熟则诗文自熟"的说法,如果诗文不熟稔,还可自省禅之未熟。但到了提出"诗熟则禅必熟"的说法,那已经是远离了禅僧的身份。正是由于诗学观出现如此大的变化,后期的五山汉诗文创作出现了语言和内容表现上的日本化,也就是使得日本汉诗文创作走向了世俗化。

五山汉诗文的兴盛,似乎与前代的日本汉文学联系不紧密,它看上去没有继承平安时代的汉文学传统,而是跳空直接取材于南宋的禅林文学,以及唐宋诗文创作风潮。细究之后可发现其实不然,五山禅僧们并不是专作汉诗文,他们对儒学的研究,包括对佛经之内的大量汉籍的注释都进行了深入持久的工作。五山诗僧们受到了宋代新儒学的风气影响,他们深入研究以程朱理学为代表的宋学。岐阳方秀不仅自己非常热心儒学研究,还鼓励其弟子们研学宋儒之学。桂庵玄树(Keian Genju,1427—1508)也是一个精通宋学的僧侣,他应邀请赴山口、鹿儿岛等地讲授程朱新儒学,这些地方后来培养出许多儒学者。江户时代的儒学之祖,藤原惺窝(Fujiwara Seika,1561—1619)也是五山僧侣出身。因此可以说若没有五山文学,也就没有江户初年的儒学兴盛。

五山文学的兴盛,是在室町幕府政治、经济方面的大力庇护下实现的,它的命运起伏与武士主持的幕府的盛衰同步。五山十刹制度的采用,毕竟是以幕府加强对寺院的控制为目的的。到了室町时代后期,追求名利、阿谀当政的僧侣增多,有道之僧或为回避政治斗争,或为追求禅宗本有的修炼自在精神,反而离开五山寺院。到了五山后期的禅林中,热心于创作诗文的气氛也远远超过研究佛学、儒学的学风。上面提到的大学者藤原惺窝,也就是因为发现在五山禅林中已经没有热心研究儒学的风气,为了更深地钻研儒学,便毅然离开了五山之一的相国寺。到了室町时代末期,五山十刹的寺院体制仍在,但其内在的庄严气概已经消失殆尽。随着室町幕府的衰退,五山诗僧的汉诗文创作热潮也随之消退,曾经辉煌一时的五山汉诗文创作降下了帷幕。

四、连歌的嬗变——俳谐

以15世纪末《新撰菟玖波集》的成书刊行为标志,日本的连歌创作迎来了全盛期。连歌创作开始摆脱追求幽玄、优美的传统表现而别探新径,而源于"无心连歌"的饱含游戏、滑稽因素的通俗连歌,当时被称为"俳谐连歌"而崭露头角,与所谓"正风"连歌相竞争。"俳谐"又可写作"诽谐",在日语中"诽"与"俳"发音相同,在日本和歌史上一直存在,其早期形式见于《万叶集》的"戏歌"。"俳谐歌"的名称已在《古今和歌集》里出现,之后的各种和歌集也收录过。如本章第二节所述,俳谐歌是故意用庸俗、滑稽的词语,尝试突破和歌表现局限的通俗作品,早期是在有着共同趣味理念的熟人圈流行,是一种随意的即兴创作,这些特征保留在初期连歌(无心连歌)中。随着主流连歌创作朝着偏向有心、追求幽玄、表现优美的方向发展,"俳谐连歌"也逐渐地别立门户,坚持着通俗戏谑的歌风,显示出与主流连歌区分而形成独特创作方向的发展趋向。

在首部被认可为连歌准敕撰集的《菟玖波集》中,编者二条良基将俳谐、连歌立为一类收录。[①] 而一百四十年后问世的《新撰菟玖波集》,其编撰方针之一是彻底排除俳谐连歌。编者宗祇主张正风连歌应是"长高、有心、幽玄",附下句时不得产生"俳谐"心。纯正连歌宣告排除俳谐连歌时,也即连歌已变成完全"雅"的存在时,俳谐连歌则继续摆脱连歌创作上的种种约束,并追求连歌原担任的游戏性角色,从连歌本身分离出来。也许正是《新撰菟玖波集》促使了俳谐的独立,首次专门收录俳谐连歌的《竹马狂吟集》(撰者不详)在《新撰菟玖波集》问世四年后的1499年出现。《竹马狂吟集》的序文中充满着诙谐精神,所收录的句子大都带有戏噱性。进入16世纪后,山崎宗鉴的《犬筑波集》(又名《俳谐连歌抄》)、荒木田守武的《俳谐独吟千句》(又名《守武千句》)相继出现。

需要注意的是,此时段的俳谐连歌只是表现方式的嬗变,积极创作俳谐连歌的人正是那些连歌师[②]。他们在创作正统连歌的同时,作为一种余兴也创作了一些俳谐连歌。在创作俳谐连歌时,连歌师以日常生活为题材,故意使用"俳言",即和歌、连歌绝不会用的俗语或汉语。这些俗语包含有关身体的词、有关饮食的词,甚至还有一些猥亵隐意的词语。把一些"俗"的因素,融合进传统"雅"作品里,并不意味着就是大众通俗文学的兴起。连歌师的自我意识仍然是贵族式的,即还是沉浸在传统美之中。纯正连歌的各种创作规定,也是在传统美的基础上制订的。而这些俳谐连歌是创作者在十分熟悉并遵循传统审美观的前提下,有意破坏吟咏对象"约定的优美性",从而顿时产生滑稽

[①] 二条良基(1320—1388)公卿,歌人。得到足利尊氏信任,自光明天皇开始,历四代北朝天皇,担任摄政、关白。擅长和歌、连歌,其所编《菟玖波集》是最早的连歌集,他还通过编撰《应安新式》,确立了继承和歌传统的"堂上连歌",对提高连歌的文学地位做出了重要贡献。

[②] 宗祇、兼载(Kenzai,1452—1510)都是当时一流的连歌师,均有《俳谐百韵》之作。

· 58 ·

的效果。比如,和歌、连歌世界的优雅词句,与表现饮食、身体、性有关的庸俗字词突然结合在一起,令人目瞪口呆。传统和歌的优美是"雅"的表现,但这种表现实际上往往是"虚构"出来的,是通过艺术化处理后的理想境界。此时如果率真地揭开这些理想境界的真实面目,传统和歌的优美顿时就会变成一种虚伪的表现、一种现实的庸俗。俳谐连歌的创作原理就是如此,率真地撕开事物的雅俗双面,在颂扬传统优美性的同时,也近乎自虐性地暴露出自身的虚伪性。这种直率揭丑、大胆揭丑、以美丑并列为真实之美的创作态度,是日本传统文学创作的重要特色之一,这一特色在俳谐连歌创作中得到了充分的体现。

山崎宗鉴的《犬筑波集》,虽然与荒木田守武的《守武千句》并称为俳谐勃兴双峰之作,但因所收部分作品过于低俗而受到批评。然作为俳谐连歌的开拓之作,其描写真而俗的趣味也是别开生面,比如:

雾霭之衣,下襟尽湿。
春神带来立春,站着撒尿。

第一句是将春天的雾霭比作细纱薄衣,是传统和歌中常见的一幅优美景象,然后突然说出薄纱的下襟湿了,优美消失,顿显突兀。第二句承接上句的俳谐之趣,带来美好春意的春神,竟然还公然地站着撒尿,这一笔描写再显突兀,高大上的春神一下子变成了随处撒尿的无赖。雾霭薄纱、春神(原句为"佐保姬")、立春,这些都是与春天有关的所谓歌语(创作和歌、连歌时用的词)。从前面的词联想到后面的词,十分符合连歌规则且非常优雅,可是第二句却以谐音("立"和"站",日语中是一个音)将读者突然拉入鄙俗不堪的场景。深一层次分析此俳谐,其描写就是直接撕下了春神的神圣外衣,暴露出其随处撒尿的低俗本性,给市井读者带来一种强烈的心理震撼,顿时激发出一阵会心的狂笑(原来高大上的贵族神圣也不过如此,生活本性与我们市井小民一样啊)。这样真率大胆地揭露世间真相与人性的低俗,就是俳谐连歌所追求的描写趣味。

与《犬筑波集》推行的强烈诙谐色彩有所不同,荒木田守武的俳谐风格是不拘于连歌的繁琐规则,着重在一行歌句中兼有端正和滑稽的因素混合。前句和后句的连接方式,紧扣字词的外形(音),同样多以谐音附上。其咏法保留了早期俳谐连歌的"咏舍"精神,所谓的"咏舍"是指咏出了就结束而不记录下来的咏法。其作用只是作为余兴之作,当场咏出,当场欣赏。作为俳谐连歌的勃兴始祖,《守武千句》受到了后人的尊重。

其原因并不是守武创立了俳谐规矩或建立了某种歌作风格,而是因为他做到了前人未有的独吟一千句。在他之前,有连歌百韵,如宗祇的独吟百韵、兼载的独吟百韵等。俳谐连歌原本是咏出就忘的余兴歌作,格式随便,篇幅短小。经过荒木田守武的改造,俳谐连歌成为自成一格的和歌表现形式,尤其受到社会大众的喜闻乐见。

守武、宗鉴开拓的俳谐连歌新风,随着日本社会进入动乱时代(16 世纪后半叶)而湮灭。俳谐连歌创作一时又退步到之前的余兴之作状态,没有进一步向形成新的和歌形式的方向发展。一直要等到进入江户时代,社会经济恢复,市民阶层兴起,通俗有趣的俳谐创作才重新得到改造和大发展的机会。

第五节　创新期(江户时代前期——17 世纪至 18 世纪前半)

此时段是日本古典诗学的创新期。1590 年,丰臣秀吉统一日本,先后施行检地[①]、刀狩令[②]、人扫令[③]等政策,实现"兵农分离"。秀吉还指望建立以日本为中心的新东亚秩序,要求朝鲜进贡日本,并进攻明朝。由于朝鲜拒绝其要求,1592 年和 1597 年,秀吉两次派兵十几万侵略朝鲜。1598 年,随着秀吉死去,日军从朝鲜撤退。耗尽财政兵力的两次战役皆败,成为促使丰臣政权衰退的主因。秀吉死后,1600 年取得关原之战胜利的德川家康掌握了全国政权。1603 年,德川家康被朝廷任命为征夷大将军,在江户开设幕府。江户幕府为统治全国,强力推展中央集权化。幕府不仅制定武家法严格控制诸国大名权力,还制定了针对天皇、贵族的法律,防止天皇、朝廷擅自行使权力或被其他大名利用。江户幕府确立将军和诸国大名之间的主从关系,完成了拥有强大领主权的将军(幕府)和大名(藩)结合的幕藩体制。[④]

丰臣秀吉奠定基础的兵农分离政策,江户幕府进一步推进。由贵族、武士构成的上

[①] 农田的测量和收获量的调查。整顿重层的土地领有关系,确定农民的土地所有权的同时,使农民负有纳入相应地租的义务。
[②] 禁止农民拥有长短刀等武器,没收农民武器。
[③] 当初的目的是为筹备进攻朝鲜,估算可动员的全国兵力和劳动力。根据所从事的职业确定其身份,禁止更改原定身份(如武士改行为商人、农民,或农民改行为商人、工人),对各地户数、人口、男女、年龄、职业等人口基本信息进行核查。
[④] 大名的领土和其统治机构叫作"藩"。

层阶级,支配着人数众多的市井商人及农民百姓,上下关系及责任明确区分。严格的身份秩序制度还沿用至居住地域的重建,原来住在农村地区的武士,被强制移居到城下町①,商人和工匠也得到自由经营的允许,并可定居在城下町。城下町根据居住者的身份而被划分成不同的居住地域,如武家地、寺社地、町人地等。町内有着自治组织,根据"町法"维护住民的营业、生产以及生活。

江户幕府采取奖励贸易政策,除了原有通商关系的葡萄牙和西班牙以外,与欧洲新兴国家荷兰和英国也相继开始进行贸易。17世纪初,日本出现前所未有的海外交流盛况②。最初,幕府由于重视通商利益,对传教士宣教的基督教并不严格禁止。然而与海外各国的活跃交流引来各教派传教士纷纷来日宣教,幕府开始忧虑宣教会导致国体改变。随着统治体制的稳定,幕府开始施行禁教,并对海外交流和贸易加以各种限制。1637年在九州岛原半岛,严厉镇压基督教徒的起义(岛原之乱)。1941年将荷兰商馆从平户移到长崎,将长崎设立成全日本唯一的外贸港口。此后两百多年,日本与荷兰、中国、朝鲜以及琉球王国以外的国家封锁贸易交流(锁国)。锁国政策使得幕府垄断了贸易获利,也利于巩固幕府对全国的控制。但另一方面,锁国政策也阻断了传入欧洲文明和先进技术的机会。

江户幕府除了拥有广大的直辖领地,还直接管理主要矿山、重要商业城市,统治工商业和贸易。江户时代初期,这些充裕的财源也利于控制诸国大名,幕府体制的长期稳定带来江户城的兴旺和经济发展。17世纪后半叶第五代将军德川纲吉时,出现文化、经济最兴盛的元禄时代(1688—1703)。然而1657年江户发生的大火灾(明历大火)导致幕府承担重修江户城和周边市区的巨大费用,加上此时期矿山产量渐渐减少,幕府财政开始出现困难。

江户时代是以严格的身份秩序制度为基础而成立的社会,贵族、武士、商人和工匠(町人)、农民的身份明确被区分,不同的身份之间的文化交流非常有限。室町时代融合起来的文化,到了江户时代分成支配阶级(贵族、武士)的文化和被支配阶级的大众文化,发展路径各不相同。

由于朱子学以大义名分论为基础,重视上下身份秩序,恪守礼节,得到了幕府和各藩的高度遵循和积极采用。原为五山禅僧的藤原惺窝还俗后致力讲授朱子学,其弟子

---

① 以大名的居城为中心发展起来的城邑。
② 江户幕府通过朝鲜、琉球王国试图与明朝恢复邦交,但被明朝拒绝,只好与中国民间航船进行私下贸易。

林罗山（Hayashi Razan,1583—1657）被幕府重用,确立了作为幕府教化政策基础的朱子学的地位。出自藤原惺窝门下的,还有新井白石（Arai Hakuseki,1657—1725）、室鸠巢（Muro Kyuhsoh,1658—1734）等朱子学者,均被幕府重用,对巩固江户幕府统治体制有功。除了朱子学以外,阳明学派、古学派等也同时兴起。中江藤树（Nakae Tohju,1608—1648）及其弟子熊泽蕃山（Kumazawa Banzan,1619—1691）学的是阳明学,藩山从阳明学的立场出发批判社会而招致幕府的幽禁。古学派反对宋儒学说,提倡回到孔孟古典之学。山鹿素行（Yamaga Sokoh,1622—1685）著《圣教要录》反对朱子学,因而被幕府流放。伊藤仁斋（Itoh Jinsai,1627—1705）主张孔孟儒学的真意在于人伦,其中心为仁义。荻生徂徕（Ogyuh Sorai,1666—1728）提倡古文辞学,确立了文献学研究方法。

对日本古典文学（国文学）的研究也于此时迅速发展。对《万叶集》、《源氏物语》、《枕草子》、《古事记》、《日本书纪》等古典名作的实证性研究,逐渐发展到对日本传统精神的探索,使国人重新认识日本古来之道的魅力,并开始形成"国学"的萌芽。

此时段活跃起来的新兴文艺有俳谐、浮世草子、净琉璃等。町人百姓重视现实生活的态度,影响到了此时期的文学创作风格。文艺创作开始采取贴近百姓的价值观来描写现实。传统美的"雅",不再是文艺创作时的最大追求或最高审美观,现实的"俗"也被认为是现实之美。

1710 年开始,民间的教学机构（寺子屋、乡学）迅速发展,促使文学的大众化,学会习字诵读但对古典文化知之甚少的市井百姓人数仍然很多。16 世纪末侵略朝鲜时传来的活版印刷术[①]促进了日本出版业的发展,也促进了江户大众文学的迅速兴起。

一、俳谐的独立

进入 17 世纪,随着江户幕府政权的趋于稳定以及商贸经济的恢复,在市井社会颇有影响力的俳谐娱乐活动又趋于兴盛。随着俳谐创作各流派的繁荣,江户歌坛对俳谐的评论越来越多,形成初步的俳论。从日本诗学发展的角度看,江户俳论是在连歌论的基础上发展出来的,与江户歌论的发展之间也有着千丝万缕的联系。与从室町到江户时代的连歌论、歌论有所不同,江户初期俳论所设定的读者不是传统的有学问的贵族,而是对俳谐趣味感兴趣的社会中下层群体。初期俳论的编写目的是为了适应社会流行

[①] 在朝鲜传来的印刷术之前,从葡萄牙也曾传来活版印刷术,即 1590 年传教士巴利尼亚诺带来活字印刷机,大量印刷传教用的书,并出版日葡词典、日本古典等。

俳谐的需求,以示范俳谐写作的内容为主,所以往往是以"作法书"以及俳谐作品选的形式来表现的。

以松永贞德(Matsunaga Teitoku,1571—1653)为倡导者的"贞门俳谐",主张把俳谐升到正式的大众文艺的地位。1643 年,贞德编《新增犬筑波集》,以选编俳谐佳作显示贞门派的俳风。贞德将连歌的"雅"、"优美"和俳谐的"俗"、"滑稽"作对比,提倡制作平易通俗的俳谐。贞德所谓的"俗",意味着使用"俳言",即不使用于和歌、连歌中常用的日本俗语以及汉语。贞德将俳谐定义为用俳言作的连歌,其与连歌的最重要的形式上的区别就在于是否用了俳言。"滑稽"应是因附句之妙趣而产生的诙谐性,因此贞德批评《犬筑波集》的过分卑鄙的"滑稽"。贞门俳谐不考虑与前句的情趣上的连接,基本上用前句里出现的词的谐音词而附句(因只留意词的外形,这种附句方式叫作"付物")。贞门还刊出许多俳谐的作法书和附句词汇集,这些俳谐指南书虽然有助于促进普及俳谐,但另一个方面却导致了俳谐创作的意象固化和叙事单调化,这些弊端也显示出了贞门俳谐的局限。

就在贞门俳谐创作趋向保守的过程中,连歌师西山宗因(Nishiyama Sohin,1605—1682)的俳谐创作逐渐崭露头角。他的自由俳风吸引了对贞门不满的俳人,在宗因的带领下,形成了当时歌坛上的"谈林派俳谐"。宗因提出了基于庄子思想的俳谐寓言论,把俳谐创作比喻为"和歌中的寓言"以及"连歌中的狂言",主张俳谐创作应以虚论为主,以实写为辅,要想取得俳谐创作的滑稽效果,重点不在于俳谐字词中的雅俗对比,而在于保持俳谐说理的自由特性,而这一点是超越传统俳谐创作字词技巧限制的。"谈林派"提倡的"付心"、"虚实"等有新意的俳谐概念,遭到来自贞门派的反驳,两派之间不断展开争论。如宗因的《蚊柱百句》(1673 年)刊出后,贞门派立刻刊出《涩团》以诘难,谈林派也随即刊出《涩团回答》进行反驳。经过两派之间激烈的争论,当时俳论内容得到多方面的充实,从形式论(付物、俳言)到表现论(付心、虚实),皆有深入的讨论,但尚未对俳谐创作的本质进行深入的探讨。

"谈林俳谐"诞生在大阪,其影响波及江户、京都,形成各地的谈林派。各地谈林派纷纷追求新奇的俳谐之风,发展到后来各派门人之间的争斗愈演愈烈,夸耀连吟句数的矢数俳谐广泛流行。1684 年,大阪谈林派的井原西鹤(Ihara Saikaku,1642—1693)创造了连吟两万三千五百句的记录。矢数俳谐越写越长,把俳谐创作变成俳人之间竞争写作速度和数量的夸张行为艺术,越来越离奇而难以为继。1682 年,随着西山宗因的辞世,曾经风靡一时的"谈林俳谐"创作也逐渐终结了其革新使命。

此时的俳谐创作,虽然已经从连歌独立出来,在江户文坛被视为一个独立的文学体裁。但从主流文坛的视野看,俳谐地位仍然次于和歌和连歌。贞德认为俳谐是进入连歌创作之前的训练途径,宗因本身也以连歌师而闻名,俳谐仅是其业余戏作。真正让俳谐获得与和歌、连歌同等的文坛地位,使其发展到一个新的艺术高度的是松尾芭蕉(Matsuo Bashoh,1644—1694)。芭蕉将"诚"(真实)的理念注入俳谐创作,提倡追求"风雅之诚"。芭蕉所说的风雅,广义指诗歌之道,狭义即指俳谐创作。在芭蕉的俳谐(蕉风俳谐)观中,诗、和歌、连歌和俳谐被视为地位平等的文学形式。芭蕉认为俳谐创作应该秉持"物我一如"的人生态度,以无心观察其本,自然而然地产生感动而咏歌。"物我一如"强调的是排除作者主观私意而与吟咏对象合为一体的观照态度。至此,俳谐创作摆脱了"优美"对"滑稽"或"雅"对"俗"的二分结构,也超越了贞门、谈林派追求的语言游戏角色。在蕉风俳谐的观念中有"高悟归俗"、"俳谐之益,正俗语"的说法,可见"俗"就是世相之"诚"的体现。为追求风雅之诚,芭蕉提倡"万代不易"与"一时流行"结合一体的理念,"不知不易则难以立根基,不知流行则难以立新风",并强调俳谐创作的本质在于专心追求诚(不易)。因为变化是自然之理,发生俳风的变化才是追求诚的体现,追求风雅之诚的俳人,其俳风就不会呆板落伍。最能体现芭蕉一门俳谐创作理念精髓的论著,是其弟子服部土芳(Hattori Dohoh,1657—1730)的《三册子》,以及向井去来(Mukai Kyorai,1651—1704)的《去来抄》。

二、浮世草子的诞生

室町时代流行的"御伽草子"属于大众娱乐的通俗性读物,内容贴近市井家庭生活琐事,文字简单,以社会中下层妇孺为阅读对象。草子作品还插入大量绘图,读者可以一边阅读文字一边看画,图文并茂,便于理解内容。到了江户时代,又出现了"假名草子",其编写形式类似御伽草子,但表现内容有所不同。假名草子大都用平假名写就,便于市井民众阅读。其描写内容以人生教训、道德教化为主。当时已处于印刷技术发展期,许多假名草子刊出畅销,读者反映热烈,形成江户市民文化持久的盛况。

当时的假名草子又被称为"浮世草子",代表性作家井原西鹤摆脱了以往的草子创作以理想和现实对比的写法,表现出乐观写实的态度。他以当代市井世态风俗为描写背景,细致描写町人生活的各类场景,开创了假名草子创作的新境界。西鹤写的各种浮世草子,根据题材差异可分为"好色物"、"町人物"、"武家物"和"杂话物"几类。其中,"好色物"和"町人物"最能表现浮世草子的世俗特点,用图文并茂的方式描绘町人生活的各个方面,包括追求性的快乐和热衷于赚钱。

"好色物"(爱情小说)创作背景,是江户幕府统治下的重视身份秩序和强化封建道德。在此社会氛围中,男女自由恋爱被视为破坏身份制度、家族制度的反叛行为,因而受到严格禁止。其中惩罚最重的是通奸行为,甚至会被判死刑。同时,为维持社会治安,幕府整顿妓院行,建立公娼制度,在每个城市设定允许经营游廓(妓院区)的色情业。当时三都(京都、大阪、江户)的游女廓分别是岛原、新町、吉原,其中酒馆林立,声色繁荣,成为武士和富商的温柔乡和销金窝。对于江户町人来说,游女廓里是带有神秘感的娱乐场所,进入廓里花钱销魂,可以摆脱现实烦恼和道德压抑,从而感到释放压力的快感。在廓里寻花问柳、追求好色,是被江户时代市井新潮流允许并赞美的行为。①在这样的氛围中逐渐酝酿出各种冶游圈的规矩和审美意识,也就是基于好色之道的"粹"的审美概念。

"粹"的审美概念,一开始并不是指文艺方面的审美对象,而是指在特定空间(妓院游廓)活动中塑造的风流潇洒的男性形象。这也可以说是町人阶层创造的,并在现实生活中热衷追求的一种理想人格之美。井原西鹤将"粹"的概念注入自己的文学作品,使其首次成为文学创作中的审美理念。西鹤的浮世草子《好色一代男》刊行于1682年,其中的男主人公充分发挥了出自本性的爱欲,在游廓纵情声色,追求"粹"之美,充分释放被道德制度所抑制的人性欲望。书中描写的"一代男"不愿意生育后代,只想追求性欲释放而度过快乐人生。这部浮世草子中运用了俳谐附句的写法,简洁写实且充满诙谐,展现男性主人公巡游全国各地游廓的各种有趣情况,刊出后引发热潮,多次再版,一时洛阳纸贵。

井原西鹤除了写出《好色一代男》、《好色二代男》之外,还趁热打铁,创作出《好色五人女》(1686年)。该草子(通俗小说)以真实的人物为原型,描述了五位少女(少妇)的恋爱遭际,追求真爱,却几乎都以悲剧结局。正如作者西鹤所感慨的:"世界上的谎言集而为粹,如果在游廓说真言,一天都不能过。"对江户时代的市井男子而言,"粹"可以是一种人生理想和审美理想,这实际上不影响他们在游廓纵情时说些假话。西鹤的可贵之处是换位站在女人的立场,如实描写女子追求真爱的悲惨结局,借以控诉当时压抑女性的虚伪制度,也凸显出真正符合道德纯粹而追求爱情的多是女子。

"町人物"(经济小说)是以江户时代町人的市井生活为题材的浮世草子,多关注日

---

① 比如把经营妓院者戏称为"忘八",意思是讥讽他是忘掉儒教八德(仁义礼智信忠孝悌)的卑鄙小人。

常生活中的经济活动,比起好色物草子小说,町人物草子小说的描写不够深入细腻,也缺乏情感共鸣及情趣互动。但作为俳谐高手的西鹤,在草子小说创作中表现出了市井日常生活中的一些趣味体验。比如《日本永代藏》一书,讲述如何成为富翁的秘诀,本来是枯燥训诫的话语,西鹤却戏谑地用开处方的方式告示读者:

> 富翁丸的处方是早起五两,家业二十两,夜业八两,节约十两,身体健康七两。早晚服这枚共五十两的药丸,会成为富翁。

西鹤最重视的不是写什么题材,而是如何写活的表现方法论。他的浮世草子作品以尊重现实的写作态度,冷静剖析市井民众生活,抓住其特色要点,将其生动表现出来。浮世草子在文学体裁上属于物语,然而从其表现方式来看,与之前的物语写作又全然不同。比如《好色一代男》,虽然五十四回的结构和好色的主人公设定等,显然都模仿了紫式部的《源氏物语》。然而前后这两部著名物语的描写内容却有着很大的差异:《源氏物语》描写的是完整的人生体验,《好色一代男》描写的却只是市井人生的一个侧面(尤其关注主人公的性爱行为);《源氏物语》写的是主人公和女人之间的内心情感交流,光源氏显然是一位恋爱高手;而《好色一代男》的主人公世之介是一位性爱高手,小说描写所关注的是主人公在这方面的举止言谈。

西鹤细致观察当时町人的生活百态并进行了生动的描写,使广大读者深切感受到在现实社会中市井小民的生活实情。其重点突出、焦点清晰的叙述方式,使得小说中的人物塑造及较为完整的故事结构等,都开始具备了后世小说的基本特征。在文学史上,把《好色一代男》之后近百年间、以大阪为中心的通俗小说作品创作统称为浮世草子流。西鹤以后的浮世草子创作,虽然作品数量众多,但其创作质量已出现衰退,尤其是在彰扬文艺人性精神方面有着明显的后退。

三、戏剧文学的地位

江户初期,随着松尾芭蕉与井原西鹤的先后出现,俳谐与浮世草子创作都趋于兴盛,并开辟出崭新的文艺领域。与此同时,另一种通俗文艺表演形式——净琉璃的兴起轨迹也是如此,正是由于近松门左卫门(Chikamatsu Monzaemon,1653—1724)的参与创作,才把净琉璃从一种通俗的说唱方式提升到具有崭新境界的表演艺术。净琉璃表演始于室町时代末期的说唱《十二段草子》(又名《净琉璃姬物语》),后来加上三弦和木偶表演,成为集文辞、音乐、戏剧三要素于一体的民间说唱艺术。① 最初净琉璃的社会地位不高,上层社会往往歧视净琉璃剧作者。近松出生于福井的一个武士家族,幼年曾在近松寺为僧,还俗后在朝臣家任职。不久却放弃仕途及武士身份,投身于俳谐和净琉璃剧本的写作。近松从小有机会接触和汉古典文学,积累了厚实和汉学识,热心于俳谐及净琉璃剧本的创作,且熟悉江户时代的市井生活。值得关注的是,近松长期以第一流文学的态度和精神,提升净琉璃剧本的质量。他一生编写了一百一十多部净琉璃剧本,歌舞伎剧本二十八部,其创作成绩被江户时代文坛所认可和推重,使其获得了"日本的莎士比亚"之美誉。

近松主张净琉璃表演必须显示悲剧性,但这种悲剧性不仅仅是表现在净琉璃的文辞或曲调上,而应该内在地体现在戏剧情节设置方面。这也就是说,不能仅靠文辞或音乐来营造悲哀氛围,而是要通过剧情而让观众感到由衷的人生悲哀。他在为当时作家穗积以贯的《难波土产》的发端词中这样说:

> 净琉璃中的忧伤色调是主要的色调,所以有人就不加节制地使用"可哀也"之类的词语,或者在说唱台词中使用哭诉的"文弥调",这种方法是我所不取的。我的作品中的忧伤情调,都以义理为根据。只要是故事的情节人物符合义理,那么作品的忧伤气氛就会表现得更加浓烈。倘若只是将悲伤的心情用"可哀呀"之类的词语来表现,那就显得肤浅,结果就会妨碍悲哀气氛的表现。重要的是不使用"可哀呀"之类的表达,而是自然而然地表现出悲哀。②

当然,净琉璃毕竟是由木偶完成的表演形式,编者尽管可以设计完整的情节,但在舞台表演时的真实性还是远不及真人所演。有鉴于此,近松在净琉璃的创作中注入充分的情感,尽量使没有生命的木偶生动起来,通过其言词和情节演绎打动观众的心情。他还主张"虚实在皮膜之间"的论点,认为戏剧说唱表演艺术的精髓在于实(写实)与虚(虚构)的皮膜之间。某个事物或人物的舞台表现,并不能直接反映特定事物或人物的样态,而应该把它进行类型化演绎,才能更深刻地表现出其特色。近松塑造的剧中人物,往往生动地表现出当时常见人物的个性,表演界限就在虚实之间,而让观众感觉到十分逼真。净琉璃的情节编排也是这样,虽然观众都知道戏剧演绎的故事是虚构的,但演出时看

---

① 由于《十二段草子》里净琉璃姬和牛若的恋爱故事深受大众喜爱,后将这种说唱艺术称为净琉璃。
② 译文参考王向远译:《日本古典文论选译·古代卷》(下),中央编译出版社,2012年版,第657页。

到的剧场效果却是真实的,而且往往非常逼真,这样就能紧紧抓住观众的注意力。

近松百余部净琉璃剧本中,多数是时代剧(以过去的传说中或历史中的人物为题材的戏剧)。如以郑成功为主人公的《国姓爷合战》,在市井社会非常受欢迎,曾经连续三年上演。除了时代剧以外,他开创了世态剧("世话物")的净琉璃新种类。这种世态剧,以当时町人社会中发生的真实事件为题材。净琉璃的大部分观众是町人民众,世态剧表演中的舞台背景,和台下观众的日常生活背景合为一体,往往能拉近净琉璃与观众之间的距离,从而使得演出活动产生很大的戏剧效果。近松创作净琉璃,特别重视情节结构的设计。为使观众更快更深地产生感情共鸣,近松经常把"死亡"因素放入净琉璃剧情,并将其提升到令人感到"物哀"的审美境界。下面以世态剧中常见的"心中物"为例,分析近松所演绎的死亡之美。

所谓"心中物",是取材于当时社会新闻的男女殉情题材的剧目。在这一类的悲剧中,近松把"义理"和"人情"尖锐对立,最终往往以"心中"(即殉情)的方式作为结局。"义理"是社会中通行中的公共规则,体现出町人大众共同的价值观念,也是要求每个人都遵从的社会规范。"人情"是人生来就有的性情个性,也是可以在感情生活中得到确认的为人价值。当义理和人情发生冲突时,只能按照义理来判断并做出选择,而悲惨的殉情往往就是人情被义理压倒的结果。近松的净琉璃创作,往往把原本充满消极色彩的悲哀情死,改造成一种蕴含积极因素的审美意识。也就是被义理强迫所致的殉情之死,在剧情表演中可以转化成人情胜利的象征,情死可以超越义理的压迫,成为真爱情感的灿烂显露,成为一种积极自主的人生选择,从而把殉情行为提升到一种庄严的审美境界。比如"道行"是描写一对恋人私奔殉情路上的段子,其中近松用了七五调和缠绵的文辞,细致表现出一步步走向殉情路上的男女心理。对男女主人公怀有同情心的观众,经过"道行"一段的行程,精神上与男女主人公产生强烈的共鸣,一起达到殉情的神秘境界。至此,近松对殉情的演绎,已把现世中难以实现的人间恋爱,演绎为一种永恒的爱情。殉情作为以一死超越万难的激情勃发,顿时激发出观众的强烈共鸣和精神震撼,因而受到时人的好评和赞扬。

近松的净琉璃《曾根崎心中》(1703年)获得了极大成功,这股热潮导致真人表演的歌舞伎[①]也纷纷采用此剧本演出,同样获得市民社会的普遍好评,从而也带动歌舞伎

[①] 歌舞伎是17世纪初出现的民间表演文艺形式。最初是女人边唱边跳舞的"女歌舞伎",幕府忧虑其使风纪紊乱而禁止,改为由少年表演(若众歌舞伎),后来又被禁止,改为由成年男人表演的"野郎歌舞伎"。17世纪后半叶,表演方式从以歌舞为中心的舞剧变化为科白剧。

迎来发展全盛期。采用近松剧本的净琉璃和歌舞伎的成功,自然引起人们注意到编写剧本的重要性,近松也成为首位在剧本上署名的剧作家。近松编撰的剧目中对白极具节奏感,适合诵读,演出效果明显。人们观剧过程中不仅能看到精彩的净琉璃、歌舞伎表演,还可以通过"读物"而欣赏净琉璃剧本的魅力。当时还出现了不少专门售卖净琉璃剧本的书店,大量租书店的参与也促进了净琉璃剧本的普及。

近松之后,后继的剧作者络绎不绝,在市井舞台的演出中,净琉璃和歌舞伎的表演技能也在不断提升。然而在总结和发展日本戏剧理论方面,则没有显著的进步。尽管净琉璃、歌舞伎作为大众的戏剧文艺还在继续发展,但是创新程度却未能超过近松剧本。值得一提的是近松对中国的小说创作也极为关注。他爱用的砚盖上写着"事取凡近而义发劝惩"之语,就是从明代笠翁李渔的传奇《玉搔头》的序文"昔人之作传奇也,事取凡近"中摘取而来的,可见其剧评主导观念之来源。

四、评论的独立

日本古代诗学的特点之一是创作与评论合为一体,或作品描写中直接体现其诗学理念及批评观点,往往作品的创作者就是评论者,没有参与创作则无法评论。过去的和歌论,连歌论,俳论等文学批评,均由创作高手来撰述。而到了此时段有了变化:非专业创作者也能参与评论。他们对文学作品的基本态度不仅限于阅读,而是将其作为研究对象而加以审视,因此他们同时又是儒学者,或者国学者。江户幕府奖励儒学的政策,使中国儒学中的文学思想也大量引入日本社会。江户时代的儒学者对文学创作非常关心,他们往往从儒学角度评论日本文学的价值和意义。儒学者立足于中国传统的载道论、劝惩论的基础,从社会实用的立场理解和评论文学创作。江户初年,理学领袖藤原惺窝(Seika Fujiwara,1561—1619)就强调文学作品应有的劝惩作用,其弟子林罗山(1583—1657)进一步强化了这一传统诗学观念,主张有道德才有文章,道德是文之本,文是道德之末,文学不能从道德独立。站在传统的诗学立场,他们批判日本传统文学作品,甚至贬低《伊势物语》、《源氏物语》等都是淫靡读物,对引导社会风气缺乏正能量。

也是从儒教道德立场出发,江户初年的阳明学者熊泽蕃山对《源氏物语》的评论就有着不同的观点。他著有《源氏外传》,论述儒家经典《诗经》中保留"郑诗淫",是孔子通达人情的体现,有益于社会教化;而《源氏物语》写好色之事,其真意也在于倡导风教礼乐,并没有离开儒教道德立场。国学者安藤为章(Andoh Tameakira,1659—1716)的

《紫家七论》则用文献学的实证方法,根据《紫式部日记》研究作者和该部小说的本质。他认为《源氏物语》的描写完全符合儒教诗教的本意,它是托好色、借人情而讽谏弊端,是符合劝惩论诗学观的。

江户国学的开拓者契冲(Keichuh,1604—1701),同样反对套用儒家道德观,贬低日本古典著作的价值。契冲运用文献考据辩证的方法研究日本古典著作,探索日本古来之道,强调要重视日本古来固有的追求真实的精神。他非常重视万叶和歌的表现方式,认为其朴素中有着真实情趣。在其注释《源氏物语》的《源注拾遗》(1696年完成,1766年刊行)中,他强调《春秋》的褒贬或写善人善行,或写恶人恶行,而《源氏物语》写的是同一个人的善行和恶行,所以不能简单地从儒家道德教化的立场看《源氏物语》,也不能以中国的文学作品为准的来评论日本文学作品。

契冲之后,荷田春满(Kadano Azumaro,1669—1736)进一步充实了日本国学的研究体系,提倡振兴日本古文化,尊重日本古歌里体现出来的真情实意。他通过解读古语的方法对《古事记》、《万叶集》进行了注释。其弟子贺茂真渊(Kamono Mabuchi,1697—1769)提倡以歌道回归日本古道,认为万叶歌体现出了大和先贤的真心。针对有人批评《源氏物语》诱导淫乱,他在《源氏物语新释》里借用日本神道加以反驳说,正是这部优秀物语,才让后来的日本人了解了日本人行为的好坏,自然而然地启发了男女情事。

概上所述,江户初期的国学家对于日本古典文学的评价态度,都是基于他们所彰扬的本土文化和思想。儒学者论日本古典文学,不管是批评还是庇护,几乎都是站在确认儒教道德正道的立场。从撰写方式看,国学家对于日本古典文学的论述往往并不是专集专论,而大多是注释,通过文献学方法来解释古典名作,并在解读古典名作本意的基础上,探索日本固有的文化精神。原有的和歌论在江户初期的国学里继续存在。其中,荷田春满的养子(侄子)荷田在满(Kadano Arimaro,1706—1751)的《国歌八论》(1742年),在国学家之间引起了激烈的论争。荷田在满否定和歌的政治价值或实用意义,提倡和歌创作本身就有艺术价值。他把《国歌八论》献给主君田安宗武(Tayasu Munetake,1715—1771),但是田安宗武不认同在满的观点,还是主张和歌应有社会人生价值,同时写了《国歌八论余言》进行反驳。荷田在满阅读后继续写了《国歌八论再论》应战,互不相让,一时轰动文坛。贺茂真渊等其他国学者也纷纷参与发表意见,这场论争持续了几十年,对江户诗学的深入发展起到了推进作用。

第六节 扩展期（江户时代后期——18世纪后半至19世纪前半）

1787年，日本主要城市陆续发生民众袭击豪宅、粮食店的暴动事件。为辅佐少年就任第十一代将军的德川家齐（Tokugawa Ienari,1773—1841），担任老中的松平定信（Matsudaira Sadanobu,1758—1829）推进了宽政改革，以整顿纲纪、奖励俭朴的名义推出各种政令，实际上是牺牲商人的利益救济武士阶层的经济穷困。他还发出了出版统制令，严格压制对幕政的批评，并以紊乱风纪的罪名禁止出版黄表纸本、洒落本等娱乐性读物，弹压作者和出版社。过分严格的改革政策引来各方面的不满与不和。松平定信执政六年后被迫辞职。

1841年，德川家齐逝世后，老中水野忠邦（Mizuno Tadakuni,1794—1851）着手执行天保改革，推行各种苛刻政策，但遭到大名们的强烈反对而撤回，水野忠邦也因此辞职。天保改革的失败显露幕府权力的衰退，诸藩于是顺势各自进行财政改革。其中，萨摩、长州、土佐和肥前藩顺应社会发展趋势，成功进行了财政改革，强化了诸藩政权。这些"雄藩"以进取精神和强大军事实力为依靠，在江户时代末期带头进行国家改革。

世界形势的变化也影响到了日本。从18世纪末期起，俄罗斯、英国、美国等国家多次要求日本通商。最初幕府坚持锁国政策，拒绝各国通商要求，还加强各港口防备。1825年，幕府发布异国船只驱逐令①，规定只要异国船只靠近港口一律驱逐。1840年到1842年的鸦片战争，清朝被英国打败，不得不开国并被迫割让香港。江户幕府闻此消息大为震惊，立即缓和驱逐令改为薪水给予令，规定对于异国船只，供给燃料和食粮后使其返航。之后诸国又多次要求日本开国通商，1853年，美国东印度舰队司令佩里（Perry）率领四艘军舰（黑船）出现于浦贺港，强烈要求日本开国。次年佩里带着七艘军舰再次出现在江户湾，幕府服软，签订日美和亲条约。随后，幕府与英国、俄罗斯、荷兰也分别签订了和亲条约。持续两百年的锁国制度到此崩溃。

黑船事件后，幕府开始向朝廷汇报外交大事并听取各地诸侯的意见。这一措施使得京都天皇权威上升，各诸侯大名对江户幕府的发言权也增大。崛起的尊王攘夷论发

---

① 此命令不适用于清朝、朝鲜和琉球王国的船只。而荷兰船只，除了出现于长崎以外港口的一律驱逐。

展到后来变成倒幕论,萨摩藩和长州藩联合策划武力倒幕,而土佐藩则提出把政权返还天皇。幕府最终接纳了这一建议,1867年,第十五代将军德川庆喜(Tokugawa Yoshinobu,1837—1913)向天皇奉还政权,江户幕府倒台。

此时段幕府和各藩兴办学校,对幕臣及藩士子弟进行基础教育①,教学内容包括了国学和洋学。儒学者开办的私塾也在各地兴起,有针对庶民的初等教育设施"寺小屋"(私学馆),由村官、僧侣、神官或富有的町人举办,主要是习字、诵读、算术等日常生活必要的知识。出版书籍的盛行和对广泛大众的教育,使越来越多的民众成为书籍报刊的阅读者。文化享受群的扩大也增加了娱乐性文艺的发展需求,市井社会流行附有文字的绘本(画册)"草双纸"②。

江户时代后期的文化活动只能在幕府规定的儒教道德范围内开展,江户时代前期肯定并享受现实人生的乐观开拓精神,到了后期已经趋于衰退,文艺创作往往呈现出追求技巧、自虐快乐的逃避态度。

在大众文艺创作方面,这种逃避现实的态度往往以追求滑稽诙谐的方式呈现。比如把俳谐的附句单独分离出来的"川柳"③,不拘于俳谐各种规则,以通俗浅显事物为题材,诙谐讽刺世相矛盾。"狂歌"则在和歌中注入滑稽、讽刺的内容形式,也在此时段大流行。川柳集、狂歌集的大量出版,也加速了其在市井民间的流行与普及。

学者文人群体也充满着逃避现实的精神。江户幕府奖励儒学政策,激励学者文人终生钻研经世济民的经学和体现文化修养的汉诗文,但18世纪以后,当汉学者发现凭借汉诗文修养并不能得到工作职位和社会尊敬,便开始将习得的汉学知识注入俗文学创作中,自称"戏作"。此外描写花柳巷实情的"洒落本",反映时代风潮的"黄表纸本",以男女真情为重点的"人情本"等皆陆续刊出。

18世纪后半叶流行起来的"读本"④,深受中国白话小说的影响,多以历史人物事件为题材。这些读本配合幕府提倡的儒教伦理,宣扬劝善惩恶。至19世纪各类戏作,除了汉学者之外,还出现了大批町人阶层的作者。他们描写市井生活,描写充满娱乐元素,这样的"滑稽本"吸引了大众读者⑤。大量读者群的高涨需求,使得大众读物成为出

---

① 各藩设置的"乡校",还可以接收当地平民子弟。
② "草双纸"采取文字和画合为一体的排版方式,类似现在的漫画。
③ "川柳"(Senryuh)原是柄井八右卫门(Karai Hachiuemon,1718—1790)的俳号。他点评的附句集《俳风柳多留》受到大众好评,故将这种单独的附句形式称为"川柳"。《俳风柳多留》从1765年到1838年共刊出167篇。
④ "读本"是以文字为主的读物,针对以画为主的绘本而称。
⑤ "人情本"、"滑稽本"是近代以后的叫法,当时因其书形均被称为"中本"或"中形读本"。

版品而促进了商业的兴盛。到了江户时代末期,日本城市中出现了仅靠稿费就能养家立业的职业作家。

除了儒学以外,"兰学"和"国学"在此阶段也得到快速发展。江户前期幕府采取锁国政策,西方文化很难传入日本。至第八代将军德川吉宗主政,允许与基督教无关的汉译洋书输入,并下令青木昆阳(Aoki Konyoh,1698—1769)等人学习荷兰语,进而学习西方先进科技知识。这股"兰学"热,使得西方自然科学知识陆续输入,促进了日本在医学、天文学等领域采用兰学,获得了新的发展[①]。

到了江户后期,和歌、连歌以及俳谐等传统文学形式,已经逐渐丧失继续创新发展的动力。松尾芭蕉之后的俳谐创作,虽然传播到社会各阶层,但同时却失去了追求真实的文艺雅趣。至18世纪后半叶,日本各地兴起"回归芭蕉"的复兴活动。其中与谢芜村(Yosa Buson,1716—1783)在继承芭蕉"高悟归俗"的精神基础上,开拓出了俳谐创作中诗画一体的独特风格。农民出身的俳人小林一茶(Kobayashi Issa,1763—1827)的俳句创作,贴近民众生活,充溢着朴素亲切又不乏滑稽的俳风,成为与芭蕉、芜村比肩并称的代表性俳人。在和歌方面,以香川景树(Kagawa Kageki)为代表的桂园派提倡平实明朗的歌风,但未能形成革新性的变化。

一、戏谑

如上所述,江户前期的戏作大都是汉学者的消遣之作。他们将艰难习得的"有用之学"(汉学),故意发挥在看似无价值的俗文学上面,出现了许多滑稽的效果。比如前期洒落本,就以廓里妓院为描写对象,承接了浮世草子的写作传统,然而其创作者的身份、地位、创作动机、表现方式以及作品接受者,与浮世草子又全然不同。前期洒落本的作者,是身在阶级阶层,但感到不如意(因为他们的汉学知识修养从执政角度看来"无用")的文人学者,由于无法正面发泄内心忧闷,就以戏谑手法讽刺现实社会。然而这些作品只是在小范围圈内流行的文学游戏,虽然采取俗文学的形式,但如果没有相当汉学知识就无法创作,超出这一圈子的读者也看不懂。这些情况,实际上既非传统汉文学的通俗化,也不能让大众文艺得到提升,只能说是文人学者逃避精神的一种体现,但却推动了文艺创作形式的近代转型。

[①] 由于幕府对批判幕政的思想加以镇压,在幕府主导之下开展的兰学没有直接运用于政治运动等革新思想产生,而是作为实学在科学各领域里发展。

幕府施行的政策和文人群体中的逃避精神,使得创作者都难以从正面揭发社会的尖锐矛盾。戏作作者们采取的表现方法,大都是以滑稽的笔法揭穿各种事实的真相。"穿"这一词语,表面上的意思是穿透某些"洞"。而"洞",即指人间或社会背后隐藏的事实,尤其是缺陷和弱点。穿透洞的含义正是揭露那些客观存在的丑陋事实,但不是直接揭露,而是以滑稽的笔法隐含着对社会的批判讽刺。洒落本和后来的"黄纸本",其描写效果都在于如实"穿"破真相,两者的区别在于洒落本是揭穿廓里的实情,而黄表纸本则是揭穿世相的实情。

山冈浚明(Yamaoka Matsuake,1726—1780)以泥郎子为笔名发表的《跖妇人传》(1753年刊),模仿《庄子》杂篇中《盗跖》篇的写法,揭露廓里妓院内充满矫饰淫逸的放荡生活。文后附上的《色说》,戏说是从看守人的小屋墙里发现的(这也是模仿发现《古文尚书》等的来历),再把《老子》所言的"大道"换成"色道"而加以戏说。如:

粹可粹,非常粹。实可实,非常实。
(《老子》:道可道,非常道。名可名,非常名。)

色道废,有物日①。情夫出,有出轨。
(《老子》:大道废,有仁义。智慧出,有大伪。)

绝粹弃智,游利百倍。绝虚荣离,招女人喜欢之情,妓女复真实。②
(《老子》:绝圣弃智,民利百倍。绝仁弃义,民复孝慈。)

《跖妇人传》将《老子》的超凡脱俗的文辞,巧妙地换骨夺胎,把中国经典改造到彻底的庸俗,以显示作者观点及文字之高妙。将深刻的经典哲理变身为世俗的游廓心得,这在世界文学、比较文学史上也是极少见的。当时日本处在享保改革余波的时代,此书的出版为江户文坛带来新的刺激③,受到其直接或间接影响,许多类似内容的洒落本接连

---

① "物日"是廓里的年中例行活动中之一,由妓女自己负责约客的日子。
② 泥郎子:《跖妇人传》,《洒落本 滑稽本 人情本》,《新编日本古典全集80》,日本:小学馆,2009年版,第26页。
③ 据《跖妇人传》序言所记,此书于1749年成书,但当时推行享保改革的当事人第八代将军德川吉宗还在世,且幕府刚发布禁止出版好色本等。因此直到德川吉宗死后两年的1753年才出版。

刊出。

《游子方言》①(1770年)模仿扬雄《扬子方言》，用廓里的方言描写客人的各种姿态。这本戏谑书里提出了一个新的审美概念，那就是"通"。其意思与浮世草子里体现的"粹"大致相同，也就是通晓世态、精通人情（特别是廓里之事）之意。"通"是在这一阶段的江户颇为流行的概念②。被称为"通人"或"通者"的人受到市民社会的尊敬，还没达到"通"的程度却装"通"的人，被称为"半可通"而被加以嘲笑。虽然《游子方言》是如其广告词宣言的"通书之祖"，描写的却不是"通人"的举措，而是"半可通"者在廓里的各种滑稽愚蠢行为。这种表现方法也是戏作的特点，并不是正面地讲述现实而是通过描写事物的侧面甚或反面，让读者更清晰地看到理想和现实之间的巨大差距。《游子方言》问世后，洒落本确立了其基本类型：一种以写实、滑稽为基础的短篇游廓小说。之后町人作家山东京传（Santoh Kyohden，1761—1816）发表了《江户生艳气桦烧》（1785年）等许多精致细密地"穿"透廓里世俗世界的作品③，洒落本创作迎来了发展全盛期。

草双纸本来是为妇幼而写的娱乐性读物，但恋川春町（Koikawa Harumachi，1744—1789）《金金先生荣花梦》（1775年）的出现，使其性质改变为文人学者喜欢的读物。这些反映时代风潮、戏谑性较浓的作品编集，由于常常使用黄色封面，被称为"黄表纸本"。《金金先生荣花梦》借鉴了中国传来的《枕中记》的构思④，将其荣华富贵的舞台移到了江户游廓妓院中，描写主人公金金先生享尽一生沉湎于色道的好梦。其序引用李白《春夜宴桃李园序》："浮生若梦，为欢几何"，也提及鲁褒的《钱神论》等，说明作者设想的读者群是同样熟知汉典的文人群体。

在宽政改革期间，幕府以纠正紊乱风纪的理由禁止黄表纸本、洒落本等内容低俗的读物出版。就连最红作家山东京传和出版其作品的出版社也受到处罚⑤。许多黄表纸作品受到绝版处分，洒落本一时处于毁灭状态。之后，黄表纸本失去了社会讽刺读物的

---

① 《游子方言》的作者笔名是"多田爷"（用日语读起来是 tadanojii，即"普通老人"之意），据目前的研究成果，推测其人为经营书店的丹波屋利（理）兵卫。
② "粹"是17世纪后半叶浮世草子盛行时，在京都、大阪周边流行的概念。
③ 这些作品的题名都滑稽地模仿正经之词而起。《江户生艳气桦烧》模仿"江户前鳗桦烧"（江户产烤鳗鱼串）。在日语里，艳气（Uwaki）与鳗鱼（Unagi）的发音相似，整个题名读起来是"Edo umare uwaki no kabayaki"，与江户前鳗桦烧（Edo mae unagi no kabayaki）很像。
④ 中国《枕中记》描写的卢生故事，传入日本后演绎为能乐剧本《邯郸》，传播很广，《金金先生荣花梦》也可能是受其启发而写。
⑤ 恋川春町因写黄表纸本《鹦鹉返文武二道》讽刺宽政改革而被老中松平定信召唤，但未应召，不久死去。

特点,变成带有教训性的大众娱乐读物。洒落本后来又逐渐恢复,但处在严格执行监管出版的政策下,出版社往往采取不写明出版年份及出版社名的秘密出版方式,作品内容也往往变成描写游廓客人和妓女之间的真情。舞台仍然是游廓,描写的是男女之间的真情,因此不需要用"穿"的方式,重点在于表现义理和人情的冲突。由于其内容往往是恋爱悲剧,当时又被叫作"泣本"。其中为永春水(Tamenaga Shunsui,1790—1843)的《春色梅儿誉美》(1832年)甫一问世,即博得整个社会的好评如潮。春水此书被称为"江户人情本之祖",随之流行的这类作品被称为"人情本"。然而不到十年就开始了天保改革,人情本被幕府以整顿风纪为由受到了严厉的弹压,作家为永春水也受到了处罚。

二、狂态

江户时代前期,虽然政治中心移到江户,日本的文化中心仍然是京都和其周边的近畿地区。新兴大城市江户作为政治、文化中心而成为名副其实的首都,是在18世纪后半期。随着出生并在江户长大的武士以及町人们的人数激增,他们之间产生了超越阶层差异的身份认同感。也就是拥有"江户文化"气质,讲"江户话"的"江户人",这样的认同感冲淡了社会体制规定的由尊卑关系构成的阶级意识,激发出强烈的江户文化创新力。在天明年间(1781—1789)的江户流行的所谓"天明狂歌",就可以说是最典型的江户新文化形态。

"狂"是一种"醉狂"(痴醉)状态,是"风狂"(极尽风雅)词意延伸的究极概念。"狂"常常用来形容在形式上遵守规定,而内容方面却超出正常范围的一种状态或艺术形式。所谓狂歌,就是以标准和歌的形式咏出滑稽戏谑内容的和歌作品。狂歌的起源可以追溯到镰仓时代[①],但首次问世的狂歌集是1589年京都建仁寺高僧英甫永雄(Eiho Yohyuh,1547—1602)的《雄长老狂歌百首》。俳谐师贞德也积极创作狂歌,并鼓励门下弟子创作狂歌。这样的倡导,使得原为贵族、武士阶级的高级文化游戏的狂歌,迅速普及到了庶民社会当中。后来,京都周边地区都兴起狂歌热(上方狂歌),但由于参与创作的庶民大都缺少古典文化知识,导致作品质量不高,也未能形成庶民文学的鲜明特质。

---

① 只提滑稽或讽刺的话,早在《万叶集》里的戏笑歌、《古今和歌集》里的俳谐歌、以和歌形式讽刺世相的"落首"等也可以说属于狂歌。但在这里讲述的狂歌指有文学上的创造意欲而创作的作品。

江户狂歌的发展轨迹则不同于上方狂歌。江户狂歌一直保持着文人特质的游戏性质。参与江户狂歌创作的既有文人、武家，又有町人，但与上方狂歌创作不同的是，他们都在"江户人"的共同意识层面上切磋琢磨，创作出江户文化意识较高的作品。作为创作者的文人、武家，积极地融入町人的世界，而町人也不断地提高其文化水平，他们互相超越身份差异，共同参与狂歌的创作。因此，江户狂歌是有着相对较高文化层次歌作者的文化消费，是一种充满着创新愿望的文学创作活动。江户狂歌常常把中日古典的正经文辞，巧妙地改造成滑稽的形式内容，如：

庄周也会被猫追着给魇住吧，在变成蝴蝶飞来飞去的春天之梦里。①

四方赤良②

和歌咏得不怎么样才好，如果天地真的动起来，不得了。③

宿屋饭盛④

宽政改革之后，由于政治压迫的原因，在天明时代狂歌发展过程中起过关键作用的武家作者们纷纷退出歌坛。而町人出身的狂歌师则积极参与创作，顶替了武家作者的缺位，使得江户狂歌创作继续处于盛况。但这时的江户狂歌没有能够保留天明狂歌所体现出来的汉和文化融合精神，而是变成大众化的通俗娱乐活动。

玩狂歌的作家，同时大都还玩"狂诗"。狂歌是把传统和歌的通俗化，而狂诗则是对中国古诗的狂悖改造，把汉诗改成诙谐有趣的写法。原本作为尊重摹写对象、风雅潇洒的汉诗句，到了狂诗中则变身为专门描写日常生活中的滑稽庸俗现象打油诗。这样的日本汉诗，初看还是汉诗的形式，但内容已经发生根本性的变化，两者间的差距越大，幽默取乐的效果就越强烈。其写作方式与《跖妇人传》使用的技巧相类似，因此，这也是具备了相应汉诗文知识技巧的文人才能看得懂、玩得转的一种文字游戏。

---

① 《黄表纸　川柳　狂歌》，《新编日本古典文学全集79》，日本：小学馆，1999年版，第491页。
② 四方赤良（Yomono Akara，1749—1823），本名大田直次郎，又号大田南亩、蜀山人等。除了狂歌以外，亦以狂诗、洒落本、黄表纸本创作闻名，是天明狂歌歌坛第一人。
③ 《黄表纸　川柳　狂歌》，《新编日本古典文学全集79》，日本：小学馆，1999年版，第560页。
④ 宿屋饭盛（Yadoyano Meshimori，1753—1830），本名石川五郎兵卫，还以国学者（石川雅望）闻名。

江户时代同样以"狂"冠名的"狂句",则是从俳谐中分化出来的,其写作门槛没有狂歌、狂诗那么高。狂句原是俳谐中属于"杂俳"的一种。杂俳的意思是杂句形式的俳谐,常常不带季语(与季节有关的词),是以日常人事生活为题材的滑稽句。狂句,在形式上是独立起来的附句,单独的一句就可以视为一个作品。江户文学史上,一般把柄井八右卫门(又名绿亭川柳,1718—1790)写的狂句称为"川柳",这也是"川柳"名称得到普遍使用的开始。随着时代的变化,川柳自身也不断经历改变。初期的川柳以"前句付"形式出现,称为古川柳,文化年间(1804—1818)以后是狂句,而明治 35 年(1902)以后就是获得重生的新川柳。

川柳从俳谐分出的历程,可以追溯到俳谐原有的滑稽性精神源流。无心连歌是含游戏性、滑稽、庸俗等因素的连歌。随着连歌的地位升高,连歌开始追求幽玄、优美的表现。于是无心连歌原有的滑稽精神被俳谐连歌继承。当松尾芭蕉提倡追求风雅之诚,使俳谐获得与和歌同等的社会地位后,"滑稽"不再作为俳谐的最大特点而被提及。这一现象当然不是说放弃了追求滑稽精神。相反,如从连歌分出俳谐一样,从俳谐里分出了川柳,构成独立的领域。

川柳的产生和流行的现象,既是继承了俳谐的滑稽精神,又体现出当代的逃避现实精神。形式上,川柳不拘于俳谐各种规则,只要符合字数(由五字、七字、五字构成一句)即可,且以通俗浅显事象为题材,创作起来较为容易。表现内容上,与江户狂歌不同,其创作通常不要求点染古典文化知识,因此文化水平不高的平民大众也能参与川柳创作。从表现技巧的角度看,川柳的最大特点并不是制造滑稽,而是制造像洒落本那样的"穿"技巧。可以说川柳是平民大众以韵文形式去"穿"透、领悟各种世态真相的醒世作品。当然,川柳创作一直都没放弃滑稽精神,因此川柳也一直没有获得像和歌、连歌那样高雅、正统的文学地位。也正是这个原因,新川柳作为大众文艺形式至今还具有生命力,在现代日本社会中仍然活跃流行。

"滑稽"也属于狂态中的一种,但这一狂态不要求古典文化修养,可以是大众化的低俗狂态。以大众生活为题材的滑稽本,没有情节也没有焦点,只连绵地描写充满低俗下流内容的对话,引人发笑。比如十返舍一九(Jippensha Ikku,1765—1831)的《东海道中膝栗毛》(1802—1822),描写两个主人公(弥次郎兵卫、北八)在旅途中厚颜无耻的对话和行动。第一篇出版后,受到只期待享受轻浮刺激的大众读者的极大欢迎,于是作者此后二十余年间陆续刊出续篇。滑稽本里的"笑",往往是低俗的,被形容为"御下劣"的笑(在鄙俗词上故意冠"御",已经体现滑稽意味)①,但这确实是逃避现实者最需要且最期待的笑。涉及讽刺政治,则被处罚;涉及色情,也被处罚;只有滑稽本的"笑",是大众可以放心享受、可以放声大笑的笑。

综上所述,江户戏作有前后期之分,后期戏作的滑稽本,其表现性质与前期戏作相比就发生了很大的变化。前期戏作作者的共同认识,是自己创作的是文学中的"无价值"作品,前期的戏作只是在特定汉学者小圈子里传播的一种文学游戏。因此他们将自己的所有精力都注入表现方式和技巧方面,而放弃追求文学的道德价值。这样的创作活动透露出作者认为自己只是个"无用之徒"的伤感,尽管戏作作品里充满着滑稽快乐,其创作动机却是内心的自虐与消极。到了后期的戏作中,作者身份出现了很大的变化,如代表性滑稽本作家式亭三马(Shikitei Samba,1776—1822),在当时就被评为"虽然没有学问但是个才子"。后期戏作的作者大都不是汉学者出身。对自认并非书生、也没有多大学问的他们来说,参与创作原来由汉学者把持的戏作,就是一项有价值的文学活动。还有,后期戏作大都是针对市井百姓的需求而写的,作者们有着积极的创作态度,并在创作过程中逐渐形成了崭新的市井文学意识。所以,他们的戏作,实际上已经不是"戏"作了,而是有着新时代意义的通俗文学创作活动。

三、读本

"读本"的称呼是相对于以绘画为主的绘本而言,指以文字为主的阅读书小说。在描写内容方面,读本深受中国白话小说的影响,多取材于日本的历史和民间传说,写法上也可列入戏作一类。最初的读本从直接模仿中国白话小说开始,其发展也起到了从传统的物语跨入近代小说之间的沟通作用。

在17世纪,中国白话小说开始陆续流入日本。最初中国白话小说还是日本上层社会中的中文读本,能够直接阅读的读者群并不大。为了满足社会各层面的日本人都想了解现实中国的需求,日本的翻译(唐通事)开始把中国白话小说用于汉语教学课本,也就是引进了活的中国话。进入18世纪,《水浒传》、《三国演义》、"三言二拍"等大量白话小说在日本都有了译本刊行。白话小说很快便吸引了的武士、商贾、甚至广大的平

---

① "御下劣"的笑,相当于英语的"ribaldry"的笑。以《东海道中膝栗毛》里的一段为例:北八听说头上戴白毛巾,脸显得白,看起来很帅,于是他从袖子里拿出白毛巾戴上。果然路过的女人都看着北八嫣然一笑。正在北八得意起来时,弥次郎兵卫冷笑说他戴的竟是白兜裆布。原来北八昨晚洗澡时脱下来的兜裆布放在袖子里,后来忘记了这件事,早上也糊里糊涂地用这条擦过脸。北八恍然大悟地说:"难怪这么臭。"头上戴兜裆布已经是很可笑,还揭露北八用兜裆布擦过脸,最后让他说出其臭味,使读者达到笑点的高潮。

民百姓。尤其在江户、大阪这样的大城市中,都出现了各阶层民众为了看懂中国白话小说而纷纷学习中文的现象。中国白话小说对于江户时期的日本读者展现出了极大的艺术魅力,主要表现在故事结构及情节之妙;作品中人物性格非常明确,富有人情味;描写和表现之妙(巧用俗语);作品中看得到思想价值(劝善惩恶寓意)。相对而言,日本物语传统中缺乏类似的小说写法,明清白话小说的输入让日本读者大开眼界。同时传入的还有金圣叹等人的点评,这让江户文人开始接触到中国的小说批评论。

　　日本接受中国白话小说的过程经历了三个阶段。第一阶段是"训译"原著,这是针对学过古汉语的读者的方法。当时日本人读古汉语,意念上并非将其视为外语,而是一种受到高度尊敬的语言文字系统,承认其为本国语言的来源之一,也是本国语言的一部分。于是发明训读法,也就是用特殊符号标示在古汉语原文行列中,在不改动古汉语原文顺序的前提下,显示出符合日语语法的阅读顺序,且以日语的发音阅读①。阅读中国的白话小说,一开始也比照阅读古汉语的传统而使用训读法。"训译"本对原文附训读符号,针对难以理解的词(尤其是白话俗语),左边附日文翻译。不久,没学过古汉语的读者也想阅读白话小说,于是日本的出版界就很快进入传播中国白话小说的第二阶段,即出现了大量的全文翻译本。这些翻译本在江户书肆被叫作"通俗书"("通俗"是翻译之意),比如《通俗忠义水浒传》、《通俗西游记》等书陆续出刊,广受欢迎,持续热卖。至18世纪后半叶读本的发展又进入第三阶段,原因在于江户文人已不满足于光看白话小说,其创作灵感和热情被激发出来之后,就尝试着自己也来写同样的小说。1749年,儒医都贺庭钟(Tsuga Teishoh,1718—1800)发表了《英草纸》。这部小说借鉴了《警世通言》等中国白话小说的情节,但是描写的地点和人物都换成了日本国内的。这是较早的"翻案小说"之一②,并成为后来兴盛的江户读本的发轫之作。③ 都贺于1766年又刊出《繁野话》,在这两本自创小说的影响下,日本作者自创的翻案小说纷纷刊出,造就出江户时代通俗文艺潮流中的一股新的创作热潮。

　　当然,第一阶段期间的读本(训译本)也具备着与前期戏作类似的性质,只是少数汉学者的圈内读物。但此时训译本作者的创作态度,可以看出并没有像戏作那样趋向

---

① 举个例子:如原文是"我读书",按照日语语法,动词位于宾语后面,于是读成"我—书—读"。
② "翻案小说"的名称,通常用于此时段的读本,但早在1666年刊出的浅井了意(Asai Ryohi,?—1691)的假名草子《伽婢子》,也是《剪灯新话》等的翻案。
③ 都贺是当时作为精通中国小说的学者而闻名,他称自己的翻案小说为"国字小说",意思是用日语写的小说,对应中国的白话小说的说法。不过在日本,普遍以"小说"作为一个文学领域的名称是坪内逍遥在《小说神髓》(1884年)里将小说用于"novel"的译词而始。

戏谑或狂态,而是开始探索小说创作的意义。江户读本作者接触了中国的白话小说和小说论后,也开始追求小说创作的理想形态。既熟悉中国古典又读得懂白话小说,还具备日本传统文学素养的江户文人,将自己的知识和理想注入作品里,这样的创作中能看到近代小说论的萌芽。正如都贺庭钟在《英草纸》序中论及《庄子》寓言时说:"在当今社会里,鄙言反而能够作为真正的箴言而被人们接受。"上田秋成(Ueda Akinari,1734—1809)的《雨月物语》(1776年)继承了都贺庭钟的创作方式,以中国的小说、日本的古典作品为材料,混编出独特的读本,被称为近世怪异小说的艺术顶峰。他不仅成功创造出了怪异小说的艺术世界,还创造出一种独特的和汉混合文体。根据目前的研究成果,已经考证出上田秋成编写这部小说时,参考超过六十种中国书籍和一百多种日本书籍。付出如此巨大精力的创作,可以说是作者探索理想文学表现的一种体现。《雨月物语》序言说,罗贯中、紫式部写虚构的故事蛊惑人心而遭报应,然而看他们写的文字十分逼真,确实具有令读者产生共鸣的魅力。这样的说法是要纠正时人对小说虚构作品的偏见,正面肯定小说的社会价值和作用。

　　后期读本脱开了直接翻案中国小说的方法,而是从中国小说借鉴一些构思方式并新创一些中日因素混合的故事情节。后期读本的大部分作者并不是传统的汉学家文人,后期读本的读者群也扩大到了社会各阶层,其内容自然就趋向通俗化和现实生活化。然而对后期读本作者来说,创作读本的本身就是有价值的文学活动。因此,他们认为读本作品里必须反映一定的思想价值观。当然宣扬这些思想价值观需要符合执政者制定的政策,于是便将当时流行的儒教伦理,如劝善惩恶等观念引入小说创作。曲亭马琴(Kyokutei Bakin,1767—1848)的《南总里见八犬传》(1814—1842)借鉴了中国长篇小说《水浒传》的情节构思,描写因缘相连的八位青年,经历种种艰苦磨难后集合到里见家的故事,显示出传统儒家道德的强大力量。马琴结合佛教思想(轮回转生,因果报应)、儒教思想(劝善惩恶)以及当时的江户市井社会风潮等,创作了这部著名的长篇小说。虽说这是一部大众性娱乐性作品,但马琴还是用心琢磨,把渊博的和汉知识理念注入作品情节和描写中。如下面两节描写:

　　　　定包越来越放肆,不顾士兵之怨,日夜举行酒宴。或与玉梓共辇后院戏花,或聚众美女高楼玩月。昨日牛饮在酒池,今日饱餐在肉林。主人如此,部下跟风,耽于淫酒,贪而不觉饱,费而不知尽。王莽制伏宇内之日,禄山倾覆唐祚之时,天日虽貌似照其人,但逆臣不受长命。定包灭亡必不久。有心人侧目而视,厌恶者与日俱增。

  在南边,紫云暧瑃缭绕,距地上不远。一位婵娟山媛,留着楚宋玉梦见的神女模样儿,映着魏曹植描写的洛神面貌,骑着黑白斑狗,左手拿着数颗珠,右手招摇手束,没有说话而掷来了一颗明珠。

江户民众或许不甚明了中国典籍中酒池肉林的典故,也不知道王莽、安禄山等历史人物,对于宋玉《神女赋》、曹植《洛神赋》更是陌生,但也基本上不影响对读本的阅读兴趣。其实这些古文中的华丽辞藻,对读者的阅读理解来说并不重要,因为即使不明白这些典故也不影响对情节的大致了解。但对作者来说,采用这些典故辞藻,却是与反映某种道德伦理思想同样重要的事情,这些典故辞藻是必须放在作品里的,因为这是表现作者高雅修养的一种方式。

四、日本审美观的探索

江户读本作者们开始摸索其创作意义的时候,国学研究领域也出现了探讨文学作品真正价值的现象。经过契冲、荷田春满以及贺茂真渊等人的开拓性研究,在此时段,国学研究以复兴古代文化及日本精神为旗号而发展起来。其中,本居宣长(Motoori Norinaga,1730—1801)通过对日本经典作品价值的重新分析,揭示出了日本古典审美观的重要基因——"物哀"。[①]

本居宣长认为在受到儒学影响之前,日本社会早就存在着本土的精神传统。而在江户时代,将军幕府用中国儒家的道德标准去规范日本社会,以朱子学的价值判断来修正日本社会的精神价值,这样的做法遮掩了日本本土的思想传统,因而是短视的。江户儒学家们追求道德理性的诉求想法,很大程度上是外来的思想意识,而日本人的内心深处还存在着没有受到儒佛思想影响的自然真情,也就是所谓的"大和心"。大和心是指从远古时代一直传承到江户社会,日本人的独特精神意识。为了探究"大和心"的根源,需要排除历代积累深厚的"汉意"(中国传来的思想)的干扰,而实际操作方式就是通过阅读理解日本的古典文献来逐渐复原"大和心"。本居宣长认为《古事记》是最能

[①] 关于"物哀",本居宣长有《排芦小船》、《石上私淑言》、《紫文要领》、《源氏物语玉小栉》等著作,除了《源氏物语玉小栉》,皆未定稿,生前没有刊出。

够了解日本古代精神的书,而在古代日本,意(心)、事、言一致,为了解古代日本的意和事,首先需要掌握古代日语。于是他继承贺茂真渊的学术研究方法,通过对古代日语的研究来阐释《古事记》的原始内涵。

本居宣长在对《古事记》进行实证性研究的同时,咏颂经典和歌,通过与古人的感情共鸣和精神沟通,来感受和体悟这种大和心。经过在学术、精神层面的接触和探索古典文献,他发现其中存在着的一些基因性的审美观念。和歌是日本人接触到某些事物景象时,自然而然涌出感情的表现,在这过程中不存在儒家道德教化所说的所谓理性感悟,而只有本性真情的瞬间感动。本居宣长还认为物语创作也是真情感动的表现,并把这种真情称为"物哀"。他通过《古事记》考证"哀"(aware)在古代日语里的本义。aware 虽然普遍用汉字"哀"来书写,但其本义并不限于悲哀,如高兴、有趣、快乐等情绪,都可以用 aware 来表示。凡是发自内心的真情,都可以被称为 aware。不过在人的真情中,高兴的、有趣的事,其打动人心的程度都不如悲哀之痛、思念之情那样深沉,因此通常以悲哀作为代表 aware 真情的名称。本居宣长还认为符合人情的事物,不一定都符合儒佛的善恶标准,文学的本质只是传达人情的真,而可以不管所谓的善恶标准。秉持这样的观念,实际上就是否定了文学的政治功能及道德标准。确立和歌、物语创作中的"物哀"表现方式,这意味着日本文学作品可以从政治、道德约束中独立出来。从提出这样的诗学观开始,日本文学创作被赋予了纯粹审美标准上的文学价值。

本居宣长的物哀论源于他对《源氏物语》的评价,物哀论是对《源氏物语》文学价值的重新认识。物语所讲述的故事内容,有时候并不是作者本人或读者所喜欢的,而是让人感到或悲哀、或有趣、或高兴、或恐怖之时,不得不讲给别人听的。作者看到或听到某类物象而感发出某些情感,这就是心被打动的状态。作者的心动,说明作者懂得物哀;读者的心动,也说明读者懂得物哀。作者只需如实描写这种心动和感动,就会让读者感到人的真情,令读者悟到物哀之心,这就是物语创作的本意。懂得物哀之心的作者,描写知物哀者的故事,肯定人的真情。读者对此有同感,并由同感而悟到物哀之心,从而使作者、物语中的人物以及读者,在知物哀的情感共鸣中合为一体。知物哀,就成为创作物语的基本动机,也是阅读理解物语的最终目的。物语并不是人生经验教训之书,而在于引导读者感悟到真实的人情,这才是物语创作的最大价值。

总而言之,本居宣长是站在国学者的立场,突破传统儒教道德的束缚,批判压抑人性的文学观,倡导日本传统的物哀论,借以体现文学创作的本来价值。这样的诗学论述,清晰地把日本文学创作从儒教社会功能作用中解脱出来,由此奠定了以真情为根基的日本古代诗学创作论。

第七节 重塑期(明治时代—1868年至1912年)

幕府末期的美国"黑船"压境,迫使日本与美、英等欧美列强国签订了不平等条约。沦为殖民地的危机感,促使日本走上学习西方先进文化以拯救大和民族的道路。1868年,德川幕府垮台,明治政府建立,实行全面维新,目标就是使日本成为像欧美强国那样的近代文明国家。明治政府一方面积极向外派遣留学生,学习西洋文化和技术,另一方面又不断巩固本国文化制度的独立性,处理好学洋与固本的关系,这是近代日本明治维新改革成功的最根本原因。

教育改革是日本实现近代化的核心,其实在江户末期就已经兴起传授西方知识的潮流。当时的小学教科书中新增了介绍外国文化制度的"西洋事情"内容,也保留了中国的《孟子》。为了更好地吸收欧美文化,翻译了大量的外来词汇以充实现代日本语,使得普通民众也能看懂欧美书籍的内容。在新的国家建设人才育成之前,将现有的武士和学士阶层,流动到新社会建设所需的各种岗位上去。政府还颁发了新的教育"学制",打破了江户时代身份限制的隔阂制度。

"明治维新"最显著的成果,就是逐步收回了之前在对欧美不平等条约中失去的国家主权,并在痛下"脱亚入欧"决心的牵引下迅速提升了国家实力。在1894年的甲午战争和1905年的日俄战争中,日本出人意料地先后击败了亚洲老牌盟主大清朝和欧洲强悍帝国俄罗斯,这些接二连三的巨大胜利震惊了全世界,迅速提高了日本的国际地位,也使得日本国内的民族自信心大增,其称霸东亚的欲望迅速膨胀。

这一时期的日本是有意识、有计划地快步推进国家近代化。明治政府一边不断吸收和模仿欧美先进制度及科学技术,一边又珍视江户时代遗留的传统文化,在现代与传统、西方与东方融合的文化土壤中深耕细作。这是近代日本改革独有的模式,这种兼取并蓄的国家策略的成功实施,使得近代日本在西方列强掠夺争霸的乱流中,最终保持住了国家主权的独立,并使日本有机会加入西方列强阵营,在国际殖民争夺中分羹获利。国内经济建设欣欣向荣,一整套适应日本社会的政治文化体制逐步完善,国民的觉醒和自信皆达到空前的程度,整个东瀛列岛充满奋发向上的热情活力。以上就是从近世到近代日本文学产生突变,日本诗学也改换面目的时代与社会的背景。

一、近代小说的启蒙和复古

伴随着江户后期的戏作文学、翻译小说及政治小说的渐趋兴盛,日本文学的发展从近世向近代过渡。明治18年(1885),坪内逍遥(Tsubohchi Shohyo,1859—1935)发表了小说《当代书生气质》,尝试在立意及写法方面对近代小说进行改革。他自幼接受汉学和英文的教育,爱读江户时代的市井通俗文学,在东京大学就读期间又阅读了大量英国文学作品。他在《论小说及其〈书生气质〉的创作》的开头就表明了自己的文学主张,即"小说的主题是描写世间人情,以劝善惩恶为主体或者带有政治寓意的小说,与真正的小说宗旨是背道而驰的"①。坪内逍遥否定了传统小说的伦理劝惩价值,也拒绝当代政治寓意对小说的掌控。这一基本态度在明治初期文人中很有代表性,可见对社会人情世态的重视,成为日本近代小说创作的起点。

明治19年(1886),坪内逍遥发表了著名的文论著作《小说神髓》。其中"小说的眼目,是写人情,其次是写世态风俗"②这句话,拉开了日本近代诗学观变革的序幕。在小说内容发生转变的同时,小说创作模式也发生了根本的改变。小说创作的重心开始由情节向人物转换,淡化现实环境因素的介入,强调对人的情欲的如实描摹:

> 所以我认为作为小说的作者,首先应把他的注意力集中在心理刻画上。即便是作者所虚构的人物,但既然出现在作品之中,就应将其看作是社会上活生生的人,在描述人物的情感时,不应根据自己的想法来刻画善恶邪正的感情,必须抱着客观地如实地进行模写的态度。③

这与江户时代本居宣长在《源氏物语玉小栉》(1799)中提到的"知物哀"、"写人情"之论是相通的,与西方传来的文学理论却形成了较大的差异。另一方面,日本传统小说创作一直不受上层社会重视的状况,至此得到了重新认识和根本改变。由此写实主义成为日本近代小说创作的起点,并对近现代日本文学乃至诗学论的发展产生了深远的影响。

---

① 引自王向远:《日本古典文论选译·近代卷》(上),中央编译出版社,2012年版,第197页。
② [日]坪内逍遥著,刘振瀛译:《小说神髓》,人民文学出版社,1991年版,第47页。
③ 同上,第49页。

二叶亭四迷(Futabatei Shimei,1864—1909)在读过《小说神髓》后立即拜访了坪内逍遥,两人由此相识并长期保持密切联系。《小说总论》(1886)就是坪内逍遥邀请他为《当代书生气质》所写的一篇评论。此文从论述"形"与"意"的关系入手,进一步论述了"摹写"在小说创作中的必要性和重要性,总结出"只有摹写才是小说的本质"[①]。二叶亭四迷在坪内逍遥的鼓励下,用两年时间完成了第一部小说《浮云》(1887)。二叶亭四迷早年在东京外国语学校就读俄语科,《浮云》模仿俄国小说作品,它通过对人情的深入解剖,详细刻画人物的心理活动,把当时日本知识分子的复杂内心活动及外显形象表现塑造得栩栩如生。《浮云》第一次将《小说神髓》的理想在小说作品中实现,即所谓抱着纯客观的态度来进行如实的描写,这是具有重要的标志意义的。

同时期,日本近代文学史上第一个文学社团"砚友社"成立了。砚友社同仁的创作将近代的写实主义和江户的戏作文学写法融合在一起,可以看作是写实主义成熟之前又依附于传统戏作文学的过渡。其领袖人物尾崎红叶(Ozaki Kohyoh,1868—1903)在早期创作上模仿井原西鹤,在小说题材方面多取"女性"和"金钱"两个因素,生动渲染描绘世态人情。《金色夜叉》(1897)是尾崎红叶生前最后一部小说作品,因作者病逝而没能写完,却代表了作者一生小说创作的艺术最高峰。《金色夜叉》主人公贯一,其未婚妻阿宫被金钱所惑而背叛了他,痛苦万分的贯一最终放弃了求学进仕的人生理想,转而投身到高利贷行业,成为唯利是图的券商。小说从心理分析的角度,细致表现出主人公的心理煎熬,也凸显出小说中另一重要人物文三在道德上的坚守,以及阿宫在情感上的痛苦自责。在近代小说中首次将浪漫主义和现实主义的写法进行了细腻的结合。

幸田露伴(Kohda Rohan,1867—1947)是与尾崎红叶同时期的小说家,创作上同样效仿井原西鹤,但是与善于描写女性"婉约派"的尾崎红叶相比,露伴的作品更有雄壮的男子汉气概。在他的代表作《五重塔》(1891)里,主人公十兵卫是一位技艺超群却时运不佳的木匠,他排除万难建造的五重塔,在"落成典礼"前一夜的暴风雨中屹立不倒,最终向世人证明了他非凡的建筑技巧实力。露伴其后的小说《风流佛》(1889)中的雕刻家珠运、《一口剑》(1890)中的刀匠正藏,也都是对艺术怀有坚定信念甚至不惜牺牲性命,都有着顽强人格毅力的社会底层的劳动者形象,这样的理念正如《五重塔》中的长老所说的那样:

[①] 王向远:《日本古典文论选译·近代卷》(上),中央编译出版社,2012年版,第294页。

人之一生莫不与草木同朽，一切因缘巧合都不过浮光掠影一般，纵然惋惜留恋，到头来终究是惜春春仍去，淹留徒伤神。但木工这一雕虫小技，此人却能专心致志地精益求精，豁出命来干，排除杂念，摒弃私欲；拿起凿子就只想好好穿眼，拿起刨子就只想刨个亮亮光光，其心境之可贵，赛过金银。想到他生前要是毫无所成，将自己的手艺带到九泉之下，突然埋葬于黄土垄中，未免令人可悯。良马不遇伯乐辨识，高士不为世俗所容，归根结蒂，同样可悲。①

这种现实人生理想与古典意象的微妙结合，表现出了具有东方人文特色的浪漫思维特色，这是日本社会中特有的人物心理剖析。

明治20年前后，尾崎红叶和幸田露伴二人雄峙文坛，被称作"红露时代"。樋口一叶（Higuchi Ichiyoh，1872—1896）是稍后出现的一位女性小说家。她和浪漫派《文学界》的作家们生活在同一个时代，文学交往较多，作品也大多刊登在这本杂志上。但是与广泛接触西方作品、熟读外文原著的青年学生们相比，樋口一叶接触的最多的还是日本古典文学，在创作方法上她也主要向井原西鹤、尾崎红叶和幸田露伴的佳作学习。她的小说作品大多描绘自己熟悉的市民生活领域内的人和事。小说《青梅竹马》（1894）就以大音寺前巷作为背景铺开，描写了一群居住在东京妓院区的小孩们的生活，少男少女的朦胧情愫中，暗示着他们长大成人后的命运。在故事的结尾樋口一叶写道：

在一个下霜的寒冷的早晨，不知什么人把一朵纸水仙花丢进大黑屋剧院的格子门里。虽然猜不出是谁丢的，但美登利却怀着不胜依恋的心情把它插在错花格子上的小花瓶里，独自欣赏它那寂寞而清秀的姿态。日后她无意中听说：在她拾花的第二天，信如为了求学穿上了法衣，离开寺院出门去了。②

樋口一叶细腻的笔触和哀伤的抒情基调，极具传统江户文学的风情韵味，可以说是在新时代传承日本传统文学基础上成长出来的一朵浪漫之花。

二、诗歌的新生和重生

明治15年（1882），由外山正一（Toyama Masakazu，1848—1900）、矢田部良吉

---

① ［日］幸田露伴著，文洁若译：《五重塔——日本中短篇小说选》，漓江出版社，1987年版，第19页。
② ［日］樋口一叶著，萧萧译：《青梅竹马》，中国和平出版社，2005年版，第130页。

（Yatabe Kyohji,1851—1899）、井上哲次郎（Inoue Tetsujiroh,1855—1944）三人合作完成了含14首译诗和5首新诗创作的《新体诗抄》，介绍西洋诗与创作新诗相结合，开创出明治诗坛新诗创作的新风气。外山正一执笔的《〈新体诗抄〉序》，认为传统和歌与汉诗在形式上的拘泥守旧，已无法满足现代日本人的思维深度，表示要学习西洋诗，创作"没有新旧雅俗的区别，将日本中国西洋的东西糅杂一处，只求让读者明白易懂，只求平易晓畅"①的新体诗。

《新体诗抄》发出的革新号角，很快得到了广大读者的响应与支持。明治22年（1889），《文学界》杂志的核心人物北村透谷（Kitamura Tohkoku,1868—1894）发表了日本第一首自由体长诗《楚囚之诗》。森欧外（Mori Ohgai,1862—1922）发表了译诗集《于母影》，首次系统地介绍西方的抒情诗。国木田独步（Kunikida Doppo,1871—1908）在其新体诗集《独步吟》(1897)序中写道："我相信，新体诗在今后我国文学中的地位要比我们预想的还要高；我相信新体诗必对日本今后的精神文明产生显著影响。如今新体诗还不免稚嫩，但新日本的新诗历程将会由此开始。"②

直到1897年岛崎藤村（Shimazaki Tohzon,1872—1943）《嫩菜集》的出现，才标志着日本新体诗的成熟。岛崎藤村一方面吸收着西方浪漫诗歌的构思和精神，热情洋溢地抒发自己的憧憬或感伤，一方面又尝试将日本语的韵律和辞藻融入其中，发挥出日本抒情诗所独有的雅致与细逸。这样将西洋的近代诗体和日本传统的情调契合在一起，使当时日本人的感情开始在这种新型的诗体中扎根，并初放花朵。其中为时人盛赞称道的如《初恋》的描写：

  我和你相见于苹果树下，
  香发初挽起，
  玉梳头上插，
  好一朵美丽的鲜花。
  你伸出纤纤素手，
  投给我一只苹果，
  这薄红的秋的果实，

---

① 王向远：《日本古典文论选译·近代卷》（上），中央编译出版社，2012年版，第5页。
② 王向远：《日本古典文论选译·近代卷》（上），中央编译出版社，2012年版，第8页。

象征我们爱情的开始。

该诗用质朴轻快的言语围绕苹果树展开,描绘出少男少女初恋时多彩多情的画面。

在新体诗蓬勃发展的同时,传统的俳句、短歌呼唤革新的气氛也高涨起来。明治28年(1895),正冈子规(Masaoka Shiki, 1867—1902)发表了《俳谐大要》,提倡将写实主义引入俳谐论,同时不排斥假想,主张将写实与想象结合起来。

> 作者若偏于空想就容易流于陈腐,难得自然;若偏于写实则容易流于平凡,难得奇崛。偏于空想者,忘记了眼前的山河原野到处都是好题目,却突然冥思苦想;偏于写实者,忘记了古代的事物、异地的景色也有独一无二的新的意匠,而只在眼前的小天地中徘徊。
>
> 既非空想,亦非写实;一半空想,一半写实,也是一种俳句作法。也就是从小说、戏剧、谣曲中寻求俳句的好题目,或者取绘画的意匠,或者从外国文学翻译作品中得到启发,都属于这种方法。①

正冈子规进一步将这种带有"空想"的"写实"法,发展到有"取舍、选择"的"写生论"。"写生论"是正冈子规尝试将西洋绘画中的写生方法运用到俳句的创作。明治33年(1900),正冈子规在报纸《日本》上发表了《叙事文》,正式提出:"描述实际的样子即写实。又称为写生。写生是假借绘画术语。""写生要如实表达,同时要在原本的基础上进行取舍。"②写生论给俳坛带来了新鲜的创作活力,应时而变使俳句这一古诗的形式得以保留,也使近代俳句完成了凤凰涅槃般的复活振兴。在完成了俳句的革新之后,正冈子规又将"写生"论带到了散文和短歌创作领域。

以《明星》杂志为中心的一批年轻诗人致力于推动日本传统和歌(短歌)的近代化改革。杂志创办人与谢野铁干(Yosano Tekkan, 1873—1935)发表了《亡国之音——痛斥现代无大丈夫气的和歌》(1894),抨击萎靡纤弱的传统歌风,呼吁创作能表现出器宇轩昂有"大丈夫"气的现代和歌。这批年轻诗人身体力行,按照这一观念创作出了不少新派和歌,并出版了短歌集《东南西北》(1896)。因其新派和歌中喜好使用"虎"、"剑"

---

① 王向远:《日本古典文论选译·近代卷》(上),中央编译出版社,2012年版,第72页。
② 杨娟娟:《子规写生创作与瞬间感动的把握》,《绥化学院学报》2011年第1期。

等字眼,被诗坛称为"虎剑派"。铁干之妻与谢野晶子(Yosano Asako,1878—1942)也是当时和歌创作浪漫主义革新运动的核心人物,她的第一部和歌集《乱发》(1901),被诗坛誉为日本近代浪漫诗歌的顶峰之作。据说该歌集名源自与谢野铁干写给她的一首诗,但实际上更早可追溯到平安时代的一首短歌①。在《乱发》中,有不少借"乱发"意象描写女人复杂情感的诗作,比如:

> 千丝万缕的
> 黑发,乱发
> 覆以混乱的
> 思绪,混乱的
> 思绪。
>
> 那人未归,
> 渐暗的春夜里——
> 我的心
> 以及小琴上,
> 乱之又乱的发。

与谢野晶子的短歌继承了岛崎藤村等人的浪漫抒情,往往自由地抒发热烈的情感,大胆地描绘强烈的官能色彩,对当时的歌坛冲击很大。

稍晚时期,伴随着《明星》杂志成长起来的另一位重要诗人石川啄木(Ishikawa Takuboku,1886—1912)以其杰出的创作,开创出短歌的新时代。石川的短歌不仅在内容上突破了传统题材,对传统形式也进行了革新,其和歌形式沿用至今。他的评论《可以吃的诗》(1909)总结表达了他的诗歌创作观:

> "可以吃的诗"这个词是联想到电车内经常可以看到的广告——"可以喝的啤酒"而权且杜撰出来的。
> 这种心态,就是脚踏实地地来写诗的心态,就是以和真实的人生没有任何隔膜

---

① 陈黎:《乱发垂千年与谢野晶子的短歌》,《上海文化》2014年第9期。

的心态来写诗。写出来的诗虽不是山珍海味,却如我们日常所需的普通食物一样必不可少……只有这样,才能把这些似乎可有可无的诗当成我们生活的必需品。这也是肯定诗的存在价值的唯一途径。①

石川啄木还提到:

> 真正的诗人,应拥有像政治家那样的完善自我和去实践自我哲学的勇气,要有实业家那样的规划自己生活的热情,具备科学家那样的灵敏的判断力,还有野蛮人那样的率直。同时,他们从不掩饰自己内心的情感变化,而是冷静、真实地记录并表达出来。②

石川啄木的诗歌创作已开始显示出从浪漫主义向之后的自然主义的思想变化,但同时他又强调诗歌对现实的考察和对时代精神的体现。他的代表和歌集有《一握沙》(1910)和《可悲的玩具》(1912),内容描写上是从对个人艰苦生活的点滴记录,扩大到对社会制度的抨击和对人民群众的关怀。

三、自然主义与非自然主义的摸索

明治后期,以法国小说家左拉为代表的自然主义文学潮流传入日本。田山花袋(Tayama Katai,1872—1930)写出了日本最早的几篇倡导自然主义文学的理论文章,他在《作者的主观》(1901)中提出了艺术上的"主观"有"作者的主观"和"大自然的主观"两种,没有"大自然的主观",艺术终究难成艺术。③ 他在《主客观之辨》(1901)中进一步论述,指出:

> 大家都说左拉是主观的作家,但我们不得不承认,在自然派作家中数他最接近自然。左拉虽是主观作家,但他的主观并非普通意义上的"作家的主观",而是彰显了大自然面影的主观,难道不是这样吗?难道他不是我所说的以"进步了的主观"执笔写作的作家吗?如果说作者"进步了的主观"就是大自然的主观,那么我们是不是可以说,没有主观的自然只不过是所谓的模仿、

---

① 王向远:《日本古典文论选译·近代卷》(上),中央编译出版社,2012年版,第319页。
② 同上,第321页。
③ 王向远:《日本古典文论选译·近代卷》(上),中央编译出版社,2012年版,第501页。

写实呢？

1904年田山花袋又发表了《露骨的描写》，批判了"红露逍欧"时代强调形式和技巧的创作风气，提倡在描写时应该大胆、露骨、无所顾忌。

之后，以长谷川天溪（Hasegawa Tenkei，1876—1940）为代表的诗论家，开始着手对自然主义文学理论进行"日本化"的改造。一方面，日本的自然主义是在写实主义的基础上发展起来的，长谷川天溪、岛村抱月（Hougetsu Shimamura，1871—1918）等人都曾师从坪内逍遥，继承了其秉持"真实"的创作方法论。另一方面，日本的自然主义与浪漫主义文学创作之间存在着紧密的联系，不少自然主义作家都来自浪漫主义的阵营。而且在早前的"没理想论争"①中写实主义和浪漫主义的正面碰撞，直接影响了之后文艺思潮的出现和发展。长谷川天溪在《自然与不自然》（1905）中写道：

> 在此，我要提出与写实主义相反的主张，那就是营造现实以外的世界，创造想象世界中的人物与性格，摆脱现实的束缚，展开自由想象的翅膀，这是大有可为的领域。在变化莫测的人间世界中，有很多事情我们不得而知，对这些事实，我们只能靠想象力加以表现，这才是小说家本来的天职。对于这种主张，我称为自然主义。我一方面赞同脱离自然界的主义，另一方面又提倡自然主义，有人会指责这是自相矛盾，实际上这绝不矛盾。小说本身就是远离现实而又合乎自然，这个道理是一目了然的。②

他在《幻灭时代的艺术》（1906）的最后也总结道：

> 文艺上的所谓的自然主义到19世纪末期顿失其势，原因在于它的表层模写适应了希望时常看到而且直接看到某些人真实的习惯，并因此获得了成功，但它又企图永无休止地保持这种状态，我们对于这种写实主义已经腻味了。那么，我们能够再回到古文学中，寻求昔日的幻想吗？被破坏了的幻想决不能重建了，古老的不能再为我们欣赏。而另一方面，艺术对不满于现状的社会所应提供的作品，需要具备

---

① "没理想论争"指1891年坪内逍遥与森欧外之间进行的一次学术论争。
② 王向远：《日本古典文论选译·近代卷》（下），中央编译出版社，2012年版，第516页。

怎样的特性呢？由于以上的论述，答案是明显的。剔除游戏技艺的因素，发掘并展示出真实的诗体，将来的艺术就应该如此。①

在将写实主义与浪漫主义结合的基础上，长谷川天溪还提出一系列独具特色的自然主义诗学观念，如"幻灭的时代"论、"暴露现实之悲哀"论、"破理显实"论、"排斥逻辑的游戏"论等，进一步丰富了日本的自然主义文学观。

1906年，岛崎藤村发表了小说《破戒》，这被视为近代日本的第一部自然主义代表作。岛崎藤村继承了北村透谷忠实自我的近代精神，又将左拉所倡导的原原本本的客观描写结合起来，于是"告白"成为他文学中最重要的特征。《破戒》中主人公青年教师丑松为了不被社会歧视一直隐瞒自己秽多的出身，最后受到前辈莲太郎的影响，向学校领导师生坦白了一切，辞职离开。

> 眼泪反而滋润了丑松枯萎的心。丑松在拍完电报往回走的路上，想到了莲太郎的精神，用它比了比自己，前辈的一生确实是豪迈的一生，是不愧为新平民的一生。他无论走到哪里，都坦率地公开自己的出身，反而因此得到了人们的尊重和谅解。"我并不以秽多为耻。"这是多么豪迈的思想啊！相比之下，自己的一生却是……
>
> 事到如今，丑松这才发觉自己一个劲地隐瞒啦隐瞒，除了磨损了自己生来的天性，实际上一刻也没有因此而忘掉自己。想起来，以往的生涯是虚伪可耻的，是自己在欺骗自己，啊！有什么可顾忌的？又有什么可烦恼的？拿出男子汉的样子来，向社会坦然说出"我是秽多"，这该多好。莲太郎的死是如此地教育了丑松。②

田山花袋以个人经历创作的小说《棉被》(1907)，大胆地暴露个人隐私和丑事，"露骨的描写"加上细致的心理刻画，被看作之后私小说的滥觞。《棉被》讲述了文学家时雄爱慕女弟子芳子，但囿于社会道德的束缚，只能将爱欲强压心头独自感伤。而这个故事也是田山花袋本人实际经历的艺术还原。在小说的最后，时雄闻着芳子曾经盖过的棉被，用近乎变态的举动将自己的私欲暴露无遗。

---

① 王向远：《日本古典文论选译·近代卷》(下)，中央编译出版社，2012年版，第528页。
② [日]岛崎藤村著，柯毅文、陈德文译：《破戒》，人民文学出版社，1982年版，第234—235页。

日本诗学导论

  对面叠着芳子平常用的棉被——葱绿色藤蔓花纹的褥子和棉花絮得很厚、与褥子花纹相同的盖被。时雄把它抽出来，女人身上那令人依恋的油脂味和汗味，不知怎的，竟使时雄心跳起来。尽管棉被的天鹅绒被口特别脏，他还是把脸贴在那上面，尽情地闻着那令人依恋的女人味。性欲、悲哀、绝望，猛地向时雄袭来。他铺上那床褥子，把棉被盖在身上，用既凉又脏的天鹅绒被口捂着脸，哭了起来。室内昏暗，屋外狂风大作。①

  在《棉被》之后，田山花袋又从自己熟悉的家庭生活细节取材，写了《生》（1908）、《妻》（1909）、《缘》（1910）三部曲小说，产生较大的社会影响。之后岛崎藤村也受其影响，走上自传性小说的创作道路，如《春》（1908）；将观察视野聚焦到自己身边，如《家》（1910）；将"告白"上升到"忏悔"，如《新生》（1918）。至此，日本的自然主义小说创作风格基本成型，私小说的形态已基本酝酿成熟。

  自然主义流行日本文坛期间，有两位不为所动的文学巨匠，还是在坚持用自己的方式进行创作，他们就是森欧外（Mori Ougai，1862—1922）和夏目漱石（Natsume Souseki，1867—1916）。他们生活在相同的时代，几乎是最后一批学习汉文学的文人、又是最早一批留洋海外的新学者，西方与传统互相对立又互相渗透的近代文化大背景，已深植于他们的小说创作中，他们自觉肩负起如何让小说创作走出新的道路的历史重任。

  森欧外身为明治政府高官，仍然保留着传统的武士道精神。同时他又是较早的留学青年，在德国吸收了大量的欧洲启蒙思想。传统的封建意识和个性解放的思想之间的冲撞，官僚身份和文学者身份的矛盾，直观地反映在他的小说作品中。晚年他致力于历史小说的创作，回归东洋文化，寻求不能丢弃的优秀部分。

  1905年，夏目漱石留学英国归来，在《战后文学界的趋势》中呼吁，本国文学在"西化大势"下，应该自信自觉地建立起自己的判断标准：

  判断事物的标准，不问何时何地，都是现在的标准、是我们自己的标准。千年不变的标准、东西方通用的标准也许是有的，但在这里我们要先把它放在一边。也就是说，不管有没有这些标准，现在的我们都必须由我们自己制定标准。把古往今来的历史进程中形成的趣味，与我们在学习西洋文化中得来的趣味，两者相结合就

---

① ［日］田山花袋著，黄凤英译：《棉被》，江苏人民出版社，1987年版，第61页。

·94·

是我们的标准,也是自己的标准。放弃自己的标准,那就只能是把西洋批评家的话不加任何改变地加以接受,甚至只因为是西洋人说的话,都不想再加以自己的解释了。这种行为,是对西洋人的迷信,是一种非常愚蠢的行为。①

同年,他的小说处女作《我是猫》问世,深刻讽刺了全盘欧化的日本近代社会诸世相,顿时轰动文坛,一举成名。夏目漱石的"自我本位"的文学观,在长期的创作过程中不断趋近成熟。受到好友正冈子规的影响,夏目漱石尝试将俳句的美引入小说创作中,凭借淡化和偏离情节的文学趣味,创作了"俳句式的小说"《草枕》(1907)。漱石的文学创作期望,是将具有东洋本土特征的美感和趣味留给读者回味,正如其所宣称的:

我的《草枕》是在与世间一般意义上的小说完全不同的意义上写成的,我只是想将一种感觉——美感——留给读者,此外没有其他特别目的。因此,这部小说既没有情节,也没有故事展开。②

在《写生文》(1907)中,夏目漱石进一步提出了文学创作"余裕论",认为日常生活中的绘画雕刻、品茶浇花、聊天钓鱼等,都是很有趣味的文学素材,这些也成为他的小说作品乃至诗文创作的重要内容。

第八节 成熟期(大正、昭和前期——1912年至1945年)

1912年7月30日(明治45年),明治天皇逝世,改元大正,进入大正时代。此前甲午、日俄战争的连续取胜,进一步促进了日本国民自我意识的觉醒,同时期欧美各国实现了重大的社会改革,也对日本民众产生了刺激影响。日本政府为了追求更大的国家利益和更多的国际权利,对外显示出了越来越强烈的侵略性。大正初期,吉野作造发表了多篇论文,包括1916年(大正5年)发表在《中央公论》上的《论宪政本意及其贯彻之

---

① 王向远:《日本古典文论选译·近代卷》(下),中央编译出版社,2012年版,第646页。
② 夏目漱石《我的草枕》,载《文章世界》,明治39年(1906)11月15日。译文参见王向远:《日本古典文论选译·近代卷》(下),中央编译出版社,2012年版,第669—670页。

途径》,为大正民主运动提供了理论依据。吉野主张民本主义,提倡建立在言论自由和普选上的政党政治。对外方面,批评帝国主义侵略政策,为此,主张改革枢密院、贵族院、军部等特权机构。日本出现了第一次护宪运动,打倒了藩阀内阁。

第一次世界大战结束后,日本作为亚洲唯一一个帝国主义国家,进入一个短暂又稳定的时期,垄断资本迅速发展,国民教育也显著提高。伴随着一大批杂志的创刊,民主思想广泛传播,西方的哲学思想也陆续传入,反省自然主义创作和各种新兴学派接踵诞生,越来越多的知识分子在明治以来吸收洋学的成果上开始追求个人理想主义。在自然主义衰落的背后,以《白桦》杂志为中心的白桦派成为文坛的主流代表。

1923年,日本发生关东大地震,损失惨重,整个国家陷入混乱。危机意识加速了日本军国主义的到来。经济的萧条又进一步促进了以商品形式出现的大众文学走入人们的视野之中。另一方面,日本文坛的作家重拾人文关怀,一批批糅杂着细腻的日本风情的作品酝酿而生,这一潮流代表着日本文学真正走向了世界文坛。

1926年,日本进入昭和时代。1931年,以"九一八事件"为始,日本发动了侵华战争。日本军国主义对文学作品的发表加以限制。1945年日本宣布战败投降,国民心理受到重大挫折,一批新的文学形式伴随着日本战后的重建和恢复成长起来。

一、近代诗和私小说的定型

1910年,以《白桦》杂志的出版发行为标志,白桦派诞生了。主要作家武者小路实笃(Mushanokouji Saneatsu,1885—1976)等都是出身上层社会,接受精英教育,他们从托尔斯泰、梅特林克等作家身上汲取了人道主义精神,追求个人主义,突破了自然主义遗留下的"无理想、无解决"的弊病。大正3年(1914),高村光太郎(Takamura Koutarou,1883—1956)在接触白桦派后,发表了首部诗集《道程》,记录了他不懈探索人生真谛的历程,是日本最早的口语自由诗,其中同名诗《道程》最广为流传:

《路》(林范 译)
我的前面没有路,
我的后面出现了路。
啊!大自然啊,
父亲啊,
使我长大成人的广大的父亲啊,

目不转睛地守护着我吧,
不断地用你的气魄充实我吧,
为了那遥远的路,
为了那遥远的路。①

同时期的萩原朔太郎(Hagiwara Sakutaro,1886—1942)在北原白秋(Kitahara Hakushuu,1885—1942)创办的杂志《朱栾》上发表诗歌,并与室生犀星(Murou Saisei,1889—1962)相识,三人结为好友,共研新诗作。大正6年(1917),萩原朔太郎发表了第一部诗集《吠月》,运用象征和口语打破了以往诗歌的内容和形式,直抒自我内心世界。他的代表作诗集《青猫》(1923)标志着日本口语自由诗的成熟。当代著名学者、文学评论家加藤周一(Katou shuuichi,1919—2008),对萩原朔太郎对日本近代诗坛的影响力给予了很高的评价:"在朔太郎之后,谁都想写诗了。"②而室生犀星发表的《抒情小曲集》(1918)以其自然纤细的感性和细腻的爱意在大正诗坛中保持着长久的生命力。新诗的突破也带动了传统诗歌的进一步解放,口语短歌和自由格律的俳句也出现了。

大正14年(1925),久米正雄(Kume Masao,1891—1952)在《私小说与心境小说》一文中(1925)中提出了"心境小说"的概念。"心境"意指创作时的内心境界,是一种"安坐的姿态",又必须是表现出"真正的自我"。久米正雄充分肯定了私小说的价值,又进一步指出心境小说创作所能达到的优越性:"真正意义上的'私小说'必须同时又是'心境小说'。由于有了'心境','私小说'就与'告白'、'忏悔'的小说产生了一条微妙的界线,就戴上了艺术的花冠。"③

当时日本文坛几乎所有的小说作家都在写自己的"私小说"。一方面,是以葛西善藏为代表,从自然主义潮流那里袭承下来的方式,侧重于写作封闭的、消极的、最终走向自我毁灭的"破灭型"私小说;另一方面,是在以白桦派为起点、以志贺直哉为代表的一批年轻作者,写作有理想、有解决问题的勇气,不断追求自我救赎的"调和型"私小说。所谓"调和型"私小说,成为当时心境小说的主要代表,象征着日本的私小说创作逐渐脱离了西欧化小说的影响,开始融入一些本土俳句、短歌的艺术意境。

---

① 参见张雷:《爱的人生——高村光太郎》,《日语知识》2009年第5期。
② [日]加藤周一著,叶渭渠、唐月梅译:《日本文学史序说(下)》,外语教学与研究出版社,2011年版,第413页。
③ 译文转引自王向远:《日本古典文论选译·近代卷》(下),中央编译出版社,2012年版,第704页。

志贺直哉的长篇小说《暗夜行路》历时十七年完成(1921—1937),讲述了一个孤苦的知识分子在不幸生活境遇中不断探索、前进,最终在大自然中寻得自我解脱与对他人宽恕的人生旅程。在小说的第一部分,主人公谦作在日记中写下了与命运抗争的决心:

> 我们知道人类要灭亡。然而这个事实绝不会使我们对于生活绝望。当我们把思想沉潜于那个问题时,会产生一种寂寞难耐的感觉。然而那正是思考着无限而导致出寂寞之情的那种感觉。叫人感到奇怪的是,实际吾辈人类既承认人类灭亡,但在感情上却又不把它放在心上。并且我们所焦虑的却是要尽力求得发展。归根结底,这难道不是由于在我们心灵某处具有一种不愿为地球的命运而殉死的愿望吗?这难道不是由于有那么一种伟大的意志在每个人身上无意识地在起着作用吗?①

小说的结尾,谦作原谅了妻子直子的不忠,而直子也怀揣着感恩的情感,这样的一幅静谧的画面往往让读者感动:

> 谦作似乎已经劳累了,那只手还在直子手中攥着就闭上了眼睛。这是一副安静的脸。直子觉得她好像第一次看到谦作这样的脸。并且她意识到,这个人不是就此无可挽救了吗?然而奇怪得很,这并没使直子感到那么伤痛。直子像被吸引着一般,永远,永远地凝视着那张脸。"无论是挽救得了,或是无可挽救,总之,我不再离开此人,无论到任何地方,我都将跟随此人而去。"②

小说主人公从冲突到和解的心路历程,也是作者志贺直哉在现实生活中内心成长变化的真实映射。他在小说创作中细腻渲染自然风光,给读者提供了一份心灵的静谧和情感的慰藉,于是自我意识的彰显与自然风光的渲染融为一体,达到了一种诗化的境界。芥川龙之介(Akutagawa Ryunosuke,1892—1927)称赞他是最纯粹的作家,加藤周一评价他是纯日本的,志贺直哉至今都被誉为现代日本的"小说之神"。

---

① [日]志贺直哉著,刘介人译:《暗夜行路》,湖南人民出版社,1984年版,第75页。
② 同上,第397页。

二、从自我关怀到世俗关怀

大正末期,白桦派逐渐衰落,理想主义文学遭到了现实的冲击和质疑,知识分子不得不直面自身所处的动荡的、充满危机的社会现实。芥川龙之介在《大正八年的文学界》中将自然主义、唯美主义和白桦派的理想分归为对"真"、"美"、"善"的体现,并指出近几年出现的新思潮派①作家们将三种理想糅合在一起,创作出更复杂、更丰富特色的作品,这其中就包括了芥川龙之介。

芥川龙之介从小谙熟日本江户文化,又喜爱中国古典文学作品。中学、大学期间广泛阅读西方各流派的文学作品,这些体验不仅为他提供了丰富的小说创作素材储备,而且引导他对社会群众进行更深刻的思考。

大正4年(1915),芥川龙之介发表了短篇小说《罗生门》,讲述一个走投无路的仆人在饿死与成盗的选择之间徘徊时,偶遇一个以拔死人头发为生的老妪,他决心弃善从恶,剥下老妪的衣服逃走了。次年发表的短篇小说《鼻子》,讲述一位老和尚内供,想方设法让自己过长的鼻子变短后,却遭到他人更厉害的嘲笑。直到鼻子重新变长后,内供自语道:"这样一来,谁也不会再笑我了。"这两篇短篇小说都是从日本古典《今昔物语》中取材,但芥川龙之介能从传统故事中寻找到能与近代人产生关联和共鸣的人性之光,通过恶的曝光来警醒社会公众,呼唤民众重拾道德和善良。如他在《鼻子》中剖析了众人讥笑背后的群体性利己主义:

> 人心总是存在两种互相矛盾的情感。当然任何人对别人的不幸都有同情之心。而一旦不幸的人摆脱了不幸,旁人又觉得若有所失。说得夸大一点,甚至希望这个人重新陷入和以前同样的不幸。于是,就会不知不觉对对方产生某种——虽然是消极的——敌意。内供这样想。虽然不明白什么缘故,但是从赤尾町僧人和俗人的态度里,他感觉到旁观者的利己主义,心里很不痛快。②

这篇小说被夏目漱石的大加赞赏,称它具备优雅的幽默感和高尚的情趣。③ 在此

---

① 新思潮派通常指第三次(1914)和第四次(1916)复刊的《新思潮》杂志同人。
② [日]芥川龙之介著,高慧勤、魏大海主编:《芥川龙之介全集·第1卷》,山东文艺出版社,2005年版,第40页。
③ 参见王晶:《虚荣的本质与自尊的软弱——谈芥川龙之介及其〈鼻子〉》,《辽宁大学学报》1998年第3期。

后十几的年创作生涯中,芥川龙之介一共写下一百五十多篇小说,成为当时文坛"大正民主"文学的杰出代表。

大正年代(1912—1926)日本大众文学创作迅速高涨,继承了江户文学的传统风情,可以视为对近代日本全面接受西方文化而作出的一次正面反击。1925年,讲谈社刊行《国王》杂志,同年《大众文艺》杂志创刊,这些杂志皆刊载以大众娱乐为目的的通俗小说,发行量达到80万份。当时日本主要报纸发行量已经突破100万份,为连载大众小说提供了最好的园地。《国王》创刊标志着日本大众文学创作继江户时代之后的再次兴起,为刊物命名的白井乔二(Shirai Kyoji,1889—1980),将大众文学定义为国民文学,可见大众文学的立脚点是全体国民。大众文学创作呼应了平民百姓的文学趣味,因而在大正后期、昭和前期文坛大放异彩。

1927年,通晓英法文学的大佛次郎(Osaraki Jirou,1897—1973)在《东京日日新闻》上连载《赤穗浪士》,描绘了为藩主报仇的47名义士反抗幕藩体制的忠侠故事,刊出后好评如潮。大佛次郎的历史题材小说创作,给再次兴起的大众文学注入了理性的思考因素。如果说大佛次郎的创作提高了日本大众文学的文学水平,吉川英治(Yoshikawa Eiji,1892—1962)则更像是为提高大众的文化修养而创作。吉川英治在昭和10年(1935)开始连载小说《宫本武藏》,主人公是一位年轻坚强的剑客,他以"鞍马天狗"自称,活跃于阻止幕藩浪士队的活动中。作品以日本各地为舞台,穿插各种历史事件作为背景,通过主人公丰富的个人经历,体现出日本先辈们坚强的精神和认真的生活态度,唤醒当代人意识到自身的强韧和梦想。也正是其中所展现出来的传统道德精神,使得这部作品在文坛上长青不衰,吉川英治本人也被誉为"国民作家"。

同年,在《文艺春秋》的创始人菊池宽(Sakuchi Kan,1888—1948)的提议下,设立了芥川文学奖和直木文学奖,分别代表日本国内纯文学和大众文学创作的最高奖项。此时,大众文学在日本文坛上已与纯文学平起平坐、平分秋色。

三、日本风情在西方世界的绽放

唯美派的代表作家谷崎润一郎(Tanizaki junichirou,1886—1965),在关东大地震(1923年9月1日)后迁居关西。关西地区保留下来的日本传统文化温馨氛围深深吸引了他,促使他深刻反省过去在西方文学影响下所流行的感官刺激和享乐主义,并重新寻求日本美的表达方式。1935年,谷崎润一郎开始用现代日语翻译《源氏物语》,其中的"物哀"之美深深打动了他,直接的影响便是在翻译期间所写成的代表作《细雪》。这部小说描写了大阪莳冈家性格迥异的四姐妹,以具有日本古典美人气质的三妹雪子的相亲故事为主线,描绘出关西地区上流家庭生活的样貌。谷崎润一郎在小说中营造出日本古典美的场景,多方位地展现出关西的世态风情。比如春季时赏樱,二姐幸子叹息花开花落,浮想联翩:

> 她们心想:"啊!多么美好!今年我们赶上了樱花开得最娇妍的时候!"在心满意足的同时,她们又愿望明年春天也能够再来欣赏此花的国色天姿。幸子暗想:"明年我再度站到这花下的时候,恐怕雪子已经出嫁了吧?花落自有花开日,而雪子的青春却已然消逝,但愿这是在家做老姑娘的最后一年!我自己虽不免寂寞,但为雪子着想,唯愿那一天早日来临吧!"老实说,去年春天,前年春天,站在这棵树下,她也曾沉浸在这种感慨之中,每次都想:"这一定是最后一次和这位妹妹一起赏花。"但今年又在这花荫下看到了雪子,真是不可思议!她不禁为雪子深深伤感,甚至不忍心正面去看雪子一眼。①

赏樱之后,姐妹们会各自写下一些诗句,如:"春去太匆匆,不堪愁恨看落红,袖内把藏君。""纵是赏花时,也将花瓣来藏秘,留得春踪迹。"小说中的描写将景、情、诗三者融合在一起,将日本女性"知物哀"的纤细情怀表现得淋漓尽致。

谷崎润一郎将自己对关西文化的无限喜爱之情,借小说人物的所思所想、所言所行淋漓尽致地表露出来。他把日本各地的传统氛围与社会活动,都穿插在小说情节发展之中,其中还有神户大水灾、东京大风暴等新闻事件。像这样把艺术与真实相结合的写法,似乎是新创了一部现代版的《源氏物语》。

另一位伟大的小说家是川端康成(Kawabata Yasunari,1899—1972),他在大学毕业后与横光利一(Yokomitsu Riichi,1898—1947)一起创办了《文艺时代》杂志(1924),使其成为发表新感觉派作品的文学阵地。川端康成在上面发表了自己的成名作《伊豆的舞女》(1926)。小说以作者自身经历为叙事素材,讲述一个高中生独自到风景宜人的伊豆半岛旅行,因对途中偶遇的乡村剧团舞女心有所动,而随同这行艺人辗转表演各场所,最后曲终人散,黯然离别。小说把"我"与舞女之间懵懂的情愫,穿插在恬静、优雅的自然山水风景之中,给读者以纯真的感动。另外,小说写实刻画出乡村艺人的生活,

---

① [日]谷崎润一郎著,周逸之译:《细雪》,湖南人民出版社,1985年版,第103—104页。

以平等待人的"我"为中心,烘托出朴实温暖的人性氛围:

> 我不知道海面什么时候昏沉下来,网代和热海已经耀着灯光。我的肌肤感到一股凉意,肚子也有点饿了。少年给我打开竹叶包的食物。我忘了这是人家的东西,把紫菜饭团抓起来就吃。吃罢,钻进了少年学生的斗篷里,产生了一股美好而又空虚的情绪。无论别人多么亲切地对待我,我都非常自然地接受了。明早我将带着老婆子到上野站去买前往水户的车票,这也是完全应该做的事。我感到一切的一切都融为一体了。①

在小说的最后,"我"寂寥的个人情感融入一个更大的世界中,得到了升华并达到宁静的境界。昭和10年(1935),川端康成开始创作《雪国》,最初以内容独立的短篇陆续发表在各杂志上,直到昭和23年(1948)全部完成后,修改汇并为《雪国》。小说描绘了主人公岛村、雪国当地的艺妓驹子以及在列车上结识的叶子,细腻表现三人之间的情感纠葛。《雪国》中的人物带着日本式的纤细情感,美丽的风景中也散发出日本式的淡雅哀愁,如小说开头的名句,"穿过县界长长的隧道,便是雪国。夜空下一片白茫茫。火车在信号所前停了下来。"②把故事限定在一个被白雪包围的远方异乡中,命运的无常徒劳和自然万物的空寂融合在一起,给人以幽渺虚无的感怀。比如在小说的最后,亦真亦幻的叶子仿佛化身为天上璀璨的银河,她生命的逝去犹如银河倾泻而下:

> 这些火星子迸散到银河中,然后扩散开去,岛村觉得自己仿佛又被托起漂到银河中去。黑烟冲上银河,相反地,银河倏然倾泻下来。喷射在屋顶以外的水柱,摇摇曳曳,变成了濛濛的水雾,也映着银河的亮光。③

川端康成用丰富唯美的艺术意象,为小说创作倾入日本古典的虚无之美,同时又运用优美的语言穿插介绍日本的传统风物,极大扩容了小说中蕴含的日本文化优美底蕴。《雪国》是川端康成的代表作,1968年他凭借《雪国》与之后创作的小说《千只鹤》(1952)、《古都》(1962)三部小说成为日本第一位诺贝尔文学奖得主。在川端康成的授

---

① [日]川端康成著,叶渭渠译:《雪国·伊豆舞女》,吉林大学出版社,2009年版,第269页。
② [日]川端康成著,叶渭渠译:《雪国·伊豆舞女》,吉林大学出版社,2009年版,第3页。
③ 同上,第213页。

奖词中有这样一段话,对川端康成的文学创作作了精准的评价:"忠实地立足于日本的古典文学,维护和继承纯粹的日本传统的文学模式……川端先生通过他的作品,以恬静的笔调呼吁:为了新日本,应当捍卫某些古老日本的美与民族的个性。"

川端康成在领奖时作了题为《我在美丽的日本》的演讲,他提到以《源氏物语》为代表的日本古典文学对自己深刻的影响,又强调了日本自古以来"雪月花时最怀友"的日本传统情怀:

> 当自己看到雪的美,看到月的美,也就是四季时节的美而有所省悟时,当自己由于那种美而获得幸福时,就会热切地想念自己的知心朋友,但望他们共同分享这份快乐。这就是说,由于美的感动,强烈地诱发出对人的怀念的感情。这个"朋友",也可以把它看作广泛的"人"。另外,以"雪、月、花"几个字来表现四季时令变化的美,在日本这是包含着山川草木,宇宙万物,大自然的一切,以至人的感情的美,是有其传统的。①

白雪使人感到怅然,满月使人感到孤寂,樱花使人联想到凋零,川端康成把日本四季变迁的山川草木和风花雪月与人的情感联系起来,在近现代文学中重构了日本古典文学纤细的哀感和凄美。

经过大正至昭和时期文坛上的百家争鸣,日本文学在对外来文学文化无数次的吸收和融汇之后,终于建立起了独特的日本近代文学发展模式。正如川端康成所说:"我们的文学虽是随着西方文学潮流而动,但日本文学传统却是潜藏着的看不见的河床。"以谷崎润一郎、川端康成等人为代表的近代日本作家,运用高超的写作技巧和深厚的文学底蕴,将日本国传统文化和古典文学中所蕴含的美淋漓尽致地展现出来,不仅重塑了近代日本文学,也让独具特色的日本文学走向了世界。

结　语

二战结束后,饱受战争磨难的日本民众渴望从文学作品中获得精神安慰和反思战

---

① [日]川端康成著,叶渭渠、唐月梅译:《古都·雪国》,山东人民出版社,1981年版,第310页。

争。首先回归文坛的是一批老派作家,他们为心灵饱受创伤的国民们提供了慰藉的精神食粮,如志贺直哉的《灰色的月亮》(1946)等。另一方面,新起的战后派作家大多数亲身经历过战争所带来的苦痛,他们描写战争时期的悲惨景象和人们的精神创伤,作品中所表达的思想和情感得到人们的普遍共鸣,如野间宏的《阴暗的画面》(1946)等。但伴随着1950年爆发的朝鲜战争,战争题材的作品逐渐淡出人们的视野。在经济逐步恢复,尤其是20世纪60年代之后,日本进入经济快速增长的阶段,作家们的创作重新回到现实生活。同时,诗歌的创作也进入一个重新出发的繁荣时期。70年代以后,由于科技和通讯的不断进步,日本文坛呈现出多元化,各种各样的文学题材和五花八门的表现形式层出不穷,对文学创作及接受的理解认识也是与时俱进,诗学理论的视野越来越宽广,在东亚文学之林中发挥出巨大的影响作用。

第二章 日本文体论

第一节 和　　歌

一、和歌的起源和转变

"和歌"这一名称,是编撰《古今和歌集》时针对"汉诗"而言的。和歌是一种表现私人感情的方式,从古代歌谣转变而成的日本诗歌形式。和歌定型之后,其音节数是固定的,也可朗诵。因此,作歌一般称"咏歌"。自古以来判断和歌的优劣,非常重视朗诵时的韵律效果。正如藤原俊成在《古来风体抄》里所说:"理想的和歌应是朗诵起来令人不由得感到既妖艳又有情趣。"

《古事记》、《日本书纪》里记载的是歌谣,其歌咏形式还没有固定下来。收录在《万叶集》的歌大多是已经定型的和歌,其中最早的作于7世纪。不过有些和歌的作者假托神话中的天皇,这说明在古代和歌具有咒术性或显示能够连接到神的力量。《古今和歌集》序中讲述,和歌是天地开始时就产生的,第一首传到地上(人间)的是素盏鸣尊(神名)咏的歌。把从天上降临到人间的神咏之歌作为第一首和歌,从这一传说的思路上看,是把和歌的出现与日本国的出现直接挂钩,这样就给和歌的起源赋予了很高的神秘性和权威性。[①] 在日本文学史上,一直是把"素盏鸣尊"所咏视为和歌起源。这首最早的歌谣由五七、五七七共31个音节构成,已具有和歌的基本形式,全诗如下:

　　八雲立つ　出雲八重垣　妻籠みに　八重垣作る　その八重垣を[②]
　　やくもたつ　いづもやへがき　つまごみに　やへがきつくる　そのやへがきを

[①] 在日本的神话中,日本是由从天上降临的神创造的国家。
[②] 《古事记》,日本:岩波书店,2010年版,第45页。在这里介绍和歌的形式是首先为通常日语书写的和歌,下面标注平假名,再标注罗马音,以便不懂日语的读者也可以读。和歌是读诵起来才能欣赏其真正的趣味,敬请根据其罗马音标注朗诵。

· 105 ·

日本诗学导论

(Yakumotatsu / izumoyaegaki / tsumagomini / yaegakitsukuru / sonoyaegakiwo)

(译文)升起八重云，许多层围绕出云的新居，为笼罩新娘，云化为许多层的篱笆，就是那八重篱笆。

和歌根据的音节数，可分为短歌(五七五七七)、长歌(五七五七……七七)、片歌(五七七或五七五)、旋头歌(五七七五七七)等多种形式。《古今和歌集》时代以后和歌的发展趋势大致是以"短歌"形式为主，短歌因而也就成为体现日本精神文化、彰显日本文学特色的一种文体。

随着时代变化，和歌为追求自由的表现方式，发生过多次转变，短歌创作越来越多地取代了传统的和歌创作。20世纪90年代，俵万智的短歌集《沙拉纪念日》(1987年)出版，当代口语体的短歌再次流行，比如下面这首：

"この味が　いいね"と君が　言ったから　七月六日は　サラダ記念日①
このあじが　いいねときみが　いったから　しちがつむいかは　さらだきねんび

(Konoajiga / iinetokimiga / ittakara / shiqigatsumuikawa / saradakinenbi)

(译文)因为你说："这个味道，我喜欢"，七月六号便成了沙拉纪念日。

简言之，从和歌转变而来的连歌与俳谐，到了近代经过了几次盛衰变化，至今只有短歌和俳句仍然保持着旺盛的创作势头。堪称日本传统文学中的经典代表，成为日本传统文化精神的结晶，也是日本传统艺术的精彩代表。

二、和歌的类别

和歌的格律不是声韵律，而是音数律，由五、七音反复组合而成。和歌的类别(歌体)也是根据音数的不同构成而区分的。

(一)长歌：以五七音为一联，反复下去，最后以五七七为止的歌。长歌主要见于《万叶集》时代，是一种长于叙事的和歌类型，其中多用对句、序言、枕词等修辞技巧。

---

① [日]俵万智：《サラダ記念日》，日本：河出书房新社，1989年版，第127页。

（二）反歌：在长歌的后面，往往附上一段音节为五七五七七的反歌，意为反复咏唱长歌的主要内容，或补充一些内容。

（三）短歌：由五、七、五、七、七共三十一个音节构成的歌。短歌长于抒发简短的情感。《古今集》以后的和歌大多是短歌形式。五音或七音的单位叫作"句"，短歌由五句构成，分别为初句、二句、三句、四句、末句。

比如上述素盏鸣尊所咏：

八雲立つ	出雲八重垣	妻籠みに	八重垣つくる	その八重垣を
初句	二句	三句	四句	末句

（四）旋头歌：音节构成为五七七五七七的歌。本来以五七七为"片歌"，由两人唱和而成。旋头歌多见于《万叶集》中，到了《古今和歌集》时代已很少见到，极少量的被收录于"杂体"。

（五）佛足石歌：这类歌体的和歌，雕刻在奈良药师寺的佛足石旁边的石碑上，因而得名。音节构成为五七五七七七，内容属于佛教歌谣。

三、和歌的修辞技巧

（一）枕词

和歌中的枕词，指冠于特定词语前起联想或修饰作用的词语，也有调整语调的效果。五音节的枕词最多，也有三音节、四音节或七音节的。许多枕词，由于时代久远，其最初的意思或词源早已不详。还有一些特定地名、神名之前用的枕词，往往是一种赞美词。例如：

修饰专用名词的枕词：

　　あをによし（Awoniyoshi）：修辞"奈良"
　　あきづしま（Akizushima）：修辞"大和"
　　やくもたつ（Yakumotatsu）：修辞"出云"

修饰一般名词的枕词：

日本诗学导论

  あしびきの(Ashibikino)：修辞"山"
  ちはやぶる(Chihayaburu)：修辞"神"
  垂乳根の(たらちねの)(Tarachineno)：修辞"母"
  烏玉の(ぬばたまの)(Nubatamano)：修辞"黑"、"夜"

修饰动词、形容词的枕词：

  梓弓(あずさゆみ)(Azausayumi)：后续词为"張る"、"引く"，由"弓"联想到"拉"。
  朝露の(あさつゆの)(Asatsuyuno)：后续词为"消える"，由"朝露"联想到"消失"。
  玉の緒の(たまのをの)(Tamanowono)：后续词为"長し"、"短し"、"絶ゆ"，由"玉绪"联想到"长"、"短"、"绝"。

再如，以下划直线的词是枕词，画波浪线的词是被引导的词：

  あをによし　奈良の都は　咲く花の　薫ふが如く　今盛りなり①
  あをによし　ならのみやこは　さくはなの　にほふがごとく　いまさかりなり
  (Awoniyoshi / naranomiyakowa / sakuhanano / niougagotoku / imasakarinari)
  (译文)首都奈良，像刚开的鲜花辉耀，正值繁盛。

  ちはやぶる　神代も聞かず　龍田川　からくれないに　水くくるとは②
  ちはやぶる　かみよもきかず　たつたがわ　からくれないに　みずくくるとは
  (Chihayaburu / kamiyomokikazu / tatsutagawa / karaurenaini / mizukukurutowa)
  (译文)神的时代也没有听说过，龙田川像染布一样，把水染成唐红(鲜红色)。

---

① 《万叶集·一》卷三，第328首，《新日本古典文学大系1》，日本：岩波书店，2010年版，第231页。
② 《古今和歌集》卷五，第294首，日本：岩波书店，2012年版，第83页。

（二）序词

序词的修辞效果与枕词大致相同，但没有音节的限制。与枕词相比，序词和后续引导的词语之间，一般没有固定的呼应关系，因此作者可以自由地创造序词。以下划直线部分是序词，画波浪线的是被引导的词：

河の上の　いつ藻の花の　いつもいつも　来ませわが背子　時じけめやも①

かはのへの　いつものはなの　いつもいつも　きませわがせこ　ときじけめやも

（Kawanoeno / itsumonohanano / itsumoitsumo / kimasewagaseko / tokijikemeyamo）

（译文）像河边的水藻一样，经常过来，亲爱的，没有不适时的时候。②

ほととぎす　鳴くや五月の　あやめ草　あやめも知らぬ　恋もするかな③
ほととぎす　なくやさつきの　あやめぐさ　あやめもしらぬ　こひもするかな

（Hototogisu / Nakuyasatsukino / ayamegusa / ayamemoshiranu / koimosurukana）

（译文）杜鹃啼、开菖蒲的五月份，不管这些道理谈恋爱。④

（三）挂词

所谓挂词，就是在和歌创作中利用同音多义词的修辞技巧。用在和歌句中的一个词，往往包含了两重甚至多重的词义。比如以下例句中的画线部分是挂词，都有着两重词义。

立ちわかれ　いなばの山の　峰に生ふる　まつとしきかば　今帰り来む⑤

---

① 《万叶集·一》卷四，第491首，《新日本古典文学大系1》，第328页。
② 水藻（いつも）和经常（いつも）是谐音。
③ 《古今和歌集》卷十一，第469首，日本：岩波书店，2012年版，第126页。
④ 菖蒲（あやめ）和道理（あやめ）是谐音。在古代日本，五月是忌讳结婚、恋爱的月份。
⑤ 《古今和歌集》卷八，第365首，日本：岩波书店，2012年版，第100页。

たちわかれ　いなばのやまの　みねにおふる　まつとしきかば　いまかへりこむ

（Tachiwakare ／ inabanoyamano ／ mineniouru ／ matsutoshikikaba ／ imakaerikomu）

（译文）我与你离别去因幡，因幡的山里有松树，只要一听到你在等我，我立刻就回来。

"いなば"是"因幡"（地名）的意思，与"往なば"（去）谐音。而"まつ"是"松树"的发音，与"等待"又是同音。咏颂这首和歌，就可以产生这样双重的联想，进而激发出缠绵的离别思念之情。

花の色は　移りにけりな　いたづらに　我が身世にふる　ながめせしまに①

はなのいろは　うつりにけりな　いたづらに　わがみよにふる　ながめせしまに

（Hananoirowa ／ utsurinikerina ／ itazurani ／ wagamiyonihuru ／ nagameseshimani）

（译文）花朵已经褪色，在漫长的雨季，我浑然度日而陷入深思。

其中，"ふる"表示"降る"（下降、下雨）或者"古る"（过日子）。"ながめ"是"长雨"的意思，也可理解为"深思"。所有这首和歌就有了多重的解读，其含义就显得复杂蕴藉。

（四）缘语

在一首和歌里放上语意上有关联的两个词，这两个词之间或是谐音，或者很容易引起联想，这两个相关词语就被叫作缘语。如下面画线部分：

鈴虫の　声のかぎりを　尽くしても　長き夜あかず　ふる涙かな②

---

① 《古今和歌集》卷二，第113首，日本：岩波书店，2012年版，第45页。
② 《源氏物语·桐壶卷》，《新编日本古典文学全集20》，日本：小学馆，2009年版，第32页。

すずむしの　こえのかぎりを　つくしても　ながきよあかず
　　ふるなみだかな
　　(Suzumushino / koenokagiriwo / tsukushitemo / nagakiyoakazu / hurunamidakana)
　　(译文)即使像铃虫那样拼命叫,秋天的长夜都不够,一直流眼泪。①

从"铃虫"的"铃"字(铃铛),联想到"摇"铃铛(振る huru),再通过谐音联想到"降る"(huru)——"掉"眼泪。这样就不是简单的直接联想,而是迂回的联想,其创作难度可想而知,但和歌的妙处往往也在于此。

(五) 比作②

也就是比喻。把大自然的某种物象比喻人世间的某种现象,借以发出称赞、感叹、悲哀等情绪。如:

　　あさぼらけ　有明の月と　みるまでに　吉野の里に　降れる白雪③
　　あさぼらけ　ありあけのつきと　みるまでに　よしののさとに　ふれるしらゆき
　　(Asaborake / ariakenotsukito / mirumadeni / yoshinonosatoni / hurerushirayuki)
　　(译文)黎明时分,在吉野下的白雪,被误看成闪烁的月光。

这首和歌的描写中,把亮闪闪的白雪比作月光,这样的联想极为精彩,塑造出富有诗意的艺术境界。再如:

　　み吉野の　山辺に咲ける　桜花　雪かとのみぞ　あやまたれける④
　　みよしのの　やまべにさける　さくらばな　ゆきかとのみぞ　あやまたれける

---

① 在《源氏物语》里,桐壶更衣死后,靱负命妇奉天皇之令拜访更衣家慰问其母亲,命妇要回宫时听到铃虫叫声而咏此首歌。
② 日语的说法是"見立て"。
③ 《古今和歌集》卷六,第332首,日本:岩波书店,2012年版,第82页。
④ 《古今和歌集》卷一,第60首,日本:岩波书店,2012年版,第35页。

（Miyoshinono ／ yamabenisakeru ／ sakurabana ／ yukikatonomizo ／ ayamatarekeru）

（译文）在吉野山边盛开的樱花，会被错看成雪花。

这首和歌中把樱花比喻成白雪，从外在的颜色形状，到内在的精神气质，都可以说是绝妙的比喻，描绘出一幅极富日本传统美感的风景画面。

（六）隐题

隐题是指在一首和歌里隐藏着某个词语，这个词语并不是在和歌句中直接显现，而是通过分拆的方式存在，类似猜谜语，实际上是和歌创作中的一种语言游戏。和歌中设置隐题的具体方式有"折句"和"物名"两种。折句指将五音的词语拆开，分放在每句开头或句末，比如：

唐衣　きつつなれにし　つましあれば　はるばるきぬる　旅をしぞ思ふ①
　からころも　きつつなれにし　つましあれば　はるばるきぬる　たびをしぞおもふ

（Karakoromo ／ kitsutsunarenishi ／ tsumashiareba ／ harubarukinuru ／ tabiwoshizoomohu）

（译文）爱妻如旧衣，贴身暖心脾。羁绊千里外，抚衣思爱妻。

这首和歌是把"かきつばた"（燕子花）的五个音分别放在句头，合起来就能看得出这个词语。能够看出这一巧妙的设置，不仅能显出和歌的多重寓意，而且也能显示出读者的机灵聪慧，这构成和歌创作的乐趣所在。物名是指把题目的词语隐藏在歌里。如：

题目：すもものはな（李子花）
　今幾日　春しなければ　うぐひすも　物はながめて　思ふべらなり②

---

① 《古今和歌集》卷九，第410首，日本：岩波书店，2012年版，第112页。
② 《古今和歌集》卷十，第428首，日本：岩波书店，2012年版，第117页。

いまいくか　はるしなければ　うぐひすも　ものはながめて　おもふべらなり

(Imaikkuka / harushinakereba / uguhisumo / monohanagamete / omohuberanari)

(译文)春天只剩下几天了,好像黄莺也陷入深思。

在这首和歌的题目"すもものはな",分别隐藏于五个词中,即"うぐひす""も""もの""は""ながめて"。

(七) 断句("句切")

指一首和歌里语气暂停的部分。断句的位置不同,一首歌的节奏感也不同。在第二句或第四句处断,叫作五七调(五七／五七七,五七五七／七),在初句或第三句处断,叫做七五调(五／七五七七,五七五／七七)。如：

二句切：

人はいさ　心も知らず／ふるさとの　花ぞ昔の　香に匂ひける①

ひとはいさ　こころもしらず／ふるさとの　はなぞむかしの　かににほひける

(Hitohaisa / kokoromoshirazu / hurusatono / hanazomukashino / kaninihohikeru)

(译文)不知你的本心,但故乡的梅花,依然美丽盛开。

三句切：

山里は　冬ぞ寂しさ　まさりける／人目も草も　かれぬと思へば②

やまざとは　ふゆぞさびしさ　まさりける／ひとめもくさも　かれぬとおもへば

(Yamazatoha / huyuzosabishisa / masarikeru / hitomemokusamo / karenutoomoheba)

(译文)在山村,冬天是最感寂寞的季节。没有往来的人,草木也枯萎。

---

① 《古今和歌集》卷一,第42首,日本：岩波书店,2012年版,第31页。
② 《古今和歌集》卷六,第315首,日本：岩波书店,2012年版,第89页。

(八) 体言止

在和歌中不放用言,而把体言放末句。由于体言后面没有放置用言,使得整首和歌读起来有一种意犹未尽的感觉,充满着余韵缭绕的蕴藉效果。如:

见渡せば　花も紅葉も　なかりけり　浦の苫屋の　秋の夕暮れ[①]
みわたせば　はなももみじも　なかりけり　うらのとまやの　あきのゆふぐれ
(Miwataseba / hanamomomijimo / nakarikeri / uranotomayano / akinoyuhugure)

(译文)四顾茫然,花朵和红叶皆已凋零,海边茅屋的秋暮之夕。

这首和歌经过层层渲染,最后引出了"秋暮之夕"。秋花、秋叶、秋暮、秋夜,又是身处海边的茅屋,一种"日暮乡关人在何处"的孤独感油然而生。但歌人在即将道出"孤独感"前便戛然而止,留下这幅宽阔荒凉的画面,让读者身陷其中,久久回味。这样的写作技巧及艺术效果,可参见中国元代马致远的散曲名篇《天净沙·秋思》:"枯藤老树昏鸦,小桥流水人家,古道西风瘦马。夕阳西下,断肠人在天涯。"元曲与和歌,前后相应,何其相似乃尔,皆成感人绝唱。所不同处,是元曲中的"断肠人"曲终现身,并成为画龙点睛的"诗眼";而和歌中的"断肠人"始终不露面,却引起读者更多的想象,甚至回味出更为绝望的悲情。

第二节　连　歌

一、连歌的起源及历程

连歌是由多人吟咏一同配合完成的一种和歌形式。在主要的和歌类型中,短歌由一位歌人完成,句式是"五七五七七"。连歌则由多位歌人共同吟诵,由长句(五、七、

[①] 《新古今和歌集》卷四,第363首,日本:岩波书店,2012年版,第76页。

五)和短句(七、七)的连接而成。

关于连歌的起源,学界相关论述中一般会提到以下两首早期的作品。第一首是《日本书纪》里记载的日本武尊与秉烛人的一段问答。① 日本武尊远征陆奥国返程经过常陆国与甲斐国的交界处时,问道:

新治　筑波をすぎて　幾夜か寝つる
にひばり　つくばをすぎて　いくよかねつる
(Niibari ／ Tsukubawosugite ／ ikuyhokanetsuru)
(译文)经过新治和筑波,过了几个晚上?②

当时,有个秉烛人随口回答:

日日並べて　夜には九夜　日には十日を③
かがなべて　よにはここのよ　ひにはとをかを
(Kaganabete ／ yoniwakokonoyo ／ hiniwatowokawo)
(译文)日子加起来,九个晚上、十个白天。

日本武尊对秉烛人的回答很满意,称赞他很聪明。实际上,这个问答的句式是上句四七七、下句五七七的两首片歌,也就是属于旋头歌的句式,与后世定型的连歌形式(前一人咏五七五,后一人咏七七,合起来成为一首短歌)有所不同。被誉为连歌研究开拓者的二条良基(1320—1388),认为连歌的起源在于上述传说中的筑波(Tsukuba)地区,二条编撰的日本首部连歌敕撰集就取名为《菟玖波集》("菟玖波"音 tsukuba),此后连歌也被俗称为"筑波之道"。

第二首是《万叶集》卷八记载的一首和歌④,由一个尼姑咏上句(五八五),然后请著

---

① 日本武尊(やまとたけるのみこと),《古事记》作"倭建命",《风土记》作"倭武天皇",本名小碓尊,另有日本武、大和武等称号,日本神话人物。传说其力大无穷,善用智谋,为大和王权开疆扩土,最后英年早逝,其子嗣为今日天皇之直系祖先。
② 新治和筑波都是常陆国里的郡名,今茨城县有筑波市。
③ 《日本书纪·二》卷七,日本:岩波书店,2010 年版,第 98 页。
④ 此歌有词书曰:"尼作头句,并大伴宿祢家持所诮尼续末句等和歌一首。"

名歌人大伴家持咏出后下句(八七),两人共同完成。①

佐保川の　水を堰き上げて　植えし田を　　尼作る
さほがわの　みずをせきあげて　うえしたを
(Sahogawano / mizuwosekiagete / ueshitawo)
(译文)偃截佐保川的水流,而种的田。(尼姑作)

刈れる初飯は　ひとりなるべし　　家持継ぐ②
かれるはついひは　ひとりなるべし
(Kareruhatsuiiwa / hitorinarubeshi)
(译文)收割后首次煮的饭,应是你一个人吃吧。(家持续作)

　　《万叶集》后期,三句切(五七五／七七)的和歌逐渐多了起来,但上句和下句由不同的人作的只有这一首。到了平安时代,随着七五调的短歌流行,一人咏上句另一人咏下句的短歌越来越多,后世称之为"短连歌"。平安时代后期,发展出连续三句以上的长连歌(锁连歌)。进入镰仓时代,以百句为创作单位的"百韵连歌"的基本形式得到确定。连歌原是吟诵和歌后的余兴之作,由多人当场合作创作而成,因过程需共同参与而有一定的娱乐性。但随着长时期的持续流行,在不断修改规则的过程中,连歌逐渐失去了原来追求滑稽、通俗化的创作效果,而逐步回归高雅,趋向与传统和歌一样追求幽玄传统审美观。到了17世纪后半期,连歌创作因缺乏活力而被边缘化,最终被"俳谐连歌"所取代。

　　进入现代社会之后,连歌这一传统的和歌形式依然存在,在日本各地也保留了一些"连歌会"。但毕竟真正有兴趣和能力创作连歌的人越来越少,连歌创作也只是在少数场合(如神社祭奠等)由少数人(如爱好者及研究者等)进行了。

二、连歌式目

　　连歌的制作规则叫作"式目"。随着连歌的长期流行,其描绘内容及撰写式目也一直

---

① 短歌的音节数一般是五七五七七,不过可以允许少一音或多一音。即五音句可以是四音或六音,七音句可以是六音或八音。
② 《万叶集·二》卷八,第1635首,《新日本古典文学大系2》,日本:岩波书店,2013年版,第309页。

有所改变。连歌的每一"句"都是独立的作品,可分为有长句(五七五)和短句(七七)两种。

(一) 发句

连歌的第一句叫作"发句"。发句由五七五构成,必须含季语(后述),加切字(后述)。发句需具有独立的风格且令人感到余韵余情。

(二) 切字

在发句里起停顿节奏的作用。其目的是明确发句的主题,留下余情。切字有着使发句具备独立性和完整性的作用。有了切字,发句里能出现断切、空间、余情等效果。但有时若能够体现这些效果,发句里虽没加切字,意思上有停顿也是可以的。主要的切字如下:

かな、けり、もがな、らむ、し、ぞ、か、よ、せ、や、つ、れ、ぬ、ず、に、へ、け、じ

比如下面划线的词是切字:

雪ながら　山本かすむ　夕べかな①
ゆきながら　やまもとかすむ　ゆふべかな
(Yukinagara / yamamotokasumu / yuubekana)
(译文)虽然山峰还可见残雪,但山麓已起春霞。

行水や　さざれ苔むす　岩つつじ②
ゆくみづや　さざわれこけむす　いわつつじ
(Yukumizuya / sazarekokemusu / iwatsutsuji)
(译文)小河汩汩流,岸石渐渐变色,生出青苔。

(三) 季语

表示句子季节的词。季语一般根据农历上的季节而定,包括时令、天文、地理、人

---

① [日]宗祇等:《水无濑三吟百韵》,《连歌集　俳谐集》,《新编日本古典文学全集61》,日本:小学馆,2001年版,第73页。
② 宗养、绍巴:《宗养绍巴永原百韵》,同上,第211页。

事、动植物等。以下是季语的例子：

> 时令：立春(春)、三伏(夏)、夜长(秋)、霜夜(冬)
> 动物：莺(黄莺,春)、萤(萤火虫,夏)、鹿(秋)、兔(冬)
> 植物：梅(春)、菖蒲(夏)、红叶(秋)、寒椿(寒山茶,冬)

(四) 胁句

胁句是承接发句的第二句，音节由七七构成。通常叫作体言止(以名词为句末的一种技巧)。承接胁句的第三句，需转变由前两句造成的描写场景。

(五) 举句

举句又称扬句，即连歌的最后一句。

(六) 赋物

赋物是和歌自古就有的一种表现方法，即在歌句中吟咏某一事物。早期的赋物每句都要吟咏，后来简化到只在发句中赋物。比如"赋某人连歌"，首先想出与某人相关的词语，如名人、上人等，然后将"名"、"上"等字放入句子里，让人通过联想猜出隐含的意思。又如"赋朝某连歌"，也是先想出"朝某"的相关词语，如朝露、朝霞等，然后将"露"、"霞"等字放入歌句中。因为歌里出现的只是词语的一部分，隐去该事物的全称，从而形成一种含蓄有趣的吟咏效果。

(七) 百韵连歌

百韵连歌是连歌的标准形式，以百韵作为一个作品。全篇里布置四季的自然美，从而使作品具有一种秩序性。百韵连歌用四张怀纸进行记录，每张怀纸叠成两折。第一折("初折")的正面写八句，背面写十四句；第二折和第三折每面写十四句；第四折("惜别折")正面写十四句，背面写八句。

(八) 四花七月(八月)

百韵连歌的每折须包含吟"花"的句子，每页须包含吟"月"的句子。第四折背面可没有月句，这个配置叫作"四花七月(八月)"。花句、月句的位置一般有规定，但可以变动。

(九) 季节

吟春天、秋天的句子,须连吟三句,也可以连吟到五句。吟夏天、冬天的句子,一般连吟三句,不连吟亦可。转变季节时,原则上加一句"杂句"(不吟季节的句子)。直接转变季节的,叫作"季移"(移季)。

(十) 一顺(一巡)

连歌会里如有贵人或高手,请其吟发句,主人吟胁句。之后,参加者按照顺序吟歌,每人都吟完一句,叫作"一顺",一顺之后叫作"再篇"。进入再篇,不用按照顺序,先出先吟。所咏歌句是否可以采用,由宗匠根据连歌规则和句子的拙巧来加以评判定夺。

(十一) 歌仙形式

除了百韵,还有以三十六韵为单位的简化形式——根据古代三十六歌仙而取名的"歌仙形式"。歌仙形式使用一张对折纸,第一折的正面写六句,背面和第二折的正面各写十二句,第二折背面写六句。发句和第六句吟当季。每十八句包含一句花句(第四句到第六句不得吟花句)。第一句到第六句里须包含一句月句,之后每十二句须各包含一句月句。

三、连歌的制作技巧

连歌的基本句式有两种,即五七五的长句和七七的短句。随着三句切的和歌增多,上句(五七五)和下句(七七)可以分别体现完整的诗意,连歌创作顺应着这一潮流,长句和短句都可以作为独立句而吟出。吟诵连歌,最重视的技巧是"付合",即对上一句怎么附上,怎么承接下去的方法。长句和短句都可以视为独立的歌句,因此两者不是接续的关系,而是如何附上的关系。连歌中的上一句和下一句之间的关系,在接续过程中不断发生着变化,既有即兴性,又有意想不到的付合法,连歌创作的乐趣就在于这种不确定性。以下是主要的付合法:

(一) 平付

平常的付合,如对"山"附"峰",对"浦"附"舟"等。

（二）四手付

对上一句里的两个以上的词，以缘语附上去。如：

弓矢の外も　また文のみち
ゆみやのそとも　またふみのみち
(Yumiyanosotomo / matafuminomichi)

（译文）持弓矢的武士，也有文之道。

桑蓬　しげれる陰を　搔き分けて①
くわよもぎ　しげれるかげを　かきわけて
(Kuwayomogi / shigererukagewo / kakiwakete)

（译文）拨开茂密桑蓬的草丛。

这是根据《礼记·内则》里桑弧蓬矢的故事，从"弓矢"联想到"桑"、"蓬"，从"文"（书信之意）联想到"書く"（写之意，音 kaku），再联想到谐音"搔く"，再转成"搔き分ける"（拨开之意）。

（三）景气付

对上一句的有趣风情，附上对应的有趣风情。

（四）词付

以联想词附上，如对"长"附"绳"，对"夜"附"丝"。夜的读音为"Yoru"，与"捻"谐音。

（五）心付

不靠联想词、缘语、景气，只以心附上。如：

---

① [日]宗祇：《老のすさみ》，《连歌论集　能乐论集　俳论集》，《新编日本古典全集88》，日本：小学馆，2001年版，第109页。不过宗祇批评此付合只靠缘语，没达到心付的水平。

なれにし人も　夢の世の中
なれにしひとも　ゆめのよのなか
(Narenishihitomo / yumenoyononaka)
(译文)亲近的人也去世了,只在梦中存在。

山桜　けふの青葉を　ひとりみて①
やまざくら　けふのあおばを　ひとりみて
(Yamazakura / kyohnoaobawo / hitorimite)
(译文)盛开的山樱花也谢了,徒留我一人看新绿。

(六) 埋付

表面上看起来没附上,实则暗含深奥之心而附上。

(七) 对扬

以对词而附上。如对春附秋,对朝附夕等。

付合的基础是瞄准上句重要的词而附和,比如以下两句:

罪むくひは　さもあらばあれ
つみむくひは　さもあらばあれ
(Tsumimukuiwa / samoarabaare)
(译文)犯罪必有报应,尽管如此(只能接受)。

月残る　狩り場の雪の　朝ぼらけ②
つきのこる　かりばのゆきの　あさぼらけ
(Tsukinokoru / karibanoukino / asaborake)
(译文)尚有残月时,打猎场的雪景(是非常美的)。

---

① [日]宗祇:《老のすさみ》,《连歌论集　能乐论集　俳论集》,《新编日本古典全集88》,日本:小学馆,2001年版,第115页。
② 同上,第107页。

下句正是瞄准上句的"尽管如此"而附。犯罪必有报应,狩猎是犯杀生罪,尽管如此,黎明时狩猎场的雪景太美,面对如此美丽的风景,觉得报应也没什么。作者吟出了猎人的心意。再如以下两句:

風も目に見ぬ　やまのあまびこ
かぜもめにみぬ　やまのあまびこ
（Kazemomeniminu ／ yamanoamabiko）
（译文）山谷回声,风也看不见。

ものごとに　ただありなしを　かたちにて①
（Monogotoni ／ tadaarinashiwo ／ katachinite）
（译文）人总是根据是否存在,而去理解事物。

风、山谷回声,均为客观存在,但又似乎是空虚的存在,似有似无就是他们的形状。由这两个事象的交叉对比,可以悟出一切的空假。山谷回声是不能以"空"或"有"来认识的事象(离开"空有"概念的存在),从此导出悟到事物之上的心。

综上所述,连歌创作是由众人共同参与的过程。对他人所作上句,下面接句者如何附上,这是歌人和读者最关心的事。直到整首连歌完成前,连绵不绝地附上句子,会有许多意想不到的转变,连歌创作的机灵妙处往往就在于此。

第三节　俳　　谐

连歌和俳谐,都属于和歌的一部分,彼此间关系密切。随着连歌的盛行,回归和歌高雅传统的"有心连歌"逐渐成为主流,各种繁琐的制作规则也相应被确定下来。体现滑稽、庸俗精神的"无心连歌",也逐渐从连歌创作中分离出来,被称为"俳谐连歌"。俳谐连歌的格律与连歌相同,发句为五七五的长句,胁句是七七的

---

① ［日］宗祇:《老のすさみ》,《连歌论集　能乐论集　俳论集》,《新编日本古典全集88》,日本:小学馆,2001年版,第132页。

短句,第三句又是五七五,一直连续下去。因为俳谐的规则没有连歌那么复杂,加上创作中使用的多为歌仙形式(以三十六句结束),因而在社会各个阶层流行。初期的俳谐创作或趋于过分低俗,或重视雅俗对比中产生的滑稽性。后来芭蕉改革俳谐创作,离开当时俳谐创作中流行的雅俗对比,将"诚"理念注入俳谐创作,经过芭蕉提升的俳谐创作,获得与和歌、连歌同等的文坛地位,发展出一个崭新优雅的艺术领域。到了近代,正冈子规(Masaoka Shiki,1867—1902)提倡独立俳谐的发句,把它称为"俳句"。从此,原有的俳谐创作逐渐衰退,被视为古典诗歌,同时俳句创作日益兴盛,逐渐取代昔日的俳谐而形成新的流行诗歌形式,至今还在日本全社会盛行不衰。俳句由五七五共十七个音节构成,是世界上最短的诗歌形式。

原则上,俳谐的制作规则与连歌相同,其规则也叫作式目,也同样重视发句,发句必须含季语,加切字。下面叙述一些俳谐与连歌不同的规则。

一、俳言

"俳言"是不用于和歌、连歌的词。用不用俳言是形式上是否成为俳谐的必要条件。连歌获得与和歌同样的文学地位后,也开始规定须用令人感到幽玄、优雅的词。而俳谐基本上没有用词限制,可以用和歌、连歌禁止或回避的词。以下是俳言的例子:

　　日常词汇:米饭、团子、喉咙、小孩
　　汉语词汇(在日语中以汉语的音读的词):指南、贫富、罗汉、屏风

此外,连歌里只允许千句里吟一次(即难得一用,最好不用)的词,俳谐里可以随意使用,如"鬼"、"女"、"龙"、"虎"等。如"春雨之柳"是连歌用词,"取田螺之鸟"则是俳谐用词。

二、俳谐性

连歌和俳谐的最大差异在其词和心的部分。俳谐除了用俳言以外,还要体现俳谐性趣味。比如在和歌、连歌里,黄莺被认为是与梅花般配的高雅名词,但在俳谐创作中,黄莺有时却带上低俗色彩,如下例:

日本诗学导论

鶯や　餅に糞する　縁の先①
うぐいすや　もちにふんする　えんのさき
（Uguisuya / mochinihunsuru / ennosaki）
（译文）黄莺光顾我家廊檐,在年糕上拉屎。

总之,俳谐创作最大的特色就是要表现出有趣的个性。只要有趣,无论其内容是否正统端庄,都可以视为具有俳谐性。虽然形式上用俳言是成为俳谐的必要条件,但俳谐性才是最能体现俳谐创作价值所在,也是所谓"俳心"所在,比如下面这首:

五月雨に　鳰の浮巣を　見にゆかん②
さみだれに　にほのうきすを　みにゆかん
（Samidareni / nionoukisuwo / miniyukan）
（译文）在五月的雨中,去看看鸊鷉的浮巢。

这首俳谐中虽然没有包含俳言,但是表现出了不顾五月多雨天气,还是执意想去看看浮巢,这种坚执的心态,同样体现出了某种俳谐性。

三、俳谐技巧

俳谐也重视"付合",也就是各种具体的写作技巧。俳谐的付合方式根据不同门派的诗学主张而稍有差异,主要方式有以下几类。

（一）物付（词付）

所谓物付,指附上从上句词意中联想出来的词语,因而带出谐趣。以谐音词附上的例子很多。使用物付之法,一般不考虑上句的用词,全诗情趣重点在于从上句的词意附上下句中的新词。多用物付之法,成为贞门俳谐创作的主流。

御室の僧や　鹿ねらふらむ

---

① 服部土芳:《三册子》,《连歌论集　能乐论集　俳论集》,《新编日本古典全集88》,日本:小学馆,2009年版,第553页。
② 同上,第552页。

第二章　日本文体论

おむろのそうや　ししねらふらむ

(Omuronosohya / shishinerauramu)

(译文)仁和寺(又名"御室")的僧侣,盯着鹿(想犯杀戒吃鹿肉)。

对此句,附上:

経政は　十六のころ　さかりにて①

つねまさは　じゅうろくのころ　さかりにて

(Tsunemasaha / juhrokunokoro / sakarinite)

(译文)平经政十六岁的时候,最帅气。

从"仁和寺"联想到平经政(人名,年幼时在仁和寺,受到守觉法亲王的宠爱),从"鹿"(shishi)联想到谐音词"四四"(shishi),再将"四四"变成"十六"。其意为:原来僧侣盯着的是十六岁的美少年经政。

再如:

文王の　世や民にても　しらるらん

ぶんわうの　よやたみにても　しらるらん

(Bunohno / yoyataminitemo / shiraruran)

(译文)文王统治的时代,看他的国民就知道(其淳朴)。

对此句,附上:

しやれたるほねを　とりかくしつつ

(Sharetaruhonewo / torikakushitsutsu)

(译文)将遭受风雨的尸骨,一一埋葬。

---

① [日]贞德:《哥いづれの巻》(贞德翁独吟百韵自註),《连歌集俳谐集》,《新编日本古典全集61》,日本,小学馆,2008年版,第299页。

这是根据中国经典中传说文王埋葬死人骨头的故事而附上的,从文王埋骨,联想到其仁政。再看一则附上的例子:

あらおしや　家に伝る　舞あふぎ①
あらおしや　いえにつたふる　まひあふぎ
（Araoshiya／ienitsutauru／maiohgi）
（译文）啊,可惜,家传的舞扇子(被偷了)。

从上句的"とりかくし"(埋葬)联想到谐音词"盗窃",从人的"骨"联想到扇子也有"骨",被偷了很可惜。

(二) 心付

心付指通过联想前句之意(心)而附上,这是谈林派俳谐创作的主流。如:

四つ五つ　いたいけ盛の　花すすき
よついつつ　いたいけざかりの　はなすすき
（Yotsuitsutsu／itaikezakarino／hanasusuki）
（译文）花芒草的样子,像四岁五岁的小孩那样,可爱极了。

对此句,附上:

ままくはふとや　むしの鳴らん②
ままくはふとや　むしのなくらん
（Mamakuwautoya／mushinonakuran）
（译文）(因为是小孩)跟着虫子的鸣声,肚子也叫,"要吃饭饭"。

这是从上句的"小孩"联想到"要吃饭饭"(小孩动不动就叫饿),又从芒草联想到虫鸣。

---

① ［日］贞德:《哥いづれの卷》(贞德翁独吟百韵自註),《连歌集俳谐集》,《新编日本古典全集61》,日本,小学馆,2008年版,第303页。
② 宗因:《蚊柱卷》,《连歌集　俳谐集》,《新编日本古典全集61》,小学馆,2008年版,第362页。

又如：

月もしれ　源氏のながれの　女也①
つきもしれ　げんじのながれの　おんななり
（Tsukimoshire／genjinonagareno／onnanari）
（译文）月亮也许知道吧，她是源氏之流（血统）的女人。

对此句，附上：

青暖簾の　きりつぼのうち
あをのうれんの　きりつぼのうち
（Aonourenno／kiritsubonouchi）
（译文）藏在青布帘之内的，是桐壶之屋。

将上句的"源氏之流的女人"分为"源氏"和"流之女人"，从"源氏"联想到《源氏物语》的"桐壶"（光源氏之生母所住的地方，也作为她的名字），从"流之女人"（妓女之意）联想到其廓里的房间前挂的青布帘。"桐壶"的音是 kiritsubo，暗示妓女的房间"局"（tsubone）。将上句体现的优雅世界，转变成下句中暗藏的鄙俗廓里世界。

（三）匂付

匂付是蕉风俳谐提倡的付合，"匂"是气味之意。心付是承接上句之情而附上，而匂付是承接上句之余情（言外之意）而附上。具体如何附上，什么样的附句才能称"匂"，松尾芭蕉并没有详细叙述，芭蕉弟子向井去来引用芭蕉的评语时也只举了一例：

赤人の　名はつかれたり　初霞
あかひとの　なはつかれたり　はつがすみ
（Akahitono／nawatsukaretari／hatsugasumi）
（译文）在京都的春天里，眺望东山附近雾霭缭绕的风景，联想起古代歌人山

---

① 宗因：《蚊柱卷》，《连歌集　俳谐集》，《新编日本古典全集61》，小学馆，2008年版，第381页。

部赤人①。

鳥も囀る　合点なるべし②
とりもさえずる　がてんなるべし
（Torimosaezuru／gatennarubeshi）
（译文）仿佛小鸟也作此想,开始鸣叫。

芭蕉评论此附句时赞美说,上句里的余情移到了附句,所以堪称佳句。

第四节　物　　　语

一、古汉语写作渊源

　　物语（monogatari）源于动词"物語る"（monogataru）,其词意是讲述。原来的"物语"不仅指写出来的作品,还包括朋友之间的畅谈、家常话以及男女之间的闺房私话。从物语的英译 tale、story 或 narative,亦可见其源于口传文学之意。作为日本文学创作体裁的"物语",是指作者根据自己的见闻或想象写给读者看的作品。狭义的物语指主要是平安时代出现的虚构故事,广义的物语还包括后代的说话文学、历史物语、军记物语等,凡是作者创作的有故事情节的散体文,都在物语概念的能指范围之内。

　　早期的日本没有本土文字,因此"书写"这个动作和概念,是借用外来的汉字"写"加以表述的。日本作家借汉字的音表记日语的方式,大约始于7世纪,汉字开始用于标记歌谣的发音,而所有文章史籍,无一例外全部使用标准的汉文写成。8世纪编撰的《古事记》《日本书纪》和《万叶集》中,除了歌谣、和歌以外,尚没有用日语书写成的散体文。早期的歌谣、和歌等韵文创作,都是先有日本固有的歌体（五七音律）,再借用汉字进行书写的。古代日本人有了散文创作意愿时,总是通过汉文表达。至于物语创作,

---

① 山部赤人是擅长吟咏美丽风景的古代著名歌人。
② 向井去来：《去来抄》,《新日本古典文学全集88》,《连歌论集　能乐论集　俳论集》,日本：小学馆,2009年版,第530页。

第二章 日本文体论

早期也是使用汉文表达,后来才进入翻译成"和文"的过程。

《万叶集》所载和歌前后,可以看到编撰者的题词和左注。题词一般说明咏歌的缘由,左注一般是编撰者对和歌的评价、考证等。题词和左注是用汉文写成的,通常是一两句简单的记述,如:

(题词)吉备津采女死时,柿本朝臣人麻吕作歌一首。①

(题词)从明日香宫迁居藤原宫之后,志贵皇子御作歌。②

(左注)右一首,或云柿本朝臣人麻吕作。③

(左注)右一首,今案:不似移葬之歌。盖疑从伊势神宫迁京之时,路上见花,感伤哀咽作此歌乎。④

有些题词不仅仅是叙述客观事实,还包含了对人物和事件的评论,其褒贬或感慨的态度也就隐含其中。比如:

(题词)大津皇子窃婚石川女郎,时津守连通占露其事,皇子御作歌一首。⑤

(题词)但马皇女在高市皇子宫时,窃接穗积皇子,事既形,而御作歌一首。⑥

用"窃婚"的字眼,使人感到这一对男女之间的恋情是不能公开的,其中似乎有点见不得人的内情。据史载,石川女郎是草壁皇太子(大津皇子的异母兄)宠爱的女人,然而大津皇子(663—686)却与石川女郎产生了火热的爱情,石川女郎甚至作出这样的表白:"等我在山中,湿君衣袖／愿作彼水滴／得与君相就。"(《奉和大津皇子歌》,见《万

---

① 《万叶集·一》卷二,第217首的题词,《新日本古典文学大系1》,日本:岩波书店,2010年版,第160页。
② 《万叶集·一》卷一,第51首的题词,同上,第49页。
③ 《万叶集·一》卷三,第423首的左注,《新日本古典文学大系1》,日本:岩波书店,2010年版,第270页。
④ 《万叶集·一》卷二,第166首的左注,同上,第129页。
⑤ 《万叶集·一》卷二,第109首的题词,同上,第98页。
⑥ 《万叶集·一》卷二,第116首的题词,同上,第101页。

· 129 ·

叶集》卷二)这件事是当时的宫内丑闻,还涉及皇太子之间殊死争斗,所以称之为"窃婚"。而马皇女是高市皇子的人,却偷偷地与穗积皇子相爱,这样的行为也属于"窃接"。这两首和歌描写大津皇子与石川女郎、马皇女与穗积皇子之间的恋情,违背了皇室规矩与社会道德伦理,从《万叶集》题词所用的词语("窃"、"露"、"事既形"),能看出编撰者讲述这些本事时的道德态度。

也有目录部分就直陈和歌本事的例子[①]:

(目录)中臣朝臣宅守,娶藏部女嬬狭野弟上娘子之时,敕断流罪,配越前国也。于是夫妇相叹易别难会,各陈恸情赠答歌六十三首。[②]

(题词)中臣朝臣宅守与狭野弟上娘子赠答歌。[③]

(左注)右四首,娘子临别作歌。[④]

从题词中看不出这是一对夫妻临别时的歌,直到左注才知道。目录的叙述反而比题词详细,而且不仅陈述本事,还描写了这对夫妇临别时的感情("夫妇相叹易别难会,各陈恸情……")。这已经不是单纯的说明性叙述,而带有文学性色彩。

下面的左注,更像一篇故事叙述:

(左注)大伴田主,字曰仲郎。容姿佳艳,见人闻者,靡不叹息也。时有石川女郎。自成双栖之感,恒悲独守之难。意欲寄书,未逢良信。爰作方便而似贱姬,已提埚子而到寝侧,哽音蹢足,叩户询曰:"东邻贫女,将取火来矣。"于是仲郎,暗里非识冒隐之形,虑外不堪拘接之计。任念取火,就迹归去也。明后女郎,既耻自媒之可愧,复恨心契之弗果。因作斯歌,以赠谑戏焉。[⑤]

[①] 一般来说,每卷开头的目录里也记载题词。但有些歌,目录上的文字和题词有出入。
[②] 《万叶集·三》卷十五目录,《新日本古典文学大系3》,日本:岩波书店,2012年版,第389页。
[③] 卷十五第3723—3726首的题词,同上,第449页。
[④] 卷十五第3723—3726首的左注,同上,第450页。
[⑤] 《万叶集·一》卷二,第126首左注,《新日本古典文学大系1》,日本:岩波书店,2010年版,第106页。

题词和左注,是对和歌题目的简要介绍,原本与叙事无关。但从上例左注可以看出其趋向于叙事的变化,也就是物语的成分越来越多了。

二、物语文体的开端

以上记述了古代日本从记录性散文到故事性散文的变化。早期散文一直是汉文形式,以和文讲述故事的形式到 10 世纪才出现。《万叶集》和歌题词中多处提到一则处女冢传说,讲述几个男人争夺一位女子,最后该女子为了让这场血腥争斗停息而自杀,后人纪念这位女子而修筑了这座处女冢。以下是《万叶集》中的相关和歌题词:

1. 卷三　过胜鹿真间娘子墓时,山部宿祢赤人作歌一首①
2. 卷九　过苇屋处女墓时作歌一首②
3. 卷九　咏胜鹿真间娘子歌一首③
4. 卷九　见菟原处女墓歌一首④

第 1 至第 3 首和歌解词,吟咏看到处女冢的感受,属于抒情和歌。而第 4 首题词是一首讲述传说内容的叙事歌。换言之,第 4 首题词是将这则传说以长歌的方式表达出来。其内容大致如下:

> 古代有一位美丽少女,求婚者很多,其中有千沼壮士和菟原壮士,两人激烈竞争求婚。少女感到害怕和痛苦,最后自杀。千沼壮士当夜做梦,知道处女之死,随即跟随自杀。菟原壮士闻讯发怒,说不能输给他,也随着自杀。壮士的亲属不仅修建了处女冢,还在其两侧修建了两位殉情壮士之墓。

当时已有叙事的和歌,并没有出现叙事的和文散文,因为当时和文散体尚未成熟,难以用和文表达完整的"故事"。而这首题词显然是一篇以和文叙述的"故事"。接下来在

---

① 《万叶集·一》卷三,第 431—433 首的题词,《新日本古典文学大系 1》,日本:岩波书店,2010 年版,第 273 页。
② 《万叶集·二》卷九,第 1801 首的题词,《新日本古典文学大系 2》,日本:岩波书店,2013 年版,第 394 页。
③ 《万叶集·二》卷九,第 1807 首的题词,同上,第 397 页。
④ 《万叶集·二》卷九,第 1809 首的题词,同上,第 400 页。

《万叶集》后期作品中也出现了更多以和文讲述故事梗概的文字,这样就逐渐产生了和文物语文体。下面我们看《万叶集》卷十六的题词与左注。

《万叶集》卷十六的题词、左注,与其他卷的完全不一样,其篇幅非常长。先看此卷开头一首的题词,目录上写:"二壮士诔娘子,遂嫌适壮士,如林中死。时各陈心绪作歌二首。"但歌集本文里没有这些文字,以下文章作为题词而记载:

> 昔者有娘子,字曰樱儿也。于时有二壮士,共诔此娘,而捐生挌竞,贪死相敌。于是娘子歔欷曰:"从古来今,未闻未见,一女之身,往适二门矣。方今壮士之意,有难和平。不如妾死,相害永息。"尔乃寻入林中,悬树经死。其两壮士,不敢哀恸,血泣涟襟,各陈心绪作歌二首。①

一看就知道这个故事的情节与上引卷九《见菟原处女墓歌一首》的记载是一致的,也就是编撰者将叙事和歌转变为汉文散文。再看卷十六其他和歌的题词,会发现每个题词开头部分是相同的叙述形式:

> 昔者有娘子,字曰樱儿也。

> 昔有三男,同聘一女也。②

> 昔有老翁,号曰竹取翁也。③

> 昔者有壮士与美女也。④

同样文体的汉文描写,也出现在卷十六的左注中:

---

① 《万叶集·四》卷十六,第3786、3787首的题词,《新日本古典文学大系4》,日本:岩波书店,2003年版,第12页。
② 《万叶集·四》卷十六,第3788—3790首的题词,同上,第13页。
③ 《万叶集·四》卷十六,第3791—3802首的题词,同上,第16页。
④ 《万叶集·四》卷十六,第3803首的题词,同上,第22页。

右传云：时有女子，不知父母，窃接壮士也。壮士悚惕其亲呵嘖，稍有犹予之意。因此，娘子裁作斯歌，赠与其夫也。①

　　右传云：时有所幸娘子也，姓名不详。宠薄之后，还赐寄物。于是娘子怨恨，聊作斯歌献上。②

　　右传云，昔有娘子也，相别其夫，望恋经年。尔时，夫君更取他妻，正身不来，徒赠裹物。因此娘子作此恨歌，还酬之也。③

回顾以上所引"中臣朝臣宅守"和"大伴田主"的题词及左注，可以发现二人的叙述形式大致相同：

　　中臣朝臣宅守，娶藏部女孀狭野弟上娘子之时，敕断流罪，配越前国也。

　　大伴田主，字曰仲郎，容姿佳艳，见人间者，靡不叹息也。

中臣朝臣宅守和大伴田主的叙述方式，还是仿照古汉语，其开头以"也"收尾，是介绍故事主人公的常用方式。到了《万叶集》第十六卷之后的题词及左注中，这一讲述故事的表述方式似乎已经确定下来，开篇经常使用"昔（者）有某某……也"这一类句式，这意味着日本物语表述文体的雏形开始出现。

10 世纪出现的平假名物语，其开篇往往就是将这些汉文的物语文体改译为和文版。比如《竹取物语》的开头这样写道：

　　いまはむかし、たけとりの翁といふものありけり（昔有老翁，名曰竹取翁也）。

《伊势物语》的故事开头大多是：

---

① 《万叶集·四》卷十六，第 3806 首的左注，《新日本古典文学大系 4》，日本：岩波书店，2003 年版，第 25 页。
② 《万叶集·四》卷十六，第 3809 首的左注，同上，第 27 页。
③ 《万叶集·四》卷十六，第 3810 首的左注，同上，第 28 页。

　　　　むかし、をとこありけり(昔有某男也)。

《宇津保物语》的故事开头往往是：

　　　　むかし、式部大輔、左大弁かけて清原の大君ありけり(昔有式部大辅兼左大弁之清原大君也)。

　　"昔"(むかし)没有确定的时间感，只是笼统地指代古时候。用"昔"开头讲述的故事，无须考证具体情节否符合历史事实，而只意味着讲述的故事是过去的或是传说中的。开篇句式末尾处的"也"字，原来是为明确故事题目的，译成和文时往往用"けり"。"けり"是表示过去传闻的助动词，相当于"传云"。加"けり"，表示所讲述的故事不是作者自己经历的，而是从别人处听到的。"昔、(主人公的名字)……けり"就成为讲述传说或虚构故事的一种固定叙述形式。日本物语写作最初的表述句式，起源于对古汉语叙述句式的模仿套用，这样紧密的继承关系，很大程度上影响到了日本物语文体的表现方式及特点，这在日本物语文学研究中是值得注意的。

三、日记文学

　　在平安时代前期，出现了用平假名书写的日记，开拓了用和文书写的文学新领域。"日记"在日本早先一般是指汉文日记，内容多为记载宫中行事。这样的日记，都是用古汉语书写、有着公家性质的史录记载，显然不属于私人抒情文学范围。到承平五年(935)，纪贯之撰写了《土佐日记》，成为较早用平假名写的日记。纪贯之六十岁时赴土佐守之任，四年后卸任，带着全家由海路返回京城。可悲的是八岁小女儿在返京前病殁于土佐，他怀着丧女之痛踏上归途，《土佐日记》就是这段五十五天海路返程的见闻日记。由于当时的汉文日记都是由男性撰写的公家之事，纪贯之就假借女性身份，用平假名写下了这部返程游记。在这部开风气之先的日记中，纪贯之是以"某人"或"船君"的称谓出现的，当时女性私撰日记尚未成风气，纪贯之的这部日记成为平安时代兴起的"平假名日记"文学的首创者。

　　《土佐日记》之所以称"日记"，是因为它采用了汉文日记的形式，每天都作记录，如没有发生特别的事，就写"如昨天"或"再住一晚"等。然而，从日记内容看，记载的不是公事，而是返程旅途中的所见所闻以及自己复杂的人生感受。纪贯之开篇就宣称：这是女人写的日记。而作为女性书写,当然得用平假名。同样的日记形式,因为书写内容从"公"变成了"私",书写者性别、书写文字也就跟着发生变化。使用平假名是针对"私"内容的书写方式,汉文可以记录公事,但平假名只能讲述私事。作者抒发内心感情,也是属于个人的私事,自然得用平假名书写,一如用平假名写和歌,成为日本人抒发个人感情的最佳表现方式。

在《土佐日记》中,纪贯之不是想"记录"公家行程,而是想"叙述"私人的内心世界,所以他假扮女性身份,采用平假名写了日记。值得注意的是,在纪贯之之前,平假名已经成为吟咏和歌的最佳书写方式,但尚未使用平假名撰写完整的散文。如《万叶集》,散文部分大都是用汉文写的。《土佐日记》是日本作家用平假名撰写散文的拓荒之作,全书中仅用真名(汉字)数十字,其余皆为平假名,这就极大地展现出日本假名散文叙事抒情的表现空间。《土佐日记》问世后迅速流行,模仿者甚众,尤其是带动起社会中上层女子书写日记的潮流,平假名日记被文坛认可,成为书写日本人私生活,尤其是表现日本女性情感世界的散文文体。这一传统传承至今,成为影响日本文学特质的最重要的因素之一。

完成于10世纪末的《蜻蛉日记》,被誉为王朝女性日记文学的先驱。作者藤原道纲之母(约936—995)用日记的形式,记录了自己与丈夫藤原兼家二十一年婚姻中的种种生活细节,生动描绘出贵族家庭生活中极为复杂的人际关系,以及妻妾间的感人情谊。晚年隐居寺院的作者在日记的开头这样写道:"迄今为止,我所经历的岁月,早已匆匆流去。活在这人世间,我漫无目的,孤苦无依,每日在不安中度过。"①《蜻蛉日记》的作者认为,当时各种物语所写都是虚构之事,而她为了写出真实生活和真实情感,就采用了和文日记的形式。对她来说,只有平假名日记,才是可以吐露自己内心真实情感和想法的文体。

在写法上,《蜻蛉日记》与《土佐日记》不同,不是每天作记录,而是分阶段归纳记录,也有通过回忆而补记。全书由上中下三卷构成:上卷记录天历八年(954)至安和元年(968)十五年间事,中卷记录安和二年(969)至天禄二年(971)三年间事,下卷记录天禄三年(972)至天延二年(974)三年间事。值得注意的是,《蜻蛉日记》采用了隐性的第一人称叙述法,其目的是"要将自己不同于别人的身世作为日记如实写下来",以供世人借鉴。作者所写的是她整个人生各阶段中的一些事件,并没有按照时间顺序写下全

---

① 参见[日]山崎诚编校,[日]藤原道纲母著:《蜻蛉日记》,日本:有精堂株式会社,1993年版。

部经历,这样的选择性记载,自然忽略了没有写出来的事以及没有写出来的感情经历。这样的日记,究竟是属于如实记载,还是属于文学创作,研究者一直有着不同的看法。

　　从创作主体的角度看,《土佐日记》是纪贯之假扮女人身份而写的,换言之就是身为男子的作者站在女性角度对人世间的观察和表述,其表述内容是真实的,其观察和表述的女性方式却是通过虚构而进行的。而《蜻蛉日记》是身为女性作者首次记载自己亲历的生活,其观察的角度和记载的方式并非虚构,但其实际撰写的内容却是经过筛选和取舍的,全书的叙述并非全是真实,而是经过筛选的"真实",因而带有更多编排创作的成分。在《蜻蛉日记》的序言里,作者明确表明自己的动机是为了让更多的人知晓她的人生经历,这一意图通过筛选人生经历而反映在其日记中之时,《蜻蛉日记》的写作性质就接近于物语创作了。

　　平安时代的女性日记创作渐成风气,继《蜻蛉日记》之后有《和泉式部日记》,又叫《和泉式部物语》。作者和泉式部(约977—1036后),曾被后来的紫式部认为是有着和歌天赋的奇女子,她用日记体的形式记载了自己与敦道亲王之间短暂(十个月)的恋情经历。作者行文中常以第三人称自称,可见原先想写成"物语"形式。但身陷热恋中的作者似乎无法保持冷静,在行文中时而会出现"自己"这样的第一人称口吻,透露出书写的自传性质,后代遂将此书归为日记。这说明在当时女性文学创作高涨中的日记和物语书写,其文体界线实际上还是模糊的。之后还出现了紫式部的《紫式部日记》、营原孝标女的《更级日记》,皆为平安时代女性日记文学中的著名作品。

　　从平安末期到镰仓时代,出现了许多由宫中女官(女房)撰写的日记,所记载的大多是宫廷行事、趣闻逸事等。其中令人瞩目的是镰仓时代的阿佛尼的《十六夜日记》,以表达母爱的描述为主;与之相反的是二条(1257—?)的日记《自语》,毫不掩饰地讲述自己的爱欲生活:她受到上皇的宠爱,同时与上皇的近臣、高僧发生关系。这部日记共五卷,前三卷描写了1271年(文永八年)二条14岁时得到后深草上皇的宠爱和以后在宫廷内很多爱欲经历,后两卷是她受到后深草上皇的皇后憎恨被赶出皇宫,出家后周游巡礼各地的流浪生活,以及后深草上皇死后她的生活和心态。她和三个男人生下五个孩子,但她从未提及对子女的母爱。进入江户时代,随着京都、大阪以及关东江户城市之间的往来频繁,日记撰写又逐步衍变为游记的形式。从"私"的观察及叙述角度,连绵叙述身边的琐事和自身的感受,这样的日记撰写手法,对江户时代的物语创作产生了直接的影响,后来更是延续到了近代的私小说创作。

四、说话文学

所谓说话文学,是指搜集古代神话、民间故事等材料组合而成的创作素材和文学作品。与传统的物语创作不同的是,说话文学的编撰者往往秉持着尊重和记录历史、贴近民间生活的宗旨。日本最早刊行的民间故事集是《日本灵异记》(822年),编者是日本奈良药师寺的僧人景戒,全称《日本国现报善恶灵异记》,全书三卷,用汉文写成,采用佛经话本小说的形式。其序言自述从中国的《冥报记》《般若验记》等佛教小品受到启发,辑录从雄略帝到嵯峨天皇近四个世纪间的奇闻怪论百余则,讲解善恶因果报应之道。亦选录当时日本民间流传的故事,从中可见中国佛教对日本社会乃至民间传说、物语文学的影响,其民间故事本身也成为了解日本古代社会人情世态的珍贵史料。

《今昔物语》从描写内容和文体特点来看,与平安时代的物语完全不同。平安时代的平假名物语文学擅长于描写人的内心状态,如恋爱中的感情、细腻的感受等。然而到平安时代末期,平假名的文章已被文言取代,人们开始渴望新的口语体文学。《今昔物语》描写的故事大多是贴近民众的生活或武士的言行,如仅用平假名写作,就很难表现出言行间的紧迫感与速度感。所以,《今昔物语》采用的是汉文和片假名混合书写的方式。虽说这并不是当时的口语体,但是阅读起来颇有节奏感,适合平民阅读以及在市井传播,因而具备了说话文学的性质。比如书中描写了这样一个场面:一名下级官吏外出,看到一位美女便上前调侃,美女不理他,他还继续纠缠,最后发现这位美女竟然就是他的妻子,美妻当众打了丈夫一记响亮的耳光。

重方、手ヲ摺テ額ニ宛テテ、女ノ胸ナ許ニ烏帽子ヲ差宛テ、「御神助ケ給ヘ。此ル侘シキ事ナ聞カセ給ソ。ヤガテ此ヨリ参テ、宿ニハ亦足不踏入ジ」ト云テ、低シテ念ジ入タル髻ヲ、烏帽子超シニ此ノ女ヒタト取テ、重方ガ頬ヲ山響ク許ニ打ツ。①

(译文)重方搓手放在额头,把自己的帽子贴在女人的胸部,说:"神保佑我。如此让人伤心的话,不要给我听。从这里我直接去你的家,不会再进入我的家。"他这样说着,低头拜女人。这个女人从帽子上抓住他的顶髻,打他的耳光,打得非

---

① 《今昔物语》卷二十八,日本:岩波书店,2010年版,第224页。

常响,响得山岭都有回声了。

尽管描写对象、描写方式与以往的物语已有不同,但是《今昔物语》还在努力继承物语写法的传统。它的许多故事是从"今昔"(意思是"从当今来看,那是很早以前的事")开始的,也是通过使用助动词"けり"结束的,这一写法就是典型的物语文体。可见作者有意去借鉴物语的书写方式,开拓市井文学的疆域,把市井民众中流行的说话文学素材,用物语的文体写作出来,从而成就了日本史上最早的一部佛教故事集。

同样,《宇治拾遗物语》从描写内容上看属于说话文学,但其书名自称"物语",每个故事也都是从"昔"一词开始的。《宇治拾遗物语》的题材与《今昔物语》大致相同,但采取以平假名书写的方式,使作品描写更接近通俗物语。在《宇治拾遗物语》的编撰中,作者最关心的不在于故事本身是真实发生过的,还是靠着想象虚构出来的。其序文里就讲到:人世间到处都有虚构故事。只要是虚构故事,就可以堂皇地自称"物语"。而说话文学活动的要点,是要吸引听众和观众,把更多的百姓听众及观众的关注焦点,吸引到判断故事情节是否有趣上面。

《十训抄》刊行于建长四年(1252),全书共记载了十种在社会交往及家庭生活中被倡导的道德品行。这十种道德故事中包括了印度、中国及日本的传说故事,这些故事中表现出了当时最重要的道德标准。该书的描写并没有模仿物语,而是平实写出十种做人的准则。作者使用平假名写作,目的是让文化知识不高的普通民众也能看得懂。这样就使得《十训抄》的道德故事书写是通俗平易的,接近于口语表达的文体。这部佛教小故事编集的长期流行,反映出江户时代市井百姓渴望口语体文学越来越贴近民众生活的强烈愿望。

五、军记物语文体

在日本古代叙事文学发展史上,《平家物语》是最早的"军记物语"名作,记叙了1156年至1185年间源氏与平氏的政权争夺,塑造了武士战神的英雄群像。平家物语的诞生,类似中国宋元话本小说名著(如三国故事、水浒故事),经历了从民间传说到说唱家不断改编的过程,最终成书于镰仓时代,编著者是信浓前司行长。成书后又被改写为《平曲》,又称《平家琵琶曲》,成为盲艺人以琵琶伴奏演唱的台本。《平家物语》的成书时间相当于中国南宋嘉定年间,比《源氏物语》晚出约二百年,但同样都深受中国史籍及古典文学的影响。

《平家物语》的开卷诗极为著名:"祇园精舍的钟声,有诸行无常的声响;沙罗双树的花色,显盛者必衰的道理。骄奢者不久长,只如春夜的一梦;强梁者终败亡,恰似风前的尘土。"①(原文为平假名)这与中国元末明初成书的《三国演义》的开场词有异曲同工之妙:"滚滚长江东逝水,浪花淘尽英雄。是非成败转头空。青山依旧在,几度夕阳红。白发渔樵江渚上,惯看秋月春风。一壶浊酒喜相逢。古今多少事,都付笑谈中。"(杨慎《临江仙》)这两首开篇韵文,皆深植于各自社会文化及思想传统的土壤,凸显出了中日战争小说的不同基调,尤其值得深究辨析。《平家物语》使用了汉字假名混合文字,并不是当时的口语体,但这样的描写用语朗诵(说唱)起来颇有节奏感,铿锵有力,朗朗上口,便于传播,使得不识字的平民大众也能听懂并得到艺术享受。

镰仓时代兴起的军记物语,其编撰目的自然在于"讲述"故事,其重点在于描述的生动和表现的丰富。以下是书中描写源氏与平家战场冲突的一个场面,平家军队受惊,纷乱坠下谷底,其用说唱艺人口吻讲述的方式,令读者仿佛身临其境,残酷的战斗场面就好像在眼前发生:

次第にくらうなりければ、北南よりまはッつる搦手の勢一万余騎、倶梨伽羅の堂の辺◎にまはりあひ、えびらのほうだてわたたき、時をどッとぞつくりける。平家うしろをかへり見ければ、白旗雲のごとくさしあげたり。「此山は四方巖石であんなれば、搦手よもまはらじと思つるに、こはいかに」とてさわぎあへり。去程に、木曽殿、大手より時の声をぞあはせ給ふ。松長の柳原、ぐみの木林に一万余騎ひかへたりける勢も、今井四郎が六千余騎で日宮林にありけるも、同く時をつくりける。前後四万騎がをめく声、山も川もただ一度にくづるるとこそ聞えけれ。案のごとく、平家、次第にくらうはなる、前後より敵は攻め来る。「きたなしや、かへせ、かへせ」といふやからおほかりけれ共、大勢の傾たちぬるは、左右なうとッてかへす事かたければ、倶梨伽羅が谷へ、われ先にとぞ落しける。まッさきにすすむだる者が見えねば、此谷の底に道があるにこそとて、親落せば子も落し、兄落せば弟もつづく。主落せば家子、郎等落しけり。馬には人、ひとには馬、落かさなりかさなり、さばかり深き谷一つを、平家の勢七万余騎で

---

① 周作人译:《平家物语》,中国对外翻译公司,2001年版,第3页。

ぞうめたりける。巌泉血を流し、死骸岳をなせり。されば其谷のほとりには、矢の穴、刀の疵残ッて今にありとぞ承はる。①

（译文）天渐渐地变黑，从北面和南面迂回合拢的后军一万余骑，到了俱梨伽罗堂附近，他们敲着箭筒，发出喊声。平家军队回头看到白旗升起如云，慌忙地说："这座山四面都是岩山，以为不会有后军，这是怎么回事？"不一会儿，木曾殿的主军也发出了喊声，隐藏在松长柳原茱萸林里的一万骑，以及在日宫林里的今井四郎六千余骑，也发出喊声。前后四万骑一起发出的巨大呐喊声，在山河间回响震荡。战斗如源氏所设计的那样进行，平家军队面对前后夹击的敌军，尽管有些人还在坚守："不能丢脸，不能逃，继续往前走！"但是部队一旦慌乱，根本不能恢复阵型，平家军队争先恐后朝着俱梨伽罗谷底逃下去。后面的人看不到先下去的人，以为谷底有条路，父亲下去了，儿子也下去，兄长下去了，弟弟也下去。主人下去了，部下也下去。马掉下去了，人砸在马身上；人掉下去了，马砸在人身上。就这样，平家军的七万余骑填满了万丈深谷，真是山涧流血，尸体堆垒。在这个深谷附近，直到今天还四处可见箭矢、刀刃的痕迹。

军记物语中称"记"，表明其重视记录的传统。平安时代的《将门记》以汉文写成，以记录军事事件为重点。至室町时代的《义经记》、《太平记》等，其文体仍然是以记录为主。虽说军记的撰写中有着说唱的成分，读起来也有说唱的气氛，但本质并非说唱，其重点还是如实记录事件。比如在《太平记》中，经常详细罗列死者的姓名，其数量有时超过一百个，这样的实录正说明其侧重于"记"的特点：

「ただ今、仲時の御言、耳の底に止まりて、忍びがたく思ひければ、誰かは糟谷に劣るべき」とて、推肌ぬいで、まず一番に、佐佐木隠岐前司、子息の次郎左衛門尉、同じき三郎兵衛、同じき永寿丸、高橋九郎、同じき孫四郎、同じき又四郎、同じき孫四郎左衛門尉、同じき五郎、隅田源七左衛門……子息弥次郎、これ等を宗徒の者として、都合四百三十二人、同時に腹をぞ切ったりける。②

---

① 《平家物语》（三）卷七，日本：岩波书店，2010年版，第36页。
② 《太平记》，日本：小学馆，2008年版，第105页。

（译文）"刚才仲时的话留在耳底，实在忍不住了，（忠义之道）难道还不如糟谷？"于是大家都光着身体，首先自杀的是佐佐木隐岐前司，接着儿子次郎左卫门尉、同三郎兵卫、同永寿丸、高桥九郎、同孙四郎、同又四郎、同孙四郎左卫门尉、同五郎、隅田源七左卫门……儿子弥次郎。以这些门徒为主，总共有四百三十二个人同时切腹。

从"佐佐木隐岐前司"到"弥次郎"，共记录一百五十八人的姓名。如果是物语，不可能机械般罗列如此多的姓名。《太平记》因为是"记"，所以就可以记录下这些名字，而且必须记下其准确人数。由此可见，"记"属于传统的历史记载的一部分，而"军记物语"继承了"记"的部分传统，强调实录事实。而"物语"的文体，又使得其描写中包含小说虚构的元素，以增强艺术效果，正是这样的描写，使其接近于说唱文学。

六、浮世草子等通俗叙事文体

到了江户时代，传统的物语叙述方式似乎渐行渐远，江户文坛上越来越少见冠以"物语"的小说作品。为了满足江户市民社会越来越旺盛的文艺享乐的需求，文人们越来越多地探索新的类型的文学作品。井原西鹤的浮世草子的创作，就是其中突出的代表。西鹤努力尝试着新的文体，以便写出新的内容，以适应新的对象。总体而论，西鹤新创的文体，是以市井说唱文体为基础改造而成，重点是增加语言表现的速度感，使得浮世草子的传情表意，都展现出了良好爽快的连贯性。比如：

桜もちるに嘆き、月はかぎりありて入佐山、ここに但馬の国かねほる里の辺に、浮世の事を外になして、色道ふたつに寝ても覚めても夢介とかえ名呼ばれて、名古や三左、加賀の八などと、七つ紋の菱に組して、身は酒にひたし、一条通り夜更けて戻り橋、ある時は若衆出立、姿をかへて墨染めの長袖、又はたて髪かづら、化物が通るとは誠にこれぞかし。[①]

（译文）樱花虽然美丽但总会凋谢，普照大地之后，很快又没于山际。在入佐

[①] 《井原西鹤集·好色一代男》，《新编日本古典文学全集66》，日本：小学馆，2006年版，第20页。译文参：王启元、李正伦译：《好色一代男》，山东文艺出版社，1994年版，第3页。

山(注：此处将月亮没于山际的意象和地名"入佐山"关联起来)所在的但马国的银山附近，有一位廓里通称"梦介"的人。他舍弃俗事，来京都与其说是来赏花赏月，毋宁说是来无限沉湎于两种色道(女色和男色)。与当时的风流人士，比如名古屋三左卫门、加贺八等结党，在衣服上印着七个菱，酒不离身，从六条三筋町，晃荡整条街回家。他过桥时，有时扮成少年，有时扮成和尚，有时又扮成任侠之士。据说这里出现了怪物，说的是不是他呢！

西鹤的浮世草子文体中多用双关词，也较多省略的部分，市井社会的口语化倾向明显。阅读这样的通俗文体，如不补充缺失的部分，理解起来会有困难。形成这种句式文体的原因，主要是由于西鹤重视浮世草子创作中的语言速度感而产生的结果。井原西鹤的文体革新，还表现在其创作内容的改变。传统的物语文学注重描写男女恋爱时内心的复杂变化，其表现的舞台主要是过去的某一时代。西鹤开创的浮世草子摆脱了这一传统：他主要描写当代的人和事；他不重在描写人物内心而侧重描写人物的行动；不重在描写恋爱(感情)而侧重表现性欲(行为)。有趣的是，西鹤为《好色五人女》的五篇故事分别起名为"××物语"，每一篇都是以当代新闻事件为题材撰写的。改变民间讲故事的"物语"传统，西鹤侧重叙述当代市井小民的生存故事，让当时社会中下层民众看到表现自己的"物语"，这样的手法使市民百姓感到亲切而具有同时代感。比如下面的描写：

おなつは見ずして、独り幕に残りて、虫歯のいたむなど、すこしなやむ風情に、袖枕取乱して、帯はしやらほどけをそのままに、あまたのぬぎ替小袖を、つみかさねたる物陰に、うつつなき空虚心にくし。「かかる時、はや業の首尾もがな」と気のつく事、町女房はまたあるまじき帥さまなり。

清十郎、おなつばかり残りおはしけるにこころを付け、松むらむらとしげき後道よりまはりければ、おなつまねきて、結髪のほどくるもかまはず、物もいはず、両人鼻息せはしく、胸ばかりをどらして、幕の人見より目をはなさず、兄嫁こはく、跡のかたへは心もつかず、起きさまにみれば、柴人、一荷をおろして鎌を握りしめ、ふんどしうごかし、「あれは」といふやうなる顔つきして、ここちよげに見るともしらず、誠にかしらかくしてや尻とかや。①

---

① 《井原西鹤集·好色五人女》，《新编日本古典文学全集66》，日本：小学馆，2006年版，第268页。

（译文）阿夏不去看狮子舞表演，独自留在帷幕里，说什么蛀牙痛，略显出痛苦的样子，把袖子当枕头，腰带任它解开也不系上，在堆积许多狭袖和服的后面装睡的样子，真是让人服了。她忽又萌生"这个时候，能有幽会就好"的念头，真是十分风流，不像普通女人的样子。

清十郎发现阿夏独自留在里面，从松树茂盛的后路绕过来。阿夏招手抱住他，不顾头发蓬乱，话也不说，两个人鼻息急促，心跳得厉害，视线不敢离开帷幕的猫眼处，只担心被嫂子看到，却没注意到后面。起来时看，原来后面有个樵夫卸下柴把，握住镰刀，拂了拂兜裆布，露出"哎哟哟"的神色，恍惚地看着远处，二人真可谓是藏头露尾了。

草双纸盛行于江户时代中后期，其兴衰消长直接与町人风尚相关，其写作手法又以讽刺滑稽最为精彩，体制上则由短篇逐渐演变为多篇合集和长篇，成为当时大众文学发展的主流。草双纸的形式又可分为"赤本"、"墨本"、"青本"、"黄表纸"、"合卷"五种。其中"赤本"最早出现，大多属于儿童启蒙读物，以绘图为主，作者多不署名。"墨本"和"青本"继而出现，也多是以绘画为主，文字只是配合图画。然后出现"黄表纸"，描写多取材市井生活，采用写实笔法，文字描述渐多，作者署名渐成风气。至19世纪初，草双纸刊行采用新的装订方法，内容也愈加复杂，称为"合卷"。草双纸创作中叙述部分多用文言，会话部分多用口语，形成混合的文体。比如恋川春町的黄表纸本《金金先生荣华梦》，其开头采取的就是典型的文言物语文体：

今は昔、片田舎に金村金兵衛といふ者ありけり。①

（译文）昔有在乡下名曰金村金兵卫的人也。

会话部分采取口语体：

"もしもし、もはやなん時でござりましやうの。一膳、ちよつとたのみ

---

① 恋川春町：《金金先生荣花梦》，《黄表纸　川柳　狂歌》，《新编日本古典文学全集79》，日本：小学馆，1999年版，第17页。

ます。"

"あい、おおかた昼すぎでございましやう。奥へお通りなさいませ。"①

（译文）

"请问，现在几点了？我要点一份饭。"
"哎，大概过中午了吧，请往里走。"

又如《游子方言》中的一段场景描写，几乎都是通过会话的形式而进行的：

（通り者）これこれ色男色男。
（むすこ）いやこれは、どふでござります。この間先生と御噂申しました。
（通り者）先生はさへぬはゑさへぬはゑ。おまへはどこへ行きなさる。
（むすこ）私は本所辺へ参ります。
（通り者）行ねばならぬ事か。何しに行ッしゃる。
（むすこ）伯父きの病気でおりまして、見舞いにさんじます。②

（译文）
（通人）诶诶，美男子。
（儿子）哦，好久不见，前几天跟老师说起您。
（通人）你的老师真没意思，你去哪里？
（儿子）我去本所那里。
（通人）要去吗？干什么去？
（儿子）伯伯生病了，我去看他。

到江户后期的洒落本，滑稽本当中，甚至开始用江户话方言描写会话部分，比如《浮世床》中这段对话：

---

① 恋川春町：《金金先生荣花梦》，《黄表纸　川柳　狂歌》，《新编日本古典文学全集79》，日本：小学馆，1999年版，第18页。
② 田舍老人多田爷：《游子方言》，《洒落本　滑稽本　人情本》，《新编日本古典文学全集80》，日本：小学馆，2009年版，第36页。

第二章　日本文体论

　　短(短八)待たつしよ。ドレおれが猫の号親になつてやらう。エエト強い ものと、ハテ何だらうナ。ヲットありありあるぞあるぞ。虎と号さつし。虎ほ ど強いやつはねえ。

　　長(長六)ムウ待ちねえよ。虎はなるほど強いが、龍虎梅竹といふから、龍 の方が上だぜ。

　　短なるほど、それもそうかの……①

（译文）

　　短八（注：人名）：等一下，我来给猫起名。嗯……强大的东西，有什么呢？ 哦，有啊有啊。叫它老虎吧，老虎最强大。

　　长六（注：人名）：等一等，老虎确是强大，但是有"龙虎梅竹"的说法，龙比老 虎厉害。

　　短八：嗯，也有点道理……。

　　江户时代的通俗文体创作中，受到中国白话小说影响最大的是所谓的"翻案小 说"，也称为读本小说。读本小说创作不仅开拓出崭新的通俗文学领域，而且也创造出 了江户时期的一种新文体。最早的读本小说作家都贺庭钟，把他的翻案小说称为"国 字小说"，意思是用日语写的中国小说。他不仅模仿明清白话小说的情节结构，还采用 折衷雅俗、和汉混合的方式写作翻案小说。从他创作的《英草纸》、《繁野花话》等翻案 小说的命名也可以看出，他希望摆脱传统的"物语"形式，并创造出新时代的"小说" 文体。

　　在日本翻案小说创作上取得较高艺术成就的，是江户后期的著名作家上田秋成 （1734—1809），其代表作《雨月物语》，取材于中国的白话小说，同时强调物语的虚构 性，被誉为江户怪异小说的顶峰之作。如果说都贺庭钟为了摆脱传统物语写法而草创 出了读本的文体写法，那么上田秋成就是采用了读本的文体来写作适应新时代需求的 物语作品。《雨月物语》是所谓的怪异小说，也就是讲述鬼怪报应的灵异之事，故事结 构以虚构想象和奇异夸张为主。上田秋成在其序言里辩解说，如果这样的故事写得太

---

① 式亭三马：《浮世床》，《洒落本　滑稽本　人情本》，《新编日本古典全集 80》，日本：小学馆，2009 年版， 第 287 页。

逼真,情节过于蛊惑人心,就一定会遭到报应。所以他编写的事情不是真实的,而是虚构的,这样就不会遭报应。但是应该注意的是,上田秋成所说的虚构,主要体现在故事情节的构思方面,而涉及具体的细节描写,则往往非常逼真,比如不用表示过去传闻的"けり"句式,也不用动词的过去时态,句尾均用现在时态,等等这样的文体写法,使读者仿佛与物语中的人物一同经历灵异怪事,阅读起来充满着身临其境的怪异感觉。比如下面这段描写:

> こは正太郎が身のうへにこそ、と斧を引提て大路に出れば、明たるといひし夜はいまだくらく、月は中空ながら影朧朧として、風冷やかに、さて正太郎が戸は明はなして其人は見えず。内にや逃げつらんと走り入て見れども、いづくに竄るべき住居にもあらねば、大路にや倒れけんともとむれども、其わたりには物もなし。いかになりつるやと、あるひは異しみ、或は恐る恐る、ともし火を挑げてここかしこを見廻るに、明たる戸腋の壁に腥々しき血灌ぎ流て地につたふ。されども屍も骨も見えず。月あかりに見れば、軒の端にものあり。ともし火を捧げて照し見るに、男の髪の髻ばかりかかりて、外には露ばかりのものもなし。浅ましくもおそろしさは筆につくすべうもあらずなん。夜も明てちかき野山を探しもとむれども、つひに其跡さへなくてやみぬ。①

(译文)彦六想:这一定是正太郎出事了。于是提着大斧到外面,发现原来以为已经启明的晨空,实际上还是黑呼呼的。月亮挂在天空上,朦胧地照着,风冷飕飕地吹过来。他窥了一眼正太郎的屋子,只见门开着却看不到人影。彦六怀疑他躲在里面,便进屋去找,但狭窄的屋内看来没有可躲藏之地。继而怀疑正太郎是不是倒在路边了,找了半天却什么都没看到。不知道正太郎究竟出了什么事,彦六觉得奇怪,又觉得恐怖,提着灯笼到处乱找。最后还是在开着的门旁边的墙壁上,发现了新的血迹,直流到地面,却找不到尸体,也看不见骨头。微微月光照出在屋檐下好像有什么东西晃动,彦六提着灯笼再仔细照看,好像是男人的发髻,其他什么都没看到。这一场面过于恐怖,简直无法形容,把彦六吓呆了。天亮了以后,他又

---

① [日]上田秋成:《雨月物语》,《英草纸　西山物语　雨月物语　春雨物语》,《新编日本古典全集78》,日本:小学馆,1995年版,第355页。

继续查找了附近的野山,可是都没找到正太郎的任何痕迹。

曲亭马琴(Kyokutei Bakin,1767—1848)的《南总里见八犬传》,是江户后期读本的杰出代表作。这部翻案小说仿照了《水浒传》的情节构思,采用的不是江户口语,而是夹杂着许多汉语词汇的半文言体。江户后期读本的作者已不再是专门的汉学者,但对他们来说,能够使用汉文体在某种程度上是提高了自己作品的价值。因此,曲亭马琴在读本的创作中多用文言体来装饰小说语言。他在序言里说:"模仿中国演义小说写法的旨趣,与日本传统的军记小说写法大同小异。本来就是写着玩的,所以就用了许多狂言绮语和俗语俚谚,有趣地描写故事的来龙去脉。"可见其用心所在。下面一段描写,或用对句或使用中国典故,可看出作者对和汉混杂文体的偏爱:

定包ますますこころ傲り、夜をもて日に続遊興に、士卒の怨みをかへりみず、或は玉梓と輦を共にして、後園の花に戯れ、或は夥の美女を聚て、高楼に月を翫び、きのふは酒池に牛飲し、けふは肉林に飽餐す。一人かくの如くなれば、老党も又淫酒に耽りて、貪れども飽ことなく、費せども尽るを知らず。王莽が宇内を制する日、禄山が唐祚を傾るとき、天日私に照らすに似たれど、逆臣はながく命をうけず。定包が滅んこと、必久しからじとて、こころあるは目を側、爪弾をするもの多かりけり。①

(译文)定包越来越放肆,不顾士兵之怨,日夜举行酒宴。或与玉梓共辇后院戏花,或聚众美女高楼玩月。昨日牛饮在酒池,今日饱餐在肉林。主人如此,部下跟风,耽于淫酒,贪而不觉饱,费而不知尽。王莽制伏宇内之日,禄山倾覆唐祚之时,天日虽貌似照其人,但逆臣不受长命,定包灭亡必不久。有心人侧目而视,厌恶者与日俱增。

综上所述,至江户时代末期,并没有出现深层次探讨何谓"物语"之论述,然而通俗小说创作兴盛,作者或摆脱传统物语写法,或再次回归传统物语进行创作,说明江户时代文坛基本上仍然是以物语作为小说创作的文体规范。物语开篇的格式,一直承继下

---

① [日]曲亭马琴:《南总里见八犬传》,日本:新潮社,2003年版,第115页。

来(如"昔……ありけり",昔有某某人也),而有关物语的基本概念(如过去时态、情节虚构、第三者讲述等)也几乎没有改变。每一阶段新出现的口语体,经过一段时间流行后又变成了过时的文言体。然而江户市井社会渴望用当代的语言讲述接地气的物语,以满足市民百姓的需求。日本叙事文学真正从文言体到口语体的变化,包括从物语到小说的转变,还需要等待幕府末年大量西方文化和文艺作品的传入之后方才出现。

第五节 新 诗 体

一、新诗体论:从传统诗体迈向自由新诗体

明治初期,一批积极吸收传播西方文化的文人学者,对日本文学的改良抱有迫切期望。其中,外山正一(Toyama masakazu,1848—1900)、矢田部良吉(Yatabe ryohkichi,1851—1899)、井上哲次郎(Inoue Tetsujiroh,1855—1944)这三位任教于东京大学的年轻教授,共同选译了十四首从15世纪到19世纪的西欧诗歌和戏剧独白,再加上五首模仿诗作,合编为《新体诗抄》,于明治15年(1882)8月发行问世。他们在《新体诗抄》的序文中指出了对近代日本诗歌的期望,应该是既非古歌也非汉诗,而是模仿西方诗歌创造出来的新体诗歌,这样的宣言拉开了日本诗歌近代革新的序幕。

> 我们知道海螺号是古旧的,我们却要吹起这海螺,虽然显得可笑,但这海螺号是从我们开始吹响的,别人尚未尝试过,假如没有这海螺号,在希望鸣出他人未鸣之声的时候,却只能以雅言古语和中国的方方正正的汉字,来表现自己的诗才。而在我们这里,则没有新旧雅俗的区别,将日本中国西洋的东西糅杂一处,只求让他们笑话吧![1]

在诗歌形式上,《新体诗抄》中的十九首诗有半数以上都是长诗形式,如英国葛雷《墓园挽歌》的译诗共32节192行,外山正一模仿长诗形式创作的《题社会学原理》共174行,并且在句式上打破了日本传统诗歌句式中七五或五七音的回旋,阅读起来给人

---

[1] 王向远:《日本古典文论选译·近代卷》(上),中央编译出版社,2012年版,第5页。

感觉更加灵活自由。而矢田部良吉甚至还发明出两行一韵的押韵方式,如《春夏秋冬》这首诗:

春来万物使人欢,风也暖洋洋;院内樱桃花竞开,佳景入眼来;野外云雀高高飞,远空传清脆。

夏来草木绿葱葱,盛开百日红;待到黄昏飞虫现,团团舞房前;居民屋外去炎热,纳凉至深夜。

秋来芒穗拥黄花,桔梗吐芳华;晴空万里无云影,夜来月光明;可叹四野皆凄然,户外一眼荒。

冬来霜雪层层积,手足无暖气;欲借炉火抗严寒,团团坐灶旁;门缝吹来风切切,外面银世界。①

除了在句式和押韵上的变化,在词汇的使用上,他们也另辟蹊径,将古今、雅俗、日韩、欧美等因素混杂并用,这样就前所未有地丰富了新型诗歌的语言,这样的新诗朗诵起来也感觉更加贴近生活,更易吸引大众的注意。以《新体诗抄》为代表的新的诗歌创作,对日本传统诗坛产生了一定的冲击和影响。

明治16年(1883),中江兆民(Nakae chohmin,1847—1901)翻译出版了德国作家威兰德的《维氏美学》,率先把浪漫主义的理论引入日本文坛。在此之后,留德归来的森欧外(Mori Ougai,1862—1922)也开始着手选译德国浪漫主义诗歌作品,最终于1889年出版了《面影》,其中收录了十五首英、德浪漫主义诗人的代表作,这是日本刊行的第一部欧洲浪漫主义译诗集。森欧外在译诗过程中,不仅尽量保持诗中原有的浪漫情感,还在句式和韵脚上寻求更贴近原诗的表现方式。他认为西欧诗歌的韵律无法直接移植于日语诗作中,因此借用了汉诗的形式译出了其中的四首,又尝试使用七五、八七、八五、十十等新的诗歌句式,为后人的诗歌创作提供了参考示范。

在《面影》之后,森欧外继续传播浪漫主义文学理论和译介西欧浪漫主义诗歌,影响了以《文学界》杂志为基地的一批年轻诗人。1889年,北村透谷发表了《楚囚之诗》,借用长诗的形式抒发了一位狱中犯人对自由的深切憧憬,成为日本诗史上第一部自由体长诗。

---

① 罗兴典:《日本诗史》,上海外语教育出版社,2002年版,第40页。

日本诗学导论

　　岛崎藤村一方面继承了北村透谷浪漫的诗歌精神,一方面有意识地使用优雅的日语,借用语言的特殊魅力表现出崭新的诗歌形象和情怀。1897年出版的《嫩菜集》,在日本新诗史上立下了第一座里程碑。

　　　　沸腾翻滚浪滔滔,
　　　　巨澜涌狂潮;
　　　　荡漾回旋浮又沉,
　　　　海底琴声闹;
　　　　深吟幽咏动心弦,
　　　　宛若千江绕。
　　　　万波千浪浪连波,
　　　　波呼齐浪涌;
　　　　喜看今日时正好,
　　　　风和日丽中,
　　　　琴声悠悠天边来,
　　　　倾声静听春潮音。①

　　这首名为《潮音》的短诗,虽然使用了传统的音调,但在情感上与传统诗歌已是大不相同了。
　　毕业于东京帝国大学英文系的土井晚翠(Doi Bansui,1871—1952),大学期间博览东西方名著,古希腊诗人荷马的《伊利亚特》悲壮的诗风令他折服。1898年,土井晚翠发表了长篇叙事诗《星落秋风五丈原》,全诗用汉语训读的语体写成,讴歌了诸葛亮匡扶汉室的一片忠心,格调恢宏,广为传诵:

　　　　祁山悲秋风呜咽,
　　　　愁云低锁五丈原,
　　　　零露滴滴催纹急,
　　　　秋草萋萋徒马肥,
　　　　蜀君旗号暗无光,

---

① 罗兴典:《日本诗史》,上海外语教育出版社,2002年版,第56页。

> 鼓角之声已喑然，
> ——丞相正病危。①

诗的开头便道出诸葛亮六出祁山，病殁于五丈原的历史故事，为三顾茅庐、火烧赤壁等情节的倒叙确立了主线。诗中还引用和化用了不少的中国古诗，如诗题《星落秋风五丈原》就取自《三国演义》第三十八回的诗作，整首诗的节奏因此也与中国的七言遥相对应。这首诗不仅奠定了诗人在诗坛的地位，也通过独特的汉语魅力让诸葛亮的美好形象深入日本读者心中。

次年，土井晚翠将其诗作四十余首结集为首部诗集《天地有情》，继续沿用"汉文调"文体称颂历史英雄，表现出刚健的男性风格，与岛崎藤村柔婉的女性风格成为鲜明对比，两人成为当时诗坛的"双璧"。

稍晚的诗人薄田泣堇（Susukida Kyuhkin，1877—1945）在东京任助教期间阅读了大量的日本古典和英国文学著作，在其处女诗集《暮笛集》中，不仅模仿了其偏爱的19世纪英国诗人济慈、华兹华斯等人的短诗，还在译诗中借用了日本的古语雅言形式，使其译诗的风格显得绮丽优雅。在译诗的句式方面，薄田泣堇还独创了八六、七四、六五音律，流露出浓厚的古典趣味。

至此，明治以来的新诗在形式上已区别于传统的和歌俳句，也不再附庸于汉诗阵营，转而在诗坛上站稳脚跟并取得自己的一席之地。然而这样的诗体革新毕竟难以完全出新，最早一批欧洲译诗本身仍然保留着过多的日本古典气息，未能真正融入近代人的思想情感。于是对诗体进一步的改革的呼声越来越高，逐渐形成了日本诗坛的自然主义新潮流。

伴随着译介欧洲自然主义文学作品及文论的增多，注重真实和客观写实的创作态度也传入了诗坛。东京美术学校的学生川路柳虹（Kawaji Ryukoh，1888—1959）怀着新诗创作"言文一致"的愿望，用日常口语创作了《新诗四章》（1907），宣告了日本新口语诗的诞生。其中一首取名为《垃圾堆》的新诗，被公认为日本第一首成功的口语诗，之后收录在他第一部口语诗集《路傍之花》之中。这首诗一共四节，其中第一节写道：

> 在邻家谷仓的背阴地，

---

① 罗兴典：《日本诗史》，上海外语教育出版社，2002年版，第57页。

有一堆臭气熏天的垃圾。
满是令人作呕的污物,
乌七八糟的腐败遗弃。
臭气弥漫着久雨间晴的暮空,
天空也在昏沉闷热中溃糜。

那里孳生着吞食粮食的蛾虫,
还有吃土的蚯蚓在堆上蠕动。
就连酒瓶的碎片纸屑也腐烂变质,
成群的蚊蝇在那儿纷飞嘶鸣。

那里是一个苦海无边的世界,
痛苦的呻吟,恐怖的死亡。
时刻上演着芸芸众生的惨剧,
那里充满了苦挣苦扎的悲凉。
时常听到恶臭中的蝼蛄,
在悲泣嘶叫中发出的绝望。

那哭声如此逼真悲切,
在沉闷的空气中震荡。
不久又消失在黄昏的暗色里,
悲惨的命运无尽的悲伤。
日以继夜无情地袭击,
时时刻刻贪婪地争抢。
纷飞不绝的蚊蝇仍在呼号,
诉说着垃圾堆里的无限悲伤。[①]

这首诗不仅在行数、字数上十分自由,而且语言也完全是当代日语的日常白话,既没有

[①] [日]川路柳虹著,胡椒译注:《垃圾堆》,《日语知识》1999年第1期。

吟咏风花雪月,也没有感怀异国风情,摆在读者眼前的是一个腐臭的垃圾堆,写实的笔触把不起眼的丑陋肮脏场面刻画得令人触目惊心。

之后岛村抱月(Shimamura Hohgetsu,1871—1918)发表评论《现代诗问题》,肯定了口语诗的创新价值。相马御风(Soma Gyohfu,1888—1950)也在《早稻田文学》上陆续发表文学评论,倡导口语自由诗的创作,并进一步强调新诗用语必须是当代口语,分行分节也必须自由。一时间日本的各大文艺杂志,竞相设立口语诗专栏发表和介绍口语诗,口语诗的兴起成为大势所趋。到了大正时代,口语诗得到进一步解放,其中高村光太郎的《路》(1904)得到日本诗坛的普遍好评。《路》最初发表时有近百行,最后收录到诗集《路》中时变成七行,虽然篇幅缩水很大,诗意却更加凝练深刻。

萩原朔太郎的代表诗集《青猫》(1923)的出版,标志着日本自由诗文体的完全成熟。著名文学思想家加藤周一(Katou Shuuichi,1919—2008)认为萩原朔太郎"成为切断来自文学传统的任何可能影响而彻底表现内心世界的第一个日本诗人……朔太郎的内在的、感觉式的口语自由诗,给同时代的诗人们以绝对的影响……在朔太郎之后,谁都想写诗了"[1],给予了极高的评价。

昭和初期,前卫艺术运动的核心人物安西冬卫(Anzai Fuyue,1898—1965)倡导短诗与散文诗运动,1929 年出版的诗集《军舰茉莉》是他的代表作。他从传统的俳句演化出更自由化、更散文化的短诗,比如:

春

一只蝴蝶,

飘飘然,

向鞑靼海峡对岸飞去。[2]

安西冬卫的诗歌语境中还充斥着矛盾对立的特性,如将"鞑靼海峡"和"蝴蝶"、"茉莉"等意象组合在一起,用自然的风情来捕捉社会的现实,给读者富于现代感的诗意。

次年,吉田一穗(Yoshida Issui,1898—1973)追随出版了全新的散文诗集《故园书》,打破了诗歌的固定形式,创造出自由的散文诗形式。如其中一首散文诗《春》写道:

---

[1] [日]加藤周一著,叶渭渠、唐月梅译:《日本文学史序说》(下),外语教学与研究出版社,2011 年版,第 413 页。

[2] 罗兴典:《日本诗史》,上海外语教育出版社,2002 年版,第 150 页。

几场春雨过后,落叶松林便绽开一片浅绿,令人感觉一新。这睡意犹存的亚寒带针叶林,终于把绿意送入沼泽地。雪水顿增,滋润树木。去年落下被埋在雪中的苹果,浮在水面流去。好一派光与影交融令人眼花缭乱的桃花水!树浆在描绘着枝梢直指蓝天的梦。斑鸠成群自由地飞向早春的远方。大自然在太古的春色中苏醒,令万物生机万种。桃花、李花、樱花、辛荑花、苹果花等一齐开放。在这芳香馥郁伤感于梦境中的春宵,顷刻听到了为惜春而呜咽的麦雨。在这麦雨之晨,但见林园中落花飘散,花瓣儿裹着泥水,充溢河堰,越过境界,落入溪流,缓缓流去。在溪流的下方,有人用手捞上一瓣落花,是为北国之春短而黯然神伤吗?①

三好达治(Miyoshi Tatsuji,1900—1964)出版的处女诗集《测量船》(1930),收录了他的三十八首诗作,除了传统的短诗,还有两千字以上的长诗和句式自由的散文诗。诗歌语言上文言与口语并用,自由形式多种多样。正如诗集名"测量船"一样,这部诗集测量出了诗人在新诗形式上踊跃的探索与实践。

二、新诗创作论:由个人情感抒发转向对生活的关注

明治初期问世的《新体诗抄》虽然只收录了二十首译诗,但在题材上涉猎广泛,有励志的军歌,有面向儿童的劝学歌,有戏剧名篇中的独白诗,还有融入进化论思想或人生哲学理念的诗作,这些新的内容都突破了和歌吟咏风花雪月和抒发感伤情怀的传统,拓新了日本近代诗歌的表现内容,为新诗创作提供了学习效仿的蓝本。

明治末年,新体诗人石川啄木发表了著名的诗论《能吃的诗》(1909),针对模仿欧美的新诗创作过于强调口语化及象征化,脱离了日本社会发展进程,提出了认真的批评。他认为:"明治40年代以后的诗,必须用明治40年代以后的语言来写。这并不是用词合适与否、表达便利与否的问题,而是新诗的精神、即时代精神的需要。"②并进一步论述道:

诸位诗人们的那种认真严肃的研究,让我这个外语知识匮乏的人感到钦佩,但诸位的研究岂不是既有好处,也带来了危害吗?假设德国人用啤酒来代替喝水,而

---

① 罗兴典:《日本诗史》,上海外语教育出版社,2002年版,第155页。
② 王向远:《日本古典文论选译·近代卷》(上),中央编译出版社,2012年版,第320页。

第二章 日本文体论

我们也想这么做,那恐怕不可行吧。这样做,哪怕是做一点点,对诸位恐怕都不是很光彩吧。更坦率一点说,诸位在不断学习与诗相关的知识的同时,是否也在知识方面形成了偶像,却忽略了对现代日本的了解呢?是否忘记了双脚要坚实地立足于地面呢?①

石川啄木在这篇诗论的最后,还强调了诗人对自己的改造,以及对社会变化的关注。在他的《无结果的议论之后》一诗中,每节的最后出现这样的诗句:"但是没有一个人握着拳头敲桌子喊说'到民间去'!"②诗人高喊着到民间去,去接触和了解普通民众的日常生活和人生愿望,这应该可以说是石川啄木改革新诗创作论中最为响亮的口号,也是最为核心的内涵。正因如此,当代学者吉田精一评价他的诗论"没有仅仅停留在技术论上,而是涉及文学的本质论,或是文明批评和人生批评,展现出较深的洞察力,给当时的诗坛很大影响,其实质性价值不容小觑"③。

伴随着第一次世界大战期间民主声浪的兴起以及美国诗人惠特曼《草叶集》的传入,日本大正时期诗坛上活跃着一大批关心民众生活和宣扬民主的新派诗人,以1917年《民众》的创刊,标志着近代日本诗坛上"民众诗派"的诞生。他们的诗作取材现实生活,既有歌颂自由理想,也有揭露社会阴暗。诗作大都感情真挚、语言朴实,受到广大群众的喜爱。自此日本近代的口语自由诗完成了它的大众化,诗歌创作不再是高人一等、晦涩难懂的装饰物。同时期诗坛上,还有以《白桦》文学杂志为阵地的诗人群,一直坚守着以人道主义为创作宗旨。其中代表性诗人千家元麻侣(Senge Motomaro,1888—1948)不断在《白桦》上发表新诗作,一面以积极饱满的乐观情绪讴歌自然界的山水景色,一面对亲眼所见的贫民生活投以深切同情和关爱,他的诗作中饱含着庶民的生活情感。

大正7年(1918)全国范围的"米骚动"和1923年的关东大地震,造成了日本社会的强烈动荡和民心骚动不安。日本政府的强力镇压,又迫使民众情绪高涨、反抗更加激烈。在这样背景下的诗坛也异常激动活跃,以杂志《无产者的诗》为发表基地的"无产阶级诗派"逐渐壮大。站在劳苦阶级立场的工农诗人大声呐喊,《在底层唱歌》(1920)成为日本最早的工人诗集。与此同时,西方的现代派文学思潮在第一次世界大战结束

---

① 王向远:《日本古典文论选译·近代卷》(上),中央编译出版社,2012年版,第322页。
② 参见林林:《到民间去 石川啄木的启示》,《读书》1980年第6期。
③ [日]吉田精一著:《評論の系譜 73 石川啄木1》,《国文学解釈と鑑賞》1973年第7期。

(1918年11月)后传入日本,以诗刊《诗与诗论》为阵地的现代主义诗派,其创作成果在日本诗坛初见端倪。到了20年代末30年代初,《诗与诗论》成为日本诗坛关注中心。现代主义诗派的诗人们不仅以创作纯粹新诗为己任,还发表了大量的新诗评论。代表诗人北园克卫(Kitazono Katsue,1902—1978),其诗歌创作在1927年获得了全方位成功。后来他在《我在诗歌中的实验》一文(载于1953年刊行的《黄色椭圆》)中,阐述了自己新创的新诗原理:

像用刷子在崭新的画布上绘画一样,在稿纸上单纯地选择意象鲜明的文字,创作像保罗·克利的绘画一样简洁的诗歌。就是说无视语言带有的一般性的内容和必然性,即把语言作为色、线和点的象征来使用。这就是我的诗歌实验原理。[1]

北园克卫的首部诗集《白相册》1929年出版,其诗作用新奇的文字组合和抽象的内容表现吸引读者。他认为毫无用意的诗才能写出纯粹的诗情,其中最有代表性的是一组题为《记号说》的短诗,诗中全是表现形象和色彩的记号,甚至用图像替代了语言的内容,成为独创的新风诗作。如《记号说》前几节这样写道:

★
白色的餐具
花
匙勺
春之午后3时
白的
白的
红的
★
三棱式建筑
白色的动物

---

[1] 田园:《北园克卫诗歌中语言和形式的魅力》,《星星诗刊》2010年第7期。

空间
　　★
　　花和乐器
　　白色的窗
　　风
　　★
　　贝壳与花环
　　拖鞋的少女
　　金丝雀变形的轮船的肖像
　　★
　　温室的少年
　　遥远的月亮
　　白色的花
　　白的①

这些具体的物象,甚至是景物的片段印象,构成了这首新体诗的寓意象征。这些全新的记号,象征着新的时代氛围,新的社会相貌,以及在面对这些接踵而来的新事物、新面貌的时候,诗人所感受到的心理震撼。这些新事物撞击所引起的震撼感,在当时的日本显然是很容易引起很多人共鸣的。

1931年,日本政府在中国东北策划"九一八"事变后,加强了对国内文学刊物的监控。《诗与诗刊》被迫停刊,无产阶级诗派遭到打压,创作陷入低迷。心生恐惧的诗人转向了新写实主义(新客观主义)诗歌,即在诗作中不显露主观色彩的情感,而是力求客观、真实地描绘眼前景物。最早将德国文艺思潮中的新写实主义流派译介到日本诗坛的,是新派诗人村野四郎(Murano Shiroh,1901—1975)。他不仅引进德国新写实主义诗论,而且自己也积极模仿和主动创作。他的《体操诗集》中的每首诗都围绕着体操项目,用简练的诗歌语言,生动描绘出各项体操运动从准备到结束的过程,并在诗作中配上相应的照片符号,辅助还原体操运动的生动视觉效果,让读者能够更直观地体会到体操运动的形象美和健康美。如其中的一首《体操》这样描写:

---

① 罗兴典:《日本诗史》,上海外语教育出版社,2002年版,第151—152页。

我没有爱
　　权力不属于我
　　穿白衣中的一个

　　我一会儿解体
　　一会儿组体
　　地平线走过来与我交叉

　　我漠视周围
　　外界排列整齐

　　我的咽喉是脆笛
　　我的命令是声音

　　我翻柔掌
　　我深呼吸

　　此时
　　呈一轮插入我形体的蔷薇①

之后村野四郎又出版了相同风格趣味的《抒情飞行》(1942)，这两部新诗集使村野四郎在昭和初年诗坛上站稳了脚跟。昭和10年(1935)，诗刊《历程》创立，该诗刊一开始并没有提出明确的诗学理念，也没有特定的创作流派作支撑，但因其主要刊登反映庶民生活情感的诗作，所以被称为"历程派"。诗刊主要创办者草野心平(Kusano Shinpei, 1903—1988)因其诗作中多描写青蛙和富士山而闻名诗坛，有"蛙诗人"、"富士山诗人"的美称。草野心平倾心美国诗人卡尔·森德堡的诗作，其紧贴社会的立场和重视庶民利益的意识，引起了草野氏的强烈共鸣。他在诗作中借"蛙"之口，歌咏日本的平民生活，又通过对蛙世界的细致描绘，寄托对日本庶民生活的关切。而他描绘富士

---

① 译文参见[日]村野四郎著，陈学宁译：《体操》，《外国文学》1987年第6期。

山风景的诗篇,则表现出了日本社会中超脱世俗的美,以及蕴含的崇高民族精神。如《秋叶蛙语》的描写,自有寓言诗的妙趣:

> 冷啊!
> 噢,是冷啊!
> 听,虫子在叫,
> 噢,是虫子在叫呀!
> 眼看就要冬眠了,
> 我真厌恶入土啊!
> 你瘦了哟,
> 你也瘦了哟!
> 我怎么这么难受啊!
> 该不是肚子吧!?
> 肚子割掉就会死吧?
> 我可不想死哪!
> 冷啊!
> 噢,虫子在叫……①

历程派诗人的另一代表人物,是中原中也(Nakahara Chuya,1907—1937)。他于1933年从东京外语专科学校法语专业毕业,毕业这年就翻译出版了法国诗人兰波的诗集《学校时代的诗》,次年又出版了自己的处女诗集《山羊之歌》,抒发了青春时期的伤感和失意心情。其中代表作《被玷污的悲伤》这样写道:

> 被玷污了的悲伤
> 今天也下了小雪
> 被玷污了的悲伤
> 今天连风也在吹

---

① 陈岩:《日本历代著名诗人评介》,上海外语教育出版社,1999年版,第566页。

日本诗学导论

  被玷污了的悲伤
  就像穿着狸皮大衣
  被玷污了的悲伤
  在雪中还是会颤抖

  被玷污了的悲伤
  不再期望不再祈祷
  被玷污了的悲伤
  在懈怠中梦见死亡

  被玷污了的悲伤
  还感觉到疼痛惊慌
  被玷污了的悲伤
  日子在虚无中消逝①

这首诗是中原中也恋爱诗中的绝唱，是失去爱人后的悲伤哀歌。与草野心平擅于借自然景物抒发寓意情感的方式有所不同，中原中也的诗作更擅长于以表现人际关系为舞台，讴歌世人灵魂深处的种种隐秘情感。比如在他去世前委托友人刊行的诗集《昔日之歌》中，细腻抒写了自己对生命的怜惜、对死亡的预感，对现实的厌恶，以及对理想的憧憬。他的新体诗中流露出来的真切情感，引起很多人的强烈共鸣，受到日本国内外文坛的好评。如：

一个童话

  秋夜，在遥远的彼岸，
  有布满石子的河滩，
  那里阳光飒飒，
  飒飒地照射光芒。

---

① ［日］中原中也：《日本の詩歌 23》，中公文库，1974 年版，第 43—44 页。

说是阳光却又如硅石般,
像不寻常的颗颗粉末,
就是这些粉末飒飒地
发出细微的声音。

一只蝴蝶停在了小石上,
淡淡地,又清晰地
投落下影子。

转瞬间,蝴蝶没了踪影,
一向干涸的河床上,
水淙淙汩汩地流出来了。[①]

中原中也的好友小林秀雄,曾评价《一个童话》是中原中也一生创作中最好的一首诗。这首诗继承了日本和歌的传统表现方式,场面明亮,细节分明,情蕴景内,寓意丰富。诗情在时间的流逝中,变得愈发澄净,诗人就在这自然美景中领悟到了生死交替的魅力与亘古不变的物哀之情。

三、新诗技巧论:抒情与象征、精神与感官的双管齐下

日本近代新体诗的发展以浪漫主义诗歌兴起为开端,到明治30年代达到了顶峰。以国木田独步为代表的六人诗集《抒情诗》中,明确提出了新体诗必须抒情而非叙事的主张。随着日本近代化的快速进展,日本社会也出现了巨大的变化,包括日本人的思想感情也日趋丰富,不再满足于传统方式的单一情感抒发。日本最早一批浪漫派诗人之一的上田敏(Ueda Bin,1874—1916),敏锐地意识到随着时代的变化,必须用新的表现形式来描写当代人的复杂情感,抒情必须注入象征的寓意。他关注海外新诗发展新动向,即时把西方象征派的诗论诗作,通过《明星》刊物译介到日本。1905年出版的译诗集《海潮音》,收录了以法国象征派诗作为主体的五十七首译诗,重点介绍了法国诗人波德莱尔,其诗学主张就是从丑恶中挖掘美丽,用独特的象征和感官暗示,通过音乐节

---

① [日]中原中也:《日本の詩歌 23》,中公文库,1974年版,第110—111页。

日本诗学导论

奏感和幽暗的意境,烘托出现代人内心深处的茫然与混乱情愫。

同年,深受上田敏影响的蒲原有明(Kanbara Ariake,1876—1952)出版了日本第一部象征主义诗集《春鸟集》。三年后(1908),随着其诗集《有明集》的问世,标志着日本象征主义诗歌创作达到了成熟的阶段,这使得他与薄田泣堇并称日本象征派诗人两大家。在《有明集》序言中,蒲原有明阐述了他对主要来自法兰西诗歌象征手法的见解,并以一首《智慧相士见我》诗作列在卷首作为示范:

相士今日见我曰:
君眉里目见恶云笼罩遮日蔽天。
性情懦弱的你要今早遁去哟!
躲避到那没有爱风恋雨的彼岸。

愚懦的你及早逃逸吧!
该奔向那绿浪翻滚的草原。
可你却依旧魂系梦绕于波浪般的秀发,
如何谏诤才会使你万里明见?

踏着无垠的沙丘,
顶着暮色的昏暗,
蒙袂辑履的跪着步履蹒跚。
隐在阴处的仁兄却闭目斥为饥狗饿獾。

在枯槁的旅途上旅行的正是仁兄,
带着无垠的愁怅遁向天边。
别了!我要投向充满芬芳的激流,
别了!我要去领略暴风骤雨的妖艳![1]

全诗仿照十四行诗的文体写成,运用象征派诗歌的常用表现手法,"智慧相士"暗喻理

---

[1] 陈岩主编:《日本历代著名诗人评介》,上海外语教育出版社,1999年版,第453—454页。

· 162 ·

智,"我"代表私人情感,把恋爱过程中内心的复杂挣扎冲突,物化成一系列色彩鲜明的物象,借此象征性的艺术手法,描绘成一幅奇妙怪异的旅途景象。

在上田敏和蒲原有明等诗人的积极探索过程中,日本新一代象征派诗人诞生。1909 年,北原白秋出版了诗集《邪教门》,其中一首《邪教秘曲》中的象征写法最为震撼人心,全诗如下:

我想起:那末世邪教——
天主教上帝的魔法。
洋船船长,赤发红毛的国度;
红色的玻璃,浓香的石竹花。
南蛮的花格布,还有阿力酒,红色葡萄酒。

我想起:碧眼黑袍僧诵经祈祷,
连梦中也喃喃不已。
遭禁的邪教徒,还有染血的十字架,
那欺人的器物把芥粒看成苹果般大。
能伸能缩的眼镜及至望穿九重天空。

我听说:房舍由石头建造,
石蜡白如大理石,
每到夜晚便盛满玻璃灯盘点燃。
那美妙的幻灯机犹如梦幻,
斑杂着天鹅绒屏的彩色,
映出珍奇的月亮世界的走兽飞禽。

我听说:化妆的香料是从毒草中榨取;
圣母玛利亚的肖像,
是用腐石提炼的油料画就。
那横写的,蓝色的拉丁、葡萄牙字母,
美丽动人,但却充满人间的欢乐、哀愁。

日本诗学导论

　　啊！乞请您，玄机无边的主教，
　　请赐予我吧，
　　即使把百年天寿凝为一瞬。
　　身死滴血的十字架上，
　　我也毫不惋惜。

　　只求一览那极其神秘，奇异鲜红的梦，
　　慈悲的主啊！
　　我今天正倾注身心祈愿，恳求。①

这首诗中充满着"格子布"、"红葡萄酒"、"石竹花"等象征物象，浓烈的色彩描绘不断冲击着读者的视觉神经，激发出对异国风情的无限遐想。大量运用的古外来语，更是为诗歌增添了独特的旋律和神秘的底蕴。同年，三木露风(Miki Rofuh，1889—1964)的《废园》刊行，虽同为象征主义诗集，但与北原白秋的诗集相比，《废园》更多借用了宗教的神秘色彩，并结合自己生长的故乡山水风景，寻找内心的记忆和灵感，由此成功地将东方与西方的象征精神和手法融为一体，流露出幻象迷离和幽玄之美。北原白秋和三木露风的象征派诗作轰动一时，震撼文坛，使得文学史上将这段时期称为"白露并立时代"。

　　到了大正时代，室生犀星出版的《抒情小曲集》(1907)以其纤细、柔美的抒情特征，达到日本近代诗坛上的自由体抒情诗的创作高峰。其中《小景怡情》(其二)成为当时最著名的抒情诗。

　　故乡是身在远方的想念，
　　也是悲伤的歌唱。
　　纵然
　　潦倒地在异地乞食，
　　也不该回归那土壤。
　　只身一人的京城黄昏，
　　念起家乡满泪纵横。

---

① 陈岩主编：《日本历代著名诗人评介》，上海外语教育出版社，1999年版，第472—473页。

怀揣着这颗心啊，
还是回到远方的京城吧。
还是回到远方的京城吧。①

　　萩原朔太郎的首部诗集《吠月》(1917)和第二部诗集《青猫》(1923)，都是以口语自由体为主，多采用象征的手法，实现"用自身的韵律表达自身的实感"的写诗理想，使其诗作呈现出某些内在的思想性。但由于他深受西方近代诗学以及德国尼采哲学的影响，其诗作充满了焦躁、倦怠情绪，甚至是虚无的观念，比如描写动物尸体、虫卵等肮脏、丑陋物象，产生令人厌恶的象征意义，借以抒发诗人的内心空洞和孤独感受。如下面这首《蛙之死》：

蛙被杀死，
孩子们振臂呼唤。
一齐举起沾满血污的小手，
庆祝着青蛙的死。

月挂在空中，
山丘上，
一人站着看着。
帽子下，
现出一张脸。②

　　可以说，浪漫主义和象征主义成为日本近代诗坛上的重要支柱，是贯穿日本新诗创作发展过程的两种基本方式。萩原朔太郎的《吠月》，成为口语自由诗的纪念碑，激发了西胁顺三郎(Nishiwaki Junzaburoh, 1894—1982)对诗歌创作的热情。西胁顺三郎在赴英留学期间，受到了各种现代派思潮文化的熏陶，他于1928年创刊《诗与诗论》，发表了不少诗歌评论，成为指导新诗创作不断革新发展的精神领袖。其首部诗集《Ambarvalia》(1933)收录了他学习现实主义手法创作的三十一首诗作。其中希腊式抒

---

① ［日］室生犀星：《日本の詩歌15》，中公文库，1975年版，第14页。
② ［日］萩原朔太郎：《日本の詩歌14》，中公文库，1975年版，第36—37页。

情诗一章中的第一篇《天气》如下:

<u>像洒落了一地的宝石般的</u>清晨,
有谁和谁站在门口窃窃私语,
那是神诞生的日子。①

全诗很短,只有三句话,彼此虽有关联但不紧密,放在一起却给读者一种全新的体验。首句中划线的内容,是对济慈《安迪米恩》第三卷诗歌的模仿。室生犀星曾对这首诗大为赞赏,称若能写出三首这样的诗就此生满足了。

从大正到昭和年间,被严控压制的日本文坛气氛沉闷、万马齐喑,寻求恢复日本古典传统美的抒情诗派,在高压夹缝中悄然抬头。昭和 7 年(1932),《有思故我在》创刊,其创刊词中明确宣布回归日本古典。代表诗人伊东静雄(Itoh Shizuo,1906—1953)早期受德国浪漫派诗人荷尔德林的影响,但后来他的新诗创作却是回归日本古典和歌之美。其代表诗集《夏花》(1940)多取材于乡村自然景观,穿插四季变化的美景。其诗作中多用诸如"朝颜"、"水中花"、"蜻蛉"等和歌常见词汇意象,又多用七音和五音的音数律,显示出复古的美感。

《四季》创刊于昭和 9 年(1934),其主编堀辰雄(Hori Tatsuo,1904—1953)一直致力于外国诗潮、诗讯的研究和译介,尤其对奥地利诗人里尔克的诗作进行了系统的传播。"四季派"诗人在学习西欧诗歌的表现手法的同时,也积极吸收日本抒情诗传统中的审美方式。其代表性诗人三好达治倡导创作客观主义的即景诗。1932 年后,三好的《南窗集》(1932)、《闲花集》(1934)、《山果集》(1935)等诗集陆续出版,诗中多运用白描手法和四行诗的形式,通过对乡间自然景物的描绘观察,寄托对人生、对世界的真挚情感。还有诗人立原道造(Tachihara Michizoh,1914—1939)的诗集《寄语萱草》(1937),将西欧十四行诗独特的音乐节奏,与季节更替背景中的日本式"物哀"情感融为一体,创造出了别具一格的抒情模式。

上述两个诗刊成为当时抒情诗人的活动阵营,他们的诗歌创作实践使日本传统抒情手法和现代抒情手法融为一体,在多方面探索过程中显示出旺盛的艺术生命力。

---

① [日]西胁顺三郎:《日本の詩歌 12》,中公文库,1976 年版,第 293 页。

第六节 新 小 说

一、小说语体论：从雅俗折衷向言文一致的迈步

日语中的"小说"一词来源于中国。首次把英语"novel"译词对应为"小说"，并赋予其叙事文学含义的，是坪内逍遥在《小说神髓》中的论述。伴随着日本文学近代化的过程，倡导言文一致的呼声越来越高，这是促进日本近代新小说创作兴盛的直接推力和重要基础。

明治时代以后，伴随着近代新体小说的诞生，日本新小说创作语言，率先经历了"言文一致"的语体改革。"言文一致"指采用口语与书面语结合的新文体语言，在当时体现在放弃使用传统的汉文辞，多采用老百姓鲜活的口语。在日本近代第一部小说理论书《小说神髓》中，除了对小说主旨和社会地位的强调，下卷文体论部分有 2 万多字的详细论述，成为全书篇幅最长的章节。它着重论述了小说语言的运用方法，指出了语言的选择对小说描写人情世态的重要作用，由此可以看出坪内逍遥把文体改革当作近代小说改良的重点。

坪内逍遥把当时的语体分为"雅文体"、"俗文体"、"雅俗折衷体"等。"雅文体"即倭文，也即平安时代贵族书写物语、随笔、日记等所使用的古代日本的文言文，特点是优雅婉柔，其代表作《源氏物语》所使用的语言，取得很高的艺术成就，成为日本文化传统的经典代表。但经典毕竟只代表过去，难以昭示未来。雅文体再如何优美高雅，也难以描绘出今日社会文明的进步。"俗文体"就是直接使用当代日本社会的通用语，妇孺皆知，平实易懂。但通俗语言和文体由于未经规范，又容易导致作品品质低下、风格粗俗。两相权衡，坪内逍遥提出"雅俗折衷体"的对策，也就是将"雅文体"与"俗文体"折衷之后，形成一种适合时宜的新型文体。具体而言，就是在当代小说的叙述部分中多使用雅言，而在人物的对话中多使用俗语，二者互为配合、取长补短，以开拓小说创作的新文体。

根据雅言和俗语的分布比例，坪内逍遥又将"雅俗折衷体"分为两种，一种是"稗史体"，即叙述部分使用七八分雅语、人物对话使用五六分雅语；另一种是草册子体，即多用俗语，少用汉语词。坪内逍遥几次强调草册子体是最适宜写世态小说的，并呼吁日本小说家努力改良这种文体，争取写出完美的世态小说。他指出：

虽然世间目光短浅的伪学者贬斥草册子体为极端鄙俗,其实不过是出于不理解小说为何物的谬见。小说的目的在于活灵活现地写出人情和风俗以打动读者,即使文字中夹杂俚言俗语,只要文章出神入化,就可以说它是比之绘画、音乐、诗歌毫无逊色的伟大艺术。①

同年,坪内逍遥尝试使用"草册子体"创作小说《当世书生气质》。虽然他不主张小说语言的完全口语化,也没有直接提出"言文一致"的改良,但是之后二叶亭四迷在他的指导下发表了小说《浮云》,被看作"言文一致"运动最早的成功实践。

二叶亭四迷在《我的言文一致的由来》(1902)里,详细叙述了自己"言文一致"小说创作过程。他没有接受坪内逍遥的建议去模仿三游亭圆朝(Sanyuhtei Enchyoh, 1839—1900)的落语文体,而是坚持走上了口语化的小说创作道路,并且吸收俄国文学的手法作为补充。可以说,二叶亭四迷在早期对俄国文学的翻译中,已经开始了言文一致的译作尝试。正是在语言形式上保留了俄国文学作品译作中的句式结构和标点符号,才有了后来里程碑式的小说《浮云》的诞生。在言文一致的创作实践中,二叶亭四迷对小说人物心理活动进行了细致描写。像这样有着大量独白,深入大胆地描绘出主人公的心理活动,在传统日本物语小说创作中是很罕见的。下面一段是描写《浮云》中主人公文三通过自言自语呈现的心理活动,行文流畅,遣词造句已很贴近现代日常用语。通过如此通俗生动的用语,将当时知识分子的形象刻画得入木三分:

有一次,文三枕着两手仰卧着,凝视着顶棚,起初还在想着阿势的事情。"看来木纹好像是水流过的痕迹似的呀!"心里这样一想,就把阿势的事情全都忘掉了。然后又仔细打量那个木纹。"由于看的角度不同,看着似乎还有高低之分。嗯,这是视力的错觉呀!"文三忽然想起了过去教过他物理的外国教师那留着很有讲究的胡须的面孔。想到这又把木纹的事忘了。接着眼前又出现了七八个学生……忽然机器和学生像一股烟似的消失得无影无踪额,又瞧见了木纹。"哼,视力的错觉呀!"文三说完不知为什么微笑着,"提起错觉来,过去所读过的书里面,没有比萨鲁列的《错觉》更有趣的了。那时候是用了两天一夜的功夫一口气读完的呀!怎样才能赶得上他那样的头脑呢!那一定是个组织很致密的……"萨鲁列

---

① [日]坪内逍遥著:《小说神髓》,岩波书店,1936年版,第134页。

的脑髓和阿势似乎是没有什么关系,可是这时候阿势的事情却突然像喷泉似的又涌上了文三的心头,于是文三就像自己的伤疤被触痛了一般,大叫一声跳了起来。[①]

同时期的作家山田美妙(Yamada Bimyoh,1868—1910)也积极倡导言文一致运动,他的《嘲戒小说天狗》(1886)等早期作品已经开始尝试以会话为主的口语体小说创作。在他的小说代表作《武藏野》(1887)里,会话部分使用了"だ"体来反映历史特征,陈述部分则采用了"です・ます"的口语体。因对各种遗址景观作了新奇有趣的细腻描写,《武藏野》被称作散文诗式的历史小说。明治21年(1888),山田美妙发表了题为《言文一致论概略》的文章,推崇以东京方言作为当代小说的俗语标准,还认为日语俗语不比西洋语言低劣,这些观念论述使他成为当时"言文一致"运动的先锋人物。

这一时期的"言文一致"用语主要体现在词尾的变化上,如山田美妙最初多用"だ"体,1888年开始转而使用"です・ます"体进行创作,如其小说《蝴蝶》所示。到明治25年(1892),砚友社的代表作家尾崎红叶从"雅俗折衷体"的保守派作家,向"言文一致体"革新型作家转变,他看出了问题的复杂性,指出有必要统一小说中叙述部分和会话部分的文体统一。他以"である"体进行创作,尤其在《多情多恨》(1896)中,以精炼雕琢的纯东京语进行写实的描绘,受到读者的热捧。在他的影响下,"言文一致体"在文坛上的地位最终确立,并秉持着各种表现风格竞相发展。

明治41年(1908),评论家片上伸(Katagami Noburu,1884—1928)发表了《小说文章的新味》,称日本自然主义小说的创作与"言文一致体"的使用互为依托存在,如岛崎藤村的《破戒》(1906)、天山花袋的《棉被》(1907)等都使用了"である"体。伴随着自然主义文学的推动,"言文一致"文体在20世纪初的日本文坛得到了真正意义上的普及与推广。

到大正初期,以白桦派为代表的作家完成了口语体,如武者小路实笃大胆使用日常口语,他的长篇小说《幸福者》、《真理先生》,传记小说《释迦》、《孔子》、《托尔斯泰》等,在自然质朴的言语间流露出更多的思想情感,表现出独特的风趣,达到了人格与文章的完美融合,完成了真正意义上的"言文一致"并取得巨大成功,为同时代的作家带来不少启发。

---

① [日]二叶亭四迷著,巩长金、石坚白译:《二叶亭四迷小说集》,人民文学出版社,1985年版,第159页。

二、小说创作论：立足社会与个人的反思，完成"俗"与"圣"的转换

明治初期的政治家和启蒙主义思想家们，为了寻求能够开启民智、唤醒民众的新思想载体，将目光投向了小说。比起"怎么写"，他们更关注小说"写什么"，这就影响决定了日本近代小说的首要革新是题材的转型，政治小说便顺理成章地成为日本近代小说的起点。

1878年，曾留学英国的丹羽纯一郎（Niwa Junichiroh，1851—1919）翻译了英国小说《花柳春话》，为日本小说界输入了"政治小说"的崭新概念。伴随着越来越多的政治小说被翻译进来，刺激了日本国内的创作。其中创作最早的政治小说是户田钦堂（Toda Kindoh，1850—1890）的《情海波澜》（1880），影响最大的是矢野龙溪（Yano Ryuhkei，1851—1931）的《经国美谈》（1883）与东海散士（Tohkai Sanshi，1853—1922）的《佳人奇遇》（1885）。政治小说虽然内容各有不同，但大体上都是借助小说形式宣传某种政治理念，如《经国美谈》的《前编·序》中谈到小说创作的过程和目的：

> 予于明治十五年春夏之交，卧疾兼旬，辗转床第，倦眼史册，独寐无聊，尝取和汉种种小说观之，诸书无著作之才，其所敷设，旨趋卑下，辄不满于人意。其后于枕上信手拈得一册记齐武勃兴之遗迹，其事奇特，甚可骇愕，曾不粉饰，乃尔悦人……而欲求详叙其当时颠末者，竟落落如晨星之可数。坐令一代伟事，终归淹没，模糊烟雨，吁可惜者，于是戏补其脱略，学小说家之体裁构思之。然予之意原在于记正史，不欲如寻常小说之妄加损益，变更事实，颠倒善恶，但于事实略加润色而已……读是书者，视为一切把玩之具可也。然则是书之本体，岂非记正史事迹哉？①

矢野龙溪借用古代的希腊历史，给当时的日本民众以政治性启示。通过小说中的人物议论或事实选择来表达自己的政治思想，从而达到启蒙民众的目的。

政治小说创作在短时间内盛行后，其弊端也逐渐显露。有不少批评家指出其概念化倾向和主观功利性过于明显和强势。这样的批评为日本政治小说过渡到之后兴起的社会小说奠定了可能性。

1896年，《国民之友》1月号刊登了"社会小说出版计划广告"，呼吁进行社会小说

---

① 转引自黎跃进：《矢野龙溪及其代表作〈经国美谈〉》，《衡阳师专学报》（社会科学）1995年第4期。

的创作。随即,日本文坛围绕"社会小说"的题材范围展开了讨论。次年,《早稻田文学》杂志对这场广受关注的讨论进行了总结整理,归纳为以下五点:为平民百姓说话;描写被以往作家所忽略的下层社会真相;一改以往对恋爱题材的偏重,重视政治、宗教和社会全貌;以社会为主体,以个人为客体;引领时代潮流,作社会发展的预言家。金子筑水(Kaneko Tchikusui,1870—1937)撰写了《所谓社会小说》(1898)一文,发表了自己对社会小说题材分类的看法,即:一、描写近世的社会主义事态的;二、描写社会与个人关系的;三、描写漠然的小社会的事态的;四、描写整体社会行动的。

这一时期的小说代表作有德富芦花(Tokutomi Roka,1868—1927)的《不如归》(1898)、《黑潮》(1902),木下尚江(Kinoshita naoe,1869—1937)的《火柱》(1904)、《贤良人的自白》(1904—1906)等。关东大地震以后,日本文学评论家将这类小说都归纳到"大众文学"中,那些按题材具体划分的社会小说最终成为大众文学、通俗文学的代称。

日本近代文学研究专家猪野谦二(Ino Kenji,1913—1997),在长期的研究中总结出日本近代文学发展的两种趋势,除了从政治小说到社会小说的旁系支流之外,日本近代小说史上还有一股以写实主义为起点、发展到自然主义的主流脉络。正是在近代日本文学各种发展潮流交汇的过程中,诞生了日本特有的叙事文学形式"私小说"。①

较早出现的日本私小说可以追溯到田山花袋的《棉被》,显示出明治40年(1907)前后重视个人主观感受的文学创作倾向。"私小说"的"私"即作者的"我",关于其定义,中村武罗夫(Nakamura Murao,1886—1949)在《本格小说与心境小说》(1924)中作了如下阐述:

> 私小说即作者直接出现在作品中的小说。作者在作品中直接叙述。它不着力于作品的内容,而强调是谁写的。它不着力于描写人物、社会与生活,而一味地想要诉说作者的心境。这样的小说即私小说。一言以蔽之,私小说即作者把自己最直截了当地暴露出来的小说。②

次年,久米正雄(Kume Masao,1891—1952)发表了《私小说与心境小说》,进一步

---

① 参见[日]猪野谦二著:《日本文学の遠近》全2卷,未来社,1977年版;《明治文学史》上下卷,讲谈社,1985年版;《僕にとっての同時代文学》,筑摩书房,1991年版。
② 转引自李先瑞:《志贺直哉与心境小说》,《解放军外国语学院学报》1991年第22期。

丰富了私小说的文学理念,他强调真正的私小说必须同时又是心境小说,这样就能将私小说与忏悔小说等区分开来。

> 在这里,我要说:真正意义上的"私小说"必须同时又是"心境小说"。由于有了"心境","私小说"就与"告白"、"忏悔"的小说产生了一条微妙的界线,而戴上了艺术的花冠。没有"心境"的"私小说",正如文坛上有人所称呼的那样,不过就是人生的纸屑小说、糟糠小说,乃至单纯的恍惚、愚痴、狭隘的小说而已。①

之后,伊藤整(Itoh Sei,1905—1965)在此基础上又将私小说分为破灭型和调和型两种。其中,破灭型私小说即狭义的私小说,一般以私生活的告白为主,往往以感伤笔调表达出对现实生存的不安感;而所谓调和型私小说即所谓的"心境小说",作者往往充满积极进取的生活态度,小说近似心情随笔。进入大正年代以后,私小说创作进入了全盛时期。当时大部分作家都有创作私小说,其中白桦派在私小说发展史上占有重要地位。白桦派对自然主义宣扬"无理想"不满而反弹,而他们信守的理想主义和人道主义,又直接影响到了心境小说的形成。白桦派作家深掘自我的经历和感觉,描写自己的生活由冲突走向调和的境界。例如志贺直哉的《在城崎》(1917),就被视作心境小说的代表作。志贺直哉在这部小说中回忆了自己在城崎温泉疗养时亲眼看见的事情,包括蜜蜂、老鼠和蝾螈的死,真实再现出作者当时的复杂感受和心路历程:

> 老鼠最终总会被折磨至死。我的脑子里莫名其妙地浮现出老鼠那不知死之将至,仍突然竭力挣扎逃避的样子。心中泛起一阵令人不快的落寞。
> 在我可以情愿接受的,死亡的宁静到来之前,会经历这样痛苦和恐惧的挣扎。这将是多么真实的痛苦和恐惧。虽然对死后的沉寂怀有亲近的直感,然而濒死的苦苦挣扎,又是多么可怕。不知自行了断的动物们,直到死亡到来的最后一刻,都盲目地持续着徒劳挣扎的努力。而若这老鼠的苦境降临于我,我又会如何。大概也会同那老鼠一样作奋力不甘的挣脱吧。②

---

① 王向远:《日本古典文论选译·近代卷》(下),中央编译出版社,2012年版,第704页。
② 译文参吴保华编著:《志贺直哉〈在城崎〉研究》,上海交通大学出版社,2013年版,第149页。

作者对三个小动物的死前挣扎和死后状态进行了细致的描述,也将自己的所感所悟点滴记录下来。在小说的最后,他感叹:"生与死,并不是截然两极。这两者之间,并没有那么悬殊的差异吧。"

新思潮派的作家们通过记述描绘与友人的交游过程,进一步拓宽了私小说的叙述描写领域。如《文友旧事》(1919)就是芥川龙之介最具代表的私小说,这部小说记载当时文坛友人之间的交往,赞誉近代作家的精进改革,并将这些交流和讨论作为对自己坚守文学理想的鼓励和鞭策。在《文艺的,过于文艺的》(1927)一文中,芥川龙之介委婉地表达了自己对私小说的态度,称它为小说创作中最接近于诗的小说,是最纯粹的小说。

三、小说技巧论:从写实到虚实的再出发与日本传统风情的再绽放

从1891年10月到1892年6月,长达数月之久的"没理想论争"是日本近代文学史上第一次大规模的论争。这次论争的对手是坪内逍遥与森欧外两大文豪;论争的内容主要是针对文学评价的标准,涉及近代文学的基本理论和方法;论争的阵地主要是《早稻田文学》与《栅草子》两大文学刊物。所谓的"没理想"主要是指文学作品不直接表达出个人理想和主观想法,而是坚守客观描述。坪内逍遥指出莎士比亚剧本创作就有着"没理想"的特点,莎翁创作时与描写的对象保持着一定的心理距离,避免个人情感的直接流露,以达到剧情发展自然豁达的戏剧境界。这样的见解,遭到了森欧外的强烈批评。欧森外强调,倡导"没理想"会导致文学创作失去正面理想和社会价值,这不利于文学创作的健康发展。欧森外接受了哈特曼美学理论体系,坚持小说创作要秉持审美的标准,要通过各种"想象"来反映作家的理想。最后,坪内逍遥刊发了一篇《小羊子的矢文》(1892),以"反省不足"的回避姿态,让这场论争偃旗息鼓。

这场论争最后停留在对用语概念的误解和纠缠方面,至于小说内容则并没有得到深入讨论。但是通过这场论争,拉开了日本近代文艺思潮发展的序幕,左拉的自然主义与哈特曼的美学体系同时得到了宣传和推广,并在日本文坛引发了写实主义与浪漫主义文论的争论碰撞。在这场论争中,坪内逍遥试图突破其《小说神髓》中论述的写实主义的不足之处,探索和补充写实主义理论,为之后自然主义文学理论的引入与接受做了铺垫。

田山花袋曾师从桂园派歌人创作和歌,忠于实感和排除技巧的写作风格,直接影响到了他对西方自然主义文学理论、技巧的学习和模仿。在莫泊桑大胆直接的描写理论

影响下，田山花袋在小说《重右卫门的最后》(1902)中尝试直接露骨地描写主人公的生理缺陷，在文坛上引起很大反响。明治37年(1904)，田山花袋发表了文论《露骨的描写》，批评了以尾崎红叶为代表的追求华丽散文技巧的时代，提倡文学创作应在客观写实的基础上露骨、大胆地描绘人性中丑恶的部分，通过细致的心理描写进行彻底的自我内心告白。随着这一宣言而来的就是自然主义派小说《棉被》的问世。

> 有人可能会问：露骨的描写为何不能与技巧并存？他的意思是，露骨的描写与技巧相辅相成，不是更能极尽其妙吗？但我始终相信，越是敢于进行露骨的描写，所谓的文章和技巧就越是相离而去。因为自然的规律告诉我们：事越俗，文越俗，思想越露骨，文章也越露骨。①

田山花袋进一步提出的"平面描写论"，即在描写中不掺杂任何主观意识和技巧，不要求解决任何问题或作出评判、解释，仅仅将所见所闻原原本本记录下来就够了。这种平铺直叙的写作手法还运用在《乡村教师》等小说中，给人以身临其境的真实感。

田山花袋的创作理论与长谷川天溪提出的"无解决"理论是相通的，它们共同成为日本自然主义文学理论的核心，指导着自然主义文学的创作活动。

与此同时，还有一些不在自然主义文学思潮里的文学大家笔不辍耕，在创作中摸索出新的写作手法。夏目漱石为高滨虚子(Takahama Kyoshi, 1874—1959)的写生文《鸡头》(1908)所作序中，首次提出"有余裕"的创作手法，即在写作中不使用重大事件做题材，与生活保持一定的距离去体悟。这种创作技巧正是学习和模仿了俳谐创作时的低回趣味，通过对人世间的自然万物和闲情逸趣的生动描写，使读者感受到愉悦，忘却现实中的烦恼。

> 所谓"有余裕"的小说，顾名思义，就是从容不迫的小说，也就是避开"非常"情况的小说，或者说是平凡普通的小说。如果借用最近的流行话语表述，在所谓的"有所触及"和"无所触及"这两种小说中，属于"无所触及"小说的范畴。
> ……
> 品茶、浇花是余裕，开玩笑是余裕，绘画、雕刻消遣是余裕，钓鱼、唱曲儿、看戏、

---

① 王向远：《日本古典文论选译·近代卷》(下)，中央编译出版社，2012年版，第510页。

避暑、泡温泉也都是余裕。只要日俄战争不再打下去,只要世间不光是博克曼那样的人,就到处都有余裕。除非在特殊场合,我们都乐于享受这种余裕。所以,以这些余裕为素材写成的小说也是适当的。①

明治末期,小说界自然主义创作的色彩开始日渐黯淡,过多的自我暴露使小说笼罩上了无尽的消极感和虚无感。不少作家开始重新反思,寻求新的创作出路。唯美主义作为对自然主义的反拨而兴起,追求空想、感觉和技巧。上田敏作为唯美主义文学的奠基人,在其唯一的小说《漩涡》(1910)中发出了艺术唯美的宣言:

> 人的内心就像漩涡一样,在体验所得到的印象中,感觉、感情和思想之流以令人目眩的速度旋转着。在这个世界上,真正现实的东西,只是一瞬间、一刹那的敏感的知觉。瞬间之后,那种知觉就会消失,沦没于过去的黑暗之中。人类有意义的生活就在于玩味,利用每一刻稍纵即逝的知觉,在于捕捉它最强烈、最纯粹的燃烧点。②

但与西方唯美派所强调的单纯享乐不同,日本的唯美主义是将异国情调与江户情调的融合,从过去和传统中追求美,散发出日本的趣味,比如永井荷风的《隅田川》(1911)。谷崎润一郎在关西地区的日常生活中,细腻感受到日本传统风俗之美,他将这些生活美感点滴融入小说创作中。他这样叙说:

> 我写这些琐事的用意,是希望在某些方面,例如文学艺术等方面,还可能留有弥补这一损失的余地。我想,至少要在文学领域里,把正在消失的阴翳世界呼唤回来。要让文学这座雄伟殿堂的屋檐变得更深沉些,墙壁更黯淡些,把熟视无睹之物推进阴影里,把百无一用的室内装饰除掉。即使做不到户户如此,哪怕只有一家这样就不虚此行。结果将会如何,不妨请大家关灯一试!③

于是,各种古典印象、风土人情、盲人歌手、妖艳舞女都成为谷崎润一郎关注描摹的

---

① 王向远:《日本古典文论选译·近代卷》(下),中央编译出版社,2012年版,第678—680页。
② 赵澧、徐京安主编:《唯美主义》,人民大学出版社,1988年版,第510页。
③ [日]谷崎润一郎著,汪正球译:《饶舌录》,中国文联出版社,2000年版,第259页。

对象。《春琴抄》(1933)是他精心描绘阴翳美学的代表作,被视为日本古典美的典范之作。永井荷风和谷崎润一郎的文学成就,使得日本近代唯美文学散发出经久不衰的艺术魅力。

20世纪20年代初,一批日本作家否定一切旧有的文学形式,主张追求新的感觉、新的生活方式和新的感受方法,探索文学表现形式的技巧革新,这就是"新感觉派"。1924年,评论家千叶龟雄(Chiba Kameo,1878—1935)发表了《新感觉派的诞生》,对这种文学创作倾向给予充分的肯定:

> 这是站在特殊视野的绝顶,从其视野中透视、展望,具体而形象地表现隐秘的整个人生。所以从正面认真探索整个人生的纯现实派来看,它是不正规的,难免会被指责为过于追求技巧。不过,我觉得这也不错。它,不仅把现实作为现实来表现,同时通过简朴的暗示和象征,仿佛从小小的洞穴来窥视内部人生全面的存在和意义。这种微妙的艺术之发生,是符合自然规律的。①

当时不少作家都接受了"新感觉派"这一名称,并在理论和创作实践中依照千叶龟雄的总结,自觉强化其写作特征,新感觉派作为一个文学流派在近代日本正式诞生。同年,横光利一发表的短篇小说《头与腹》,被视为新感觉派的代表作。小说通过"头"与"腹"的象征关系,表现出日本社会内部畸形的人际关系,小说的第一句被看作新感觉派的典型表达:

> 大白天,特别快车满载着乘客全速奔驰,沿线的小站像一块块小石头被抹杀了。②

前半句使用了如"大白天"、"特别快车"、"满载"、"全速"等最高状态的词语进行了客观描述,后半句用"抹杀"二字强化主观感受,使读者获得火车疾速前行的感觉。

1925年,新感觉派代表作家川端康成在《新进作家的新倾向解说》中对新感觉派作了系统的论述,一定程度上规范了新感觉派作家的创作方法和方向。他强调文学创作

---

① 叶渭渠:《日本文学思潮史》,北京大学出版社,2009年,第320页。
② [日]横光利一著:《春天的马车曲》,叶渭渠主编:《横光利一文集》,作家出版社,2001年,第8页。

中的扩大主观、感性表达,如眼睛看到红色的蔷薇时,将眼睛与蔷薇融为一体,写作"我的眼睛是红色的蔷薇"。小说集《感情装饰》(1926)是川端康成的实践作品,收录1921年至1926年间他在各种文学杂志上发表的三十五篇短篇小说,形式新颖而美丽。

1928年以后,日本文坛上的新感觉派明显走向解体。1930年之后,横光利一和川端康成转向新心理主义,二人分别写下了《机械》(1930)和《水晶幻想》(1931)。之后伊藤整译介了乔伊斯的文论和作品[1],并在此基础上提出了"新心理主义文学"的概念。其长篇小说《得能五郎的生活和意见》(1940)即按照这种理论写成。小说没有完整的情节和结构,通篇都是主人公新闻记者得能五郎纵谈天下大事。伊藤整还在《新心理主义》(1932)中论述新心理主义的写作方式,简言之就是在文体上探索可以同时表现外部现实与内部现实的方法,将文学的平面、渐次的叙述变革为立体、多维度的叙述。川端康成通过不断地摸索与实践,将新心理主义运用到展现日本传统美学意识的小说创作中,成功地在东西文化的结合点上找到了小说创作的绝佳位置,从而使其作品在世界文坛上大放异彩。

除了小说与新诗,随笔创作在日本近代文学中也占有一席之地。"随笔"作为一种文学形态的出现,最早是室町时代的一条兼良(Ichijyo Kaneyoshi,1402—1481),模仿宋代洪迈《容斋随笔》而写成《东斋随笔》。到了明治初期,受到西方散文"Essay"的影响,日本文坛兴起了运用西方概念的随笔创作。这些随笔大多评说时政,内容丰富,语言自由。厨川白村(Kuliyagawa Hakuson,1880—1923)对这种译介而来的随笔与日本的传统随笔进行了界定和区分,并指出近代日本的随笔创作承担起了对社会的高度责任感,自有其独特的文学及社会学道德价值。在近代日本随笔创作方面,国木田独步的《武藏野》(1898)、德富芦花的《自然与人生》(1899)、岛崎藤村的《千曲川风情》(1912),被称作日本近代随笔文学的三大经典之作。

---

[1] 詹姆斯·乔伊斯(James Joyce,1882—1941),爱尔兰人,20世纪最伟大的作家之一,后现代文学奠基者之一。代表作长篇小说《尤利西斯》(1922)表现现代人的孤独与悲观。后期长篇小说《芬尼根的守灵夜》(1939)借用梦境表达对人类存在和命运的终极思考,其作品的"意识流"写法对世界文坛影响巨大而深远。

第三章 日本诗学范畴论

　　哲学范畴指反映事物本质联系的重要概念,是最高级别的类别概念。借鉴此概念而产生的所谓诗学范畴,则是指在诗学体系中具有纲举目张、概括联动作用的核心概念。这些核心概念彰显了文学创作与文学批评中的普遍规律,又表现出诗学理论体系的主要特色。早期的日本诗学全面借鉴传入日本的中国诗学,如同其全面引进汉语和汉诗文那样,中国传统诗学在很大程度上孕育出了日本传统诗学的最初范畴。

　　中国诗学范畴,在长期的发展过程中,形成了一整套基本而重要的核心概念,比如"道"、"风骨"、"文气"、"意境"、"格调"、"意象"、"古雅"、"寄托"、"禅意"、"趣"等,精彩地表现出中国文学叙事抒情审美方式的本土化特色。而传统日本诗学的发展,最终未能如同其宗师的中国古典诗学那样,呈现出一个显性的诗学理论体系,而是处在不断融汇外来与本土因素、守旧与革新运动的变化过程中。这样的理论演进孕育出了具有日本本土特色的核心概念群,比如"真诚"、"物哀"、"幽玄"、"禅风"、"好色"、"趣"、"寂"、"枯"等,并促使其逐渐形成了一种隐性的诗学体系结构。在这样的隐性结构的诗学体系中,作为范畴的核心概念反而显得更为突出,其作用也更为彰显。

　　自江户中期以来,日本诗论家和学者越来越重视对日本诗学范畴的辨析梳理,倡导日本诗学(文论)范畴体系及核心概念的呼声越来越高。日本诗学范畴的本土特色日益彰显,其审美价值早已为世界所公认。但是,关于日本诗学范畴的确定原理,关于构建其范畴体系的认识原则,细究起来至今尚有不同的观点。尤其是关于日本诗学范畴的当代话语功能及其跨文化意义,还有待于继续深入地辨析研究,尤其是进行比较诗学的研究。

第一节 "诚"(まこと)

一、"诚"(まこと)的内涵及在早期的发展情况

　　对文学创作真诚、诚实的主张在相当程度上具有一种普遍性,中国的《周易》很早

就提出"修辞立其诚"之说,孔颖达认为其包含内外两个方面:"外则修理文教,内则立其诚实,内外相成,则有功业可居。"①也即内圣外王之道,其所指向的则是作为终极目标的国家与统治。相比较而言,日本文学及诗学之中的"诚"(まこと)则是从原始的神道思想中孕育出来的,其在最初带有较多神秘色彩,且相对而言其所注重的更多是一种内心的真诚,然而其内涵在后代人的不断阐释中也逐渐表现出复杂化的趋势。

日本诗学中"诚"观念的诞生及形成,与日本原始神道中的"言灵"(ことだま)观念密切相关。古代日本人认为自然万物之中都有神灵存在,山川草木等无不是自然神灵的化身,因而原始神道所崇拜的并非某个具体的偶像,而是自然本身。具体而言则是各类自然物事,如树、石、山等,这一理念构成了日本早期自然观的基础。不仅如此,日本先民还认为语言也具有神奇的效用,其想法可以通过语言传达给神灵,如果人们说出祝福的、善意的话,就能获得神的庇佑;若满口怨言,或信口开河,触怒了神灵,厄运就会降临,这就是原始神道的"言灵"观,其在相当程度上具有原始巫术的色彩。原始巫术的目的是为了祈求劳动生产的顺利,其最终的目的则是关系到生命的延续,因而具有其现实层面上的诉求。当这种信仰进一步发展,便逐渐指向了国家与皇室。如祭神所咏唱的祝词(のりと)中就有一类寿词(よごと),其内容多是向天皇表示忠诚,并祝愿其健康长寿,国家长治久安,其精神总体上更倾向于集体性及国家性,而非个人性,如:

传言起神代,古昔大和国。皇神威严在,语言有灵泽。②
大和国,语言通神灵;人因言得佑,无事长安宁。③

其一称言灵能带来幸福繁荣,一称言灵能为国家带来助佑,既充分表现出了当时人对言灵的信仰,又显示出这一信仰在文学作品中的运用所指向的乃是整个国家,具有一种集体意识。"诚"(まこと)正是在这一信仰的基础上出现的一种理念,正如日本文学研究家叶渭渠先生所说:"从词义解释,'ま'是真,'こと'在古语中是'事'与'言'的同语源。《古事记》中出现将'こと'写作'事'字120次,写作'言'字50次,可以看出两者既区分又混同使用,并开始存在分化的意识。解释为'言'者,源于言灵思想信仰。"④

---

① (清)阮元校刻:《十三经注疏》,中华书局,1980年版,第15—16页。
② [日]大伴家持等编,赵乐甡译:《万叶集》,译林出版社,2002年版,第212—213页。
③ 同上,第581页。
④ 叶渭渠:《日本文学思潮史》,北京大学出版社,2009年版,第44页。

"诚"指的是毫不隐瞒地将自己内心的真实想法用语言表达出来,其在早期多表现为一种国家的、民族的共同意识,具有一定程度上的政治意味,如《古事记》序文:

> 于是天皇诏之:朕闻诸家之所赍,帝纪及本辞,既违正实,多加虚伪,当今之时,不改其失,未经几年,其旨欲灭,斯乃邦家之经纬,王化之鸿基焉。故惟撰录帝纪,讨核旧辞,削伪定实,欲流后叶。①

这里所提及的与"虚伪"相对应的"正实"及"削伪定实",皆是出于一种对"诚"的要求,然而其"诚"又在相当程度上与皇室及国家的因素密切关联:"邦家之经纬,王化之鸿基",从而表现出一种政治性的目的,故其在一定程度上也受到了中国儒家诗学中的"诚"之概念的影响。《古事记》、《日本书纪》所写的是日本的民族、国家起源和统一的史实,这是其更多强调神、民族和共同体精神的原因。

伴随着文学的进一步发展,"诚"在后来则开始表现出个人的情感表达的倾向,此以《万叶集》中的恋歌最具代表性,此类和歌在对爱情的咏唱上多直率质朴,直抒胸臆:

> 恋情竟然苦若斯;何如高山上,头枕岩石死。②
> 恋可致人死,有如地下河;恋心令我暗中瘦,逐日逐月过。③

两首歌皆提到了"死",前者云若无法停止对对方的思念,宁可头枕高山岩石而死;后者云人会因爱而死,如同悄无声息的地下河一般,思念着对方而日渐消瘦。《万叶集》中所咏唱的恋爱往往具有一种特殊的厚度及重量,正是出于"诚"的态度,恋人可以不顾一切地投身于爱情之中,故往往能看到"死"的字眼,其意并非真的要为爱而死,而是以此来描述一种不惜性命的恋爱方式。日本学者对此也有所注意,大野顺一提到在《万叶集》中"死ぬ"及其他表达死的含义的用语共有89处,其中多达77处乃是在恋歌中出现的,这比后来"八代集"中的数量要多得多。不仅如此,《万叶集》中还有诸如"恋ひ死ぬ"、"命にむかふわが恋"之类的说法,皆显示出万叶歌人对于恋爱的态度。④

---

① [日]安万侣著,周作人译:《古事记》,中国对外翻译出版公司,2000年版,序第10页。
② [日]大伴家持等编,赵乐甡译:《万叶集》,译林出版社,2002年版,第29页。
③ 同上,第155页。
④ [日]大野顺一:《色好みの系譜》,创文社,2002年版,第97—102页。

诞生于平安中期的《古今和歌集》也将"诚"作为评判一首和歌优劣的重要因素,其在总论当世和歌时称:

> 当今之世,喜好华美,人心尚虚,不求由花得果,但求虚饰之歌、梦幻之言。①

又在论僧正遍昭时称:

> 近世以歌闻名者,僧正遍昭也,歌风得体,而"诚"(まこと)有所不足。正如望画中美人,徒然心动。②

这两段皆由假名序翻译而成,前者提出的是文辞与情感的问题,这在中国的文论中也是一个常见的话题,此处提出当世之人多喜爱外表华美的文辞,然而内心却是"虚"的,即缺乏"诚"的情感。其"花"当指文辞,"果"则是指情感、心志,作者纪贯之对讲究前者而于后者有所缺乏的和歌提出了批评。而在真名序中,此句的内容亦与之类似:

> 及彼时变浇漓,人贵奢淫,浮词云兴,艳流泉涌,其实皆落,其花孤荣。③

其中"浮词"、"艳流"等语便与假名序中的"华美"、"虚饰"等相当,而假名序中的"果"则被替换成了"实",二者的含义则是一致的。纪贯之对僧正遍昭的评论则显示出他认为遍昭的歌也存在着这样的问题,"诚"不足,却华美有余,故如画中美人。画中美人徒有好态,而无情感,故其真名序称其"徒动人情",即此情并非出自真实的内心,而有造作之嫌。由此可见《古今和歌集》序对中国诗论的借鉴之处非常明显,中国的儒家诗论多主张在辞与情两端取其中,即各不偏废,而在情一方,亦强调其要受到"礼"的约束,而不是一味任其放纵。《古今和歌集》序既借用了诗之"六义",将其套用在和歌上,又强调和歌应有"实"、有"诚",不能一味追求华词,显示出了日本传统诗学范畴的"诚"与中国诗学中"尚质"、"尚实"之论的结合。

对于物语的真实与虚构的问题,平安时期的紫式部在《源氏物语》中借源氏之口发

---

① 王向远:《日本古典文论选译·古代卷》(上),中央编译出版社,2012年版,第36页。
② 同上,第37页。
③ 同上,第32页。

表了她的意见：

> 其实，物语小说等，都是记载着古老神代以来诸事的吧。正史的《日本纪》，不过只是略述其一端而已，还不如这些物语记叙得详尽委婉呢……而所谓物语也者，初不必限于某人某事的实相记述，却是作者将他所见世态百相之好好坏坏，把那些屡见不嫌，屡闻不厌，希望传诸后世的种种细节，一吐为快地记留下来罢了。当然啦，当其欲褒扬之时，难免尽选其善者而书；当其欲求读者共鸣之际，则又不得不夸张渲染，使集众恶于一处。不过，大体说来，都是事出有据，绝少完全虚构的。①

她提出物语多是对作者所见实事的反映，虽多少有一些艺术加工的成分，但绝少完全虚构者，其强调的是物语对世间之事要有一种客观呈现与反映的功用，这其实已多少超越了"诚"原本更重内心真诚的含义，具有了一种反映客观现实的意味。而在写作动机这一点上，紫式部又提出物语的写作应是对他人之事有所感受，从而想要一吐为快的一种行为，相对而言这更接近于"诚"原本的内涵。江户时期的本居宣长则在后一点上作了不少文章，提出"物哀"就是作者心有所感，且欲藉由文字的传递使得他人也能感同身受的一种行为，故而"物哀"与"诚"之间实有难以分割的关联性。

二、近世及以后诗学中的"诚"（まこと）

江户时期的德川幕府以朱子学作为官学，儒学开始蔚为大兴，当时许多文学家都有儒学家的背景，其中在对于"诚"的阐释上，日本的儒学家表现出了与中国学者不同的倾向。如藤原惺窝（Seika Fujiwara，1561—1619）在其所著的《大学要略》中便提出"平天下治国修身正心，此皆由诚意出发。"②"诚意"在《礼记·大学》的原文中也曾提及，但藤原惺窝的论述却绕开了格物致知，而将"诚意"作为了这一系列过程的起点，显示出他对"诚"的重视。此外他还提出"诚意"就是指在"一念发动处"、"止于至善"，是"意"处于"无伪而明"的状态，其所强调的"一念发动处"、"真实无妄"等，注重的皆是最为本真的、没有虚伪的内心。此外他在《寸铁录》中又说："若无我心之诚，饰而伪，纵

---

① [日]紫式部著，林文月译：《源氏物语》（二），译林出版社，2011年版，第202页。
② 引自王家骅：《关于"诚"中心的儒学——日中儒学的比较》，北京日本学研究中心编：《日本学研究2》，科学技术文献出版社，1992年版，第23页。

如何有才觉,亦不可有治政。"①这种对于内心不伪饰的强调,其实与中国明代的心学对于"自我本真"的强调颇为接近,而与原本宋学偏重于个人道德修养的理论相去较远。相对而言前者更看重个人的要素,这正与日本传统"诚"的理念更为接近。山鹿素行(Yamaga Sokou,1622—1685)则提出"圣人所立之道皆由人人无息之诚而致也",所谓"诚",是一种"不得已之情"。②故就此观之,男女之情也是一种"不得已之诚",其说同样与明代李贽的学说相近,并与"诚"在早期展现恋爱题材文学中的表现相一致。

江户时期由于复古意识及国学观念的兴起,许多学者将《万叶集》作为考察对象,并试图从中寻找出与"汉意"所不同的"和心",而"诚"作为一种日本诗学的范畴,实则也是在此时才开始逐渐被构建并系统化的。如户田茂睡(Toda Mosui,1692—1706)提出了和歌论:"以真实的心来咏歌,则其歌真实,可动天地泣鬼神。"认为和歌是"使君臣一体,治国救民,夫妇和合,调家守道之训诫"③的文学,他所阐释的这种"诚"又回归到了其原初的意义上,且更多地带有了儒家政教诗论的功利性色彩。贺茂真渊(Kamo no Mabuchi,1695—1769)提出的"真言论"则反对义理,提倡复归万叶传统,主张以情为主。"歌的真言,与后人加上义和理的说法不同","即使不义不理,但原原本本地表现出来,也就是真言。若加入义理,就不是真言。"④即"诚"应出自内心,不应加上人为道德因素的干扰,他将万叶和歌的本质归结为"真实"和"真心",极力推崇万叶歌人柿本人麻吕的和歌所表现出来的浓郁真情。为此他从国粹主义的立场出发,极端排斥儒佛思想,主张和歌的万叶主义。之后本居宣长对"物哀"的提倡,其实与之殊途同归。他们都是从日本早期的文学中总结出一种具有日本民族性的审美要素,并以之建立起日本自身的诗学观念体系。香川景树(Kagawa Kageki,1768—1843)则主张以"诚"来表现感情的纯粹性,称和歌中的调与情都是本于"诚",也即由毫无虚饰的感动而自然产生出来的。他在《新学异见》中称:

> 古代和歌的"调"与"情"是和谐统一的,原因无非在于古代人的单纯的"真心"。发于"真心"的歌与天地同调,恰如风行太空,触物而鸣。以"真心"触发事

---

① 引自王家骅:《关于"诚"中心的儒学——日中儒学的比较》,北京日本学研究中心编:《日本学研究2》,科学技术文献出版社,1992年版,第23页。
② 同上。
③ 引自叶渭渠:《日本文学思潮史》,北京大学出版社,2009年版,第109—110页。
④ 同上,第111页。

物,必能得其"调"……如人工刻意为之,是不可能创造出无与伦比的韵律来的。天地之间,不出于"诚"的美的事物并不存在,只有本于"诚",才能有"纯美"的事物产生。因此可以说,古代和歌的"调"是自然具备的。①

也就是说真诚的感情是歌"调"形成的前提,不论何种调,都要以其相应的感情作为基础,唯一不变的则是感情的"诚"。故他认为只有具备真心才能咏出秀歌,这种歌自然有其精妙之处,胜过各种人为的刻意造作。

不仅是和歌,不少俳人认为俳谐(即风雅)创作的重点也在于"诚"。上岛鬼贯的俳谐论便提出"诚之外无俳谐",即俳谐唯有立足于诚,用心修行,心才深,俳谐之道才深。他认为俳人要悟到诚,就要达到无物无我之境,达到这种内在开悟的最高境界,即有了深心,才能作出秀句来。松尾芭蕉则提出"风雅之诚"的概念,其内涵则相对更为丰富,但芭蕉自身较少对自己的俳论作系统的总结,其观点多见于其弟子的著述,其中关于"诚"的论述主要集中在服部土芳所撰的《三册子》中:

> 俳谐从形成伊始,历来都以巧舌善言为宗,一直以来,俳人均不知"诚"为何物……及至先师芭蕉翁,从事俳谐三十余年乃得正果。先师的俳谐,名称还是从前的名称,但已经不同于从前的俳谐了,其特点在于它是"诚之俳谐"。
>
> 多听、多看,从中捕捉令作者感动的情景,这就是俳谐之"诚"。
>
> 先师的俳谐理论中,有"万代不易"和"一时变化"两个基本理念。这两个理念,归根到底是统一的,而将二者统一起来的是"风雅之诚"。假如不理解"不易"之理,就不能真正懂得俳谐。所谓"不易",就是不问古今新旧,超越于流行变化,而牢牢立足于"诚"的姿态。考察历代歌人之作,就会发现歌风代代都有变化。另一方面,不论古今新旧,今人所见与古人所见,均无改变,那便是为数众多的使人产生"哀"感的作品。这就是万代不易的东西。
>
> 同时,千变万化是自然之理。倘若没有变化,风格就会僵化凝固。风格一旦僵化,就会以为自己与流行的东西并无不合,而不责之于"诚"。不责之于"诚"、不锤炼诗心,就不会知道"诚"的变化,就会故步自封,失去创新能力。责之于诚者,就

---

① 王向远:《日本古典文论选译·古代卷》(上),中央编译出版社,2012年版,第250页。

不会原地裹足不前,就会自然前行,有所进步。①

这其中有两个重要的概念,一个是"风雅之诚",另一个是"不易而流行"。所谓"风雅之诚",是指应当在自然万物之中寻找素材,出于外之后再入于内,用自己心中最为感动、最为真诚的方式表现出来,使物我在更高的层次上得以交融。而"不易而流行"则涉及一个创作规律的辩证性问题,即"不易"乃是作为文学作品的一种最高标准而存在的,凡是能够打动人心、引起他人的共鸣的作品自然都有一种普遍的共性而有永久的艺术魅力,因而长期流行。此处使用了"哀"一词,这又显示出"诚"与"物哀"之间千丝万缕的联系,他认为这类作品当中所蕴含的创作原则,或曰精神,便是"不易"。而文学的风格与时俱变又是另一普遍的规律,作者不可固守死法,故步自封,这样也会失掉"诚"的原则,顺应时世,在变化当中寻求不变,便是"不易而流行"的基本内涵。土芳所阐释的芭蕉的"风雅之诚"既有创作论的因素,又有艺术本质论的因素,从而进一步丰富了"诚"在日本诗学之中的内涵。

在明治以后,由于欧洲文艺、文学思潮的涌入,日本的文学创作(特别是小说创作)开始呈现出流派与流派之间不断交替演进的局面,在这当中写实主义与自然主义的主张与本节所论的"诚"有着一定的关联,但也有着一定的区别,此处略加辨析。

一般认为日本近代写实主义文学诞生的标志是坪内逍遥《小说神髓》的发表,他在该文中提倡了小说的价值,主张文学应当描写真实的人,特别是对于人内心的真实予以呈现,对江户时期戏作小说(关于此类小说的创作主张可参见本章第五节)中因刻意塑造过于理想而显得不够真实的人物形象作出了批评,并提出小说应以描写真实的人情为其职责:

因此,人这个动物,表现于外部的行为,和隐藏于内心的思想,原是两种不同的现象。而内部外部这种两方面的表现是十分复杂的,恰如人心不同,各如其面一样。世上的历史与传记,大致写的都属于外部的行为,而内心所隐藏的思想,由于它微妙复杂,很少能将其表现出来。因此,揭示人情的奥秘,贤人君子自不必说,对男女老幼、善恶正邪的内心世界,均毫无遗漏地揭示出来,描写得周密细致,使人情

---

① [日]大西克礼著,王向远译:《日本风雅》,吉林出版集团,2012年版,第18—19页。

赫然可见,这才是真正的小说所应承担的职责。①

坪内逍遥首先提出凡是人皆有情欲,不同的是贤人君子可以克制住其感情中卑劣的一面,但这不意味着他毫无此类情感,也就是说人的本性是复杂的,并不存在那种绝对意义上的贤人君子。因此他提出小说应当对于人内心世界的真实有明确的反映,这与之前紫式部的物语论类似,其实皆属于创作论方面的探讨,其与原初的"诚"的内涵虽不完全一致,但正如前文所说,"诚"的内涵在长期的诗学阐释中其实也逐渐趋于丰富及复杂,但坪内逍遥的主张主要还是对西方写实主义理论的借鉴,其与日本本土诗学之中的"诚"更多是一种暗合。

而曾于 20 世纪初流行的自然主义所强调的"无目的、无理想、无解决"的创作主张同样有其独特的社会背景,当时的作者们意识到他们无力改变残酷的社会现实时,不得不沉浸在一种幻灭的痛苦之中,故转而认为文艺不再与理想相关。他们主张呈现自我的感受,甚至要求对其予以完全客观的呈现乃至暴露,且不应带有任何道德判断的色彩,亦不需要技巧上的呈现,此处以长谷川天溪(Hasegawa tenkei,1876—1940)的观点为例:

> 从自然派的立场看,凡是附带价值判断的,都是应该排斥的。自然派既然把肉欲本身作为一种人生的现实,那就不认为它是丑恶的,也不认为它是不善的,只是摆脱一切价值判断而单纯描写它而已。②
>
> 本来是"无解决",那就没有执着、没有热情,生活中恬淡无欲,对死亡没有畏惧,心中无牵无挂,眼中没有一切幻象,所具有的只有现实。没有过去、没有未来,而只有眼前刹那相续的现实。③

应当说在对创作主体的一种诚实与无所保留这一点的强调上,日本文坛中的自然主义的主张与"诚"观念不无相通之处。但相对而言,前者主张丢弃掉所有的道德、信仰等价值判断方式,而是纯粹是表现一种客观的真实——尽管并不存在着所谓完全客观的

---

① 王向远:《日本古典文论选译·近代卷》(上),中央编译出版社,2012 年版,第 220 页。
② 同上,第 561 页。
③ 同上,第 568 页。

真实,否定道德与信仰这一主张本身也是一种价值判断的行为。

"诚"之所以称之为诚的依据,在不同的诗论家眼中各有不同。不论是出自对天皇、国家的诚,还是出于对恋爱、人情的诚,抑或出于对自然万物的诚,只要是一种发自内心的、不虚伪造作的情感表现,就可以称之为"诚"。或者说这些主张各自组成了"诚"这一诗学范畴不同的侧面,在某种程度上将自然主义追求真实的创作理念,以及私小说的创作理念,都可视为日本传统的"诚"观念在近现代文学中的某种变体,倒也不无合理之处。

第二节 "物哀"(もののあはれ)与"清趣"(をかし)

一、从"哀"(あはれ)到"物哀"(もののあはれ)

"物哀"作为一种诗学范畴,其存在有其自身的悠久传统及发展线索。最早只是以"哀"的形式出现,后来方逐渐发展成为"物哀",二者的概念及内涵也多少存在着一定的差异,以下对这一演变过程进行简略的概括。

"哀"在假名创造之前采用的是汉字的标记法,写作"阿波礼"、"安波礼"、"安者礼"、"阿婆例"等,亦有直接意译作汉字的,如"(何)怜"、"哀"、"憨"、"悯"、"恤"等,其假名则写作"あはれ"。"哀"在早期其实与"诚"所主导的表现族群神话及民族意识中的感动相关联,如《古语拾遗》载:

> 当此之时,上天初晴,众俱相见,面皆明白,伸手歌舞,相与称曰:"阿波礼！阿那於茂志吕！阿那多能志！阿那佐夜憩！"云云。[①]

此言天照大神从天之岩户中现身时白日降临,众神表达心中激动之情所言之词。本居宣长对《古语拾遗》注"阿波礼"为"天晴"表示了怀疑,称其应为纯粹的感叹词。要之"阿波礼"在此处的含义是原始而朴素的,它不具备某种具体的、细致的所指,只是为了

---

① 王向远:《日本古典文论选译·古代卷》(上),中央编译出版社,2012年版,第182页。

表达心中某种强烈的感动之情,且这种感情也并非是指向个人的。在《古事记》、《日本书纪》中,"あはれ"也有好几个用例,叶渭渠认为在这两部书的情况中,"'哀'的现实是以对于对象物怀有朴素而深厚的爱情作为基础的,其特征是:这种爱情的感动所表露出来的上述种种感情因素,用咏叹方式来表达,同时始终是表现主体一方,初期以对对象物表示亲爱之情为主,逐渐带有同情和怜悯的意思。简单地说,就是爱怜之情。"①而在之后的《万叶集》中,"あはれ"的使用亦不多,仅有九例,其中绝大多数都用汉字训读作"(何)怜",其使用则在之前的基础上更加深化出一种同情、爱怜的情感因素,乃至"向感伤性倾斜"②。但无论如何,"哀"至此的用例皆是以某种可供感叹的对象作为观照物,引发出抒情主体对其充满可喜、可哀的感情,其抒情的倾向性乃是直接的、冲动的、发自内心的,故而"哀"这个词汇的出现与"诚"的精神乃是相关联的。

一般认为,在"哀"或"物哀"的概念获得其独特含义的过程中,《源氏物语》扮演了极为重要的角色,在《源氏物语》中,"あはれ"的使用开始变得普遍,其含义也逐渐趋于复杂、丰富,且物哀"もののあはれ"也开始出现。若将其同义用法如"ものあはれ"、"ものをあはれ"、"もののみあはれ"等也包含在内,则该词在全书共出现70多次。"あはれ"一词由于不再像之前那样仅作感叹词来使用,故而其具体的涵义明显丰富了许多,其所表现出的情感类型也更为详细具体,如可表达心情的悲哀及难以形容的感情、感受,亦可形容动听的琴声,还可形容打动人心的自然景色等。③

《源氏物语》中"物哀"的用例亦与"哀"的情况类似,归纳起来大致有以下几种指向:

一是表达心境的悲哀之情,如《若紫》:"此时此地,即使是粗心大意的人听见都会惹起哀伤之情(ものあはれ)的。"④《藤袴》:"不过,看到这丧服的灰暗颜色,岂不令人哀伤(ものあはれ)啊。"⑤

二是包含感慨、感动等因素在内的激动的情绪感受,如《明石》:"光源氏衷情感动(ものをあはれ),不觉地眼眶润红。"⑥《松风》:"这使光源氏不禁想起从前时常在夜晚

---

① 叶渭渠:《日本文学思潮史》,北京大学出版社,2009年版,第94页。
② 同上,第95页。
③ 具体引文详见王向远:《日本的"哀·物哀·知物哀"——审美概念的形成流变及语义分析》,《江淮论坛》2012年第5期。
④ [日]紫式部著,林文月译:《源氏物语》(一),译林出版社,2011年版,第97页。
⑤ [日]紫式部著,林文月译:《源氏物语》(二),译林出版社,2011年版,第266页。
⑥ [日]紫式部著,林文月译:《源氏物语》(一),译林出版社,2011年版,第296页。

往访明石山边的往事,女方也乘机呈上那极具纪念之琴。源氏果然忍不住(ものあはれ)揽琴鸣奏一番。"①后者没有直接将"物哀"一词翻译出来,其语境是指源氏回想起过往种种,情不自禁,遂抚琴一曲。

三是专指对于男女情感的感动,如《空蝉》:"空蝉呢?表面上虽然强自镇定,伪装冷静,衷心已经体会到(ものあはれ)源氏对自己的真情意了。"②《柏木》:"听人说:出家之身须得断绝俗情(もののあはれ);更何况我这人本来就不懂这些事情的啊,教我怎么说呢?"③这一用例的情况较为复杂一些,前者指的是空蝉因源氏对自己的情感而心有所动的这一状态,后者指的是七情六欲,尤指男女情爱之事,正因出家之人不宜再动此情,故此处特地举了"もののあはれ"为例,认为不宜再对其有所心动。

四是用以形容足以打动人心的景色,其对人的情感所起到的效果则是多样化的,如孤寂、沉静、悲伤等。如《末摘花》:"一片风光,有若山里村居,甚是寂寥可哀(ものあはれ)。"④《横笛》:"此处则是一片清净,十分宜人(ものあはれ)。"⑤《铃虫》:"虽说赏月的夜晚无不动人(ものあはれ),可是像今宵的月色真个格外教人感慨万千。"⑥

五可视为以上含义的集合,即指能够对种种人事物事心有所感的一种情趣及能力,这一含义其实接近于本居宣长对"物哀"的阐释(详见后文)。其用例见《帚木》中著名的雨夜品评一段:

> 站在家庭主妇的立场上来看,最要紧的当然是照料丈夫的生活起居,似乎没有必要过分讲究情趣(もののあはれ)啦、风雅情事等。⑦

这里的语境是说若一个女人过于懂得物哀,便似乎与家庭主妇的职责不相配了,故可以认为这里的"物哀"指的就是一种平安贵族式的风雅情趣,事实上上文所列举的诸多用例的指向虽各有不同,但多少都带有这样一种当时贵族的审美情趣,这恐怕也是"あはれ"及"もののあはれ"能在这样一部展现当时贵族男女恋爱风流事迹的《源氏物语》中

---

① [日]紫式部著,林文月译:《源氏物语》(二),译林出版社,2011年版,第66页。
② [日]紫式部著,林文月译:《源氏物语》(一),译林出版社,2011年版,第55页。
③ [日]紫式部著,林文月译:《源氏物语》(三),译林出版社,2011年版,第140页。
④ [日]紫式部著,林文月译:《源氏物语》(一),译林出版社,2011年版,第135页。
⑤ [日]紫式部著,林文月译:《源氏物语》(三),译林出版社,2011年版,第156页。
⑥ 同上,第169页。
⑦ [日]紫式部著,林文月译:《源氏物语》(一),译林出版社,2011年版,第24页。

大量出现的原因。

　　"物哀"作为一种本土审美概念,是由江户时期的国学家本居宣长归纳并提出的,意味着这一概念开始成为日本诗学体系中的一个重要范畴。本居宣长"物哀说"的提出,有当时复古国学兴起的历史背景:伴随着大明帝国被"蛮夷"清朝轻易取代,日本江户幕府逐渐不再将中国视为绝对尊崇的天朝上国来看待,而许多学者也开始摆脱中国的"汉学",并试图建立起日本本土的文化、文学的体系,为此他们多从时代上较为古老的文学著作如《万叶集》、《源氏物语》当中寻找其依据。后文将要提到的"丈夫风格"（ますらをぶり）便是贺茂真渊从《万叶集》中所总结出来的一种风格,本居宣长则从《源氏物语》中提炼出了"物哀"观念。他认为"物哀"是该书的核心观念所在,亦是日本和歌的精髓,进而更是推论这是日本民族情感、思维方式不同于中国人的根本所在。

　　那么"物哀"指的是什么呢？本居宣长此说的提出,其实先"破"后立,即建立在破除以传统儒家道德观、文学观的角度来解释《源氏物语》的学说的基础上的。以往的一些著作认为《源氏物语》的宗旨在于劝善惩恶,以及劝诫"好色"（此与后文将要论及的"劝惩"文学观相关）。本居宣长认为绝非如此,这些理论充斥着"汉意",而《源氏物语》与中国儒家所持的善恶观全然无关,其所要表达的,仅仅在于"物哀"而已:

　　　　每当有所见所闻,心即有所动。看到、听到那些稀罕的事物、奇怪的事物、有趣的事物、可怕的事物、悲痛的事物、可哀的事物,不只是心有所动,还想与别人交流与共享。或者说出来,或者写出来,都是同样的道理。对所见所闻,感慨之,悲叹之,就是心有所动。而心有所动,就是"知物哀。"[1]

　　　　对于什么是"善"与"恶"这一问题的理解,汉文书籍与物语是很不一样的。物语中的所谓"善"之人,就是能够"知物哀"的人;所谓"恶"之人,就是不知物哀的人,这与汉文书籍的所指完全不同。然而,在将善恶之别展现给读者这一点上,二者的趣旨没有什么差异,可以说是一致的。[2]

本居宣长认为要懂得"物哀",首先在于能够"知物哀",即必须要有一颗善感之心,并且

---

[1]　[日]本居宣长著,王向远译:《日本物哀》,吉林出版集团,2010年版,第31—32页。
[2]　同上,第39页。

要将其与他人分享。这样一种"善感"的理论当中,事实上仍有着中国传统诗学"感兴"论的影子,但他所强调的这些事物实际上涉及各式各样的细微的私人情感,如稀罕、奇怪、有趣、可怕、悲痛、可哀等,似乎都具有一个特点,就是与宏大的朝政叙事及历史事件无关。它们大都是直接与人最为本真的内心相关联的一些细小事物,而与道德、政治等重大因素无关。因为一旦关联这些重大因素便会涉及价值、善恶的判断,这些作为后天的"闻见",乃是一种不纯的、虚伪的因素。本居宣长认为日本人的内心本应是不受这些因素影响的,因而是最为纯洁的:

> 人心这种东西,实则是本色天然、幽微难言的,忽视这些特性,所看到的只能是贤愚是非。而真正探索人的内心世界,其实任何人都像是一个无助的孩子。外国人(按:特指中国人)写的书,将人心的这些根本的东西隐而不表,只表现和描写那些堂而皇之的、表面的、是非贤愚之类的东西。而我国的物语,如实描写出真的内心,所以看上去人总是无助的、稚拙的。①

然而日常生活中与"物哀"关联的事物可以有很多,他进一步又提出其中最能够反映"物哀"之情的便是恋爱之事,而其中的那些"不伦"的恋爱则最具有代表性:

> 最能体现人情的,莫过于"好色"。因而"好色"者最感人心,也最知"物哀"。职是之故,从神代直到如今,和歌中恋歌最多,是因恋歌最能表现"物哀"。物语要表现种种"物哀",并且要使读者由此而知"物哀",不写"好色"则不能深入人情深微之处,也不能很好地表现出"物哀"之情如何难以抑制,如何主宰人心。因此,物语详细描写恋人的种种心理与种种表现,以便使读者感知"物哀"。②

> 在风流好色之中,对于出类拔萃、万事顺遂的人来说,有一种特别深刻的内在冲动,就是对不伦之恋、对离经叛道的男女之情又抱着一种深深的迷恋。在深深的恋爱的"物哀"中,特别地把那些出类拔萃者的悖德不伦之恋表现出来,就最能体现好色之"物哀"……恋人只有完美无缺才能称心如意,才能相爱至深,一旦私通,

---

① [日]本居宣长著,王向远译:《日本物哀》,吉林出版集团,2010年版,第35页。
② 同上,第73页。

便是越轨乱伦,违背世间道德,却也因此相爱更深,一生难忘。对此,《源氏物语》各卷都有所表现。因为是相见时难别亦难的不伦之恋,因此,相思之哀也更为深沉,这一点是深刻表现物哀的必要条件。①

在各种各样的人间现世的情事中,"好色"也即恋爱最能打动人心。事实上日本平安朝和歌所写的也多以恋情为主,《源氏物语》亦以描绘源氏的恋情为主,这与当时的汉文学创作就存在着较大的差异。受儒家诗论影响深刻的中国诗文创作,向来可以接受描写男女间的爱情,但一般不认可爱情具有自身独立的价值。即便是那些原本写恋爱的作品,亦往往被赋予政治的含义或道德寓托,方能显示出其"价值",如对唐代白居易《长恨歌》的解读就如此。对于中国诗学此种价值观中的某些"虚伪"性质,生长于东瀛岛国的本居宣长看得很清楚,予以了激烈的批评。相对而言,日本文学既喜写恋情,又擅长于在这当中表现"物哀",自然也就成为其区别于中国文学的特质之所在。而本居宣长对于"好色"的推崇,则又显示出日本诗学中"物哀"与"好色"两个范畴之间的密切联系。至于对"不伦"之恋的提倡,乃是因为此种恋情既不合于道德,也就说明恋爱双方的情感有着不同于一般恋情的不得不发的特异之处,他认为应当欣赏此种情感中可以感受到的热烈、凄美的本质,而不应将道德判断的因素事先代入,以此角度观之,此种"不伦"之恋自然会将物哀之情表现得特别强烈。

事实上这是一种有意识地剔除功利性以及道德判断之后的审美观念,其与中国诗学中的审美理念有着极大的差异,然而这正显示出日本诗学的独特性。本居宣长所强调的日本文学创作去除政治、道德因素,这样一种观点本身就是一种强烈的政治态度。正是在对中国诗学的继承和批判的基础上,他建立起了一种具有日本本土特色的诗学理念。本居宣长的"物哀"说对中国文学及儒学的批判虽不免有过当之处,但显然也有其触及痛处的深刻之处,且他对日本文学及其内涵的把握也是较为精准的。日本文学对于恋爱题材的表现确实较多,其中对于不伦之恋的表现亦不少,且"不伦"在当今的日本社会及文学当中亦是一个持续保持热门的词汇,而日本的社会似乎对此也特别有着不同于其他国家的宽容态度。

日本当代作家渡边淳一(Junichi Watanabe,1933—2014)擅长在他的小说作品中深刻展现日本社会中的不伦之恋。他在接受访谈时曾说:

---

① [日]本居宣长著,王向远译:《日本物哀》,吉林出版社集团,2010年版,第97—98页。

我感觉人到中年的情爱更复杂更深刻,从人性角度讲更深邃,带来的痛楚也最大。年轻人的恋爱会得到父母的支持、周围人的祝福,没有任何阻力,非常单纯。人到中年,上有父母,下有子女,身边还有复杂的社会关系,在这样的背景下,一对男女仍旧要实现一种纯粹的爱,这是对人性的挑战,非常难。①

正因为这种"纯粹"的爱情乃是因为压抑已久之后的爆发,该种爆发又必须要有着舍弃一切的觉悟,故而它并非是一个轻易可下的决定,所以向禁断之恋踏出这一步的日本男女,在这一点上反而能够被日本社会许多人原谅或获得默默地认可。这种去道德化的因素,在日本文学、文化传统中表现得较为明显。

对于本居宣长"物哀"说中非恋爱部分的"善感"的理论,则与中国文论中的"感物"说颇有相似之处。这一精神传统也确实为许多日本现当代文学家所继承,如川端康成在诺贝尔颁奖典礼的演说词中有这样一段著名的文字:

以研究波提切利而闻名于世、对古今东西美术博学多识的矢代幸雄博士曾把"日本美术的特色"之一,用"雪月花时最怀友"(按:原诗为"雪月花时最忆君",出自白居易《寄殷协律》)的诗句简洁地表达出来。当自己看到雪的美,看到月的美,也就是四季时节的美而有所省悟时,当自己由于那种美而获得幸福时,就会热切地想念自己的知心朋友,但愿他们能够共同分享这份快乐。这就是说,由于美的感动,强烈地诱发出对人的怀念之情。这个"朋友",也可以把它看做广泛的"人"。另外,以"雪、月、花"几个字来表现四季时令变化的美,在日本这是包含着山川草木,宇宙万物,大自然的一切,以至人的感情的美,是有其传统的。②

川端康成所侧重的便是大自然中的那些极具日本审美气质的可感之物(放在《源氏物语》当中便是那些极具"哀"情的物事),以及想要将此种感受与他人所分享的那份情怀,这点正与本居宣长的"物哀"说相吻合,而对"雪、月、花"等四季时令的感受与审美,则与在平安王朝时期建立起来的"雅"(みやび)美学传统密切相关。

从"哀"到"物哀"的发展,是日本某一特定的审美观念由偶然使用到大量使用,再

---

① [日]渡边淳一:《我不是想推荐爱的标准》,《山西晚报》2010年6月3日。
② [日]川端康成著,海翔选编:《川端康成散文选》,中国世界语出版社,1993年版,第122—123页。

到归纳总结的过程,也是一个民族文学、文化得以建立的必然过程。而这一过程又逐渐伴随着日本本土文化气质的建立,以及对中国传统文化的批判与脱离。事实上,"和魂"一词早在平安时代文豪菅原道真口中就曾提出过,至本居宣长的时代已近千年,可见这一本土意识的建立实在不易。然而"物哀"作为最能够代表日本传统文学、文化的关键词之一,其重要性早已不容置疑,其与中国诗学、美学传统之间的异质之趣也值得读者们去仔细品味。

二、与"哀"异趣的"清趣"(をかし)

与《源氏物语》几乎同时的另一部著作《枕草子》,也是日本平安朝的重要文学作品之一。在这本书中所表现出的以"清趣"(をかし)为主的情调,与《源氏物语》的"哀"(あはれ)有明显的不同。那么"清趣"(をかし)的内涵是什么?"据根来司的说法,平安时代的'をかし'是由动词'をく'('招く')作为语干,加上表示情意性的接词'あし',从而通过'をく→あし→をかし'这一形式构成了这个词。因此'をかし'的原意所表达的是'挥着自己的手并且称赞',乃是包含了'愉快的、开朗的'等因素的具有'肯定性的感情'的一种用语。在这种情形下,'主体与对象之间并非保持一种生活性、行为性、持续性的关系,而是主体从外部观察着对象,其自身的姿态维持原状,在不作任何改变的情况下,对对象表现出一种喜爱、欣赏的感觉,这便是'をかし'。"①与"哀"(あはれ)不同的是,"清趣"(をかし)并不完全将主体情感投入对象物中,而是与之保持一定的距离进行观赏,虽然二者之间也存在着情感上的交流,但总体上说清趣是一种更为理性的审美方式,其情感的色彩也较"哀"更为明朗、轻快。

与"清趣"这一审美情调所相适应的文学表现,就是《枕草子》所写内容并不集中在男女情爱上,而是更加具有随意性、发散性,仿佛是想到哪里就写到哪里,从而创造出了一种随笔体的文学样式。作者清少纳言虽值青春之时便遭离异,后入宫侍奉中宫定子。定子于十年后去世,她失去了宫中的靠山,然而她在书中却不沉溺于对悲哀、寂寞之情的品味,而是处处展现出一种幽默、明快的风格,这或许与她个人性格的关联较大。《枕草子》的内容可大致分为三部分:一是类聚型,即先举出某一类别,如"山"、"河"、"扫兴的事"、"难为情的事",然后列举出一系列她认为符合这一类情况的具体事例(地理名词类如山、河等则列举出作者认为景致较好的山名或水名),这种模式与中国唐代

---

① [日]土屋博映:《『枕草子』の「をかし」の価値》,《跡見学園短期大学紀要》1985年第22期。

李商隐所著的《杂纂》基本一致,表现出受后者影响的痕迹。二是随感,即描述作者日常所观察的事物以及随想。三是记事,以记录其在宫内任职时发生的事件为主,由于《枕草子》作于她不再任职以后,故这一类记事全部都是回忆。以下对书中内容略作列举,来看一看"清趣"的具体表现,以及其与"哀"之间的区别在哪里:

> 春,曙为最。逐渐转白的山顶,开始稍露光明,泛紫的细云轻飘其上。
> 夏则夜。有月的时候自不待言,无月的暗夜,也有群萤交飞。若是下场雨什么的,那就更有情味了。
> 秋则黄昏。夕日照耀,近映山际,乌鸦返巢,三只、四只、两只地飞过,平添感伤(あはれ)。又有时见雁影小小,列队飞过远空,尤饶风情(をかし)。而况,日入以后,尚有风声虫鸣。
> 冬则晨朝。降雪时不消说,有时霜色皑皑,即使无雪亦无霜,寒气凛冽,连忙生一盆火,搬运炭火跑过走廊,也挺合时宜;只可惜晌午时分,火盆里头炭木渐蒙白灰,便无甚可赏了。①

此为随感一类,此处描写的是四季中最令作者喜爱的一些场景画面。作者的审美当然不可能脱离当时的审美观,故而书中对一些情景的描绘也不免有与《源氏物语》的"哀"相合的地方,这些是可以与前文所列举的"哀"在《源氏物语》中的例子来进行比对的(特别是当其指景物对人情感的影响这一含义时)。在该段中关于秋天的描写,作者也用了"あはれ"一词来形容乌鸦归巢时的情景,但值得注意的是紧接着她又用了"をかし"来形容雁群飞过天空的情景,且在行文当中也可以明显感觉出一种"递进"的关系:乌鸦予人的寂寥之情固已是如此,雁群却又较之更富风情,据此也可以看出作者心中"あはれ"与"をかし"二者的高下。再看类聚型的内容:

> 不相称者,如头发不美,偏又爱穿白绫衣裳。毛毛的发上,偏要以葵叶做装饰。丑陋的字,书写在红纸上……老妇配少夫,已是不相称之事,若男人有外遇,偏又要妒火中烧。年纪大的男人睡昏了头的样子。又年老满面胡须的男子,捡着硬果,用

---

① [日]清少纳言著,林文月译:《枕草子》,译林出版社,2011年版,第1—2页。

门牙啃。牙齿全落光的老妪啮食酸梅,在那儿喊酸。①

类聚型所涉及的内容各种各样,有的只是出于作者个人喜好对各种自然景观或者物事的罗列,有的则是对各种各样人事(带有情感色彩)的列举,其中有高贵优雅者,亦不乏粗俗可笑者。此处所举的"不相称者"就明显是可笑的一类,这与"哀"的情调显然有着极大的差别,其实与当时贵族"雅"(みやび)的审美情趣相关联,因"雅"是贵族式的、上品的审美取向,故与之相反的如粗鄙的、粗野的便往往成了被取笑的对象。此外关于男女情事的描绘也多有可笑或是有趣者:

> 幽会之后,晓归的男子欲寻昨晚放置在房间里的扇子啦、怀中之纸等物,由于天暗,找来找去,到处摸索,一边还口中不停喃喃:"奇怪,奇怪。"好不容易找到了,乃窸窸窣窣搋入怀里,复将扇子打开,拍拍作响地扇起来,末了,才道别。②
>
> 女的是重叠穿着七八件淡紫、面红里紫、白色等衣裳,其上又加袭深紫色的鲜丽袿子,各种色泽在月光下,格外显得好看;在一旁的男士,则穿着葡萄色显纹的裤袴,好几层的白色单衣、黄褐色,及红色等裳裾露现,其上则加袭一件洁白的直衣。由于纽带松开,直衣滑落,自然地垂下肩部,故而车厢之外,可以见到那一大端。至于裤袴的一边,则又踏出车轼之外。这情况,若有人在道路上相遇,定会觉得挺有看头的罢。女方给月光照现得颇为腼觍,故躲到车厢后头去,男的却将她拉到身旁来,害她原形毕露,尴尬至极,有趣得很。③

前者仍然是类聚型的段落,只是对某件事不仅仅限于一句话的列举,而是用了较长的笔墨曲尽形容。男女之于夜晚幽约,于天明前离开乃是平安时期贵族男女的恋爱方式,关于此类内容的描写在《源氏物语》中往往更倾向于优雅、哀怨、凄美,这是符合"哀"的特质的。然而清少纳言在《枕草子》中却描绘了不少令人失笑的情景,此处便是如此。事实上不仅仅是有关这样的内容,在整本书的描写中也可以看出作者对于世间人事也看得很透彻,对于复杂人性的把握也非常到位,故而部分描写可笑情景的笔墨也多少带有

---

① [日]清少纳言著,林文月译:《枕草子》,译林出版社,2011年版,第64—65页。
② 同上,第37页。
③ 同上,第327页。

一些讽刺的意味。因为其所描绘的不是某个具体的人,而是一类可笑的人,故在现在看来仍感觉如在目前。后者所写也是于夜晚幽会的男女,其内容也是作者认为有趣(をかし)的情景:男女的服饰穿着就已经令她感到有趣,末了他们的举动所造成的那种可爱的窘态更令她倍觉有趣。事实上对她而言,有趣的范畴其实非常广泛,不仅人事可以有趣,景物、花纹样式等都可以有趣,故而清趣(をかし)实则已经接近于一种审美的意味。作者在书中还这样说道:

> 我这儿说:有趣得很;可是别人却认为:毫无趣味;那才又有趣哩。①

即她并不在乎别人的看法,相反如果别人认为自己觉得有趣的东西毫无趣味,反而令她更觉有趣。关于此书的写作动机,作者在《枕草子》的最后写道:

> 这本草子是将我之所见所思的许多趣事,趁百无聊赖之际,也没指望别人会看,予以整理书记下来而已,间或有一些对别人不便的言重之处,原本是想要巧妙地隐藏起来,万万想不到竟如"只缘泪涌"那般泄露了出去。②

因为其写作的目的仅仅是为了解闷,且并没有打算流传出去给人看,故而清少纳言所倾向于记录下来的都是一些她眼中的"趣事",或许这也是这本书以及在书中所呈现出的"清趣"不同于当时的审美主流"哀"的原因所在。总之,"清趣"所表现出的是一种明快的、愉悦的情感,它虽也对物、对人事进行观察,却与之保持了一定的距离,并不沉溺于其中,从而能够以一种较为客观的态度呈现出作者眼中所观察的一切。"清趣"作为与"哀"具有一定差别(其差别主要在对事物看法着眼点的不同)的一个审美范式,反映的是一种幽默、风趣的风格,其对日本后世的随笔文学如《徒然草》等产生了直接的影响,此外江户时期曾一度大为流行的"可笑物"通俗文学作品中也能看到"をかし"的影子。"清趣"的存在反映出日本人对事物的感受及审美,不仅有着沉溺、流连的一面,同样也有着开朗、乐观的一面,这一特点是值得注意的。

---

① [日]清少纳言著,林文月译:《枕草子》,译林出版社,2011年版,第172页。
② 同上,第357—358页。

第三节 "幽玄"（ゆうげん）

一、"幽玄"的由来及其在和歌论中的位置

"幽玄"的概念不同于源于本土"物哀"，其较早见于中国魏晋时期的道教典籍，如《抱朴子内篇·论仙》："况乎神仙之远理，道德之幽玄。"①此指道德之广大深远的意味。"幽玄"在《上清大洞真经》中也多次出现，其词义多指深奥幽远。之后佛教典籍也多借用该词，以表示佛法的深奥。如僧肇《宝藏论》："真一宗乱，诸见竞兴，乃为流浪，故制离微之论，显体幽玄。"②唐元康《肇论疏》注"极玄枢之妙用"云："玄枢者，玄，谓幽玄；枢，枢要也。谓至理幽玄，教门枢要，佛穷尽之耳。"③又唐法藏《华严经探玄记》："又照穷逾远曰深，毕竟无底曰深，幽玄无极，故曰甚深。"④中国早期的佛典，经常采用老庄的体系术语来阐释佛理，从道教典籍到佛教典籍对"幽玄"概念的使用可看出，该词多指向于深奥、高深、难解等含义，且带有哲理思辨的意味，其与道、佛二教所欲展现的神秘气息，自有许多相合之处，故多被加以使用。因此"幽玄"一词在诞生初期就确立了其基调：其所指向的并非事物的宽度，而是深度。

值得注意的是"幽玄"在中国古代并非一个重要的词汇，其在后世的使用也并不常见；而在日本的情况则大不相同，该词自平安时期开始出现，至镰仓、室町时期的使用开始变得频繁。且该词后来也脱离了佛道等宗教典籍，成为一个常用的词汇，然而其含义的指向则仍与之前一致。如《古今和歌集·真名序》："至如难波津之升献天皇，富绪川之篇报太子，或事关神异，或兴入幽玄。"⑤藤原敦之《白居易祭文》："幽玄之境，遥虽闭踪，后素之功，新以图像。"⑥前者指的是与神异之事相关的和歌作品，其幽玄与神异相对，同样具有神秘不可测的意味；后者以幽玄指幽冥之境，即与现世相隔的所在，既为幽冥，故亦具有不可知的含义。

---

① （晋）葛洪著，王明校释：《抱朴子内篇校释》，中华书局，1985年版，第15页。
② 引自［日］能势朝次、大西克礼著，王向远译：《日本幽玄》，吉林出版集团，2011年版，第10页。
③ 同上，第12页。
④ （唐）释法藏：《大方广佛华严探玄记》卷五，大正新修大藏经本。
⑤ 王向远：《日本古典文论选译·古代卷》（上），中央编译出版社，2012年版，第32页。
⑥ 引自［日］能势朝次、大西克礼著，王向远译：《日本幽玄》，吉林出版集团，2011年版，第26页。

除此之外,幽玄还开始作为一种文学批评词汇而被普遍使用,如藤原宗忠(1062—1141)在《作文大体》中列"余情幽玄体",在该体下举例诗云"庶人展簟宜相待,列子悬车不往还"、"兰蕙苑风催紫后,蓬莱洞月照霜中",并称"是诚幽玄之体也"。① "余情体"亦见于壬生忠岑《和歌体十种》,此处所列二诗所咏典故亦涉及道家或道教的元素,故也有多少带有之前引文所涉及的神秘莫测的意味。但作为一种"体",即汉诗的一种风格样式来看,此二诗很难说有较大的关联性,这或许是因为当时日本汉诗家对于汉诗风格的把握尚未能十分到位,但其对汉诗所列这一"余情幽玄体",则可以看出他们对汉诗风格本土化所作出的努力。此外又如藤原宗兼《续千字文赞序》:"加之术艺之幽玄,诗情效元白,诚是朝之简要、道之规模也。"② 此处的幽玄是作为一种艺术水平的称赞之语来使用的,也即艺术之高深,此种对艺术水平极高标准形容的含义,是"幽玄"一词的另一重要用法,这关系到后来一些新兴的艺术形式,借由该概念而进入高雅艺术殿堂。

"幽玄"一词开始被用于和歌理论当中首见于壬生忠岑(Mibu no Tadamine,约860—约920)的《和歌体十种》,对其中的"高情体",他解释为:

> 此体词虽凡流,义入幽玄,诸歌之为上科也,莫不任高情。仍神妙、余情、器量皆以出是流,而只以心匠之至妙,难强分其境。待指南于来哲而已。③

即神妙等诸体实皆出于高情体,其与诸体相比处于上位,而高情体的关键则是"义入幽玄",对此日本学者能势朝次引用了当时的几种结论称:

> (1)这些例歌都是写大自然的,并对大自然充满了深深的热爱之情;(2)在这一点上,与在山水之间陶冶情怀的中国式的高情相通;(3)"高情"这个词,是指离俗的高洁之心、神游于自然山水与诗歌世界中的高雅之情。④

即其与对自然山水的鉴赏与陶冶及由此产生的高洁之情相关。而大西克礼则认为

---

① 引自[日]能势朝次、大西克礼著,王向远译:《日本幽玄》,吉林出版集团,2011年版,第30页。
② 同上,第33页。
③ 王向远:《日本古典文论选译·古代卷》(上),中央编译出版社,2012年版,第43页。
④ [日]能势朝次、大西克礼著,王向远译:《日本幽玄》,吉林出版集团,2011年版,第48页。

壬生忠岑该段话中的"虽"（雖）为"離"之误，故"高情体"乃是词与义皆脱离凡流，进入幽玄之境。① 到了平安朝后期，藤原基俊（Fujiwara no Mototoshi, 1060—1142）在其和歌判词中也使用了幽玄的概念，如中宫亮显辅家歌合判词："左歌虽拟古质之体，义似通幽玄之境；右歌义实虽无曲折，言泉已（非）凡流也，仍以右为胜。毕。"又奈良花林院歌会判词："左歌，词隔凡流，入幽玄，实为上科；右歌，虽无不妥，尚有生涩，故以左为胜。"② 基俊对和歌艺术水平的判定是将词与义分开的，且词所占的比重似要大于义，如前一条左歌的义虽已入于幽玄，但却不敌右歌的言泉超出凡流，由此也可以看出幽玄在这里并不是一个艺术水平极高的歌学概念。之后的藤原俊成虽未使用"幽玄"一词来标榜某种歌风，但他所提倡的歌风与创作的风格却与之后所盛行的"幽玄"是较为一致的，且后来鸭长明也以"幽玄"一词来概括由他所开创领导的歌风，由此也可看出当时人对于俊成歌风及和歌理念的基本认识。其关于幽玄的论述可见于他的和歌判词以及以下此段话：

大凡和歌，一定要有趣味，而不能说理。所谓咏歌，本来只是歌唱，只是吟咏，无论如何都要听起来艳美、幽玄。

要写出好歌，除了词与姿之外，还要有景气。例如，春花上要有霞光，秋月下要有鹿鸣，篱笆的梅花上要有春风之香，山峰的红叶上要降时雨，此可谓有景气。正如我常说的，春天之月，挂在天上飘渺，映在水中飘渺，以手博之，更是朦胧不可得。③

就其论述来看，幽玄的和歌需要一种感发性的表述方式，故其与说理是不可并存的。又其后半部分关于景气的论述，可知优秀的和歌当具有一种难以言说的朦胧之美，其说与严羽《沧浪诗话》的"不涉理路、不落言筌"，"空中之音、相中之色、水中之月、镜中之象"④等说颇有相似之处。另外，俊成将艳美与幽玄并列，可知其所论的"幽玄"当中也含有"艳"的气质。

"幽玄"的理论至镰仓时期的鸭长明（1155—1216）表现得更为系统化，如其《无名

---

① ［日］能势朝次、大西克礼著，王向远译：《日本幽玄》，吉林出版集团，2011年版，第212页。
② 同上，第49—50页。
③ 同上，第61页。
④ （宋）严羽著，郭绍虞校释：《沧浪诗话校释》，人民文学出版社，1983年版，第26页。

秘抄》：

> 进入境界者所谓的"趣"，归根到底就是言辞之外的"余情"、不显现于外的景气。加入"心"与"词"都极"艳"，"幽玄"自然具备。①

可以看出对"幽玄"的这一解释，其实综合了前人的各种观点，对于"余情"与"景气"，他还作了更为详细的阐释：

> 例如，秋季傍晚的天空景色，无声无息，不知何故你若有所思，不由潸然泪下。此乃不由自主的感伤，是面对秋花、红叶而产生的一种自然感情。
> 又，在浓雾中眺望秋山，看上去若隐若现，却更令人浮想联翩，可以想象满山红叶层林尽染的优美景观。②

前者强调的是一种面对自然景物时所产生的一种特定感情，也即该种感情实可皆有着对某种自然景物的描写而被烘托出来。后者是指一种不写透、不点透的创作方式，只写及一部分，留下大半的空白，而将剩余的部分交由人去想象，故其对于"幽玄"的界定也较前人更为明确具体。在藤原俊成之子藤原定家（Fujiwara no Teika, 1162—1241）的诗论中，幽玄作为一种诗学范畴被确定下来，即"幽玄体"，然而其艺术价值却相对降低，不及他所提出的"有心体"。

> 和歌十体之中，没有比"有心体"更能代表和歌的本质的。"有心体"非常难以领会……所谓优秀和歌，是无论吟咏什么，心都要"深"。
> 同时，这个"有心体"又与其余九体密切相关，因为"幽玄体"中需要"有心"，"长高体"中亦需要"有心"，其余诸体，也是如此。任何歌体，假如"无心"，就是拙劣的歌无疑……实际上，"有心"存在于各种歌体中。③

如此，"有心"成为一个最高级同时也是最普遍的艺术标准，而要求心之"深"，实际上不

---

① ［日］能势朝次、大西克礼著，王向远译：《日本幽玄》，吉林出版集团，2011年版，第59页。
② 同上，第59—60页。
③ 同上，第265—266页。

仅仅是一种情感深度抑或强烈表现的问题，其往纵深方向的追求，其实与幽玄的审美取向是一致的。大西克礼认为，"定家是为了强调作为美的生产之主体的'心'的意义，才提出这个概念的；也就是说，定家由此而把俊成等人'幽玄'体验的美学的反思，向主观的方面推进了一步。"①除此之外在镰仓室町时期还有一些伪托定家之名而作的歌论，可以注意到，在这些歌论当中，歌体的划分越来越细致，而对"幽玄体"自身也做出了一些细分。如《愚秘抄》称"幽玄体"不止一种，其下又有"行云"、"回雪"两种，其命名分别来自《高唐赋》及《洛神赋》中的语句，显然二者皆与对女性的描写密切相关。而在《愚见抄》一书中，除有"行云"、"回雪"二体之外，又加入"心幽玄"与"词幽玄"二种，并称"当今歌体，只是词幽玄而已。"②其说与定家对"有心体"的强调存在着关联，同时也说明此时歌论对于"幽玄"之体的划分与界定更为具体细致了。

至吉野朝时期，连歌作为一种起初不登大雅之堂的歌学类别，逐渐提高了其地位，为人们所重视，这与二条良基（1320—1388）所作的努力是分不开的，而良基主要就是赋予连歌以"幽玄"的特点，他还提出了"心的幽玄"、"意地的幽玄"、"词的幽玄"、"唱和接续的幽玄"、"风格的幽玄"、"听觉的幽玄"、"吟咏的幽玄"、"句子的幽玄"、"风情的幽玄"等概念。在他看来，"意地"——也就是和歌中的"心"——的幽玄是最为重要的：

> 和歌、连歌，未必要承袭老师的风格，定家的风格就不像俊成的风格，为家的风格也不像定家，但他们都是誉满天下的歌道达人。虽说各人风格不一，但"意地"却是根本不变的。
>
> 我所说的脱离先贤，主要是在用词调、风情方面，而"意地"则是相同的。确定不变的是"幽玄"。③

这些都显示出自定家以来歌学对于"心"的强调性作用，此外他也强调"词的幽玄"：

> 风情要尽可能新，词要幽玄，方能情趣盎然。
>
> 所谓俗词，就是那种听起来趣味低下、粗野无文的词。相反，"幽玄"应是优美

---

① ［日］能势朝次、大西克礼著，王向远译：《日本幽玄》，吉林出版集团，2011年版，第233页。
② 同上，第87页。
③ 同上，第98页。

细腻、典雅流畅的词。现在的连歌用词,应向救济、周阿等人学习。

从汉诗中取词,就要取其幽玄优美者,不要取生硬之词。①

可以看出所谓"词的幽玄"当中"幽玄"的内涵实则是与优美、优雅等词接近的,这也是此时期幽玄一词内涵不断扩充而导致的结果,良基致力于将连歌这种原本近于俗文学的歌学类型提升到与和歌同等地位所作努力的关键也在于此。既要提高地位,就必须优雅,而说到优雅,就必须往幽玄靠拢,由此可见"幽玄"一词作为一种艺术审美的范畴已深深植入于日本当时的文学艺术审美活动中。对于连歌的"接续唱和"(主要指连歌词句的接续方法)方面,他也提到:"连歌应以继续唱和为第一,无论吟咏多么有趣的事体,词的接续唱和不行,便无甚可观,正如美女穿麻衣。要以幽玄优美为先。"②关于良基的连歌论,能势朝次认为其一方面是"以'优'为基调",另一方面则是"更带有强烈的感性、感觉的色彩",而这是"受到了世间通俗意义上的'幽玄'(例如容貌的'幽玄'、人体的'幽玄'等之类)的相当大的影响"。③ 在之后的室町时期,世阿弥(1363—1443)也将"幽玄"的审美赋予到了原本是作为滑稽乐而表演的能乐之上,从而使其不断往高雅的艺术形式发展,终使其成为日本的代表性剧种,而这样的一种雅化过程,同样是与"幽玄"在审美上所具有的高雅的特质密切相关。

二、幽玄的内涵论

梳理"幽玄"概念在日本古代诗学理论中的形成及衍变过程,可以发现其在不同时期以及不同学者的论述中是存在差异的。总体而言,"幽玄"的内涵中主要包含了以下四个方面的要素。

第一,回归到该词的本义,最初是指一种具有宗教性的神秘与难解之义。正因其深邃、悠远,故而神秘难解,因此作为诗学理论的"幽玄"的含义,与其所追求的"深度"是分不开的,而该种"深度"又是与"心"结合在一起的,这在许多歌论中都有所体现。如藤原定家所言:"所谓优秀和歌,是无论吟咏什么,心都要'深'。"对此他进一步论述道:

有人用"花"与"实"来比喻和歌,说古代和歌存"实"而忘"花",而近代和歌只

---

① [日]能势朝次、大西克礼著,王向远译:《日本幽玄》,吉林出版集团,2011年版,第99—100页。
② 同上,第102页。
③ 同上,105—106页。

重视"花",而眼中无"实"……据我一愚之得,所谓"实"就是"心",所谓"花"就是"词"。①

这样看来,其花与实、心与词之论,实与中国文论对情与辞的探讨相类似,而"心深",则似乎应包含两层含义,一是情感程度的深厚、强烈,这是一个文学理论当中的普遍性问题;二是一种对于深远、深邃美感的追求,这也是"幽玄"一词为什么不仅仅只是一个诗学范畴,更是一个美学范畴的原因,这是有其历史背景的。

在日本中世纪,带有深远的、深邃的审美风格成为当时的社会主流风气。究其原因,乃与当时佛教的盛行密切相关。事实上早在平安朝末期,贵族之间的混战不断,社会日益动荡,人们开始感受到生命的无常,而佛教则能对此乱世幸存者起到一些慰藉的作用,其文化影响力日益强大。至镰仓时期以来,社会文化的中心更是集中在寺庙群落中,故整个镰仓时期及之后室町时期的汉诗文乃被称作五山文学,五山正是当时最高位寺院之所在,这反映出佛教文化在日本中世文学中所扮演的重要地位。正如"幽玄"一词出自佛典,所以在日本中世纪佛教盛行期,"幽玄"能够作为一个极为重要的诗学范畴乃至美学范畴堂而皇之地登堂入室,也就不足为奇了。如同日本当代美学家能势朝次(Nose Asaji)所评论的:

> 佛教并不是单纯教导人们世间无常、厌离秽土、欣求净土,而是在无常的现世中,在那些行为实践的方面,引导人们领悟到恒久的生命并加以把握。……在艺术方面,则教导人们,无常的东西中也有真正的美,因为无常,所以要更加珍爱美的光辉。而这一切,一言以蔽之,就是要求人们把一味向外投射的眼光收回来,转而凝视自己的内心,以激发心中的灵性为指归。②

这恐怕也是日本古代的幽玄歌论为何会如此重视"心"的缘故。

第二,与"深"的概念相关联的是朦胧、缥缈的含义。正因深沉,视之而模糊不清。而将这种状态加以提炼,注入艺术想象,便构成了朦胧缥缈的美感境界。对这层含义的探讨和论述,在藤原俊成、鸭长明、藤原定家等人关于"幽玄"余情风格的论述中,都有

---

① [日]能势朝次、大西克礼著,王向远译:《日本幽玄》,吉林出版集团,2011年版,第267页。
② 同上,第4页。

所表现。前文所引鸭长明对于浓雾中眺望秋山的比喻所展现的,正是这样的一种朦胧之美。此外鸭长明又在《莹玉集》对两首和歌的评价中说:"心词均不确定,又如碧空悬游丝,有中有无,无中生有,幽而深,人安能不入此境!"①这种难以指实、有无相间的艺术风格,亦是这种朦胧之美的表现。藤原定家评论源俊赖的名作时,称"此乃'幽玄',景象迷蒙,萧瑟寂寥"②,所提倡的也是这样的一种意境。其实,中国古代文论中也不缺乏对此类朦胧美风格的描述和赞赏,但显然没有占据较高的文坛地位。而在日本文学、文化中对于此种朦胧之美有着长期追求及倡导热潮,反映出日本传统审美观的独特取向。值得注意的是,与上述热潮相关的,却是在语言文字或情感表达方面的暧昧不明,这也呈现出日本文学文化的独特表现风格。

第三,除上述两点要素之外,"幽玄"还包含了寂寥、寂静的因素在内。如俊成评嘉应二年住吉神社歌合二十五番左歌时所云:"写寂寥之中,思念都城,入幽玄之境。"③又如鸭长明所感悟到的:在无声无息的秋日傍晚天空之下若有所思,不禁潸然泪下。他们所说的,都是一种摒弃外界的干扰与杂念,进入寂寥状态之中,心有所感的状态。而这种状态的进入,同样需要与"心"之深加配合,方能达到。室町时期的连歌家十住心院心敬还提出"在冷寂处悟道",他认为幽玄的和歌应具有一种"冷艳"的风格,认为歌人"一定要留心微暗之处"④,其"寂"实近于一种苦行修炼的意味。

第四,在历代部分歌人的歌论中还提到了"艳"的因素。如藤原定家与正彻所提出的"余情妖艳之体",此外伪托定家所作的《愚秘抄》《愚见抄》等书中提到的"行云"、"回雪"体等也都被视为带有余情妖艳的情调。其中"艳"可追溯至《古今和歌集序》中对于"花"与"实"的论述,而"艳"从属于"花"的系统,其更多是倾向于修饰性的、华丽性的,而"妖"则具有一种朦胧、超脱、迷幻的性质。前者在《古今和歌集序》中遭到批判,但在进入中世以后,一些歌论开始更为看重和歌"艳"的性质,如"优艳"、"华艳"、"艳丽"等语开始见诸歌评;后者则更明显具有中世的审美气质,其与之前所论"幽玄"的内涵亦有相通之处,定家"余情妖艳"的"有心体"系统亦对后来的幽玄论产生了较大的影响,不少歌人关于"幽玄"的歌论中都可以看到其"艳"的影子。

总之,"幽玄"代表的是一种优雅、高雅的审美风格。日本历代许多歌人在和歌的

---

① [日]能势朝次、大西克礼著,王向远译:《日本幽玄》,吉林出版集团,2011年版,第63页。
② 同上,第65页。
③ 同上,第53页。
④ 同上,第115—118页。

判词当中都将"幽玄"与"凡俗"对举,这证明了一种悠久的观念认同:幽玄之歌应是远离凡俗氛围的。在吉野朝被二条良基赋予更高审美品位的连歌,以及后来被世阿弥雅化的能乐,皆通过不断阐发和丰富"幽玄"说,使其本体的论述获得了独特的诗学特质。世阿弥称"唯有美而柔和之态,才是'幽玄'之本体"①,正说明了幽玄在日本中世时期乃是作为贵族阶层、上流社会所普遍推崇的一种审美形态而存在的。原本不登大雅之堂的连歌及能乐,想要跻身高雅文艺世界,都借由"幽玄"说的途径来达成。故而继平安时期倡导的"哀"概念之后,中世的"幽玄"成为日本诗学乃至文化范畴中的核心关键词,其在当时成为一种全社会的审美标准,并在长期的累积当中成为日本文学、文化的关键性底色之一。

第四节 "寂"(さび)

"寂"是继"物哀"、"幽玄"之后日本文学乃至社会文化中的又一个重要的审美范畴,这一范畴主要体现在俳谐及茶道这两种艺术形式中。由于本书所论主体为"诗学",故本节将着重探讨"寂"在俳谐文体中的表现,其他如茶道之寂等仅作为旁证参考。此外又由于"寂"往往与"风雅"、"佗"、"枝折"等概念连在一起使用,故而在本节的论述中也会涉及这些相关概念,但论述重点还是在于"寂"的范畴。

一、寂的概念演变

"寂"的特点在早期的《万叶集》,及平安时期前期的和歌创作中已有所表现。叶渭渠先生将此早期之"寂"归纳成"闲寂",将其与跟"幽玄"相关联的"空寂"区分开来,并称其"以风雅为基调,多表现寂寥之情,更具情调性"。② 至平安时代后期,慈圆、西行等人进一步将这种"寂"论形象化,将自然景象与自我心境融合在一起,并通过一种主观抒情方式予以表现,对此可引用一段充满比喻色彩的话来作说明:

> 西行法师常来晤谈,说我咏的歌完全异乎寻常。虽是寄兴于花、杜鹃、月、雪,

---

① [日]能势朝次、大西克礼著,王向远译:《日本幽玄》,吉林出版集团,2011年版,第127页。
② 叶渭渠:《日本文学思潮史》,北京大学出版社,2009年版,第153页。

以及自然万物,但是我大多把这些耳闻目睹的东西看成是虚妄的。而且所咏的歌都不是真言。尽管咏的是花,但实际上并不觉得它是花;尽管咏月,实际上也不认为它是月。只是当席尽兴去吟咏罢了。像一道彩虹悬挂在虚空,五彩缤纷,又似日光当空辉照,万丈光芒。①

也就是说,在西行所吟咏的诸如"月之寂"的那些和歌中,"寂"其实出自其内心,他将这样一种主观的心绪加诸万物,于是触处无不是寂。然而值得注意的是,西行自己也承认这并非是"真言"也即まこと,这与后来芭蕉俳谐的创作精神是不太一致的。

江户初年的大文豪松尾芭蕉对于俳谐这一歌体地位的确立起了决定性的作用,而"寂"也主要是自芭蕉以后,才正式成为日本诗学体系中的一个重要范畴。芭蕉本人对其俳谐创作的理念作过一些简要的论述,其中值得注意的是以下两段:

> 西行之于和歌,宗祇之于连歌,雪舟之于绘画,利休之于茶道,虽各有所能,其贯道者,一也。他们皆追求风雅,顺应造化,以四时为友。所见者无处不是花,所思者无处不是月。若不把寻常之物视为花,则若夷狄;若心中无花,则类鸟兽。故应出夷狄而离鸟兽,顺造化而归于造化。②

> 留心于风流,随四季之变,万物吟咏不尽,多如海滨之沙。述其情,而感物兴哀者,乃诗歌之圣。故而文明时代,其道大兴,圣者之言,而为今日圭臬。虽因其诚实,不易为今人所模仿赏玩,然风雅之流行,犹如时世推移变化,永无止境,只能尊而顺之。③

芭蕉对于自然万物对文学艺术的影响作用非常重视,上述两段表述中都明显体现出了这一点。前一则所说的"风雅",实近于自然之意,这也是该汉语词汇的内涵到了日本之后所出现的变化之一。而且芭蕉将西行等人所贯彻的精神称之为"道",也就是将对"风雅"的追求上升为一种精进于"道"的精神,使其成为一种人生的修炼,这样的一种

---

① 叶渭渠:《日本文学思潮史》,北京大学出版社,2009年版,第156页。
② [日]大西克礼著,王向远译:《日本风雅》,吉林出版集团,2012年版,第169页。又见王向远选编:《日本古典文论选译·古代卷》(下),中央编译出版社,2012年版,第395页。
③ 译文参见王向远选编:《日本古典文论选译·古代卷》(下),中央编译出版社,2012年版,第397页。

对待文艺乃至技艺的态度，颇能显出日本传统文化的特色。对于芭蕉这段表述的理解有多种，当代日本学者大西克礼引用了志田义秀的观点，称其是"无论是看待人世现象还是自然现象，都是同样的心情"，"到达风雅极致的人，看待人世如同看待自然"；他自己则认为"主要还是风雅人的眼与心常常只面对花鸟风月，而远离人间俗事。"①芭蕉的第二段表述，除了同样看重自然（此处的"风流"在内涵上同样接近于自然）万物之外，还提到了"风雅之诚"与"流行"的概念，这在第一节中已有过论述。松尾芭蕉对于"寂"并未作过理论上的阐释，但在其著名的《奥州小道》一文中则可以看到他对于"寂"的景色的具体细致的描述：

> 岩石层叠而为山，松柏历经岁月，土石饱经风雨，长满青苔的岩石上建有一个小院落，门扉紧闭，悄然无声。沿着溪岸，爬上岩石，参拜佛阁，渐见佳景，心地寂寞而澄明。
>
> 神社前面寂静无声，月光从松树间洒下来，仿佛在眼前铺上了一层白砂糖。②

此处不论是对环境景色的描写抑或是对心境的形容，"寂"都是以其字面上的本义而存在的。但心境的"寂"又并非是完全意义上的寂寞，其接在寂寞之后的"澄明"实可注意，这是超越了寂寥之后的一种透彻、自在的心境，在这种心境下方能创作出"寂"的俳谐。故此处的"寂"虽然并非是作为俳谐审美的"寂"而存在，但仍可对俳谐之"寂"的理解起到帮助的作用。

蕉门弟子各务支考（Kagami Shiko，1665—1731）的俳谐论，主要见于他的《续五论》及《俳谐十论》，其中有不少关于"寂"的论述，例如：

> 所谓俳谐，当有三种。花月风流是为风雅之体；趣味乃俳谐之名；闲寂乃风雅之实。若不具备此三者，则俳谐只是世俗之言。

> 世间人情，乃五伦之常法；趣味乃俳谐之名；寂乃风雅之体。牢记此三者，即便身穿千层绫罗，也不忘一层寂；口含八珍佳肴，也不忘瓢饮之乐。心知世情之变迁，

---

① [日]大西克礼著，王向远译：《日本风雅》，吉林出版集团，2012年版，第72—73页。
② 同上，第83页。

耳闻人世之笑言,可谓俳谐自在之人。

  有情之物不必说,无情之物如草木、道具摆设之类,各有各的"本情",与人情并无不同。达不到"本情"的人,面对风花雪月也会无动于衷,手持道具也仿佛赤手空拳一般。"金色屏风上的古松啊,也在冬眠。"炭俵在为这首俳谐所写的序中,认为此句有其魂。这个"魂"是什么?金色屏风给人以暖意,银色屏风给人以凉意,这就是金、银屏风的"本情"……金银屏风中体现出的"本情",令人想起豪门大户的广厦,这就是风雅之寂的实质,金色屏风的暖意就是事物的"本情",可以说,那首《古松》就是付出二十年辛苦努力的风雅之寂。①

  风雅,本是寂之谓也……心中一定要明白:居于享乐,则难以体味寂;居于寂,则容易感知享乐。什么是"风雅之寂"呢?有人说年轻则无寂,这样说,是因为他们不知道俳谐出自于心。②

尽管支考的上述论述还有互相矛盾之处,如第一则称"寂乃风雅之实",第二则又称"寂乃风雅之体"(此处的"风雅"指的是俳谐这一歌体,这是该词在日本含义演变之另一端),但其大致的观点还是清晰的,即认为"寂"是俳谐的内在本质,也即俳谐创作的核心。第一则于"寂"外又提到了花月风流与趣味,这是他对俳谐性质的一种判断,花月风流指的是自然界的景物,趣味则是俳谐区别于其他诗体如和歌、连歌的所在,而寂之于俳谐则犹如中世的幽玄之于和歌、连歌一般,是一种诗学风格乃至美学的核心所在。支考在其俳论中经常提到"风雅之寂",据其在第三则中的论述,可以理解为是一种对于事物"本情"的体察及将其表现出来的能力。再仔细加以玩味,可以发现这种"本情"及了解"本情"的能力,其实与本居宣长所说的"物哀"与"知物哀"的关系非常相似,二者其实都是关于如何"感物"以及将其付诸文学创作的问题。但值得注意的是,此处的"寂"其实是一种偏向于广义的所指,并不是一种特定的创作风格或特点。它更像是一种对于俳谐创作的最高评价,也即最高的美学标准。从这一点上来说,其与本居宣长的"物哀",乃至中世纪的和歌、连歌及能乐的"幽玄"又是相似的。第四则关于享乐与寂

---

① [日]大西克礼著,王向远译:《日本风雅》,吉林出版集团,2012年版,第31—34页。
② 同上,第87页。

的两句话当中,"寂"包含了两层含义,前句之意是居于享乐之人沉迷于声色犬马之中,其内心的感受能力,特别是对于事物"本情"的感受能力必然会衰退,故而难以体味"寂";后句的"寂"则更接近于其字面的含义,即身处寂寞、寂寥之中才更能体味到平时所体会不到的乐趣,因为他的感受能力变得敏锐了,将其与第二则同看,则可知不论处于何种环境之中,心中的那份"寂"是风雅之人无论如何都不会丢弃的。

正如支考在另一段论述中所说:"我们走过鱼棚,对于盐鲷所能产生的'寂',也不过是盛鱼的简陋木器的木头香味、联想到梅花的风情,或者想起女人出嫁的一些微妙细节。先师芭蕉在那时候对海边的狂风完全不在意,却写出了卖干货的鱼棚中的那种'寂'之味。在当时的俳谐作者各显其能的时候,先师却看到只有孩童才有兴趣加以注意的鱼棚,体现出其特有的'夏炉冬扇'的'寂'之趣味。如此,怎能不成为悠游自在的道人呢?怎能不成为俳谐之道的祖师呢?"[1]这一段说得很明白,对于盐鲷这一事物,芭蕉的弟子所能感知并联想到的与芭蕉所能感知并联想到的层次完全不同,这便是"寂"存在与否的关键,而芭蕉之所以能够创作出这样具有"寂"之风格的俳谐,显然与他曾常年旅行,在艰苦寂寥的环境下所培养出的心境及感受的能力是分不开的。且支考还提到了"只有孩童才有兴趣"这样的说法,这其实正是某种老成之后反归于天真的创作风格,然而这并非出于刻意的构思,而是出于芭蕉之"心",也即风雅之诚,这需要长期的磨炼方有可能形成。

芭蕉的得意门生向井去来(Mukai Kyorai,1651—1704),在其《去来钞》中有这样一段论述:

"寂"指的是俳谐连句的一种色调,并非指"闲寂"之句。例如,老将身披盔甲上战场,或者身穿绫罗绸缎赴宴,但他的老者之风是处处可以显示的。"寂"无论是在热闹的句子中,还是在寂静的句子中都存在。兹举一首俳谐为例:"白首老夫妻,樱花树下两相依,亲密无间隙。"先师在评论此句时说:"'寂色'浓郁,尤为可喜。"[2]

显然此处的"寂"也是作为一种较高的审美层次而存在的,去来将其称为"色调",并明

---

[1] [日]大西克礼著,王向远译:《日本风雅》,吉林出版集团,2012年版,第85页。
[2] 同上,第87页。

确提出"寂"与"闲寂"不同,"寂"是一种稳定的状态,体现出一种审美的色调。他所列举的老者之风及"白首老夫妻"的俳句,都涉及某种老成的、有年岁感的特点,可感悟出某种神韵,此与"寂"的内涵就有着一定的关联性。去来在《答许子问难辩》中又这样说道:

> "寂"、"枝折"是风雅之关键,须臾不可忘记。然而,一般作者,不可能句句都有"寂",这一点只有先师能做到。像我等作者,现在为什么要厌弃"寂"、"枝折"之句呢?应该把这个作为不懈的追求才对……壮年人的作品表面看上去并无"寂"与"枝折",岂不更好吗?先师曾说过:初学者要有"寂"与"枝折"并不容易,难以吟出新意。
>
> "寂"、"枝折"并不是有意为之的言辞与技法,"寂"句与"寂的"句,并不相同。所谓"枝折"也不是有意为之的"哀怜","枝折"之句与"哀"之句也是不同的。"枝折"是植根于内而显现于外的东西,用言语难以分辨清楚。倘要勉强说清,那么可以说,"寂"体现于句之"色",而"枝折"体现于句的余情。①

这与上一段引文的主旨相似,只不过又加入了"枝折"的比喻,而"寂"与"枝折"作为一个整体被视为俳谐创作的极致。去来认为这需要不断的锻炼与修行方能达到,且又明确提出其并非刻意为之的"寂的"风格,而是一种由心而发的、出于自然本色的作品的姿态。

三宅啸山(Miyake Shozan,1718—1801)在《雅文消息》一书中对芭蕉《古池》的评论也值得注意:

> 大凡古来俳句,皆以双关语、说理、节奏等为主,自从芭蕉翁出世,才使俳谐成为可以与汉诗、和歌相提并论的艺术。他的句作成就最高,其作品没有双关、不合拍子、外表不华丽,也不勉强使用俳言,却自自然然,意味隽永。他在江户深川闲居的地方有一个古池,时至春天,徘徊于池畔的青蛙,从岸上跳入水中,发出清冽的水声。作者不写梅、桃、樱依次开放,不写柳叶日见其长,不写蕨草、鼓草从杂草中窜出,只写在悠闲、寂静的草庵中,听得青蛙扑通入水的声响。这简直难以言喻,写得

---

① [日]大西克礼著,王向远译:《日本风雅》,吉林出版集团,2012年版,第91—92页。

春色满满,细致入微,恰如其分。天地造化无私,独感出神入化之妙,岂能不有此吟!我从古选本中看到对此句的品评,全是臻于妙境、不可言状。将此句与王维辋川的五绝及其他名篇,如《鹿柴》、《竹里馆》,或者是"木末芙蓉花,山中发红萼。涧户寂无人,纷纷开且落""人闲桂花落,夜静春山空。月出惊山鸟,时鸣春涧中"等作品相比照,更可体会出个中滋味。[①]

这段评论涉及了比较诗学理论中诗歌表现技巧的对比。芭蕉的一些俳谐名篇如《古池》、《蝉声》等,其所表现出的艺术境界确实与王维的一些五绝诗颇有相似之处,且在篇幅上同样都非常短小。二人作品所描写的环境、景致都是寂静的,哪怕是写蝉鸣,其实也是一种以噪写静的方式,但其所呈现出的艺术境界实则已超越了单纯的寂静场景,而呈现出一种清空、浑融的艺术境界。毫无疑问,作者在臻于此境之前需要反复品味寂静的意蕴,如此其笔下的"寂"才不会呈现出一种消极的心态,而是一种自在、宁静心境的展示,这与诗人受到禅理的启发不无关系。事实上唐代王维与江户芭蕉两位伟大诗人的生活经历中,都明显刻下过佛教熏陶的印记。

换个角度看,若以晚清王国维《人间词话》中阐述的"无人之境"诗论对其加以辨析,也能看到中日两位伟大诗人创作的一致之处。"无人之境"并非完全排斥人的存在,而是指在诗作中完全感受不到诗人的主观色彩,诗人已经完全融入诗中成为自然的一部分。这并不是说作者自身已经完全丧失了主观的判断意识,而是他已经将自己的主观意识与自然场景完全一体化了,物我如一,泯然无迹。这样的创作理念,其实也就是日本传统俳论所强调的"风雅之诚"以及"俳谐出自于心"的理念。若非心的作用,若非出自诚,绝不可能达到这样的艺术境界,然而这样的境界创作又绝非刻意雕琢与营造所能企及。芭蕉的俳谐佳作往往是由"闲寂"场景而入,但又出之以"寂"意,即达到俳谐的最高境界;而他的其他作品如《盐鲷》这类,虽也被视为"寂",但在艺术风格的呈现上却并不表现为"闲寂",这是需要加以注意的。

建部凉袋(Takebe Ryotai,1719—1774)也对"寂"与"闲寂"的区别作了论述:

> 俳谐中没有"寂"之姿,就如同烹调中没有香料。不过,人们常常把"寂味"理解为"闲寂"。"闲寂"中并非没有"寂味"。若把"寂"看做寻常之"寂",则"寂味"

[①] [日]大西克礼著,王向远译:《日本风雅》,吉林出版集团,2012年版,第90页。

不仅在俳谐中,在笑言、漫谈中,又何处不在?①

也就是说,"寂"是俳谐中的第一义,而"闲寂"则未必;"闲寂"当中或许可以见到"寂",然而"寂"却不等同于"闲寂"。芭蕉本人对于"寂"并未作过多的论述,而在他弟子及后人的论述中,逐渐出现把"寂"与"闲寂"进行分辨区隔的论述。但另一方面,把"寂"等同于"闲寂"的用例也同样存在,二者是并行使用的。

二、"寂"的内涵论

以上大致列举说明了从芭蕉到后来的俳论家对于"寂"的论述与理解,了解了"寂"大致是在两个层面上被加以使用的,一种是作为风格的"闲寂",一种则是俳谐的最高审美理念。那么在这个作为最高审美理念的"寂"中究竟有着怎样的内涵呢?

"寂"在语义上首先表现在"寂寞"、"寂寥"、"空寂"、"闲寂"等词义上,如同前文所说,西行在和歌中重点表现"寂寥"的感受,但那是一种倾向于刻意表现的创作,即"物皆着我之色彩"。其作品对于寂寞、寂寥心境的展现,也与平安朝末期的社会、背景及审美方式相关联。可以认为,对于寂寞、幽寂感受的表现与受到禅理的启发是分不开的。自然山水很容易使人生发出一种幽思之情,在中国古代山水诗的崛起便与受到佛教思想的启发有相当程度的关联。然而寂寞本身并不具有审美的特质,若要将其在文学中予以提升,就要求作者必须沉潜于寂寞、寂寥的深刻感受当中,并从中细腻感悟到寂寥的趣味(即无中之有),这种寂寥表现才可能具有一种深度及美感。而当芭蕉学习西行,将俳谐也即风雅视作一种"道"不断加以精进,并通过在长途跋涉的过程中不断去体味旅途种种"寂味"的时候,其审美的特质也就变得更加突出了。也就是说,"寂寞"与"寂味"是两个不同层面和性质的概念,而起决定性作用的关键便在于人这一主体。大西克礼(1888—1959)采用了滑稽美学的理论对其进行了阐述,他说:"'寂''贫乏''无助'之类的词,作为对某种对象特征之描述,都属于一种消极性的因素,但这些消极性的因素,却可以通过我们的主观作为,而成为一种积极的有意义的审美因素。"借此"不仅可以获得对于现实对象做出感性反映的自我超克,而且也能够拥有不被一切实在的对象所束缚的潇洒的、自由的感情,并以此投射到本来具有消极性格的诸种对

---

① [日]大西克礼著,王向远译:《日本风雅》,吉林出版集团,2012年版,第92页。

象和境况中……在这个意义上,审美客体就有可能自行成立,并自行享受。"①在这样一种机制下,"'寂'或'佗'(茶道中的一个概念,其内涵与"寂"相似)中所包含的审美反讽意味,伴随着审美的消极因素的积极转化,就产生了某种类似于喜剧的、幽默的气氛和感觉。"②这一段论述一方面是对从"寂寞"到"寂味"的转化这样一个机制的说明,另一方面又涉及俳谐作为一种诗体的独特之处,即其具有幽默、可笑的性质,这与和歌、连歌是很不相同的。在大西克礼的理解中,芭蕉对于俳谐的改造一方面仍然保留了其幽默性的诗体特点,一方面又通过对于"寂"的表现提高了俳谐的地位,且在那种"寂味"当中仍多少保留了一些"可笑"的意味。

"寂"的另一层含义,是带有"古"、"旧"、"老"的意味。同样,老旧的事物本身并不带有审美的意味,但如同其前一种含义一样,审美主体的作用同样能够使得其具有一种审美上的价值。在中国古代诗歌发展历程中,复古经常成为一个时期内创作及理论上的主导趋势,此外在诗论当中,"高古"也往往被视为诗歌风格的一种而予以正面的评价。除此之外,具有"古"、"旧"性质的陈设、物品等,也往往被认为具有较高程度的审美价值。古旧之物之所以具有较高审美价值,是因为时间在其上所留下的一种积淀的因素并得到了社会主流观念的认可,单纯的积累并不具备价值,唯有蕴含理念的积淀,方可能形成审美的价值。积淀意味着在积累的过程中不断淘汰、沉淀,不具备价值的因素被淘汰走,而具备价值的因素留存下来。人们对古老的事物存在着眷恋乃至向往,其中所起到决定性作用的,也必然是那些沉淀下来的具有审美价值的因素,如此"复古"这个词的内涵才能成立。大西克礼在论述"寂"的这一层意义时,以《平家物语》当中的"岩石青苔,寂之所生",以及藤原家隆吟咏的"海岸青松,年年岁岁寂所生,松上有鹤鸣"的和歌为例,来说明岁月的积淀与历史的痕迹对于"寂"的表现所起到的深刻作用。

大西克礼还用"寂"的概念来解释芭蕉俳论中"不易而流行"观念的内涵,他说:"就俳谐艺术的本质而言,一方面它伴随着极易变化的生命流动并试图由此而把握自然之姿;另一方面它又有一种强烈的、形而上学的、万古不易、寂然不动的预感。俳谐使用极度单纯化的、精炼的艺术手法(这种单纯化和精炼化,使得俳谐把外在的表现手段看得极为消极),力图把握直观体验中的世界的真实性。"因此"在俳谐的艺术表现中,我们

---

① [日]大西克礼著,王向远译:《日本风雅》,吉林出版集团,2012年版,第106—109页。
② 同上,第110页。

常常能够感受到,在永远流动不息的生命体验的烛照下,隐含着万古不易、亘古不变的东西。我认为,将这两者的微妙关系最敏锐地加以把握,就是俳谐的'美'之所在,也是'寂'的根本意味之所在。"①值得注意的是,这是一种细腻而深刻的新解读。"不易而流行"所涉及的是文学创作的规律性问题。既然"不易",则必然需要在一个较长的时间跨度中去谈论这个问题。经历千百年能够成为经典的作品,其中必然能够总结出一些普遍性的规律,其与"寂"作为一个词汇中的"古旧"含义,就存在着相合之处,但却不能说是同一个概念。

总之,"寂"是对寂寥、闲寂之情的沉浸与超越,在这当中可以呈现出一种澄明自在的、悠然古远的诗学境界,此接近于诗歌风格论;"寂"又是一种对事物规律性的把握,并能艺术性地表达出来的能力,此接近于诗歌创作论。故而不仅在那种近似于表达"无人之境"的俳谐中可以看到"寂";在一些幽默、可笑的俳谐中也可以看到"寂"。正如向井去来所说,"无论什么样的词,俳谐都可以使用"。无论在什么样的题材与内容中,作者都能够品味、感受并表达出"寂",这才是"寂"论的穿透悟空之处,同时也是产生这种"寂"论的日本文学的独特之处。

第五节 "好色"(こうしょく)与"劝惩"(かんちょう)

一、从"色好み"到"好色"

"好色"一词在《论语》及《孟子》中都曾出现过,并很早就被涂上了一层与道德相对立的负面色彩。色者,即"美而艳"②的女子,"好色"虽然是人的本性,但在重视道德的儒家学说看来,"色"既与"德"相冲突,又会对"德"所指向的终极目标——统治政权的稳定——构成威胁,故在承载了大量历史教训的普世经验中,"色"被视为了一种危险的,至少是不宜沉溺的恐怖之物。"好色"自然也就成了一种负面意味的行为秉性。由于《论语》及《孟子》这两部儒家典籍以及《文选》(收有《登徒子好色赋》)很早就传入了

---

① [日]大西克礼著,王向远译:《日本风雅》,吉林出版集团,2012年版,第126—127页。
② (清)阮元校刻:《十三经注疏》,中华书局,1980年版,第1740页。

日本,故日语中的"好色"或"色好み"等词的出现亦受其负面含义的影响。然而目前所见到的日语早期用例中,可以发现其对"好色"的态度已经与中国不同,从比较文学的角度来看,这是一个颇值得深入辨析的有趣问题。

"好色"一词在日本平安时期的和文学中,主要是以其训读的形式即"色好み"出现的。日本学者折口信夫认为,"色好み"的"色"即いろ指的是女性或对待女性之道,"好み"的动词形态"このむ"则是选择的意思,故"色好み"指的是与某位女性恋爱的选择,或选择某位女性的意思。① 既然需要选择,便意味着这一行为往往并不限定于某个对象,有着很大程度的自由性质,这与日本当时的婚姻制度直接有关。平安时期的婚姻制度还停留在访妻婚的阶段,即夫妻别居,男子在夜晚前往女子家中住宿,清晨离开,所生子女与母亲共同生活。这种状况中的婚姻对夫妻并没有明确的束缚,夫妻之间无须承担后来婚姻制度中的义务及责任。这也意味着这样的婚姻关系相对容易缔结,同时也不稳定,更不是单一的关系。夫妻之间各自都有可能发展出别的交往对象,而且恋爱与婚姻之间的界限并不明晰。正是在这样一种状况下,当时日本社会中的男女恋爱有着较高的自由度,这也使得"色好み"者的行为得以普遍存在。甚至当人们论及一个"色好み"之人时,可能意味着他(她)是一个十分多情的人,他(她)可能会向许多符合自己择偶条件的人求爱。然而,爱情这种情感,天生就具有独占、排他的性质,这样就使得平安时期的文学作品中对"色好み"类型人物的描写和评判,呈现出一种较为复杂的状态。

被称为日本"物语始祖"的《竹取物语》(约问世于平安时代初期)中,描写了五个向辉夜姬提出求婚的"色好み"之人。这一称谓得以成立的原因,在于他们对于辉夜姬的执着之情超出常人,多次被拒绝后仍然锲而不舍地追求,故辉夜姬不得不向他们提出五个难题来加以考察。但他们或极为笨拙,或投机取巧却被拆穿,最终都没有得到辉夜姬的认可,沦为滑稽的笑柄。在这部物语里对"色好み"描写,都没有给他们的"色好み"行为给予任何正面的评价。

《伊势物语》问世于平安时代前期,在这部经典的恋爱物语中,"色好み"共出现了四次,其中一次用来指女性,三次是指男性。前者见于第三十七段,说的是主人公与一位"色好み"的女子相爱,却担心她可能随时改变心意喜欢上别人,于是作了一首和歌表示了他的不安,女子则回了一首歌表示她对恋爱的忠诚。后者分别见于物语的第三

---

① 引自[日]大野顺一:《色好みの系譜》,创文社,2002年版,第291页。

十九段、五十八段和六十一段。第三十九段说的是一个天下闻名的好色之人源至,在出席一位皇女出殡的仪式中对一辆车中的女人加以挑逗,并丢入萤火虫想要看清她们的样子。对此主人公咏了一首歌给他,他亦回了一首歌,跟着作者发表意见说:"作为天下闻名的好色家,这首歌倒也写得不怎么样。"①第五十八段描写的主人公,作者称他是"心つきて色好みなるおとこ"②。"心つく"本有执着于恋爱的意思,其与"色好み"叠用,有加强程度的意味。这位男子在乡下居住时被邻居的侍女调戏,侍女们知道他好色家的名声,却看到他在田里割稻子,于是到他家来戏弄他并作了一首歌,他也回了一首歌,这个故事其实并未涉及双方恋爱之事。第六十一段说的是主人公住在筑紫国时,旁边的女子议论他是"好色之人"(这里又将"色好む"与"すき物"叠用加以强调),他遂作了一首歌说自己是因渡过染河才被染上了"色"的,女子却回了一首歌说染河只染衣不染心,他的心早已染上了"色",与是否渡过染河无关。

综合以上描写状况来看,在当时人的语境中,"色好み"确实带有一种轻浮的多情者的意味,这从第三十七段、五十八段、六十一段中他人对好色者的态度中可以得到印证。否则主人公不会感到不安,另外两则故事中的侍女及女人也不会对其表示出奚落、嘲弄的态度。且第三十九段源至的所作所为,也显得过于轻浮,并不是一种认真的恋爱态度。正因如此,有学者(如当代学者大野顺一)认为《伊势物语》对"色好み"是持反对态度的。然而为何第五十八段及六十一段中的主人公也被人称为"色好み"之人呢?大野氏提出平安时期人们对"色好み"的认识有一个逐渐转变的过程,伴随着王朝文化的逐渐成熟,这一行为遂逐渐褪去了轻浮的痕迹,从而被赋予了一种正面的意味。《伊势物语》的成书,曾经历过三次增补过程,第五十八段及六十一段正是第三次增补的内容,此时人们已经完全将书中主人公的原型在原业平视为"色好み"之人了。③ 藤原明衡《云州消息》也表达了类似的态度:

<blockquote>右今世之人,或托官仕,或事学问,曾无好色之人。在中将、平仲早世之后,芳下被继彼前路,太古体也。④</blockquote>

---

① 《竹取物语 伊势物语 大和物语》,岩波书店,1957年版,第134页。
② 同上,第142页。
③ 见大野顺一:《色好みの系譜》,创文社,2002年版,第176—178页。
④ 《日本教育文库·教科书篇》,同文馆,1911年版,第210页。

这里他将在原业平(即中将)与平贞文(即平仲)并列,称他们为好色之人,并称其所为乃"太古体",显然将好色视为了一种较为正面的典型行为。关于平贞文其人的好色举止,可参考《大和物语》第一百零三段的描述:

> 平中在他曾极度热衷好色(色好みける)的时候经常去市场,当时身份较高的人们多会去市场寻找恋爱的对象(色好むわざはしける)。正好当时皇后的女官们也经常去那里,平中遂无可救药地爱上了当中的一个人(色好みかかりてなう懸想しけり)。①

这里"色好み"共出现三处,其中两次指平贞文(即平中),大致都是指选择对象,也即恋爱,第一处指热衷于与人恋爱的状态,第三处是指爱上了某个人。第二处则是指当时身份较高的贵族们都会通过去市场来寻找恋爱对象,这里的"色好み"完全是一种普遍的行为,是符合贵族们的行为准则的。这样看来"色好み"在这里并没有什么负面的倾向性。但后文写及平贞文与武藏守的女儿确立婚姻关系并夜宿了一次之后就再也没来过,该女子十分伤心,佣人们安慰道:"听说他跟很多女人都有过关系,就算有各种各样的原因,但既然已经结成了婚姻关系,即便是被某件事情耽搁住了没时间过来,至少也应该来一封信呀,真是让人不愉快啊。"②这里提到了平贞文跟很多女性有过关系这一传闻,其与《伊势物语》对"色好み"行为的描述可谓如出一辙,然而最终结果表明平贞文并非负心薄幸之徒,他在夜宿之后的几天都想要过去,却因为各种各样的事情未能成行,两人最终有缘无分,这说明他虽然背负了这样一个不佳的名声,却并非真正的轻薄无情之人,故"色好み"的含义实则具有一定的复杂性。在《源氏物语》中"色好み"共出现了四次,列举于下:

> 宫里新近来了一位大辅之命妇。她是继大贰乳母之后而来的左卫门乳母的独生女。其父为皇族姻亲的兵部大辅。这位大辅之命妇十分年轻风流(色好める),源氏之君宫中宿直之际,也时时召见使唤着她。③

---

① 《竹取物语 伊势物语 大和物语》,岩波书店,1957年版,第281页。
② 同上,第282页。
③ [日]紫式部著,林文月译:《源氏物语》(一),译林出版社,2011年版,第123页。

第三章 日本诗学范畴论

> 那些描写世态人情的古老小说里头,往往记载着风流好色(色好み)的男人啦,跟三心二意的男人相处的女性等等。这类故事中的男主角,到头来总是要寻个固定的女性安顿下来。可是何以自身竟到如今都像浮萍似的飘荡不定呢?①

> 那孩子正是长牙齿的时期,所以特别喜欢咬东西,他正握着笋子垂涎嗞啮。"呶,怎么一副奇怪的好色相(色好み)哦。"源氏之君一面喃喃,又咏成一首和歌……②

> 衣着虽不甚华丽,不知怎的,就是有一股优雅高贵之致,与一般登徒子(色好みども)的造作大异其趣,自有清秀的风度。③

第一例说的是大辅之命妇,她促成了源氏与末摘花之间的一段恋情,书中称她是"色好める"之人,并描述了她在为源氏与末摘花之间穿针引线的机智与技巧。书中还有这样一句话:"源氏之君认定了命妇的风流多情,所以有时难免会当面这样揶揄她"④,这与《伊势物语》中所写女人们对主人公的揶揄又是如出一辙。

第二例中的"色好み"之人与"あだなる男"(不诚实之人)及"二心ある男"(有二心之人)并列在一起,显然皆非正面的形象。但随后又提及这类男人最终仍然还是会跟一个固定的女人在一起安定下来,这与《宇津保物语》、《落窪物语》所写的内容正相吻合。《宇津保物语》中的主人公之父藤原兼雅最初是以好色者的形象出现,但后来则变成了一个完全相反的人物。《落窪物语》中的道赖本是一个好色者,但在与落窪君结为夫妇后,也变成了反好色的形象,最终走上了一夫一妻的规矩道路。也就是说,在与一个固定的配偶缔结成稳定的婚姻关系之后,这个人就不再具有"色好み"的资格了。当时人对"色好み"之流的负面态度其实多出于女性,这或许是因为当时的婚姻制度虽然仍维持着母系社会的访妻婚,但男性却已掌握了主要的权力,婚姻与交往的自由往往能使男性在感情上更容易获益,而女性则更多地处于失宠的担忧之中,此处的紫上在听侍女读物语时所表现出的心态便是如此,恐怕这也是《源氏物语》中"色好み"的形象多

---

① [日]紫式部著,林文月译:《源氏物语》(三),译林出版社,2011年版,第96页。
② 同上,第155页。
③ [日]紫式部著,林文月译:《源氏物语》(四),译林出版社,2011年版,第92页。
④ [日]紫式部著,林文月译:《源氏物语》(一),译林出版社,2011年版,第125页。

倾向于负面的原因，因为作者紫式部身为女性，她的写作不可避免地会体现出女性的倾向性意见。

　　第三例写的是源氏对着薰君所发出的感叹，源氏看到薰君啃竹笋时的一副"好色相"（色好み），因念及他是柏木与自己的妻子私通所生，尽管他自己对私通这种行为不是不能理解（他自己也有过此种行为），但此处的形容显然还是偏向负面为多。第四例写的是薰君长大后风度姿态之优雅与一般"登徒子"（色好みども）完全不一样，故其用例显然也是负面的。可见此处四个用例的意义皆倾向于负面，但同样较为复杂的是，作为正面形象描绘的源氏、薰君以及《宿木》一章中的匂宫同样是"色好み"之人，但他们的行为举止以及优雅的姿态显然正是当时平安贵族的典型，男性的风流多情在当时是一种普遍的行为及态度，故从这一角度来说，"色好み"显然又不是一个负面的词汇。但这种行为在行为方自己及他人眼中往往会呈现出不同的评价，如《宿木》章中薰君对匂宫之妻中君的情愫十分复杂，他甚至怨恨她的丈夫匂宫多情的行为："这么说来，容易见异思迁的人，不仅对女人如此，恐怕对谁都是轻薄不足信赖的啊。"①而匂宫虽"心疼着中君，奈何他生性风流，故而又希望能讨好今宵等待自己的人，便刻意用心熏香装扮，那风采自是不同凡响"，所谓"风流"、"好色"乃是一种天生的本性，难以根绝，作者在描述他时也并未采用负面的笔法。而侍女们则闲话起来："对屋的夫人，未免太可怜了。这种到处留情一视同仁的心理呀。"②因此作者自身对"色好み"的态度恐怕也并非单纯的"否定"就能概括的，否则源氏等人不也被一概加以否定了吗？对此当代学者张哲俊的分析颇有见地："从佛教的角度来看，世间万物都是无常的，人的爱欲也是无常的。人只要生活在尘世之中，就不能不受到无常爱欲的控制。尘世间的爱欲是客观的，人类自己也不能左右自己的爱欲。爱欲的无常使源氏从一个女人无常地转向另一个女人，陷入无常的爱情流转之中，源氏为此备受痛苦。"③故既有那种登徒子式的较为低俗的"色好み"，也有此种陷入爱欲的流转中不能自已、无法自拔的"色好み"，而后者更多被描述为出于一种天生的风流，行为者自身无法也不会去加以自控，遂在爱情的沉醉与痛苦中反复品尝着无常的滋味。可见中国的道德观念虽然已经存在于当时日本文人的观念中，却还没有产生出强大的影响约束力。

---

① ［日］紫式部著，林文月译：《源氏物语》（四），译林出版社，2011年版，第92页。
② 同上，第98页。
③ 张哲俊：《〈源氏物语〉与中日好色观的价值转换》，《北京师范大学学报》（社会科学版）2007年第6期。

第三章 日本诗学范畴论

成书于10世纪初的《古今和歌集》作为"国风暗黑时代"[①]结束以后的第一本敕撰和歌集,其所收和歌代表了当时新的审美取向,然而编撰者纪贯之在序中却以中国诗学理念对和歌的功能及艺术旨趣进行了概括,并对有华无实、沉迷于吟咏爱情的和歌提出了尖锐批评:

> 及彼时变浇漓,人贵奢淫,浮词云兴,艳流泉涌,其实皆落,其花孤荣。至有好色之家,以之为花鸟之使,乞食之客,以之为活计之媒,故半为妇人之右,难进丈夫之前。[②]

关于文与质、华(花)与实关系的诗学探讨在中国的《论语》、《诗品》及《隋书·艺文志》中早已有先例,大抵遵从儒家诗教原则且持论较为通达,多主张文质彬彬、华实兼备的标准,但实际评论中还是以实为主,以华为辅。纪贯之这篇真名序也借鉴了中国诗学的此种传统观点,他对"浮词云兴,艳流泉涌,其实皆落,其花孤荣"的歌风作出批判,并对"好色之家"以其为"活计之媒"的做法提出了批评。"半为妇人之右"指其所作恋歌只能用于与女性赠答,而于"教诫之端"、"君臣之情"难以涉及,此谓"难进丈夫之前",没有很大的思想价值。这种意见反映出以中国儒家思想为主导的初期歌论对于"好色"歌创作的一种否定批判态度,假名序中这一段表达也是类似的观点。但从当时和歌创作的实际情况看,《古今和歌集》所收的恋歌有360首,占全集的三分之一强,这一趋势在之后的"八代集"[③]中更是有增无减,这反映出以儒家诗教为主旨的歌论与当时的和歌创作并不能合拍,也难以阻挡"色好み"和歌的快速发展。"色好み"已成为平安时期和歌创作的重要因素及题材来源。

就以上的分析来看,"色好み"在平安时期的含义大致是指贵族男女之间的恋爱交往的行为或状态,这种交往具有较高的自由度,且需要双方都具备相当程度上的才华及气质,长于此道之人往往会有多个恋爱对象。而当其配偶只固定为一人时,他(她)就不再被称为"好色"之人了。由于平安时期婚姻制度的特殊性,上层男女之间的交往多不具备独占性,这使得"色好み"在成为贵族中一种普遍的行为及风气的同时,又往往

[①] 指日本全面学习中国文化、文学的时期,此时期出现了《凌云集》、《文华秀丽集》、《经国集》三部汉诗总集。
[②] 王向远:《日本古典文论选译·古代卷》(上),中央编译出版社,2012年版,第32页。
[③] 即《古今和歌集》、《后撰和歌集》、《拾遗集》、《新古今和歌集》等八部歌集的合称。

会遭到下层民众的舆论指责。① 但可以肯定的是,"色好み"显然应当是当时精英文化及美学理念中不可或缺的一部分,其与中国儒家将好色作为道德对立形象的建构有着较大程度的区别。

平安末期,社会开始动荡,杀伐不断,人的性命如同露珠一般朝不保夕,故而出于对世事、身家性命的忧虑,佛教无常观念广泛流行,前文所提及的"幽玄"观的兴起也与这种社会背景密切相关。之后的镰仓时期,战乱肆虐,生灵涂炭,佛寺成为社会的避难所及文化保存中心,此间闲寂、枯淡的审美风格又占据了社会文化乃至文学创作的中心地位。再往后的室町时期,日本仍然长期战乱,故而在较长的历史时期内,"色好み"这种从平安贵族中滋生出来的闲雅、优游的审美风格,早已不再具备生存的土壤,自然湮没殆尽。降至江户时期,情况发生了较大的变化,主政的德川幕府按照中国传统的"四民"制,将日本社会分为"士农工商"四个等级,其中"工"和"商"被统称为町人。由于德川幕府实施的经济制度给予了町人阶层较大的生存空间,致使江户时期的商品经济迅速发展,町人阶层的财富快速积累,而原本地位处于上层的"士",即武士阶层在经济上逐渐被架空,呈现贫穷化倾向。统治阶层当然不能坐视这种趋势的发展,于是就有了种种针对町人阶层的限令。阿部次郎《德川时代的文艺与色道》一书中展示了一份当时幕府颁发的名为《告城镇居民》的告示,其中共有十一条禁令,全部是针对町人而制定的。包括不可穿丝绸衣裳、不可制备描金家具、盖房不可用金箔银箔雕梁画栋、楼房不得超过三层、使用祝福语不可过分美化讲究,等等,其目的都是为了限制他们不得逾越礼制,以继续维持江户社会森严的等级制度。"由于海外交通的禁止,海外贸易受到了限制,町人的事业发展壮大也受到了制约;又由于诸侯的土地占有,国内的投资也受到束缚,在这种情况下,当时的町人,如纪文、淀屋那样的町人,把奢侈生活作为活力宣泄的渠道,那就是顺理成章的事了。"② 大量的消费带来了城市经济的繁荣,其中娼妓业首当其冲地成为最大的赢家。江户时期设有公娼制度,有了幕府的许可,加上各地大名集中居住江户城,大量金钱涌入,江户城市规模迅速扩大,其中游廓(即妓院)的规模更是迅速膨胀,创造出了这个时期独有的游女文化。

---

① 日本学者德满澄雄指出在《源氏物语》的时期,世间的民众仍多遵循一夫一妻制,这解释了为什么一般人对"色好み"多采取负面的态度,见其《源氏物語における「色好み」について:いろごのみ、すきの再検討》,《語文研究》第17期,1964(03)。但需要注意的是,这种负面的态度与儒家观点对"好色"的批判仍有不同,不能混为一谈。

② [日]阿部次郎:《德川时代的文艺与色道》,王向远译:《日本意气》,吉林出版集团,2012年版,第77页。

在这当中首先值得注意的便是大量出现的游女（即妓女）评判记，这是一类教人如何在游廓游玩的书籍，有相当程度的实用性。在大量对游女的评判及对游客（即嫖客）行为的总结中，一套在游廓之中所应遵循的规则逐渐建立起来，平安时期的"色好み"精神遂在此时以一种新的面貌复活。自古以来嫖客与妓女之间所从事的都是一种建立在金钱交换基础上的肉体交易。但是人类又非常善于制定游戏规则，如中国的妓院便有独特的青楼文化，其固然只存在于少数较为高等的妓院之中，但从其中所产生的文化创造力及社会影响力却不能不说是巨大而深远的。从唐代的艳诗、传奇，到宋代的艳词、元代以后的曲及小说，都少不了妓女的身影，文人们在面对着妓女时似乎也能产生出无穷的创作才能。而在江户时期较为高等的游廓中，游客与游女之间也要遵循着某种游戏的规则，其实质形态就是"色好み"的某种变种，即游女与游客之间的交往在某种程度上可以视为平安时期贵族男女的交往在新时期及新环境中的一种延续。这其实是一种类似于"角色扮演"的行为，即游女首先被塑造成某种形象，游客经由其指引也进入某种特殊的场景之中，共同演绎出一场缠绵而又带有艺术气息的恋爱活动。但这种演绎并非是枯涩干燥的，它要求二人的热情投入，但投入之余又不可过于当真，这就要求双方对情感的拿捏须把握在一个特定的限度之内。

与这样的游女进行类似贵族式的交往，显然对游客一方的修养也提出相应的高要求，故游女评判记在评论游女的同时也会涉及对游客行为的评论，在这当中最为重要的一部著作便是《色道大镜》（1688）。作者藤本箕山已不满足于品评游女，而是试图将"好色"上升为一种规范化的、体系化的，具有哲学、审美乃至宗教意义的"道"，以供游人们去追求、攀登、修炼。全书从各个方面谈论了与色道相关的诸多行为、技巧乃至准则。其中在第五卷，作者仿照《法华经》拟有二十八品，以之作为色道悟入的阶梯，其最终目标则是臻于"粹"。在最后几品中，修炼者与其说是修炼游玩之道，不如说是在磨砺自己的人格与精神境界，作者旨在说明好色一途亦有其恒常不变的规律与原则，且这些因素乃是可以提升至形而上的。这无疑赋予了"好色"以一种全新的意义与价值，正如中国学者王向远所指出的："色道建构的目标，就是要将游里加以组织化、特殊化、风俗化、制度化、观念化，而这一切最终都指向审美化。"[①]

那么此一时期的"好色"所指的到底是什么呢？对此井原西鹤的"好色"系列小说应当最具有代表性，其中尤以《好色一代男》最为著名。该书描写了一个名为世之介的

[①] 王向远译：《日本意气》，吉林出版集团，2012年版，序第4页。

男子,他的父亲曾是游廊中的老手,母亲曾是太夫(江户前期游廊中最高等游女的称谓),他继承二人的血脉,从七岁起就懂得了恋爱之事,长大之后游历各地,与各种各样的女人、男人恋爱,度过了其"好色"的一生。与其交往的女性中既有游廊中的游女,又有游廊以外的各种女人,世之介正是在与她们的交往中逐渐感受并摸索着"好色"之道的真谛。这里值得注意的是"一代男"这个称谓,所谓"一代男"指的是"没有父母,没有子女,没有固定的妻室"①,也即他是一个没有家庭关系的人。世之介在小说第四章中继承了家中丰厚的财产,从此不受任何管制,正因如此,他才可以完全使自己全身心投入到"好色"事业中。

从身体力行贯彻对"色道"的角度来看,亲族与家室的联系往往是一种很大的负累,这说明"色道"是一种反传统道德、反世俗伦理的概念,是一种彻底的个人主义式的行为。但从某种程度上说,这也是一种需要作出有"觉悟"的人生选择。若没有成为"一代男"的觉悟,是无法臻于"好色"的极致境界的。故"好色"行为又成为一种人生理想,而且是一种建构在现实社会以外的理想境界。世之介最后踏上女护岛旅程的行为,正是对这一理想境界进行不懈追求的一种极致表现,即世俗游廊对他也失去了吸引,他只有去到那满是"极度贪恋男色的女人"②的女护岛,才能真正实现他的人生目标。也就是说,"好色"对他而言实质上是一种人生自我实现的方式。这样看来,江户时期的"好色"是以男女间的恋爱交往作为一种生活的方式、修炼的途径,乃至于人生的终极目标,这与之前的"色好み",已经有着很大的不同。当然这更多地是从游客的角度出发加以考虑的,"好色"式的交往更多还是在游廊之中进行,因为这一行为理念所得以形成的土壤仍然是青楼游廊,但自由出入游廊的町人们又将这股风潮带到了游廊之外,从而对当时的江户社会造成了极大的影响。

西鹤在之后创作的《好色一代女》中,将"好色"的主角换成了女性,并对此得出了许多新的认识。在这部小说中,西鹤塑造了一个无法抑制住恋爱及爱欲之心的女子,然而她的"好色"行为却使她由宫中最高官位的女官,先被贬为诸侯的妾室,再由最高等的妓女逐渐沦落为最低等的流莺。她一方面不断哀叹着自己的命运不济并不断作出忏悔,另一方面却又难以抑制她"好色"的本性,于是读者得以在西鹤的这两部小说的对比中,发现"好色"其实只是男人的权力,女人若沉溺于此,便会陷入万劫不复的人生泥

---

① [日]井原西鹤著,王启元、李正伦译:《好色一代男》,山东文艺出版社,1994年版,第229页。
② 同上,第230—231页。

潭。《好色一代女》的整个故事情节的设置不免有刻意的成分,其忏悔的主题在相当程度上也参考了《痴婆子传》这部中国小说,但其所表现的男人与女人在"好色"之道上的不同遭遇却似乎可以对应平安时期的男人与女人对"色好み"的不同态度。在一个以男性为主导并占据主要权利的社会中,女性的身体往往只能使其成为被动的一方,甚至被物化,这使得她们的使用价值在"好色"行为的洗刷之下愈来愈低,因此她们在这条路上不可能找到人生的幸福归宿。

总的说来,"好色"这样一种"理想"或曰"主义"的建立有其独特的社会基础:町人阶层既不能通过正常的方式获得向上的出路,便只能转而寻找别的途径,而游廓正给他们提供了这样一种环境:在这里,现实社会中的阶级、地位不复存在。游廓有自己的法则,而这种法则仅仅建立在游客与游女之间,只要有足够的金钱支撑,且有志于此道,就可以在这个世界中成为人上之人。日本学者阿部次郎分析道:"町人在那里寻求的不只是解脱,还有他们的向上的意志、对贵族生活的憧憬,并且在游廓里发现了入口。町人无论在社会上实力有多大,但政治上和法律上却没有任何能够保障的权力,在统治阶级随时都有可能砍来的屠刀之下,他们能够发泄自己的郁闷,能够寻找到温柔乡的地方,就只有吉原那块'社会外的社会'了。"[①]

在西鹤之后出现了大量的"洒落本",这些作品多以妓院为舞台,通过"披露"的方式向观众展现出通晓青楼风情的"通"报,并在这一过程中造成一种滑稽的效果。其中较为著名的作品《游子方言》,描写一个自以为"通"的男人,带着不解男女风情的儿子到妓院寻花问柳。在这一过程中他暴露了其"半可通"(一知半解)的真面目,"不通"的儿子却受到了欢迎,这样的情节成为后来洒落本剧情的基本模式。这类故事在展现"好色"的同时又带来了滑稽的效果,这种"通"与"不通"之间的对立实则也仍是平安时期的"雅"与"鄙"之间对立的某种延续。此外山东京传的代表作《倾城买四十八手》则通过对妓女与嫖客之间故事的描述,剖析了风月场所的各种游玩技巧和人物心理。在洒落本之后,"人情本"也曾盛行江户社会,由于在这之前的作品对于"好色"的展现与幕府所提倡的以朱子学为主的官学思想明显有着对立冲突,所以多次出现幕府施压并将一些作者判以刑罚的事件,这导致该类作品的创作开始减少。而"人情本"的写法则较少触及性方面的内容,更多将描述的关注点放在提炼净化后的男女感情上,其代表作

[①] [日]阿部次郎:《德川时代的文艺与色道》,王向远译:《日本意气》,吉林出版集团,2012年版,第116—117页。

品有为永春水《春色梅历》《春告鸟》等,这类作品对男女之情的描写对后来明治时期的一些小说也产生了较大的影响。

"好色"之风还影响到了汉诗的创作,如原产于中国的"竹枝词"传入日本后在江户时期盛行,并逐渐转变成为一类专写游廓题材的诗歌,在当时造成了较大的影响。如市河宽斋《北里歌》、柏木如亭《吉原词》、中岛棕隐《鸭东四时杂词》等,其流波一直及于明治时期。"好色"风潮在戏剧、绘画等艺术门类上也有突出表现,在当时的歌舞伎、净琉璃及浮世绘中都能看到它的影子。此外本居宣长的"物哀"说对于"好色"的强调在前文也已有所提及,他通过引用《源氏物语》的相关文字来说明人心对恋爱即"好色"的情感无法抗拒,故而"知物哀"者必不以此责人,反而能对此感同身受,于是原本"色好み"在《源氏物语》中的无常性被置换为日本文化的一种特性,从无意识转变为有意识,尽管他认为"好色"的最终目的是为了表现"物哀",但显然"好色"也被他提到了一个前所未有的重要位置上。

近代哲学家九鬼周造(KukiShuzo,1888—1941)则从美学的角度出发,以阐释学及结构主义的方法对"好色"之中的核心概念"意气"的含义作了系统的分析。他提出"意气"的内涵包括对异性的"媚态"、"意气的"气质以及"谛观"的态度,其中前者是基调,后者是民族的、历史的因素。接着他又提出"意气"的外延构造,并为此建立了一个模型,以上品—下品、华丽—朴素、意气—土气、涩味—甘味构成了一个立方体的八个点,这意味着"意气"的包含面十分广泛,且日本其他传统的审美要素如寂(さび)、雅(みやび)等皆可在其中找到各自的定位,他进而论述"意气"的种种自然表现及艺术表现,他的阐释使得"意气"上升成为一个日本本土的美学概念,并且是"民族存在的自我展示"①。也即由游廓之中产生的"好色"行为或曰文化对日本社会造成了方方面面的影响,而从这些影响的具体表现中提炼出的抽象化的审美要素最终构成了"意气",因而它已脱离原本的"好色",成为一个纯粹的美学概念。

二、"劝惩":对"好色"的强制性反拨

之前已经提及,江户时期的官方学说是朱子学,作为宋学的代表,强调道德修养的朱子学显然与"好色"这一观念存在着尖锐的冲突,这实际上也是占据统治地位的武士阶层与町人阶层之间的矛盾在文化层面上的体现。在战国时期曾经发挥过重要作用的

---

① [日]九鬼周造:《"意气"的构造》,王向远译:《日本意气》,吉林出版集团,2012年版,第59页。

武士阶层在进入江户时期后不得不面临着身份缺失的问题：因为乱世已经结束，他们赖以生存的武力无法再派上用场，故德川家康在引进朱子学之后，便开始用这一理论改造武士阶层。这一改造主要体现在道德领域上，武士"须要（1）养气；（2）度量；（3）志气；（4）温籍；（5）风度；（6）辩义利；（7）安命；（8）清廉；（9）正直；（10）刚操，即涵养心术。在第一阶段，掌握了心术的人，则还必须进一步通过（1）励忠孝；（2）据仁义；（3）详事物；（4）博学文等行为，使自己无论在道德方面还是在教养方面都能得到进一步的提高"①。这种道德修炼来自孟子的"养气"说，加上注重道德修养的朱子学说，被进一步改造成了日本的"武士道"精神。武士道要求武士坚强隐忍，不可轻易表露自己的情感，这自然便会要求他们对自身的感情和欲望作出极大的限制，因而其与当时町人阶层的好尚是明显相反的。

与之相适应，幕府对于当时愈演愈烈的"好色"文学采取了限制的手段，一些作家甚至遭受到牢狱之灾，这使得"好色"文学的创作一时间遭到扼杀。一些作家不得不转变创作思路，他们或在情爱故事之中夹入道德训诫的内容，或称自己的作品乃是以"慰み"（娱乐）为目的创作的。一些儒者兼汉学家也认为文学应当与道德相关联，这些都明显带有当时官学思想的色彩，如：

（一）载道说：文所以载道也。轮辕饰而人弗庸，徒饰也。况虚车乎！文辞艺也，道德实也。笃其实，而艺者书之。美则爱，爱则传焉。贤者得以学而至之，是为教。故曰言之无文，行之不远……不知务道德，而第以文辞为能者，艺焉而已。噫！弊也久矣。

（二）劝惩说：诗者人心之感物，而形于言之余也。心之所感有邪正，故言之所形有是非。惟圣人在上，则其所感者无不正，而其言皆足以为教，其或感之之杂而所发，不能无可择者。则上之人必思所以自反，而因有以劝惩之，是亦所以为教也。

（三）玩物丧志说：问："作文害道否？"曰："害也。凡为文，不专意则不工，若专意则志局于此，又安能与天地同其大也？《书》曰'玩物丧志'，为文亦玩物也。"②

---

① ［日］源了圆著，郭连友译：《德川思想小史》，外语教学与研究出版社，2009年版，第69页。
② 叶渭渠：《日本文学思潮史》，北京大学出版社，2009年版，第191页。

以上三种说法在中国传统诗论中颇为常见,而"劝惩说"在更多情况下是乃针对通俗文学而言的,因这类作品的读者多是文化水准较低的下层民众,因而小说作者认为有对其进行教谕的必要。在这样一种背景下,一些学者便开始以此种诗教论对日本文学历史重新进行阐释,如安藤为章的《紫家七论》便是如此。他认为《源氏物语》乃是托好色而讽谏,"他从儒教的道德观出发否定源氏的恋爱,但又不得不承认人情风仪,实质又有几分肯定恋爱,于是在否定与肯定的矛盾中介入劝善惩恶的思想,以调和这一矛盾。比如,他以为桐壶帝宠藤壶,成为天下之讥讽,以此来讽诫后人;源氏与继母藤壶私通,其报应是源氏之妾三公主与柏木私通生下薰君等,都是贯穿劝惩主义的。所以他的批评落脚点是紫式部写好色之事,是让人之劝善惩恶之理。"①这样一种标榜劝惩的诗教论有其不可避免的缺陷,它过分强调文学的道德伦理作用,轻视文学自身的艺术价值,这也遭到不少学者的反对。本居宣长对这类观点进行了批驳,事实上他的"物哀"说正是通过先破后立的方式建立起来的,其所"破"的,便是该种以道德劝惩的理论来解说《源氏物语》的学说,而其批判所指向的根源,则是中国的儒家思想指导下的诗学理论。

当时作者中也有一些人提出了自己的文学主张,其中贯彻"劝惩"思想最具有代表性的当属曲亭马琴。他的代表作是长篇小说《南总里见八犬传》。其描写以足利末期的战国时代为背景,并在此基础上加以虚构,以八个由念珠转生的武士"八犬士"作为主角,他们在出生时随身就携带着能够浮现文字的念珠,分别代表仁、义、礼、智、忠、信、孝、悌八种美德,八犬士出生地各不相同,但皆以"犬"为其姓氏首字,且皆背负了与其本身美德相违背的悲剧背景,小说的故事便以他们的邂逅分离及团圆为主要内容而展开。《南总里见八犬传》的写作持续了二十八年,共分为九辑,曲亭马琴在每一辑的开头以及第九辑中的许多卷之前都写有序言或附识,从中可以看出他在创作中所持"劝惩"论的基本观点:

> 昔者震旦有乌发,善智识,推因辨果,诱众生以俗谈,醒之以劝惩。其意精巧,其文奇绝,乃方便为经,寓言为纬。是以其美如锦绣,其甘如饴蜜……余自少惹事戏墨。然狗才追马尾,老于间卷。唯于其劝惩,每编不让古人,敢欲使妇幼到奖善之域。②

---

① 叶渭渠:《日本文学思潮史》,北京大学出版社,2009年版,第194页。
② [日]曲亭马琴著,李树果译:《南总里见八犬传》(一),南开大学出版社,1992年版,第191页。

· 228 ·

第三章 日本诗学范畴论

> 稗史虽无益于事,而寓以劝惩,则令读之于妇幼,可无害矣。①

可以看出马琴劝惩论的理论源头可追溯自中国的"寓言",不同之处是他写作的对象是日本世俗百姓,其中不识字或者粗识字的妇幼居多,比起阅读那些以"唯美"为指归的汉诗文作品,他认为寓"劝惩"之意在小说的形式中,使百姓知奖善惩恶,这样就更加具有社会意义。如:

> 未得其意者,何凭知作者之观世写情,有寓言以奖忠孝,戏谑中辨贞淫,犹且正是非、昭法戒,又善惩隐匿、禁窃盗之旨哉?②
> 其中有关地藏与药师之显灵保佑,乃欲使世之惑于怪谈之妇孺以及好事之雅俗能暗自醒悟,故而反复丁咛撰写之。若云怪谈过多,是奈何竟不醒悟,而未能起到应有之作用。对怪谈有雅俗之分,余虽不才,所撰之怪谈无不寓劝惩者。③

曲亭马琴是一个很有辩才及充满展示意识的小说作家,一如他在每一辑以及许多卷前所附加的序言以及小说最后一回借主客问答的形式所阐明的小说写作历程那样,他个人的意识非常强烈地展现在这些文字当中。以上两段其实都是对他人指责所作出的回应,并对不明其本旨之人(或曰持不同观点者)提出了批评。他认为内容涉及神异怪谈等与否并不重要,关键在于这些文字的目的是否指向于劝惩,这种主张当然与中国明清时期的小说理论(尤其是话本小说)有一定的关联,后来的坪内逍遥就指出戏作小说家们往往多奉李渔为圭臬。曲亭马琴自己也有类似的说法:

> 是以达者之戏墨,取凡近之事,寓意劝惩,以虚构之事而醒尘俗之惑者,有《水浒》、《西游》、《三国演义》、《平山冷燕》、《两交婚传》之五大奇书。文章精巧绝妙,按其深意乃以《齐谐》为鼻祖,却不悖三教之旨,称之与释迦之所谓善巧方便;五百罗汉与二十五菩萨之功德为仲伯,亦不为过。④

---

① [日]曲亭马琴著,李树果译:《南总里见八犬传》(二),南开大学出版社,1992年版,第113页。
② 同上,第239—240页。
③ [日]曲亭马琴著,李树果译:《南总里见八犬传》(四),南开大学出版社,1992年版,第110页。
④ 同上,第356页。

马琴在这里提到的五部小说中,《水浒》、《三国》主要写战争、起义,《西游》写神魔为主,后两部则是才子佳人小说,其主要内容及风格完全不同,但他认为这些作品的共同之处是其内容在精妙之余皆含有深意,不悖三教之旨,所以为高,可见他评价小说始终以是道德作为衡量标准的。

文学的道德教化作用在任何一个国家的文学理论中都会存在,该种理论当然有其存在的意义,但其局限同时也是明显的,特别是站在以文学自身为本位的角度来看的话,以"劝惩"为代表的文学道德论多数违背了文学自身的审美价值。故而到了明治时期,不少小说论家对曲亭马琴的《八犬传》以及他的小说论进行了批判,而该种批判也成为明治时期写实主义小说理论兴起的基础,其中可以坪内逍遥《小说神髓》中的论述观点为代表:

> 曲亭马琴的杰作《八犬传》中的八犬士,只是仁、义等"八行"的化身,很难说他们是有血有肉的人……姑且不提他们的行为,先说说他们内心里所想的——那也是彻头彻尾地合乎道德规范,他们从来没有产生过卑劣的念头,一时一刻也没有过心猿意马,从未在内心里产生过理智与情感的冲突,即便是在尧舜的圣代,如果有这样的八个圣贤同时出现于人世,难道不也是匪夷所思的事吗?原来八犬士只是曲亭马琴理想中的人物,并不是当今世间真人的真实写照,所以才产生了这种不合乎人情的东西。但由于马琴以他那非凡的构思,掩盖了作品的牵强与造作,读者对此也没有察觉,竟然谬赞这部作品写透了人情。①

坪内逍遥以近代写实主义的理论,对马琴专注于"劝惩"却放弃了对人物形象刻画的小说创作进行了批评,这当然是有道理的。然而,若以坪内逍遥的观点去对日本古典小说进行全面检视,恐怕多数都不能符合近代出现的这种标准。简而言之,"劝惩"论的文学主张,首先与江户幕府对于社会文化的加强掌控有着直接关系,同时又与受到中国诗学影响关系密切。"劝惩"论中汲取了中国明清小说理论的许多因素,相对于其他日本诗学观范畴而言,"劝惩"论中的中国因素或许是最为直接也是最为明显的。

---

① 王向远:《日本古典文论选译·近代卷》(上),中央编译出版社,2012年版,第213—221页。

第六节 "丈夫风格"（ますらをぶり）与
"弱女风格"（たをやめぶり）

江户时期的著名国学家贺茂真渊在《新学》中有过一段著名的论断：

> 大和之国乃丈夫之国，彼时女子亦学丈夫，故《万叶集》之歌大都丈夫风格也。山背之国乃弱女之国，丈夫亦学弱女，故《古今歌集》之歌尽为弱女风格。①

"大和之国"指的是奈良朝，《万叶集》的编成约在奈良末期。贺茂真渊认为该时期和歌所展现的大多是"丈夫风格"（ますらをぶり），这也是他所提倡、赞赏的歌风。"山背之国"则指平安京（京都），是平安王朝定都所在地。《古今和歌集》是在当时从全盘汉化的"国风暗黑时代"，逐渐向日本本土文化回归过程中所编的第一部重要的和歌集，贺茂真渊认为其中所表现的尽是"弱女风格"（たをやめぶり）。在对前后二种歌风的描述中，真渊的好恶态度也表露得十分明显。那么何为丈夫风格，何为弱女风格？二者所体现的美学特征在日本的文学史中是否有着更长线索的发展历程？这是本节将要讨论的问题。

一、"丈夫风格"论

就词义而言，"ますらをぶり"中的"ます"有增、胜的意味，"ら"表示状态、性质，"を"指男人，"ぶり"则是指某种样式、风格。因而"ますらをぶり"指的是"ますらを"的风格，而"ますらを"所指向的乃是超越一般人的男性。该词语在《万叶集》中曾多次出现，据学者考证，其所指的多是手持弓矢及大刀的勇猛男性形象，其最主要的原型则是当时担任皇室护卫职责的舍人②。试看以下和歌作品：

---

① 国学院编辑部编：《贺茂真渊全集》，吉川弘文馆，1903—1906年版，第2079页。译文参考严邻、君超：《泛论贺茂真渊及其哲学思想体系——复古国学世界观基础的辨析之一》，《外国问题研究》1984年第4期，下同。
② 见小野寺静子「ますらを——万葉集におけるその実像を探る——」，《札幌大学女子短期大学部纪要》第15期，1990-02。

> 男儿汉,挽弓声起;将军调练,似已将盾举。①
>
> 吾王皇子,召众宫丁。众勇应猎,率之出行。朝猎鹿豕,围追奔腾。夕猎鹌雉,轰起飞鸣。……梓弓箭袋,佩挂背际。天长地久,万代可依。②
>
> 身佩刀剑,大丈夫;如此儿女恋,竟自难忍乎。③

第一首所描述的是将士们臂上的护具与弓弦摩擦发出了响声,以及武臣们立起盾牌的样子,此年越后国虾夷有叛,朝廷将有东征,故元明天皇有此作,此歌展现了将士们矫健的身姿,其风格颇为雄壮矫健。第二首所写皇子带领壮士游猎时弯弓射箭的情景,并在之后将这种勇猛的气势指向了统治的万代长久。第三首本属于"寄物陈思"类,其意大指剑刀不离身的"丈夫"竟也会无法忍受恋爱所带来的痛苦,其暗含的语境则是指"ますらを"这种勇猛形象的人物本是与恋爱绝缘的。就以上所列举的和歌来看,"ますらを"的勇猛形象也可略见一斑,因而贺茂真渊提出的"丈夫风格"所指向的当是一种雄健、壮丽的诗歌风格,其并不专指咏这类"ますらを"人物形象的和歌,而是指《万叶集》中的具有质朴、雄浑风格的一类作品,这些作品往往是与对国家、皇权的赞美与歌颂联系在一起的。贺茂真渊在论及"丈夫之风"时说道:

> 抑夫上古各朝建都于大和之国时,以雄猛之皇威显于外,以宽和成于内,治服天下,是以国家日益繁荣,民一心尊上,其人亦以正直传于世。④

可以看出他所讨论的其实并非单纯是一个歌学风格的问题,而是包含了他政治方面的取向。真渊是江户时期复古国学的重要倡导者,所谓复古国学乃是对抗当时江户朱子学而产生的一种学术思潮,其以日本的民族意识为核心,与中国传入的制度、思想、学问等"汉意"相对抗。其指向其实是当时德川幕府政权的统治,其"复古"者,也即是要求回归到平安时期以前天皇直接统治国家的状态,因为彼时"天皇以庄严雄壮为表,臣下

---

① [日]大伴家持等编,赵乐甡译:《万叶集》,译林出版社,2002年版,第26页。
② 同上,第128—129页。
③ 同上,第502页。
④ 国学院编辑部编:《贺茂真渊全集》,吉川弘文馆,1903—1906年版,第2079页。

以武勇正直是专,治理天下"①。因而他提出《万叶集》中展现当时质朴雄壮气质的"丈夫风格",自然也就不无根据了。本章第一节论述"诚"(まこと)范畴时曾提出,"まこと"精神所表达的是日本作者心中最为真实的感受,正是这一感受凝聚成了《万叶集》和歌中的那种质朴、不事华藻的风格,并影响到后来的日本文学创作往往与国家、民族的意识相关联。此处的"ますらをぶり"与之在此点上是共通的,只是后者更为强调雄壮的那种男性的刚强气质。当然《万叶集》中所收作品的时代跨度既长,作者之间风格也并不统一,因而单用"丈夫风格"来概括其风格并非是完全确切的。

贺茂真渊所说的"丈夫风格"是指《万叶集》而言的,然而从更广一层的角度来看,日本后代的文学中是否仍存有与之风格相关或相似的作品体系?这就要说到与武士相关的文学作品了。日本武士源于平安时期的摄关政治,在平安末期动乱中武士阶层开始掌握政权,源氏建立了日本史上第一个武士政权——镰仓幕府。此后直至江户时期,统治实权都一直为武士阶层所把握。镰仓时期几部著名物语作品如《保元物语》、《平治物语》、《平家物语》等,情节都是围绕着此前曾发生过的保元之乱、平治之乱、源平之乱等重大历史事件而展开的。其对源为朝、源义朝等人物形象的精彩塑造,对后世的日本文学产生了极大的影响。如《平家物语》开篇所说:"祇园精舍的钟声,有诸行无常的声响,沙罗双树的花色,显盛者必衰的道理。骄奢者不久长,只如春夜的一梦,强梁者终败亡,恰似风前的尘土。"②这段明显带有佛家无常意识的描述,又为这一本应充满了"丈夫风格"的战争故事中加入了一抹"幽玄"的底色。

江户时期伴随着儒家朱子学成为官学,武士阶层随着自身文化水平的提高,吸收朱子学及阳明学,逐渐形成了自身的道德体系,是为"武士道"。武士道崇尚忠诚,其"忠诚"度本与"诚实"度直接相关,但幕府统治者要求武士绝对服从指令,遂将"忠"放到了武士道精神之首的位置。井原西鹤的《武道传来记》、《武家义理物语》等书所写的皆是武士报仇以及报恩的故事,一方面展现了武士为遵从"义理"而不惜为之付出全部的可贵精神,另一方面也提出了这一行为与个人之间的冲突,展现出西鹤对此道德层面的要求更深层次的思考。

曲亭马琴《南总里见八犬传》所写便是武士故事,其对于"义理"的无条件的弘扬,正与西鹤的观点构成了冲突,显示出"情"与"理"两种观念之见的冲突。西鹤等人创作

---

① 国学院编辑部编:《贺茂真渊全集》,吉川弘文馆,1903—1906 年版,第 3954 页。
② 周作人译:《平家物语》,中国对外翻译出版公司,2001 年版,第 3 页。

中表现出来的"好色"精神,其实上承"雅"的传统,是"弱女风格"一派在后世的发展,其与"丈夫风格"之间始终保持着并行乃至冲突的态势。明治以后的文学中亦有许多涉及武士题材的作品,如森鸥外的《兴津弥五右卫门的遗书》《护持院原的复仇》《堺事件》,菊池宽的《一个敌打故事》《报恩的故事》《仇讨三志》,芥川龙之介的《罗生门》、《将军》,三岛由纪夫的《假面告白》《忧国》等,皆展现了近现代作家们对传统武士及武士道不同角度的观点与看法,其中既有反思、亦有狂热。当然这当中的文学精神及艺术风格,也就不再是传统的"丈夫风格"所能完全概括的了。

二、弱女风格(たをやめぶり)

贺茂真渊在论及与"丈夫风格"相对的"弱女风格"时,其贬低的倾向是十分明显的:

> 然自从迁都至山背之国,敬畏的皇威日益衰落,民亦附此阿彼,其心日趋邪恶。是何故耶?此乃舍丈夫之道而不行,反成欣赏弱女风格之国风,加之唐之国风盛行,民不畏上,出现奸心之故也……自《古今歌集》出,乃以温柔者为歌,以雄壮刚健者为贱,此极端谬事也。[①]

其在《歌意考》中也表达了类似的看法:

> 在古代,男人粗犷勇猛,和歌也同样具有这种男性风格,然而及至《古今集》的时代,男人也开始习染了女性的歌风,男性与女性的区别不复存在了。[②]

这里需要指出的是,真渊将"弱女风格"的出现与唐风流行所导致的"民不畏上"、"奸心"等联系在一起,这是复古国学家们普遍存在的一种思维方式,即为了恢复"和心",遂对来自中国的"汉意"作出许多不符实际的批判。而他这里所提到的"弱女风格"、"温柔"的歌风,其实是指平安时期《古今和歌集》到《新古今和歌集》之间的和歌风格,此时期日本逐渐摆脱中国文化的影响,开始建立起本土的文化观念及审美风尚。反映

[①] 国学院编辑部编:《贺茂真渊全集》,吉川弘文馆,1903—1906年版,第2079—2080页。
[②] 王向远:《日本古典文论选译·古代卷》(上),中央编译出版社,2012年版,第161页。

在和歌创作上,则是《万叶集》的质朴逐渐被《古今集》以后的雕琢所取代,故与其说是"弱女风格",其实是极具日本民族特色的一种文化及文学的表现范式。

所谓的"弱女风格"与平安时期的"雅"(みやび)美学概念关联密切,对此可以当代日本学者藤原成一的观点来加以说明。藤原氏提出,"雅"是一种生活方式的美学,且是一种纯粹的都市美学。伴随着平安京的迁都,平安京自身的文化氛围也得以形成,其本身是一个人工建造而成的都市,因而其中的居住者也应遵从其人为的高雅生活方式,而粗野的、粗鄙的因素必须被排除在外。举例来说,皇宫寝殿的障子及屏风上装饰着一年之中各种节日及月份的绘画,这些画并非是自然的实景,而是样式化了的自然景物及名胜,旁边还有与之相关唱和的和歌。朝廷中的服饰也有严格的讲究,其中衣服的颜色组合等皆要与自然色调相和谐,且要与不同季节、活动、场所等因素相吻合。此外身为这个都市的居民,其对于事物的看法、感受的方式也要符合这个城市风格的那种"洗练"感,如对四季以及其不同的景物也要有着相应不同的感受,并且通过和歌的方式表现出来,并以此作为人们之间交往的方式。要之在这座都市之中的种种非公事(公事即朝政之事)的行事规则,都可称之为"雅"。表现在文学上,则《伊势物语》及《古今和歌集》中的和歌及男女之间的交往方式可视为"雅"的教科书。

《古今集》中的和歌较《万叶集》而言,其直抒胸臆的部分明显减少,而人工的、装饰性的成分明显增加,而就男女交往这一点来说,《古今集》中所展现的也不再是一种用生命去恋爱的方式,而是增加了许多社交性的、游戏性的、风雅性的因素,因而具有了许多表演的性质,它要求人们不再将自己的感受放在第一位,而是揣摩对方的心思,并根据场所、时间及情况配合对方演绎出一种优雅的、上品的恋爱感。[①] 总之这一切都显示出京都文化风气及审美方式的改变,其最为基本的一点就是由直接、质朴转变为人工、雕琢,这也是贺茂真渊所提出的"丈夫风格"与"弱女风格"的区别。

事实上"雅"以及所谓的"弱女风格"反映出日本本土文化及美学体系的建立,其不仅对后代的文学及诗学观,也对日本的整个民族性格都产生了重大的影响。平安时期假名文学及女性文学的兴起也皆与之相关。当时在公一面的文学仍由纯粹的汉诗文所掌控,而女性则多用日本的假名进行创作,这类假名文学在所谓的"国风暗黑时代"当然不能入流。而在这之后,伴随着本土文化、文学及审美意识的发展,假名文学开始受

---

① [日]藤原成一:《生き方の美学—「みやび」から「いき」へ—》,《日本大学芸術学部紀要》第 45 期,2007 年。

到重视。与之相应,女性文学也开始登上舞台,如藤原道纲母《蜻蛉日记》,紫式部《源氏物语》、《紫式部日记》,清少纳言《枕草子》,菅原孝标女《更级日记》等。女性的文学创作较之男性在细腻、感性方面更为擅长,加之"雅"的审美风格的兴起与流行,所谓的"弱女风格"则在更高一层的意味上概括了这一时代文学的总体风格:不仅是女性文学,男性的文学也开始朝这个方向发展了。

正因如此,本居宣长在论述"物哀"时也特地提到了女性气质之与日本民族性的关系:

> 一般而论,真实的人情就是像女童那样幼稚和愚懦。坚强而自信不是人情的本质,常常是表面上有意假装出来的。如果深入其内心世界,就会发现无论怎样的强人,内心深处都与女童无异。对此引以为耻,极力隐瞒,是不正确的做法……日本人写的和歌、物语,只是如实表现人的内心世界,表现"物哀"。将人情的细微之处细腻深刻地加以表现……它对人情描写的真实细腻,宛如明镜照影,无所遁形。正因为如此,所表现的人情仿佛女童,本色天然,无所依傍。①

前文已经提到过,本居宣长的"物哀"说是在破除所谓"汉意"的基础上建立起来的,因此他对许多来自中国特别是以儒家学说为代表的思想观念提出了批评。比如以朱子学为代表的宋学非常注重道德修养,而道德必然带有一种社会规范性,其与人的天性多有冲突之处。本居宣长认为这是对人性的一种扭曲及变异,而真实的人性应当是如同女童一般纯洁而又脆弱的,正因如此,人们才具有感知物哀的能力——事实上他认为感知物哀是人的天性,只是道德等因素掩盖了这种天性,才导致许多人不知物哀。本居宣长与贺茂真渊同为江户时期著名的国学家,他们所上溯的传统路径一致,但方向不同。一个是强调更为久远的具有男性力比多色彩的"丈夫气质",而另一个则是强调平安时期具有贵族审美趣味的"弱女气质",可谓分别抓住了日本文化、文学传统特质的两端。这与后来美国人类学家本尼迪克特判断日本社会文化特质时所提出的"菊与刀"的概念,正可遥相对应。

"弱女风格"在平安时期以后的文学中也形成了其独自的谱系,如江户时期的"好色"文学便也可以归入其中。"好色"与平安时期的"色好み"本有着一脉相承的关联,

---

① [日]本居宣长著,王向远译:《日本物哀》,吉林出版集团,2010年版,第106—107页。

其在本质上都是一种具有游戏性、表演性的生活方式乃至审美体系,只是二者的背景及人物发生了较大的变化与转移,这在前文已经有过说明,而就在人工性、雕琢性这一方面来说,二者仍然保持着高度的一致性。江户时期从游廊中发展出来的"好色"美学,或曰"色道",本就是一种人为性极强的审美体系,它要求参与的男女双方都必须遵从其固有的游戏规则来展开恋爱,而这一规则与当时社会"公"的一面即江户儒学乃至武士道等是格格不入的。同时"好色"也是一种都市美学,其与鄙俗的、粗野的人物或特质亦有绝对的冲突,后者在当时的文学中往往以乡下人或武士等形象联系在一起,并遭到嘲笑与否定。此外作为游廊之中一个极高的评判标准"通",其所要求的不仅是对游廊的各类事情的精通,而且要求不以此为夸耀资本,对任何事物不执着,放任自己自由自在地游玩,故而所谓的"半可通"也即不懂装懂的人也同样被视为一种粗俗的表现,从而往往成为好色文学作者们批评的对象。

在明治以后的文学中,倾向于追求自我享乐的唯美主义派作家的创作中也明显含有"弱女风格"的要素。一方面他们具有反社会、反道德的因素,从而将文学"向外"的一面隐藏起来,完全转入到"向内"的描写中来;一方面他们所表现的又多是细腻的、官能的感受,并结合江户时期的审美情趣,展现出一个独特的唯美又颓废的世界。而就"弱女风格"所讲究的对自然、四季乃至生活中的点点滴滴的细腻而真切的体会以及小、窄、幽的文学境界,则在川端康成的著作中也有着极为明显的表现,应当说它已成为日本文学乃至国民性格的一个部分。

日本诗学范畴中"丈夫风格"与"弱女风格"的消长关系,形成了日本文学中"向外"与"向内"、"质朴"与"雕琢"、"雄壮"与"细腻"等多位面特质的并列,这其实是许多国家的文学发展过程中都存在过的复杂现象。事实上很难也不必硬性为二者划定优劣,这两类不同风格的文学作品的共存,已经显示出日本诗学及文学创作风格多样化的必要性及合理性。对此,或可以中国清代诗人袁枚的一句论断作为结尾:"天地间不能一日无诸题,则古今来不可一日无诸诗。人学焉,而各得其性之所近,要在用其所长而藏已之所短则可,护其所短而毁人之所长则不可。"[①]智者斯言,是为中肯之论。

经过以上对四个及两组日本诗学传统核心范畴的梳理与论述,可以发现日本诗学体系当中的重要范畴之间有着纵横相连的内在关系。比如"好色"与"清趣"是对事物

---

① (清)袁枚著,周本淳标校:《小仓山房诗文集》,上海古籍出版社,1988年版,第1505页。

进行观察及感受时所采取的两种不同的姿态,一则倾向于"入",一则倾向于"出"。"好色"与"劝惩"则是对男女情爱主题在文学中的表现所持有的肯定与否定的态度,是将其转化为纯粹无功利的审美,还是以道德对其加以约束,就成为二者的分歧点。"丈夫风格"与"弱女风格"则显示出了日本文化及文学的刚性及柔性的两种不同位面,当然这样一种"男性—刚性"与"女性—柔性"气质的二元对立,在其他国家或民族的诗学范畴中大都有所表现。"幽玄"所追求的一种具有神秘乃至幻想色彩的深度审美;而"寂"所主张的则是一种澄明、悠远、古朴的审美趣味,其方向、角度各有不同,但多数又与"诚"相关联。如"物哀"是对事物的一种发自本心的感知、传达的能力及意愿,离开了"诚"显然是做不到的,"好色"则是在某种独特的游戏规则下限定的表现"诚"与情趣的恋爱行为,"幽玄"与"寂"所追求的都是一种非常强调创作者之心的审美情趣,若失去了"诚"的因素,显然也只能沦为徒有其表之物。故可以说"诚"是日本文化以及诗学核心范畴中的基石,其他的范畴多以其为基础和底色,并与其关系密切。

除了"诚"以外,其他范畴之间的关系或为继承、流变,或为相辅相成乃至相对,且其与各自产生关系之外的范畴也或多或少存在着一定的联系性,如"好色"、"物哀"与"弱女风格"之间便具有相当程度上的关联性。"物哀"、"幽玄"、"寂"等范畴,都被视为日本传统艺术层面的最高境界。这些范畴各自代表的诗学或美学理念,其实构成了一个网状的诗学系统,这张网可以将日本重要的诗学概念及文论结构,以及文艺作品都囊括在内。在对其进行审视之余,中国的读者也可以借此反观自身,中国的诗学系统中是否也存在着类似的现象?日本诗学范畴中是否有为中国的诗学范畴所缺失的部分,以及为何会造成这种缺位?对日本诗学范畴的归纳与总结,能否为中国诗学的系统解读和重构带来某些有益的启示?这样一种"汇通性"的研究视野,是今人在对日本传统诗学系统进行审视和辨析过程中所不应缺失的。

第四章 日本诗学特征论

考察世界各国的诗学起源,学者大都持或起源于宗教神话、或起源于先民生活、或起源于生产劳动等说法。但就日本诗学而言,其起源显然与来自中国大陆的汉学及诗学的传入相关,很大程度上就是直接传播接受与继承。而之后日本诗学的本土化,是在漫长的发展过程中逐渐形成了主体意识,其中凝聚了大和民族历史体验和审美特色而形成了鲜明特征。这一主体意识和本土化审美特征或隐或现地代代相传,与来自中国的古典诗学并行不悖、互相融汇,形成了日本文学发展的主要特色,也造就出日本诗学的基本特征。

从古至今,外来的文学持续滋养着日本诗学之根系,而主导吸收和融会外来文学的内在力量则是日本诗学的主体意识。日本诗学的发展经历了与古代中国及近现代欧美诗学交流、冲突、并存、融合的过程。这也是日本思想界从古代提出"和魂汉才"至近代仍然提出"和魂洋才"的缘由所在,这一基本精神同样渗透在日本诗学的发展过程中。

因而日本诗学的发展过程显示出了两大特长:其一是以日本的主体意识及审美观念为催化剂,主动接受和融合外来诗学观念而自成一格之论。其二是偏重于吸收外来富有新意的表现方式,在提升写作技巧方面保持兴趣,推陈出新,以灵活多变之姿不断丰富着本土的文学创作。

本章把日本诗学置于东亚传统诗学乃至东西方诗学交流的背景上,对日本诗学特征加以考辨和论述,探讨日本古代诗学的独特主张,呈现日本诗学在吸收、跨越中国诗学的基础上所形成的鲜明特性。今人应摒弃日本古代诗学缺乏独创性的偏见,中国诗学对日本古代文学及文学思潮有着长期的深刻影响,但是日本古代诗学的成长并非只是中国诗学的翻版。世界各国诗学的发展类型,大体上有着"原生态"和"次生态"的区别。所谓原生态的诗学是指没有受到外来诗学很大影响而产生出的诗学,比如古希腊诗学、印度诗学、中国诗学等,显然都有着长久的生命力,影响后来者甚广,有着重要的原创地位。而次生态诗学则指其产生及发展过程中明显受到了外来原生态诗学的影响,比如日本古典诗学就属于东亚区域中的次生态诗学,受古代中国和近代西方诗学的影响甚彰。本章从有"间"意识、崇"情"传统、重"私"写作、尚"小"之美四个方面,概括

· 239 ·

历代日本的文学创作活动,在吸收和融合中国及西方诗学的基础上,逐步形成了日本诗学鲜明的本土特征。

第一节 "间"意识的渗透

一、杂糅并存的内因

迄今为止,东西方学术界对日本文化特质的探讨已经形成如下共识,即日本文化是系统各异的东西方外来文化因素混合并存的产物。近来不少学者更是直接用"杂交"或"杂种"等词语,直白地表述日本文化具有多重来源、体系纷杂、集散混成的种种奇特之处。日本社会文化各方面的这一共同特征都甚为明显,具体事例举不胜举。比如日本语言文字中,字体方面既有从中国传来的汉字,又有独创的平片假名;语音方面既有来自古代中国的"吴音"、"汉音"词发音,又有本土传统的日语词发音,近世以来更有大量来自欧美语词汇的片假名发音,如此复杂的语言文字形态合成一体,长期无障碍地混合使用,可以说是举世罕见。日本文学的发展过程中也呈现出了复杂的混用现象,来自各种语言文化体系的文体形式,比如汉诗汉文及小说的绝大部分文体,都被引进日本而进行了长期创作,取得令人瞩目的文学成就。而日语文学也得到了并行发展,各种文体与时俱进,长期繁荣,与汉诗汉文的长期流行并行不悖,创造出古代日本和汉文学长期共存双赢的繁荣局面,成为东亚文坛乃至世界文学之林中的重要组成部分。造成日本文学乃至文化发展呈现出多样化和多重性的主要原因,来自历代日本人对外来的先进文化抱有强烈的好奇心和学习意愿,同时也对本国文化传统有着坚定不移的保护意识。

日本文学乃至文化发展长期保持杂糅性的特色,并且可以使得这种文学文化的杂糅展现得混而不淆、杂而不乱,乃是因为不同历史时期、不同文化体系的文学表现形式及表现内容,能够在日本文学创作中并行不悖,成为具有日本风味的艺术审美形象,从而凸显出历代日本人具有模仿和改造外来艺术的极高天赋,有着把外国文艺转化为日本独特风物的强大创新能力。比如茶道、剑道、花道、书道、棋道等,其源头都来自中国,但在传入日本后经过不断改造,逐步发展成独特的日本风物,至今仍在日本社会盛行不衰,成为最具日本风味的艺术流,甚至是最能代表日本传统精粹的艺术符号而远播全球。

从日本佛教的演变过程中，可以清晰看出日本社会中善用杂糅并存之法来吸收外来文明的传统思维方式。6世纪中叶，佛教从中国经朝鲜半岛传入日本列岛，其发展历程可略分为飞鸟时代、奈良时代、平安时代、镰仓时代、室町时代、江户时代、明治维新之后七个阶段，可谓源远流长，其发展重点在于能够彰显主体，注重与时俱进。日本镰仓时代的佛教改革尤为重要，当时的佛教宗师法然和其弟子亲鸾根据日本人的信仰习惯改造了中国佛教，净土真宗与日莲宗经过杂糅改造之后成为日本本土化的佛教，受到武士及民众的欢迎。之后江户大将军德川家康就是净土宗的信徒，他建立幕府后积极推行佛教，颁布"寺院法度"，制定各宗派所属寺院的属从关系，实施"寺檀制度"，让日本各地的武士民众都归属护持的寺院，将佛教纳入江户幕府的政权体系。经过长期的混杂并存，日本的佛教和神道教形成兼融合作而不是对立排斥的密切关系。时至今日，神社与寺院常常毗邻而居，和平共处，彼此独立，互不干扰。日本民众过新年，有的喜欢去神社祈祷平安，有的喜欢去寺院许愿吉祥，而大多数人则是既到神社又去寺院，混杂朝拜，成为日本民众宗教信仰的常态。不少日本人既信神道又信佛教，甚或加上西方的基督教。在日本经常可见婴儿出生到神社接受洗礼，结婚到教堂举办西式婚礼，丧葬仪式则一定在佛教寺院进行。日本人信奉宗教就是如此兼而得之，不在乎宗教信仰的单纯与虔诚。重视现实存在的日本人，其创造的社会文化经常成为世界各国文化的结合体，他们善于借鉴外国成果，又经过精心改良，使其形成外表内容皆呈现"不和不中不洋"的日本化产物，因而显示出了一种独特的日本风味及东亚价值。

文化杂糅现象在世界各民族文化进化过程中很常见，尤其是从区域到全球的经济、政治、军事、文化交流过程中，多数国家民族的文化发展过程中都会经过杂糅的阶段。日本长期奉行"拿来主义"的开放策略，各种思潮产物长期并存，其自身文化发展的杂糅状态自然就更显突出。然而，文化杂糅不一定必然导向文化融合，更不一定能够导出井然有序的本土文化。世界历史上起初或主动或被迫接受外来文明，最终却导致本土文化彻底消亡的事例举不胜举，这同样显露出强胜弱败、强存弱亡的丛林法则。日本文化乃至文学发展，之所以能够历经一两千年而不衰，各种外来的与本土的文化文学因素可以长期并存，互相之间保持有序的吸收融合而非有你无我的兼并合流，究其重要根底之一，就是因为日本社会长期保有着人世间万物有"间"的传统意识。这一具有重要本土性质的认知意识，早在日本原始神道信仰中就早已萌生，在日本历史发展过程中不断得到强化并一直影响至今。

二、"间"意识的内化

　　日本传统社会文化中"间"意识的产生,与远古神道思想密切有关,追根寻源又与东北亚区域盛行的萨满巫术信仰有着内在的联系。远古神道信仰认为,天地万物皆有神明主宰,一山一水皆有神灵驻守。这样的万物万神,并非合归一神统一掌管,而是众神各司其职,各居其所,各守其份,相互间互不干扰。神道教的神祇寄宿于人间,与人杂处,传说有"八百万"之众。这些自然神灵凡人视而不见,听而无闻,无嗅无色,无形无态,然而却是一种重要的存在力量,他们管辖着日本列岛中天地万物的消长兴衰,也影响到大和国中一草一木的喜怒哀乐。日本人随时随处都可邂逅神祇,所以必须设置空间,让人神分居,以免冲撞扰神。"间"(ま)就是指这一空间,而"间"的另一种发音(あいだ),是指人神之间、族群之间、个人之间的安全距离。

　　汉字"间"是会意字,其繁体"閒"初见于金文。东汉许慎《说文》:"閒,隙也。"徐错注曰:"夫门夜闭,闭而见月光,是有间隙也。"其本义为"门缝",后来引申为空间、距离、间隔和离间等义。在中国,"间"的字义一直较为稳定,并未发展出一种特定的文化意识,这与日本社会有着很大的区别。"间"字大约在古坟时代(3世纪)传入日本,有汉音(kan)和吴音(ken)两种音读。然而表达"间"的空间距离概念,在古日语中早已存在,所以传入的"间"字在上述两种汉字音读之外,还有"ま"(ma)和"あいだ"(aida)两种训读。这表明早在八千年前的绳文时代以及前4世纪弥生时代的日本先民,就已经对空间距离概念有了特定的感知意识,并以专门的话语表达出来。

　　神道教中"间"这种原始的意识理念,长久以来一直影响着日本人对人际关系的观察方式。对历代日本人来说,"间"是一种至关重要的空间距离概念,在日语中距离叫做"间合",对"间合"的体察称为"乞间",这成为日本人日常生活中的一种重要行为方式,也可称为"间取"。把握住了"间",就是"間を持たす"(掌控空间),做得好的称为"間が良い"(距离感良好),做得差就是"間を欠く"(空间感较差),更差的是"間が悪い"(距离感出差错)。待人处事反应迟钝,是"間緩い";不讲究距离感,往往被责为"間怠い";搞不清距离的,会被斥为"間違い"。最严重的是"間抜い",指完全丧失距离感,那就是无可救药的傻瓜了。在这种"间"意识的长期熏陶下,日本人待人处事的小心谨慎乃至礼节繁多,就不足为奇了。

　　日本最初的"间"意识,认为万物皆有各自的神灵形态,也有其特定的存在空间及存在价值。这种"间"意识经过历代日本人的长期体认而不断深化,成为日本传统思想中根深蒂固的内涵,也成为日本人内在的思维方式及审美模式。"间"意识对日本诗学的形成起到了促进和固化的作用,这也影响到历代日本文学的形式及内容的发展,并内化成日本文学创作中源远流长的独立意识及偏好私密倾向。

正是这种内化的"间"意识,渗透进日本诗学的认知体系,给日本各种形态的文学创作形式,包括不同文化背景的文学表现内涵,都留下了独立存在的创作空间。这使得日本文学的发展呈现出杂糅状态,也确保日本文学表现内容的杂糅性及表现形式的多样性,能够各得其所而长期并存,进而得以完成自然的交融过程和历史汰换。在文学形式及内容的吐故纳新方面,历代日本诗学评论表现得较为保守,很少出现革命式的全部推倒重来的激进主张。在日本诗学史上,可以看到许多对于文体形式的细致论述辨析,也可以看到各种文体长期并存的现象,却很少看到一种文体垄断文坛独领风骚的现象。比如在诗歌领域,来自中国的汉诗体长期流行,和歌长期并行不悖,甚或汉诗、和歌中的各种文体形式都能长期存在,在抒情表意方面形成自然分工。作家可以各取所需,各尽所能,在较为宽广的文体范围内自由选择,进行形式较为自由的文学创作,而较少顾忌文坛的潮流及外界的评价。奉朝廷之命主持编撰《古今和歌集》的纪贯之,在真名序中这样论述:"夫和歌者,托其根于心地,发其花于词林者也。人之在世,不能无为。思虑易迁,哀乐相变。感生于志,咏形于言。是以逸者其词乐,怨者其吟悲,可以述怀,可以发愤。动天地,感鬼神,化人伦,和夫妇,莫宜于和歌。和歌有六义,一曰风,二曰赋,三曰比,四曰兴,五曰雅,六曰颂。若夫春莺之啭花中,秋蝉之吟树上,虽无曲折,各发歌谣,物皆有之,自然之理也。然而神世七代,时质人淳,情欲无分,和歌未作。逮于素盏鸣尊到出云国,始有三十一字之咏,今反歌之作也。"这种较为自由的创作氛围的长期维系,是以"间"意识在日本传统思维中的长期存在为基础的。

三、虚中的两极趋向

"间"字来自古代中国,先秦诸家对"间"概念并无多少论述,但是后代的儒家借助了道家的观念,概括对时间空间的思考,发展出了一种深刻影响中国思想及社会的恪守中庸之说。其突出表现在传说中的所谓尧舜禹禅让时所言十六字心传:"人心惟危,道心惟微,惟精惟一,允执厥中。"这段文字出自魏晋士人伪造的《尚书·大禹谟》,明代学者梅鷟曾对此详加考据,指出其中前三句抄撮于先秦《荀子》,而《荀子·解蔽》原文为:"故《道经》曰:'人心之危,道心之微。'危微之几,惟明君子而后能知之。"直言此儒家十六字心传源于先秦道家经典《道经》。此十六字心传经过宋儒用力发挥,至朱子集其大成,成为宋儒心性理论的核心内容,可谓开万世哲学之源,继千载道统之传,为政为学不可不知,其对中国乃至东亚各国的文学及诗学的影响是深刻而久远的。

值得注意的是,所谓"允执厥中"的中庸之说,清晰显露出了华夏先哲们在对时空观念的初始思辨过程中,对于世间万物存在的认知、对于事物发展方向及方式的认识,就出现了重视和掌控"中间"状态的意识。先秦学者普遍认为天地万物发展变化的基本规律是周而复始的,其围绕的中轴点就是中庸,因而中庸之道就成为万事万物最合理也是最理想的存在常态。先秦思想家中对"间"意识最早思考并提出深刻论述的是老子和庄子,在《论语》中也有初步涉及。受此基本观念的深刻影响,中国古代文论发展过程中,尽管有着言志、言情、言性等各种各样的认知表述,但发展主流还是表现出了不走偏锋的"中庸"倾向。比如到了明清诗坛,主张真性情及格式雅正的"格调说",就长期占据主导地位,从前后七子到清初的"神韵说"及清中叶的"性灵说",莫非如此。总体而言,中国文论中的倾向中庸之说,表现为有"间"而中"实",这种"间"可以表现为文体的繁多有别,也可以表现为内容表述的雅俗有别,这些区别往往是清晰可辨的,甚至经常通过朝廷官僚士族的引导而不断得到彰显和强化,因而是实实在在的常态存在。

相对而言,同处于东亚儒家汉字及佛教文化圈的日本社会,其对"间"的认知理念及思维方式,往往表现出虚中的两极倾向。也就是说,日本人意识中所认知和坚守的"间",其表现形式往往更为突出,更为鲜明,也更容易走极端,但其中心内核却往往更为虚空泛化。这样的认知理念及思维方式,与日本早先接受中国道家的虚空理念及思维方式有着源远流长的关系,又与日本原始神道教的关系密切。众所周知,日本神道有着泛神论的表现特点,认为天地风云乃至山林河川都有各自的神灵,因而在日本列岛上到处设有供人祭拜的神社。对于日本人来说,神社是一种供神灵居留的"间"所,其代表了神灵的无所不在,是常人的敬拜之域,这也划清和间隔了人与神的空间距离。但是神社虽然是日本人生活信仰的中心,其设置却将神灵之形体彻底虚化,形成了形式虚化的信仰中心。这突出表现在日本神社里不设任何神灵塑像,也没有传世经典书籍,只放置一些简单的日常生活用器,如草鞋、稻草绳等。多数神社里甚至不置一物,拜殿里空荡荡的什么也没有,可是日本民众照样前来虔诚参拜。这种中心虚化的神道信仰,对日本人"间"意识的形成和强化,作用是潜移默化的,并在很大程度上影响到了大和民族的性格。

"间"也是源于古代中国审美体系中的一个重要概念,简言之是在文艺创作中安排时间休止和空间留白,其效果在于让作品发挥出更大更深远的联想作用。在传统的日本文艺创作中,特别是在能剧、歌舞伎及传统舞蹈、音乐、绘画等艺术形式中,"间"审美的充分运用经常成为成功的关键。比如能乐及歌舞伎表演中,"间"审美观运用经常表现在演员适时摆出静止姿势,为其台词和动作之间留下余韵。在日本传统音乐中,演奏者对音乐的停顿留白处理,也有着不同的阐释和理解。而在日本绘画中,留出大篇幅的"余白"画面,其带来的整体效果也倍受重视。

近些年来日本研究中有"间人主义"之说,即认为日本人的秉性是身处各种"间"关系中的"间人",其重要特征是其存在的依据并非来自个人,人际关系是个人存在的前提,相互依存和相互信赖合作就是日本"间人"的生存方式。"间人"说在价值观上既否定西方的个人主义,也否定一直被标签化的日本人集团主义,提倡日本人的生活方式,是游离于不重视人与人关系的个人主义与泯灭个人归属感的集体主义之间的一种特定生存方式。要言之,"间"意识是日本民族心理的主要意识之一,也是其行为规范之一。"间"与其说是一种实际的空间感和距离感的表述,还不如说更像是一种对距离与间隔的心理感受和自我意识。由于虚中,所以中心对边缘的控制经常会失能,甚至是有意识地放任。因此,日本的边缘表现经常变化无端,显示出较大的自由性,甚至是极端化的。中心的虚化,又往往导致了日本人在人际关系方面的两极化认知,所谓善与恶、爱与恨、勇与怯、动与静,类似两极化的行为之间往往能够瞬间迅速转化,这就形成了20世纪初西方学者视野中的"日本性格之谜"。如露思·本尼迪克特(Ruth Benedict,1887—1948)所言"菊与刀"(*The Chrysanthemum and the Sword*)的合体论。总而言之,虚中而趋于极端的"间"理念及思维方式,经过千百年的积累沉淀,已经内化成大和民族的意识特征而代代相传,并渗透进日本文学创作及诗学理念的深层结构,也表现在文学作品的各个方面,这是值得学界深究的。

第二节 崇"情"的传统

一、抒情为本

日本是一个狭长的列岛,从寒冷的东北地区,到温暖的西南地区,有着多样的地理和气候状态。富于变化的自然地貌风景及季节变化,千百年来不断拨动着日本人的感触神经和情感波澜,长期熏陶并培养出了日本民族情感丰富和感触细腻的一面。日本的山体浑圆,河川狭短,山川形态往往缺乏宏大气势,却经常显示出柔和婉转的姿态,富于细腻的情趣。东瀛列岛上独特的自然景物及风土人情,成为历代日本文学艺术创作者们反复观照、体味和表现的题材,这对于日本民族心理以及审美心态的形成,有着潜移默化的深远影响。

日本是一个适于农业耕作、物产富饶的国度,又是一个地震频繁、台风肆虐的国家。自然灾害暴虐无常,噩梦经常就在瞬间降临,丰美家园顿成废墟,美好生活随风而逝。正是在对生活的幸福快乐和灾难的悲苦惨烈的反复品尝和深度体验之中,形成了日本民族悲剧倾向鲜明的心理特征,表现为尽情享受生活、面对危险却往往苦中作乐的幽默心态。此外,日本岛国远离东亚大陆,四周都是茫茫大海,这样的地理位置有利于自我保护,得以长期避开大陆帝国的战乱侵袭,但也使日本长期处于封闭状态。这一方面造成了日本民族心胸不够开阔、民族观念淡薄的心态,另一方面,又推动了日本民族内倾心态的形成。日本民族的心理特点决定了其独特的情感模式,也从根本上塑造出了日本民族的审美心理,决定了日本传统审美的抒情特色。

日本传统的诗学理论,主要集中在抒情、叙事、戏剧三个层面,其中抒情的论述最早出现,历代以来也最为发达,甚至可以认为日本诗学的主体就是抒情文艺论。推崇"真实"是日本诗学观念之始,也是日本诗学形成抒情、叙事、戏剧理论的基础。其后出现的诸如"可笑"、"哀怜"、"物哀"等观念,虽然也可以用于分析日本的散文及小说创作,但更多的还是用于日本和歌创作分析中。至于"艳"、"有心"、"寂"等诗学概念,均成为论述和歌、连歌、俳谐等日本诗歌主要形式的常用术语。五山时代以来流行的"幽玄"论,源于中国魏晋玄学与佛禅观念的结合,对日本戏剧巨擘世阿弥的创作产生了直接的影响,同时也在江户时代各种文体包括和歌、连歌、俳谐的创作中留下了深刻的印记。

日本文学创作无论是长篇的物语,还是短小的和歌俳句,大都注重情趣的充沛以及感受的细致生动,因此富于情趣和感受细腻成为日本文学创作的重要特点。日本诗学中的"物哀"、"幽玄"等独特审美理念,也是以日本式的抒情及细腻感受为基调的。正如江户中期国学家本居宣长(1720—1801)在其代表作《石上私淑言》中所强调的:

> 和歌的宗旨只是将心中之"物哀"表现出来,而不仅在遣词造句。词必有文采,咏必有感情,方可称之为歌。这并非是故弄机巧,在情有不堪时吟咏出的词句自然就有文采,而靠这种有文采的美丽词句,胸中深情即可充分表达。听了这样的和歌,无论是神还是人都会被打动。晚近以来,有些人为了咏出让人感动的好歌,

便对和歌之心与和歌之词都加以修饰美化,于是就出现了较多的"伪饰",最终发展到有词无心,有口无心。随着时世推移,现在的人情、词语都发生了很多变化。虽说和歌只是将心中所思所想加以表达,但要将现在的人心用现代词语加以表达,那就会使和歌成为当下卑女和儿童所唱的那种小曲、流行歌之类的东西,这样就将失去了和歌应有的品格。这样的歌,即使表达了真实的感情,也不会有动人之美。因此可以说,以后世粗俗的"心"与"词",就难以咏出好歌,所以应该学习古人高雅的"心"与"词"。古人的"心"与"词"与当今多有不同,模仿古人看起来不免伪饰,但和歌原本是心正词雅之道,后世歌人向古人学习,当属自然之理。①

可见,历代延续的和歌之道,最根本之处就是心正词雅,抒发胸臆,以真情雅词取胜。

时至近现代,已经融汇了西方文学因素的日本主流文学创作,还是十分坚定地保持着传统文学创作的真髓,以真实情感的细腻表现见长,而非以复杂架构和长篇叙事取胜。例如芥川龙之介的《地狱变》《蛛丝》,太宰治的《人间失格》等,这样的代表性作品皆不掺杂低俗的娱乐笑料,也不摆出道德家面孔给读者讲道理,而是诚实地用故事本身来呈现小说中的人情道理,凸显作者自己的情感良知,这样的纯文学极为感人,受到了海内外大量读者的追捧和尊重。而一些通俗易读的大众文学,依靠编撰故事情节的奇异变化来吸引读者,最终免不了陷入"快餐读物"的迷圈,难以在表现艺术方面有大的突破。例如被称为"轻小说"代表作的《文学少女》,从第一卷到第八卷分别套用了《人间失格》、《呼啸山庄》、《歌剧魅影》、《银河铁道之夜》、《盛开的樱花林下》、《麦田的守望者》等海内外诸多名作的部分故事情节。这部小说虽说情节内容精彩诱人,风靡一时,但相较于同期的日本纯文学佳作,还是有着较大的差距,其根本原因就在于偏离了日本文学抒情为本的传统。

二、哀情之美

日本传统民族性格在文学创作方面有着多重的表现,其中鲜明的特色之一就是抒情性极为强烈,并且带有情感纤细和感伤倾向的特点。比如《万叶集》中的和歌咏唱,就已经表现出丰富而纤细的情感波澜。尤其是表现情人恋爱的诸多篇章,描写了男女思慕及别离之情,吟唱中流露出的种种哀愁,其感受的细腻、哀情表达的自然和心灵的

---

① 转引自王向远译:《日本古典文论选译·古代卷》(上),中央编译出版社,2012年版,第235—236页。

纯粹,都是在其他民族的早期民歌中很少见的。

人类各民族的先民,对天地自然的观察,对人际关系的理解,最早都是运用直觉思维的方式,表现形式就是动情而唱,率性而发。在先民歌谣中,往往是感情因素多于理智观察,感物兴起多于理性思考,所以各民族早期文学表现多为率性情歌。中国周朝保留下来的首部诗歌总集《诗经》,其中表现恋情和婚姻的内容就占据了很大比重。对比日本《万叶集》中的恋情诗,《诗经》中的情诗更多反映出当时男女追求爱情自由、冲破家长专权束缚的种种心态和行动。从西周至东周,女性的社会地位每况愈下,男女交往及婚姻家庭受到越来越多的严苛限制,从而出现了越来越多的婚姻不幸及情感悲剧。相对而言,《诗经》咏唱的婚恋诗作中,家庭婚姻中的愉悦感较为短暂和薄弱,尤其是女子备受压抑,其表现出的愤懑情绪尤为强烈。相对而言,《万叶集》中的女性情感表现,往往是哀情浓郁,个人无奈独吟、内心自白的色彩较为明显。

日本和歌在长期发展的过程中,善于感发四季风物之变,并将丰富的感触细腻表现于短歌吟唱。这样善于感发和感触细腻的审美特质,促进日本诗歌形成了独特的气质,孕育出日本文学独特的审美理念,其代表性的诗学概念就是"物哀"、"空寂"和"闲寂"。这种以独自哀怜为美的审美意识,长期影响了日本诗歌乃至其他文体的创作活动。

日本小说名著《源氏物语》,以平安王朝全盛时期为背景,通过主人公源氏的生活经历和爱情故事,生动描绘了当时宫廷贵族内部的政治角力和生活画卷。全书透露出怎样的情感基调,历代学者有着不同的认知,江户中期的本居宣长在总结以往国学家诸多说法的基础上,提出了《源氏物语》的基调为"物哀"的观点,对江户时代乃至近现代日本诗学的发展影响深远。日本文学中"哀"的诗学概念,萌发于8世纪的《古事记》、《日本书纪》、《万叶集》等名作中,指面对现实抒发真情的过程中,抒发可怜、有趣、悲哀和感伤等情绪。到了紫式部的物语中,着力描述了对人生世事的种种喜怒哀乐和心灵感动,淋漓尽致地表现出了日本传统的凄美"物哀"。

《源氏物语》表露出的基本创作态度是尊重事实。作者借小说人物之口表明"小说所载,确实人间真人真事","皆真实可据,并非信笔胡造","不可凭空妄事解论"。在"帚木"卷中,源氏和头中将在雨夜品评物语,明确提出人性的本质就是真实性,物语应该给读者以真实的感动。这样的议论,反映出了以真实为基础的"物哀"论,成为紫式部小说创作的基调。《源氏物语》中渲染的情感悲剧,揭示了当时日本贵族女子的婚恋悲苦命运。在平安时代的贵族社会中,男婚女嫁往往成为门第勾结的手段,妇女成了政治交易的工具,也容易沦丧为权贵掌心的玩物。紫式部身为朝中女官,深谙宫中黑幕,她的记载描述中,饱含同情和悲哀,又将对女性悲苦命运的同情哀伤推向更广泛的"物哀"之情。这种对于天地万物的哀怜之心,感触的对象更为宽泛。对作者而言,深有感触的"物"可以是具体的人,也可以是世间万象,更可以是自然万物。总之凡是存在于世的真实之"物",都有其动人之"哀"。一如《新撰万叶集》序中所表述的:"青春之时,玄冬之节,随见而兴即作,触聆而感自生。"① 可以将《源氏物语》中的"物哀"分为三个层次,一是对人的感动,主要是对男女恋情的哀感;二是对人情世事的感动;三是对自然的感动,尤其是对季节带来的无常变化的感叹。悲哀之情是人类各族文学中最常见的描写对象,但是对悲哀之情作如此独特而深刻的认知,却是日本文学所特有的现象,因此"物哀"成为日本文学重要的精神传统就有着重要的价值和意义。

《源氏物语》与《红楼梦》都是中日两国古典小说中的里程碑式巨著。二书对爱情悲剧不同形式与内涵的描述,源于中日两国古代婚姻制度的差异。中国《唐律疏义》明言:"妻者齐也,秦晋为匹;妾通买卖,等数相悬。"明确规定了妻妾地位的根本差别。而日本的《养老令》却明确规定妻和妾同为二等亲。《大宝律令》注释《古记》中有记述:"本令妾比贱隶……此间(指日本)妾与妻同体。"两相对照,可以看出古代中日两国妻妾在家庭中的地位有着极大的差距。10世纪中叶以后,日本文献中"妻"、"妾"等汉语词汇的使用逐渐减少,取而代之的是"北方"、"当腹"、"外腹"等日式词语,主要用来区分同居和别居的妻子,值得注意的是同居的妻子地位明显高于别居的妻子。简言之,中国唐代以后的婚姻制度实际上是"一夫一妻多妾制",其中正室发妻的地位是受到保护和稳固的。而日本平安时代的贵族婚姻制度,无论从理念还是形态上来说,都是一种真正意义上的"一夫多妻制"。其特点是家族中实际上并没有固定的正妻位置,男主人可以同时有一妻、二妻、三妻等,并没有妾的明确概念。这样的贵族婚姻关系,细腻反映在《源氏物语》中。贵族男主人对家庭和婚姻的诚信,并不表现在对妻子的忠贞,而是表现在对妻子的坦诚表白上。男性主人对妻子,尤其是对同居的正妻公开自己和其他女性的私通关系,借以表示自己并无隐瞒之心,这一点是很重要的。而贵族女子在对待男主人与其他女性的混乱关系上,则要大度忍让,最多表示一点"嫉妒",以捍卫自己的脸面尊严。平安时代贵族男女间的这类"嫉妒游戏",在光源氏和紫姬之间经常发生,而这一方面的精彩描写,则往往就成为《源氏物语》物哀情感的画龙点睛之处。

---

① 王向远译:《日本古典文论选译·古代卷》(上),中央编译出版社,2012年版,第29页。

三、余情之美

日语文学创作的另外一个突出特点就是富于余情,各种文体的名作,描写往往都留有余地,给读者留下扩展想象的空间。尤其是和歌佳作,形式简短,点到为止,却往往余韵无穷。日本诗学评述中的最高境界,往往是指语意委婉而余情绵密,点到为止却意味深长。

平安时代前期著名歌人壬生忠岑名列"三十六歌仙",是《古今和歌集》的编者之一。他撰写于天庆八年(945年)的《和歌体十种》,参照崔融《唐朝新定格诗》、司空图《诗品》对诗作的分体法,把和歌创作划分为十体,其中就有"余情体"。可惜壬生忠岑对"余情体"的解释只有八个字"是体词标一片,义笼万端",且未举例说明,后人自然难究其意。不过壬生忠岑接着在"写思体"的解释中又提到"余情体":"此体者,志在于胸难显,事在于口难言。自想心见,以歌写之。言语道断,玄又玄也。况与'余情'混其流,与'高情'交其派。自非大巧可以难决之。"①还在"高情体"的解释中再次提到"余情":"此体词虽凡流,义入幽玄,诸歌之为上科也,莫不任高情。仍'神妙'、'余情'、'器量'皆以出是流,而只以心匠之至妙,难强分其境。"②可见壬生忠岑所理解的余情体和歌的写法,与写思体及高情体和歌的写法有相通兼融之处,都具备言有尽而意无穷的美妙回味。壬生忠岑还举出"高情体"和歌佳作:

赏花人归来,试问故乡之花,是盛还是衰?③

远隔高山共婵娟,朗朗明月中,如见谁人面?④

日本和歌创作的一个重要特色就是篇幅短小而余韵缭绕,而日本诗学批评中的一种重要概念就是"余情"论。从平安前期壬生忠岑的上述论述中,可以看出其对"余情"的解读已经不是一个平面的诗学概念,而是一个综合了日本文学创作各个层面和多种因素的复合诗学概念。到了镰仓时代著名歌人、散文名家鸭长明的论述中,更是把"余

---

① 王向远译:《日本古典文论选译·古代卷》(上),中央编译出版社,2012年版,第42页。
② 同上,第43页。
③ 原文:"散り散らず聞かまほしきを故郷の花見てかゑる人もあはなむ。"
④ 原文:"山たまみわれても月の見ゆるかな光をわれて誰に見すらむ。"

情"视为日本和歌艺术境界的最重要的因素。鸭长明在其诗学代表作《无名抄》中这样解释和歌的境界之美:

> 和歌之"姿"领悟很难。古人所著《口传》、《髓脑》等,对诸多难事解释颇为详尽,至于何谓和歌之"姿",则语焉不详。何况所谓"幽玄之体",听上去就不免令人困惑。我自己也没有透彻理解,只是说出来以供参考。进入境界者所谓的"趣",归根到底就是言词之外的"余情"、不显现于外的气象。假如"心"与"词"都极"艳","幽玄"自然具备。例如,秋季傍晚的天空景色,无声无息,不知何故你若有所思,不由潸然泪下。此乃不由自主的感伤,是面对秋花、红叶而产生的一种自然感情。再如,一个优雅的女子心有怨怼,而又深藏胸中,强忍不语,看上去神情恍惚。与其看见她心中怨恨,泪湿衣袖,不如说更感受到她的可怜可悲。一个幼童,即便他不能用言语具体表达,但大人可以通过外在的观察来了解他的所欲所想。以上两个譬喻,对于不懂风情、思虑浅薄的人而言,恐怕很难理解。幼童的咿呀学语即便一句也没听清,却愈加觉其可爱,闻之仿佛领会其意。此等事情说起来很简单,但只可意会,难以言传。又,在浓雾中眺望秋山,看上去若隐若现,却更令人浮想联翩,可以想象满山红叶层林尽染的优美景观。心志全在词中,如把月亮形容为"皎洁",把鲜花赞美为"美丽",何难之有?所谓和歌,就是要在用词上胜过寻常词语。一词多义,抒发难以言状的情怀,状写未曾目睹的世事,借卑微衬托优雅,探究幽微神妙之理,方可在"心"不及、"词"不足时抒情达意,在区区三十一字中,感天地泣鬼神,此乃和歌之术。①

此段论述和歌神妙之理,综述了和歌创作中的"姿"、"趣"、"幽玄"、"心"、"词"、"艳"等关键因素之间的关系,这些因素合起来的艺术效果,就是要让形式简短的和歌之作,有着言词之外的余情,具备一种内隐的气象,令人领悟到无穷尽的趣味与联想,这就是余情美的境界。

创造余情之美,成为日本文学的一种极具本土特色的艺术传统,在江户时代对各体文学创作都影响深远,产生了许多名篇佳作。明治维新之后,大量译介欧美作品,西方诗学

---

① [日]鸭长明《无名抄》,转引自王向远译:《日本古典文论选译·古代卷》(上),中央编译出版社,2012年版,第100—101页。

风靡日本文坛,尽管如此,日本文坛上的不少有识之士,仍在坚持对传统艺术之美的追求,并于现代小说创作推陈出新,展现具有日本文化及艺术特色的优秀作品,日本首位诺贝尔文学奖获得者川端康成(Kawabata Yasunari,1899—1972),就是杰出的代表。他在小说《伊豆的舞女》中力求表现日本少女的传统美,而到了《雪国》中又作了更深层面的探索。《雪国》讲述了一个唯美的旅行故事,写法上古典与现代交织,自然与人性结合,透露出作者对人性、对女性、对爱情的深刻感受和思考。作品描写了东京某报纸编辑岛村先生三次去雪国的经历,岛村对雪国少女的欣赏与好感是真切的,但是他的人生态度却是颓废的,无聊时通过和美丽少女的邂逅来抚慰空虚的心灵。作品中的驹子是一个社会底层的艺妓,她渴望爱却得不到爱,另一名雪国少女叶子则如同飞蛾扑火,最终成为传统社会的殉葬品。驹子在流露出内心哀愁的同时,也洋溢着健康向上的生活情趣,展示出天真纯朴的性格特点。川端康成结合了日本传统笔法及近现代西方小说的意识流写法,着力将驹子外在表现得十分妖艳,又透露出她内心沉痛的悲戚。外在观感的活泼妖艳,与内在情操的纯净悲哀,使得驹子的性格形象极具张力,在神秘朦胧的雪国氛围中呈现出一种冷艳的余情之美,而这一点正是承续和发展了日本文学余情美的精彩体现。

第三节 "私人"化的写作倾向

一、"私"与"公"的纠缠

日本文论早期发展主要是对中国古典文论的引进和套用,在论及文学的功能效用时,往往直接搬用中国古典诗学中的相关描述。比如安万侣(生年不详,卒于723年)在《古记事》序中,提到编撰该书的目的是为了"邦家之经纬,王化之鸿基"。《古今和歌集》真名序中直接搬用汉儒的说法,提出和歌"可以述怀,可以发愤。动天地,感鬼神,化人伦,和夫妇,莫宜于和歌。"纪贯之《新撰和歌集》序也说和歌的功能在于"动天地,感神祇,厚人伦,成孝敬,上以风化下,下以讽刺上"。这些论述都显示出最早的日本诗学论述来自中国儒家诗论,尤其是受汉代儒家及唐代诗家的影响尤深,这些论述都显示出了早期的日本诗学充满着"公"家之论的色彩。

在中国、印度、古希腊罗马、古波斯等文明古国的早期文学创作中,充斥弥着为帝王贵族歌功颂德的作品,而在这方面日本却有所不同。日本早期文学中有《古事记》和

《日本书记》等史书,自然是为天皇家族寻找神圣性起源,但之后的日本历朝却再也没有出现此类文学作品。日本第一部诗歌总集《万叶集》,在总计四千多首和歌中,大量为吟诵江河山川、四季草木的作品,这方面的影响深远;而歌颂天皇贵族生活的歌作极少,也没有影响力。平安王朝的物语创作,虽以皇室贵族生活为观照对象,但重点描写的基本上都是贵族男女间缠绵哀怨的爱恋故事。从奈良朝到平安朝,是日本古典文学的快速生长期。在接受中国文学影响过程中,值得注意的是,日本对中国文学中热心的社会关怀及鲜明的政治倾向,有意地加以淡化甚至过滤。比如奈良至平安朝的遣唐使虽然大量译介了杜甫的诗歌,但对杜诗中描写社会政治内容的诗作却较少选录。再如平安诗坛对白居易讽喻时弊的诗作无感,却对其闲适诗、宫怨诗及感伤诗很有兴趣,流传极广,乃至白诗在日本深入人心,其地位远超中国本土。再如唐代传奇小说主要描写中下层社会的传奇人物及神奇故事,无关正史,多涉私情,就很受日本读者的欢迎。尤其是像《游仙窟》等与朝廷政治完全无关的私情作品,引进日本后倍受珍视,保存至今。可见日本文坛长期流行的是彰扬"私"情的作品,而非彰显"公"理的官样文章。

怎样理解日本文学发展史上这一明显的公私纠结现象,当代日本学者铃木修次在《中国文学と日本文学》中写道:

> 在脱离现实的地方,才有作为艺术的文学的趣味。而且,想在离开现实的地方去寻找"风雅"、"幽玄"和"象征美",这是日本艺术的一般倾向。其实,这一点由于外国人不能充分理解,反而吸引了外国人,成为日本美的高深莫测的魅力。日本人一般是这样认识的:因为是艺术,就得离开现实,如果超脱现实是目标,那么超脱政治就是理所当然的。总之,认为在文学这种高级艺术里,如果吸收了政治的话,文学就会变得庸俗。①

脱离现实,才有高级的艺术;远离政治,才能避免文学的庸俗。这样的认知,基本符合日本古代文学艺术发展历程的实际情况。日本历代文学的创作主流及诗学批评,大都有着明显的脱离政治、淡化道德的倾向。尤其是和歌等日本语的文学创作,往往没有朝廷政治的功用,而成为抒发日常生活中的情绪感受,尤其是内心私情的途径。平安时代著名歌人纪贯之在《古今和歌集》假名序中提出:

---

① [日]铃木修次著:《中国文学と日本文学》,东京书籍株式会社,1986年版,第37页。

> 倭歌,以人心为种,由万语千言而成。人生在世,诸事繁杂,心有所思,眼有所见,耳有所闻,必有所言。聆听莺鸣花间,蛙鸣池畔,生生万物,付诸歌咏。不待人力,斗转星移,鬼神无形,亦有哀怨。男女柔情,可慰赳赳武夫。此乃歌也。①

对和歌性质与功能作出这样的总结,相较于中国正统的文学功能论,有着明显不同的论调。纪贯之重视的是真正发自内心的声音,是真实的人间哀怨与男女柔情,而非将和歌视如"经国之大业,不朽之文章"。

到了江户时代,出现了重视从本土典籍中寻找日本优秀传统的"国学派"学者。他们彰显日本本土旗帜,提出"慰藉"和"消遣"等诗学观念,用于对抗儒家诗学传统的"劝善惩恶"功能论。荷田在满(1706—1751)是当时"国学派"的代表之一,他侍奉田安藩主德川宗武,并应宗武重视和研究和歌的需求,于宽保二年(1742)写出了题为《国歌八论》的长文。八论包括歌源论、玩歌论、择词论、避词论、正过论、官家论、古学论、准则论。其诗论宗旨是主张和歌与政治道德无关,和歌的要旨在于个人的娱乐和唯美,表现为精美的辞藻结构。其《玩歌论》指出:

> 和歌,不属于六艺之类,既无益于天下政务,又无益于衣食住行……唯其风姿幽艳,意味深长,巧妙构思,如景如画,心为之动,于是跃跃欲试,吟咏一首,即可感到心满意足。这就如同绘画者画出美图、博弈者出手制胜,是一样的心情。可见和歌只是个人的消遣与娱乐,所以学习作歌的人必须具有爱歌之心。我日本国虽为万世父母之邦,但文华晚开,借用西土文字,至于礼义、法令、服装、器物等,都是从异邦引进而来。而唯有和歌,用我国自然之音,毫不掺杂汉语。至于冠词、同音转意等,均为西土语言文字所不及。这是我国的纯粹之物,应加倍珍惜。②

可见"国学派"的复古诗论,其根本目的之一就是要用本土之"私"心,对抗当时还占统治地位的外来(主要来自中国)之"公"论。他们认为唐土的制度文化虽然隆盛完备,但并不完全适合于日本社会,所以日本文学创作中,与其顺从杂驳的"公"事,还不如彰扬纯粹的本土"私"心。正如当时另一位"国学派"歌人贺茂真渊(1697—1769)在其歌学

---

① 转引自王向远译:《日本古典文论选译·古代卷》(上),中央编译出版社,2012年版,第34页。
② 王向远译:《日本古典文论选译·古代卷》(上),中央编译出版社,2012年版,第144—145页。

代表作《歌意考》中所大声疾呼的:"随着文明的进步,皇统延续,经过了千百年,唐土与天竺的思想观念,交相混杂,传到我国(指日本),与我国的语言及思想混合在一起,以致混乱不堪。单纯率真的日本人之心也趋向邪恶,日本语也变得杂乱起来。到了最近的末世,和歌之心与词、与平常之心与日常用语,完全分裂了。所谓和歌,就是故意将日常朴素之心加以复杂化,使用一些矫揉造作的语言,放弃了古代的淳朴,使和歌变得言不由衷。和歌仿佛是蒙尘的镜子,又好像是混在垃圾中的花朵,浑浊而又污秽,后世人以这样的心情来吟咏和歌,哪有纯洁可言?人们悲叹和歌的堕落,但又徒呼奈何。"①

总体来看,日本诗学从倡导"真实"开始,沿着或追求高雅、或沉溺游戏的两极化的道路发展,经常游离于朝廷藩政的实际要求,也即脱政治化的倾向明显。从王朝文学创作中显露的"物哀"始,经五山时代流行由"幽玄"至"寂",再到江户时代文坛的脱"公"趋"私"倾向,日本本土文学创作走出了一条倡导高雅和闲寂的发展道路,越来越远离现实政治。表现政治活动和为公而忧愤之作,在日本古代文学中主要由汉文学来承担。而和文创作则有很大不同,表现游戏、幽默、滑稽的内容占有重要地位,不少俳谐和连歌作品甚至变成了文字游戏。到了江户时代,这一倾向甚至影响到了汉诗文创作。江户小说包括汉文小说中常见的意气和滑稽描写,成为町人享乐生活的生动写照,突显了江户市井审美趣味的变化。同时,对江户社会的不少大是大非问题,则往往采取视而不见的消极态度。这就形成江户文学发展的一大新变,就是重在表现个体的生动私情,而有意远离政治,并忽视社会发展不平衡等公共问题。

二、内向的"慰心"

日本文学创作的内倾取向十分明显,不少名作都擅长于描写作者或人物内心深处的微妙心动以及私密感情的波纹荡漾,关于日本文学的作用,很早便出现了"慰心"之论。平安时代的歌人藤原滨成(724—790),在772年奉敕撰写了日本第一部歌学论著《歌经标式》,借鉴中国汉魏六朝的诗论尤其是声韵理论,对和歌的体式加以规范,并初步提出了和歌的审美属性及社会功能,对日本后代的歌学理论影响巨大。《歌经标式》开宗明义地提出:

> 原夫歌者,所以感鬼神之幽情,慰天人之恋心者也。韵者所以异于风俗之言

---

① 王向远译:《日本古典文论选译·古代卷》(上),中央编译出版社,2012年版,第157页。

语,长于游乐之精神者也。故有龙女归海,天孙赠于恋妇歌;味耛升天,会者作称戚之咏。并尽雅妙,音韵自始也。近代歌人虽表歌句,未知音韵,令他悦怿,犹无知病。准之上古,既无春花之美;传之末叶,不是秋实之味。无味不美,何能感慰天人之际者乎?①

可见日本传统诗学中的"慰心"概念,最早是指感动鬼神的"幽情",显示一种长于游乐的超脱精神,歌颂上天神灵与人间凡俗之间的依恋之心。这种"天人之恋"在日本历代文学创作中,逐渐衍生到了人间,变成表现世俗凡人之间的温情慰藉关系,并成为日本历代歌学及诗学中的一个重要概念。纪贯之在《古今和歌集》真名序中说道:"夫和歌者,托其根于心地,发其花于词林者也。"②平安朝中期宫廷高官、著名歌人藤原公任在其歌学代表作《新撰脑髓》中写道:"凡和歌,'心'深,'姿'清,赏心悦目者,可谓佳作,而以事体繁琐者为劣,以简洁流畅者为优。'心'与'姿'二者兼顾不易,不能兼顾时,应以'心'为要。"③在处理和歌的创作技巧与表达情感两方面关系时,日本诗家更注重表达自己的情感。重视文学作品对心灵的慰藉作用,也就是强调文学创作中情感的重要作用,因为这种情感慰藉最早来自"天人之恋心",具有心灵关怀的情感深度和呼应神灵的精神高度,因而在日本社会文化的背景中得到广泛的响应和不断的强化。

平安时代诞生的物语名作《源氏物语》是日本小说艺术成熟的标志,其精彩的写作技巧与丰富的诗学理念,对日本后代的各体文学创作影响深远。本居宣长《紫文要领》认为,紫式部物语创作的基本目的就在于自我慰藉。他引述《源氏物语》的《蓬生》卷的描写内容并且加以评述:

"那些描写人生无常的古代和歌、物语,倒可以排遣寂寞,也是住在这荒凉之处的一种慰藉。"所谓"荒凉之处",指的是末摘花那可怕而寂寞的家。在那种情况下读物语,之所以能够得到慰藉,是因为物语中写的事情与自己有些相似。心想和我一样遭遇的原来不只我一个人啊,于是心情就轻松了许多……"物语"这种体裁样式大致就是如此。它将世间发生的各种各样的事情都写下来,使读者产生上述的种种感觉,将从前的事与眼前的事相对照,在从前的事情中感知"物哀",又在自

---

① 王向远译:《日本古典文论选译·古代卷》(上),中央编译出版社,2012年版,第17页。
② 王向远译:《日本古代诗学汇译》,昆仑出版社,2014年版,第76页。
③ 同上,第96页。

己与物语中人物故事的比照中,感知当下的"物哀",从而慰藉心灵,排遣忧郁。①

　　紫式部身为宫廷女官,圈子限制在宫闱之内,日常生活单调无趣,几乎无人可以说话谈心,陪伴她度过无聊时光并帮助她排遣寂寥的重要事情就是阅读和写作物语。阅读和写作物语,让她看到宫闱之外的世界,了解已逝岁月中曾经发生过的各种有趣和感人的故事,通过阅读及写作物语,感受他人的恩怨痴缠,从而慰藉自己的寂寥,丰富自己的心灵。本居宣长对《源氏物语》这样的解读,已经涉及对物语小说乃至文学创作的目的及效用的理解。

　　本居宣长并不否认和歌也有如《毛诗序》所言"动天地,感鬼神,莫近于诗"的功用,但一直强调和歌比汉诗更有利于表达"物哀"之情,这是和歌最大的功用。在《石上私淑言》中他写道:"谈到和歌之'用',首先需要指出的,就是它可以将心中郁积之事自然宣泄出来,并由此得到慰藉。这是和歌的第一'用'。"②本居宣长认为"慰心"的"心"乃"鬼神之心",人不分上下卑贱,都要设法安慰神之御心,以平人之灾难。人在没有切身体会时,很难深切感受到别人的体验。历代和歌佳作就像是一面面镜子,让后来的读者置身其间而感受深刻的"物哀"之情。对沉浸在和歌之中的日本人来说,不知物哀就难以关切别人,也难以避恶从善。可见,日本诗学中的"慰藉"之说,是倾向于影响人的内心的,慰藉人心的根基就在于培养一颗感物哀之心。因此,通过感物哀而慰藉更多的人心,就成为日本文学创作尤其是和歌吟诵的最大功用,而这一过程的表现方式往往是内倾和含蓄的。

　　在文学创作如何通过"慰心"而感动人心,不同时期、不同文体的作家都通过自己的创作给出了答案。比如松尾芭蕉、近松门左卫门、井原西鹤是江户时期市井文学的杰出代表,史称"元禄文学三杰",在他们的俳谐、剧本及小说创作中都有不少精彩的慰心之作。近松门左卫门(1653—1724),日本木偶戏"人形净琉璃"作家,一生共创作净琉璃剧本一百一十多部,歌舞伎剧本二十八部,被称为"日本的莎士比亚"。在《〈难波土产〉发端》一文中,近松总结自己的编剧生涯,提出了"艺术的真实,存在于虚与实的皮膜之间"观点。他认为净琉璃对观众的慰藉产生于虚与实之间,舞台上表演是虚假的,但其来源于实际,又不是全然虚假的;来源于实际,但又不是完全的真实。而在薄如皮

---

① 王向远译:《日本古典文论选译·古代卷》(上),中央编译出版社,2012年版,第675—677页。
② 同上,第230页。

膜的虚实之间,更能加深观众的关注感受,产生出微妙的慰藉人心的力量。小说大家井原西鹤出身商贾之家,少时学习俳谐,壮年经商周游全国,他的作品从方方面面反映出当时的商人生活。在《好色二代男》的跋文和《新可笑记》的自序文中都强调了小说的作用是作为"世人之慰藉"。

总之,文学"慰心"的功能论在世界各国诗学中都有提及,但多数是将此视为文学的功能之一。而日本传统本土诗学则将消遣心灵及慰藉情感视为文学创作的主要功能,并提炼出特有的"慰心"之论,进而轻视甚至否认文学的载道教化功能。这样的论述,是对日本文学社会功能论的独特认知,也体现出了日本诗学功能论的特别之处。

三、私密的传播方式

在文论著述及传播的方式上,日本古代诗学的发展,经常出现私密家传的倾向,传播范围限定在很小的亲友圈子,而不是诉诸社会,更不会通过媒体对外界广而告知。

西方诗学以古希腊为源头,柏拉图和亚里士多德的诗学理论体系,对后世的西方文学发展产生了深远影响。柏拉图诗学论述并不成系统,在《理想国》卷十等篇章中,柏拉图否定诗歌的社会价值,认为诗因模仿现实而远离崇高理念,甚至因夸饰说谎而使人们道德沦丧。亚里士多德的《诗学》作为西方历史上第一部分门别类的诗学研究系统著作,指出诗歌创作是一种模仿,并将模仿定义为人的天性。指出人们是在模仿中求知,并在模仿中得到快乐,这些也是诗作的过程和价值。显然,亚里士多德在文学的功用价值方面与柏拉图的看法有异,亚氏强调文学模仿现实的艺术价值和社会作用。

古希腊罗马诗学的传播,主要是在公共学园和面向公众的演说中实现的。西方诗学发展的主流观念是强调文学的公共性"功用",而不是强调文学的私人性"快感"。中国古代由于采风、科举、唱和等风俗制度的长期流行,文学创作与诗学论述也具有很强的社会化特点,文人学者大都有以文学立身扬名乃至经世济民的理想。在这种为"公"而奋斗的社会氛围中,诗学的阐述自然也是属于"公"性质的正面活动,其大力彰显、大声呼喊、全面公开的行事方式也就显得十分自然。

然而在日本传统社会文化中,包括各种技艺的"艺道"传承都没有"公"家的因素,而属于"私"人的领域。与日本其他的艺术之道一样,日本的诗学传承具有很强的私密性,一般轻易不示外人,只有极少数特定的继承人才可承接。比如作为本土文学之母的和歌学,在平安王朝后期就逐渐成为一种贵族"家学"。之后历代和歌论著,基本上都是由世家歌人介绍写作和歌、连歌、俳句的基本技法,对和歌的名家名作加以分析,辨析优劣,传承家学技艺。在这样的历史背景下,和歌论、连歌论、俳句论的衍变传承,大都带有神秘的师门"家传"色彩。甚至日本诗学论著的题名,也大都有"秘府"、"秘传"、"口传"、"秘抄"、"最秘抄"等字样,直接表明了这些书籍和文章的私密特点。再比如日本古典戏曲理论大家、能乐艺术的集大成者世阿弥(1363—1443),一生撰写了二十多种能乐理论著作,他常常在书后或文末,特别叮嘱此书为"秘传",万万不可外传,只传给某某人,诸如此类。还有一类诗学论文,是应邀写作的,将某些见解写成书信,专给特定人士阅读,文中也会叮嘱勿要给别人传看。日本诗学中的名作,如源俊赖的《俊赖髓脑》、藤原俊成的《古来风体抄》、藤原定家的《近代秀歌》、《每月抄》等,都是亲友之间的私人通信。直到江户时代后期,随着印刷技术的进步,书肆大量涌现,各种书籍快速流通,日本诗学著作传播的私密性才有了较大的改变。但一直到江户时代晚期,虽然西方书籍已经大量进入日本,日本诗学的传播仍有不少是以私塾及私学先生为中心,仍然带有传统的师门家族传承的特色。日本诗学传播的真正社会化,是在晚近的幕末明治时代之后才开始的。

历代日本诗学论著的传播对象大多是少数特定读者,主要是在彼此熟悉的家人和朋友间流传。因此,撰写诗学论著就呈现出私人化的倾向,偶然因素较多,写作时很少关注构架的完整与逻辑的严密,也不在乎辞藻的精美。日本历代诗学著作大都篇幅简短,不成体系,轻松随意的行文,更有利于作者与读者间不拘一格的交流。更有不少是家族内长辈传给后辈的传家宝文件,往往只是某种技艺创作经验的简单讲述,其诗学总结归纳的理论程度自然不高。

到江户时代后期,由于儒学成为主流的意识形态,伴随汉文写作成为文人的基本修养,来自中国的朱子学抽象的理性思辨和西学的严密的体系架构,对日本文论的发展产生了双重影响。该时期产生了日本的"国学",国学家贺茂真渊、本居宣长,歌学家香川景树等人的诗学著作,也由传统的随笔文体,逐渐转变为富有理论性的论辩文体。

从文体发展的角度看,日本传统文学中得到较好发展的是富于私密性叙述倾向的一些文体,比如日记体、抒情散文、随笔、个人经历的物语小品等。而到了20世纪前半叶,出现了最能代表日本文学私密性质的文体——私小说。私小说概念在日本大正年间(1912—1925)产生,又称"自我小说"。私小说可上溯到日本古代平安时期的日记和随笔文学,对个人日常的关注及内心情感的记录,成为私小说表现内容的一大特色。"私小说"并非近代日本文学中的某一特定流派,而是涵盖了不同时期不同流派的众多小说家。"私小说"一是以家庭和文坛交友为素材、如实描写个人私生活的"杂记小说",二是彻底抛开日常现实生活素材,单纯描写关照人生时所浮现的某种心境的"心境小说"。"私小说"的文学素材较传统的江户戏作小说限定在更狭窄的范围内。作家们往往只关注自己的日常生活,其交往的范围很少超出家庭、朋友、编辑之间。这样的关注和表现范围,明显是日本文学重"私"传统的延续,而日本诗学界对私小说的各种角度分析,也往往成为很有特色也令人关注的话题。

第四节 尚"小"的审美取向

一、重"小"轻"大"

在很长的历史阶段中局限在东亚的海岛上,大和民族休养生息的自然空间较为狭窄。日本列岛缺乏高峰峻岭,没有大漠长河,除了面对四周的浩瀚海洋,日本人眼见身历的自然景观并不算辽阔,也不算丰富。长期以来,绝大多数日本人终身接触到的,往往都是眼前熟悉的那份山川景致,很少有机会行走四方,更遑论渡海远航。世世代代生长在季节感分明的温润环境中,养成了大和民族内心纤细的感觉,以及待人待物方面的淳朴感情,不善言辞,喜爱小巧外形和清纯可爱的事物。

在历代日本文学创作中,经常可见歌颂外形圆浑低矮的山岭、浅显清澈的河川、涓涓细流的小溪,在对自然山水的颂歌中抒发内心的细腻情感。大和民族喜好外形纤小的花卉,喜爱清淡素雅的色彩画案,偏好素白的服饰织物。江户时代以来,日本民众普遍喜爱樱花,视如国花,而日本皇室坚守传统,仍然以小菊花作为家徽,以致近代以来的日本国会及警察局也以小菊图案作为象征物。日本山林众多,树丛茂密,自然植被丰富。日本民众偏爱其中外形单薄纤弱的杉木,比起老树巨木的庞大气势,更欣赏玉树临风的潇洒姿态。从建筑艺术到日常生活用品皆然。

大和民族很早就形成了崇尚外形纤细、纯正整洁的审美爱好,这一悠久的审美传统直到当代还在深刻影响着日本社会的各个方面。日本的房屋建筑,总是显得小巧紧凑,空间不大,安排合理,空旷洁净。日本的料理品种丰富,做工细致,口味清淡,色味俱佳,所以享用日本料理首先是用眼睛"看"的,不少外国游客看一眼就会爱上日本料理,即所谓的"秀色可餐"。日本的各类生活产品设计合理,品质讲究,享誉全球,其特点概括来说就是轻、薄、短、小。近代以来不少西方的学者对日本的审美特色感到惊奇和疑惑,经过长期的考察和辨析,他们称日本社会文化的最根本特征就是一种"岛国文化",反映在外形方面的选择,就是偏爱"矮小文化"。

　　古代日本人在接触和引进了中国文明之后,真心羡慕大陆山河的壮丽辽阔,同时也深感岛国土地空间的狭小。在不断产生文化自卑之余,也不断激发出本土文化的自傲。至江户时代中叶,更是主动地将传统的"小"日本的自卑心理,渐渐转化为一种"大"日本的自豪与自信。日本社会中这一思潮的形成,反映在文学创作方面,可以在不少以"小"胜"大"的日本民间故事中得到鲜明的表现。例如《一寸法师》中的一寸法师,生下来没有手指大,最终却战胜了身材巨大的魔鬼。《五分次郎》中的五分次郎,是从一个老奶奶的拇指里生出来的,身材只有五分高,但他足智多谋,战斗中勇敢地钻进魔鬼肚内折腾,令魔鬼妖怪求饶投降。最著名的是《桃太郎》中的桃太郎,是从桃核中生出来的小男孩,他人小志大,最终率领由各种动物组成的大军,远征鬼岛并大获全胜。《竹童子》中的竹童子,是从竹心里生出来的,最终也成为勇敢的武士。这些民间故事所表现出来的观念,都是"小的就是强的",这是日本人特有的一种心理自我暗示,也是大和民族在残酷的生存搏斗中所产生的一种本土共识,更是长期凝聚而成的一种民族自救意识。

　　日本传统的"物语故事"在小说结构方面也显示出尚小的特点。比如《源氏物语》,讲述的故事很长,篇幅很大,然而全篇并没有像中国的《三国演义》、《红楼梦》那样形成首尾一体的宏大叙事结构,而是零碎记叙了源氏公子在不同年龄阶段、不同的地方与不同的女子结识交游的经历,一段段经历皆短小短暂,连在一起便形成了一个个小故事,又可以独立阅读,自成一体。又如《伊势物语》,这部记载平安初期贵族男女之间交往唱酬的短篇小说集,以历史人物在原业平(Ariwarano Narihira,825—880)为主人公原型,记载当时贵族风流美男子,如何热情追求众多女子。整部小说写了125则故事,然而每个故事之间并不相关。每个故事篇幅有长有短,有的甚至没有完整的情节结构。"物语文学"结构上的尚小特点,又体现在"删繁就简"的结构表现方式上,正如当代研究者所言:"尽管篇幅很大,但内部的结构却像日本人最爱吃的'饭团',是一粒粒米攒起来、粘合起来的,在结构上具有非逻辑的、零散化的特征,归根到底还是以'小'的片段故事为基本单位。"①

　　"女孩人偶"是韩国学者李御宁研究日本之后,所提出的一个美学概念。他认为日

---

① 王向远著:《宏观比较文学讲演录》,广西师范大学出版社,2008年版,第120页。

语与汉语及韩语不同,日语中的"美丽"一词起源于"对小东西的爱、对可怜东西的仁慈",而且"是从'可爱的'这个意思转变而来"。日本人对"美丽"这一概念的独特认知,在作为日本特产的"女孩人偶"上,体现得最为突出。李御宁将"女孩人偶"的审美特点总结为三点:一是擅于削、剪的简洁之美,二是集中于一点的集约之美,三是前后调换的含蓄之美。① 实际上每个民族的原始宗教中,都曾使用人偶驱邪或用于祈祷丰收,因此巫性人偶在全球各地具有普遍性。但是,一代代的日本民间工匠用心制作女孩人偶,使其不仅保留原始宗教的魔法功效,而且还让其表现出完美的观赏性及玩具功能,真正形成了一种本土人偶文化,这在东方汉字文化圈中只有日本做得最为精致出色。这种独特的女孩人偶,充分显示出了日本在文化生活方面与中国、韩国的巨大差异。

平安时期女作家清少纳言的《枕草子》是日本最早的随笔集,其中对"以小为美"就已经有了不少精彩的描述,比如:

可爱的事:
画在田瓜上的幼儿的脸。
学老鼠吱吱叫的声音,一声呼唤,那家雀崽便蹦蹦跳跳地跑来。并且,如果给家雀崽系住一条绳,老家雀便叼着昆虫喂进它的嘴里,非常可爱。
两岁上下的幼儿急忙爬过来的路上,一眼发现有个小小的尘芥,用非常可爱的小手指抓住,拿给大人看,极其可爱。
剪刘海发的幼女头发蒙住眼睛也并不拂去,歪着头看东西,那模样十分讨人喜欢。
双肩挎着背带的幼女,腰部以上给人的印象又白又美,看着真可爱。
个头不高的"殿上童"(在十二岁前进宫见习礼法的公卿子女),衣服穿得板板整整,走来走去,也很可爱。
一眼看去很漂亮的幼儿,刚抱起来亲一下,他就紧贴怀里睡熟了,好可爱。
偶然从池水中拾取浮在水面的极小的荷叶观赏,小小的葵叶很可爱。任何东西,小的都很美。②

---

① [韩]李御宁著,张乃丽译:《日本人的缩小意识》,山东人民出版社,2003年版,第47页。
② [日]清少纳言著,于雷译:《枕草子图典》,上海三联书店,2005年版,第166页。

清少纳言生动描绘出眼前的各种小巧中蕴藏可爱的景物,最后总结的一句堪称画龙点睛之笔:"任何东西,小的都很美。"这就是日本文学创作的文心所在。以小为强,以小为美,就成为日本文学艺术审美中的鲜明特色。在日本最早的传奇物语《竹取物语》中,一开始身材比拇指还小的辉夜姬,最后却成长为举国无双的大美女,让许多人钦羡不已,追求者踏破门槛。像这样对小身材大能量的神奇描写,凸显出来"小的就是美的"这样一种日本本土审美理念。

二、抒发纤细情感

历代日本文学表现出来的细腻情感特色,与日本民族性格中崇尚纤细、简约的倾向有着直接关系。日本民族有着偏爱纤细、恪守简约的审美性格,这反映在日本人日常生活中的审美追求方面,也表现在日本人偏爱短小的文学形式方面,更表现在日本文学创作中推崇纤细的思想感情方面。在《万叶集》时代,日本短歌的基本形式尚未形成,那时已有长歌的萌芽,后来却没有发展起来。和歌的诸多体式随生随灭,经历自然淘汰,最终朝着简洁的短歌方向发展。历代短歌表现出来的纤细审美情感,又积淀成日本和歌最具代表性的精神传统,这是日本民族独有的文学表现。

到了平安王朝时代,五句三十一音节的短歌定型,已经成为和歌的基本形式,后来的连歌、俳谐都是在平安时代短歌的基础上发展起来的。镰仓时代著名歌人藤原定家,与其他四位歌人一起,于1205年完成了敕撰和歌集《新古今和歌集》二十卷,这是"八代集"最后一部敕撰和歌集,因而成为日本和歌发展史上的一件大事。在促进日本诗学发展方面,藤原定家以私人通信的方式写出《近代秀歌》、《每月抄》,提出了"有心"及"有心体"诗学理论,继往开来,对之后的日本和歌创作影响极大。藤原定家在《每月抄》中写道:

> 要知道和歌是日本独特的东西,在先哲的许多著作中都提到和歌应该吟咏得优美而物哀,不管什么可怕的东西,一旦咏进和歌,听起来便会优美动人。至于本身就优美的"花"、"月"等事物,假如吟咏得缺乏美感,那就毫无价值了。
>
> 和歌十体之中,没有比"有心体"更能代表和歌的本质了。"有心体"非常难以领会。仅仅下点功夫随便吟咏几首是不行的。只有十分用心,完全入境,才可能咏出这样的和歌来。因此,所谓优秀的和歌,是无论吟咏什么,心都要"深"。但如为了咏出这样的和歌而过分雕琢,那就是矫揉造作。矫揉造作的和歌比那些歌"姿"

不成型、又"无心"的和歌，看上去更不美。兹事体大，应该用心斟酌。①

值得注意的是，藤原定家推崇的和歌"有心体"，是强调"心"与"词"兼顾，才是优秀的和歌。他还把"心"与"词"比喻成鸟之双翼，应该互相配合的关系。藤原定家提出和歌的"深心"说，其思路应该是借鉴了中国《文心雕龙》中"隐秀"之说，即"状难写之景，如在目前，含不尽之意，见于言外"。内隐于心，内心丰富的物哀之情欲说还休，显示于外的就是纤细微妙的情感表述。藤原定家推崇《万叶集》歌人，其中大伴家持（717—785）出身武门名族大伴氏，因仕途不遇，其诗作哀婉动人，流露出孤独心情，歌风纤细优美。其《二十三日依兴作歌三首》历来为人称誉，歌云：

春野春霞起，心中悲感情。夕阳阴影里，处处是莺声。（《万叶集》第4290首）
我宅小群竹，风吹竹有声。此声幽静好，更值夕阳明。（《万叶集》第4291首）

还有《二十五日作歌一首》歌云：

春日艳阳丽，仓庚向上飞。自思终独立，不觉内心悲。（《万叶集》第4292首）②

可见大伴家持歌风的情思纤细，与《万叶集》所载前期歌作充满蓬勃激情以及豪放意趣有了较大的差异，洋溢出感伤纤弱的心情，这与歌者内心的孤独、人生境遇的变幻以及家族命运巨变息息相关。这种因人生忧愁感伤心情而产生的纤细歌风，使得大伴家持达到了万叶后期和歌境界的高峰。更重要的是这种纤细优美的歌风凝聚了时代的趣味，直接影响到了后代歌坛，成为日本和歌的传统特征。

日本各类文体的创作都十分重视抒发细致的心理感受，深入关注描写对象的情感世界，擅长于在作品中细腻展现人物的情感历程。比如日本的物语创作，无论是较早摹写平安贵族心态的《源氏物语》，还是描述战国武士心态的《平家物语》，乃至江户时代大量涌现的展示市民心态的浮世物语等，都擅长于细致深入地把握人物细微的个体感

---

① 王向远译：《日本古典文论选译·古代卷》（上），中央编译出版社，2012年版，第107页。
② 以上三首和歌的汉译见杨烈译：《万叶集》，湖南人民出版社，1984年版。

受。可以说,正是由于历代文学创作善于摹写人物的幽微心态,使得日本历代文学作品尽显微妙心曲,呈现出日本文学独特的"幽玄之美"。

　　日本民族性格的含蓄导致了日本文学创作富于余情余韵的风采。日本文学作品,无论文体是诗歌、散文还是小说、戏曲,都体现出尽量节约篇幅、紧缩表现内容的倾向。日本文学创作中往往侧重表现重点情节结构,着力把握重点故事情节的发展。尤其到了当代小说创作中,往往将其神髓、神韵通过含蓄性、暗示性、象征性的方式来表现。最能体现这一文学精神的是作为象征剧的能乐,以幽玄作为其表现的第一原则。能乐表演过程中往往充分发挥日本语言的含蓄并妙用双关语,每场篇幅不大,道白简洁,却都包含着丰富的内容与纤细的情感。能乐的表演则更是形式含蓄而又颇具艺术深度,此外像歌舞伎、净琉璃等传统戏曲方式,也不乏这种含蓄、暗示和象征的文学表现。

三、流行短小文体

　　从文体形态的角度看,历代日本文学在经过长期演变进化后,短小的文体形式更容易被接受并流行。文体选择方面的这一发展趋势,也成为日本文学尚小为美的审美理想的突出标志。大和民族喜爱朴素简单的生活方式,有着细腻隐忍的情感个性,这些特质在文学审美方面就突出凝聚在和歌的短小形态上。

　　整体考察和歌的形成及发展过程可以看出,主要显示出两个侧面的发展趋势:一是和歌创作从偶数形式到奇数形式,一是从长篇形式到短篇形式。成熟阶段的和歌,最终确立短歌三十一个音节,句式是五七五七七。日语的一个词往往为多音节,这样的和歌句式,其文字形式的阅读观感及诗意表达就显得相当简洁含蓄。《万叶集》所载 4 516 首和歌中,绝大部分已经是短歌形式。具体而言,短歌 4 256 首,长歌只有 260 首,其中最长的是柿本人麻吕的《高市皇子挽歌》,也不过 149 句。在日本歌谣兴起之初,并非没有篇幅宏大的长歌形式。但是日本长歌后来逐渐衰落,分解为短歌的形式。至于后代出现的俳句,其形式就更显短小,只有十七音节,句式为"五七五",已然成为世界诗坛上最短小简洁的非对句形式。

　　从日本短歌到俳句的发展,诗作形式越来越趋向精简短小,和歌诗作的音数和句数,有着越来越清晰的限定。使用十分简短的诗作形式,却可以精准捕捉到天地万物的细微变化,并加以细腻微妙、富于情感的描述,留下大量的名篇佳作,显示出日本和歌创作超强的艺术魅力。日本和歌佳作,由于其形式的简练、含蓄,又富于艺术暗示性及想象拓展性,使读者感受到细小景观中蕴含的绚丽变化,领悟到小中见大、无中生有的艺术境界,使得和歌创作吟咏更具生活妙趣,也蕴含着深邃的人生意义。尤其是江户时代得到蓬勃发展的俳句创作,名家辈出,佳作如林,充分凸显出日本诗歌艺术的美妙真髓。正如归化日本的英国人小泉八云(1850—1904)所言:"正如寺钟一击,使缕缕的幽玄余韵,在听者的心中永续地波动。"将和歌中这类形式短小而意味幽玄的诗作,比喻为遍布日本寺院的钟声,极为符合日本的社会文化背景,也道出了日本民族细致优美的审美取向。直到如今的日本社会,俳句创作仍然有着广泛的群众基础。

《万叶集》所收歌作年代从4世纪至8世纪中叶,多数为奈良年间(710—784)的作品,其中有着长歌、短歌、旋头歌等多种形式。到了数百年之后的平安朝初期(10世纪初)的《古今和歌集》,篇幅较长的和歌类型已然被淘汰,留传下来的主流和歌样式是"五七五七七"共三十一个音节的短歌。到了江户时代(1603—1867),来源于连歌发句的俳句盛行,其句式是"五七七"共十七个音节,这样就使得俳句成为世界上格式最简短的诗歌形式。这样的发展倾向,显示出日本诗歌发展过程中偏爱短小精简形式的特点。

日本文学创作中流行短小的文体,还有一个内在的原因,就是日本的艺术审美中有着收缩背景的传统,正如有学者所指出的:"当日本文学迫不得已要描写广阔空间的时候,都像日本的庭院艺术一样,遵循着将大自然缩微、缩小、拉近的原则,逐渐将远景淡出,而将焦点集中在狭小空间里的事物上。"①这种把文学空间缩小化的写作习惯,在"短歌"创作方面体现得淋漓尽致。下面以石川啄木(1886—1912)的一首著名短歌为例:

原文:	译文:
東海の小島の磯の白砂	东海的小岛的海岸的白色沙滩
われ泣きぬれて	我泪流满面地
蟹とたわむる	与螃蟹玩耍

短歌篇幅有限,自然以简洁为上,然而石川啄木却在第一句中连用了三个结构助词"の"(相当于汉语中的"的"),表面上看显得重复而累赘。然而,在韩国学者李御宁看来,正是"の"的反复连用,起到了将视野空间逐渐"缩小"的功能:"首先把辽阔无际的

---

① 王向远著:《宏观比较文学讲演录》,广西师范大学出版社,2008年版,第121页。

'东海',用'的'缩小至'小岛',然后从'小岛'到'海岸',再从'海岸'到'白色沙滩',一层层压缩,直至压缩成一个点——'螃蟹'的甲壳,最后用'我哭出了泪水……'把一片汪洋大海变成了一滴眼泪。"[1]日本歌人通过使用"收缩"的艺术手法,将较为广阔的时空环境,逐步加以删繁就简,使其最主要的关注物在场景缩小过程中越来越清晰,从而在变"小"过程中显示出诗学审美的趣味。从世界文学视野看,欧洲文学和中国文学在写到大海时,其视线往往是向着广阔的远方眺望,而不是脚下的沙滩和螃蟹。而在日本文学中,作家诗人擅长把大环境及大事物在描写过程中加以缩小,以便于凸显"小"美的艺术境界。

日本小说的发展也有相同的倾向,在整体结构方面有着非连贯性和散片化的特点。像《宇津保物语》、《源氏物语》等早期物语虽然篇幅很长,但基本上还只是把若干个短小的故事串联起来。日本最初的小说多为短篇形式,少数作品即使形式上是长篇,但也没有贯穿整体的情节构思,实际上还是由若干短篇故事组合而成。比如《源氏物语》是一部有着完整结构的长篇小说,但也可以视为由几个相对独立的小故事串联而成。全书以几个大事件作为情节发展的关键和转折,有条不紊地通过穿插各种小故事,使整部小说情节的发展不断起伏,涌现高潮,前后呼应,彼此映照,这样串联故事的写法,形成了日本长篇物语的传统结构方式。

再看《伊势物语》(928年),这部长篇小说由125段散体文以及206首和歌(有的说是209首)构成,全书并没有叙述一个完整的故事,也看不到一条贯穿始终的情节线索。小说每一段的描写与其他段落实际上关系不大,而且笔墨非常节简,字数多的段落两三千字,而最少的只有二三十字,似乎难以视为完整的段落描写。再看江户时代出现的大量"翻案小说",大量借鉴甚至直接模仿中国的小说,从唐宋传奇到明清小说都有涉及。翻案小说的结构也受到日本传统物语传统的影响,像《雨月物语》、《怪谈全书》、《奇异怪谈集》、《伽婢子》、《英草纸》、《繁野话》等,在江户书肆文坛大为流行。从这些小说的结构方式,显然可看出日本物语编撰结构的痕迹,同时也受到了中国文言传奇小说及白话章回体小说结构的一些影响。

综上所述,在日本文学发展变化的漫长过程中,逐步形成了独具特色的诗学观念体系,并大量体现在历代文学作品的创作中。当代著名东亚哲学研究学者中村元(1912—1999)在《东方民族の思维方法》一书中写道:

---

[1] 转引自[韩]李御宁著,张乃丽译:《日本人的缩小意识》,山东人民出版社,2003年版,第1页。

  德国人以纯粹的德语建立了各种哲学体系。这种尝试甚至可以追溯到中世纪的爱克哈特时代。另一方面,日本直到最近还没有发展出用纯粹和语来表述的哲学。因此,我们不得不作出结论,承认纯粹的和语不像梵语、希腊语或德语那样适合于哲学的思索。①

  正如中村元所指出的,传统的日本文人并不擅长于用抽象思辨来进行哲学思考,他们更习惯于在本土文学作品中表现出万事万物的生动状态,并在细致的具象描绘中表现出微妙的情感与独特的感受。所以可以认为,与奈良平安时代任何佛教著述相比,《万叶集》更精准地表现出了这一历史阶段中日本人的情感与观念。而历代日本诗学理念的发展成熟,很大程度上并不体现在专门的诗学论著中,而是生动而深刻地表现于日本各体文学的创作之中。

---

① ［日］中村元著,林太、马小鹤译:《东方民族的思维方式》,浙江人民出版社,1989年版,第320页。

第五章 日本诗学价值论

第一节 日本诗学价值的基本层面

一、从本土特色到本土意识

从日本文学史发展的宏观角度看,仅仅用和歌及日语散文、戏剧、小说创作来概括整个日本传统文学,显然是不完整的。有意无意地忽略日本汉诗、汉文创作的日本文学史研究,显然是不全面、不符合史实、也是不公允的。从日本诗学研究的角度看,仅用"物之哀"等个别特征来统括日本传统审美观,这样的结论显然也是以偏概全、有失偏颇的。汉诗文在日本一千多年的长期流行和大范围存在,源于中国的传统诗学观长期占据着日本诗学界评论的主导地位,这些都足以说明日本诗学具有双重结构的性质,也就是从不断吸收外来诗学观到改造融合本土诗学观的过程。

在近代以前,日本诗学整体上看一直存在着两重结构,一重是来自古代中国的诗学传统理念,另一重是源于日本本土传统的诗学理念。这两层结构互相促进,共同发展,这一状况有时外显,有时内隐。日本诗学的双重结构中,其主次关系随着时代的发展而时有调整,但无论怎样变化,其发展都是交缠结合在一起。然而从文学创作个性而言,日本作家的传统秉性经常是走极端路线,艺术审美上喜爱走偏锋,主张较为极端的边界表现。这样的创作传统,形成了日本文学创作的多样化形式,艺术审美的趣味丰富但不稳定,并出现文艺批评的边界清晰而中心概念模糊的现象。从整体上看,这在很大程度上是创作者个性的自由显露,也是其较为自主的审美选择。日本作家在创作方面偏爱标新立异的边界表现,多数只是风光一时。这些形式新鲜然而中心意涵不稳定的边界表现,经常是创作者缺少永恒目标的表现,其作品往往缺乏大范围以及更深程度的精神感召力,因而是易于凋零、转瞬即逝的。然而值得注意的是,这一普遍现象恰恰成为传统日本审美观中最受追捧的文艺潮流,——更推崇短暂的辉煌表现,而不在乎是否具有长久的价值理念。

与世界上其他民族文学的发展一样,日本文学的发展也是先形成了鲜明的本土特色,然后对本土特色由不自觉到自觉的认知,逐渐形成了具有本土意识的日本诗学观念。江户时代之后,日本有些国学家和汉学家将这一观念贯注在本国文学创作以及文学评论中,日本诗学逐渐进入本土意识的自觉时代。具体而言,这一观念的演变,经历了从辨析"汉、和"关系到辨析"洋、和"关系的发展过程,逐渐深入为辨析外来的"才"与本土的"魂"之间的密切关系,由此构建出日本诗学的主体意识。这样的主体意识首先反映在对日本古典文学的重新解读方面,例如本居宣长对《源氏物语》的详细解读,再如对《万叶集》和《古今和歌集》的多层次研究,其中包括日本的恋歌与中国南朝宫体诗之间的关联和区别。

平安时代(794—1185)是日本全面引进中国文化的第一个高潮时期。《古今和歌集》收集了奈良至平安初期的和歌共一千余首,主要为短歌形式。相对而言,《万叶集》中的和歌风格多显雄浑,而《古今和歌集》中的和歌渐入精细优雅之途。与中国南朝宫体诗相比,《古今和歌集》的恋歌多咏恋人的举止、生活环境、所用器物等,但极少直接描写恋人的容貌、情态等身体特征,而往往用具体的物象表达抽象的赞美。和歌的修辞巧妙多样,用词洗练隽永,纤细优美,描写细致入微,音节流畅和谐,恋情含蓄婉转。而中国南朝宫体诗大多描写宫廷闺阁生活,男性诗人或以品赏的眼光描绘宫女的容貌、服饰、体态、举止、生活环境、使用器物等,或从女性的视点出发描写闺情、闺怨等,诗作表现内容较之平安朝恋歌要丰富很多。但是南朝诗人更加注重诗歌形式及语言表达上的精雕细琢,因而宫体诗在形式上更讲求对仗、用典、音律。宫体诗在对女性美的描写上,主要从感官出发,借助服饰、发饰或神态、动作来表现女性之美,这一点与《古今和歌集》中借助具体的物象来表现抽象的审美观念有着异曲同工之妙。

从远古歌谣到平安朝恋歌,日本和歌中几乎没有以男女比喻君臣关系的吟唱。日本恋歌表达情感的自然方式,一直发挥着主要的作用。而中国南朝宫体诗中所吟诵的男女爱情不少是虚构的,其真实目的还是为了沟通君臣及臣僚之间的人际关系。正因为有了这样的根本区别,和歌的传唱多数没有背负伦理教化的重负,大体上皆是直接抒情,清婉感人,这显示出了日本和歌婉转清丽的本土抒情特色。

二、"心"、"词"、"姿"关系辨

所谓的心与词的关系,或者包括心、词、姿三位一体的关系辨析,这样的构造提出了独具本土特色的文学创作关系论,丰富了日本诗学的内涵构造。这里的"心"指作者内藏的认知感情,"词"是指外显的语言技巧表现,而"姿"则指"心"、"词"完美结合之后的整体美感特征,也就是作品的风姿或风格。这一关系论辩最初来自对和歌的评鉴,平安时期著名歌人纪贯之在为《古今和歌集》所撰假名序中,把和歌样式分为"风歌"、"数歌"、"准歌"、"喻歌"、"正言歌"、"祝歌"六种,分别对应了中国传统的"风"、"赋"、"比"、"兴"、"雅"、"颂",即套用了《诗经》"六义",略显生硬,未必适当。但其对当时和歌的点评简明扼要,堪称经典,比如:

近世以歌闻名者,僧正遍昭也,歌风得体,而"诚"有所不足。正如望画中美人,徒然心动。

在原业平之歌,其"心"有余,其"词"不足,如枯萎之花,色艳全无,余香尚存。

文屋秀康之歌,用"词"巧妙,而歌"姿"与内容不甚协调,如商人身穿绫罗绸缎。

宇治山之僧喜撰之和歌,言词模糊,首尾欠条贯,如望秋月时为云雾所遮蔽。其和歌不多,难以多方参照,而做切实评判。

小野小町之和歌,属古代衣通姬之流,多有哀怨,缠绵悱恻,写高贵女子之苦恼。惟因纤弱,方为女子之歌也。[①]

其中提及的在原业平是平安王朝初期的著名歌人;而僧正遍昭、文屋秀康、喜撰、小野小町四人,名列"六歌仙",皆为平安时代的代表性歌人。值得注意的是,纪贯之用了"心"、"词"、"姿"等词语概括和歌的内容用意、言词技巧以及整体风格,此为日本诗学"心姿"论之滥觞。

藤原公任是平安王朝中期贵族高官,经常主持宫廷的和歌比赛,编撰了多种和歌集,其中包括著名的《和汉朗咏集》,首次把中日汉诗与和歌佳句融为一体,对日本诗学乃至日本文学的发展都产生了深刻的影响。藤原公任在和歌论方面也有杰出贡献,他编撰了《新撰髓脑》,其中对"心姿"论作出了较为完整的论述:

和歌三十一字,共五句,前三句曰"本",后三句曰"末",即使多出一两字,如在吟咏时不违常例,亦不以为病也。凡和歌,"心"深,"姿"清,赏心悦目者,可谓佳作,而以事体繁琐者为劣,以简洁流畅者为优。"心"与"姿"二者兼顾不易,不能兼顾时,应

---

① 王向远译:《日本古典文论选译·古代卷》(上),中央编译出版社,2012年版,第37—38页。

以"心"为要。假若"心"不能深,亦须有"姿"之美也。所谓"形",即追求"姿"之"清",讲求情趣。若"心"与"姿"均不能得,古人便于"本"句之上加添"歌枕",于"末"句见出"心"。然则,自中古后则有不然,开首即径直达意,此不足为训。①

可以看出,藤原公任所强调的"心",是指作品所呈现的内容,比如故事情节等,但不限于内容的表象,还包括内容中的作者用心,也就是所蕴含的意义价值。显然,日本诗学家大都强调文学作品的"心"要深,这也导引了日本文学创作内容朝着偏于幽玄的方面发展。至于"姿"要清,也就是强调要有美的形式,而且是以"赏心悦目"以及"简洁流畅"为准则。从这样的论述,可以隐约看出日本文学创作在表现形式方面的基本发展走向,与长期以来的尚小、尚纤细、尚简约、尚纯白等审美趋势是合拍的。所以,藤原公任所论述的"心、词"关系,以及扩展为"心、词、姿"三者的关系,代表了日本传统诗学评论中一个基本侧面,在后代文坛不断得到响应,并成为日本和歌论乃至日本文论的基本范畴。

何为"心"深"姿"清的和歌佳作,藤原公任《新撰髓脑》中有举例但未细致解读,略引数首如下,读者自可会意:

风吹白浪翻,忽焉已半夜,君将独过龙田山。②

难波长柄桥,尚会朽坏塌坍,我身何以堪。③

人生在世如朝露,如行舟泛起白沫,转瞬即逝。④

举头遥望,家乡三笠山上,升起春日之月。⑤

---

① 见王向远译:《日本古典文论选译·古代卷》(上),中央编译出版社,2012年版,第46页。
② 原文为:"風吹けばおきつ白波竜田山夜半に君が獨こゅらん。"此歌出自《古今和歌集》卷十八,无题,作者佚名。龙田山,位于今京都与大阪之间,为古代关西地区的交通要道。
③ 原文为:"難波なる長柄の橋もつくる也いまは我が身を何にたとへん。"难波,今大阪。长柄桥,位于长柄川上的桥。此歌出自《古今和歌集》卷十九,无题,作者伊势。
④ 原文为:"世の中を何にたとへん朝ぼらけこぎ行く舟の跡の白波。"此歌出自《拾遗集》卷二十。无题,作者沙弥满誓。
⑤ 原文为:"天の原ふりさけみれば春日なるみかさの山に出でし月かも。"此歌出自《古今和歌集》卷九,题名《唐土见月》,作者阿倍仲麻吕,描写逗留唐朝时思乡之情。

看得出来,这些和歌名作情感饱满,大都有着较为深刻的寓意内涵,也就是日本诗学所推崇的"心"深之作,而在表现姿态方面大都是简练流畅,意象清丽,读来朗朗上口,非常感人。从另外一个角度看,这些和歌名作所咏之心,与中国古典诗歌多有相似之处,这也显出和歌对汉诗吸收改造的融合关系。

三、从"道器"之辨到"魂才"之论

日本诗学发展过程中有着一条颇为坚守的论述思路,那就是在评论文学创作内容时重视本土意识品位,而在论及文学形式及创作方法时则往往不拘陈套、善于接受外来的优秀理论。这一基本思路,集中表现在日本很早就提出了"和魂汉才"之说,到近代全面开放接受欧美思想体制之后,还进一步强调"和魂洋才"。这一思路的演变有着较为清晰的延续脉络。而这一思路的产生与延续,与接受东亚传统思想中占据主流地位的"道器"之辨,有着密切的渊源关系。

东亚传统思想体系中"道"与"器"的关系辨析,起源于中国周朝。《易经》中出现了"道"的概念,指世界万物的根源、本体和本质。当"道"化身为天地万物之后,万物便有了可见的形状和可用的功能,这就是"器"。因此,"道"是"器"的根源,也是"器"的形而上的本体,而"器"则成为"道"的形而下的存在方式。先秦道家继承了这一原始认知,将"道"提升为笼罩天地宇宙的认知体系。道家始祖老子有曰:"有物混成,先天地生。寂兮寥兮,独立而不改,周行而不殆,可以为天下母。吾不知其名,字之曰道,强为之名曰大。"[①]老子强调其理论核心的"道可道,非常道",也就是赋予了"道"至大无外、至小无内、至高无上的崇高地位。但老子却始终没有去阐述细致"道"之理,也没有具体分析"道"之用,而只是反复强调所有知识学问都必须接受和运用"道"。这样对"道"的追求和把握,便将其引向人文化的彰显,而不是科学化的阐述之路。

而之后将这样的学术阐述道路付诸实践的,则是孔子和历代儒家学者。儒家从不否认"天道"的至高地位,却也不把"天道"人间世俗化,孔子不言怪力乱神的奥秘就在于此。就此而言,原始儒家并非现代意义上的宗教。传统儒家学说自汉代以后被历朝帝王奉为"独尊"地位,其论学宗旨主要在于伦理及教化,也就是承认帝王统治权力来自高不可攀、深不可测的"天道",而儒家乃至一切学派都应该只关注现实的"人道"。从孔子的"仁爱"到孟子的"仁政",从宋明理学到明清心学,都将作为学术最高境界、治

---

① 高明:《帛书老子校注》,中华书局,1996年版,第476页。

国根本原则的"道",阐释成具有人间世俗的性质,而非形而上的神学性质。

与"道"相对的是"器",原指各种派生的、有形之物。"道"与"器"被看作是"本末"关系,即"道本器末"。既然道是万物的根本,器是派生从属之物,那么就应该是重本轻末、重道轻器、以道御器,这就是后世"体用之辨"的逻辑起点。"体用"关系的论述最早出现在魏晋时代,其具体表述历代多变。唐代经学家崔憬的解释是:"凡天地万物,皆有形质,就形质之中,有体有用。体者即形质也,用者即形质上之妙用也。"(《周易探玄》卷一)崔憬的观点,重点在于阐述事物的实体和功能之间的关系,而这样的阐述重点,已经透露出后世经世致用之学的萌芽。清代后期,面临世界变局,张之洞(1837—1909)发表《劝学篇》:"新旧兼学,四书五经、中国史事、政书、地图为旧学;西政、西艺、西史为新学。旧学为体,新学为用。"提出了"中学为体,西学为用"的维新原则,发展了传统的"体用"之辨,强调新旧兼学,把握好可变与不可变之间的区别。具体而言,像"伦纪"、"圣道"、"心术"等为"体",是不可变的;而法制、器械、工艺等代表"用",是应该因时势而变的。张之洞对"体用之辨"这样的新阐述,显然有着"目的与手段"的价值判断。然而近代中国局势巨变证明,借用传统的"道器"或"体用"之辨,常常是捉襟见肘,难以应付。正如启蒙思想家严复(1854—1921)在《与〈外交报〉主人书》中所指出的:

> 体用者,即一物而言之也。有牛之体,则有负重之用;有马之体,则有致远之用。未闻以牛为体,以马为用者也。中西学之为异也,如其种人之面自然,不可强谓似也。故中学有中学之体用,西学有西学之体用,分之则并立,合之则两亡……若夫言主中学而以西学辅所不足者,骤而聆之,亦若大中至正之说矣。措之于事,又不然也。往者中国有武备而无火器,尝取火器以辅所不足者矣;有城市而无警察,亦将取警察以辅所不足者矣。顾使由今之道,无变今之俗,是辅所不足者,果得之而遂足乎?有火器遂能战乎?有警察者遂能理乎?此其效验,当人人所能逆推,而无假深论者矣。

应该说,严复对当时流行的"中学为体,西学为用"之论的质疑是切中要害的。体用是一物之两面,不可分离;而不同物自有不同的体用,难以互换。正如牛身即使装上了马腿,其结果很可能是既不能疾行,也不能负重。

从"道器"到"体用"的传统思辨,显示出了东亚哲学思潮中的儒家特色,把虚化的"道"具象成"体",再对具象的"器",现实地分析其"用"。这样的思路突出实用性,重视人伦之道,以人际关怀为指向,世俗倾向明显。这对中国诗学乃至整个东亚各国的文学发展,都产生了深远的影响。传统儒家认为,在"天人合一"关系中,人是主动的,处于主导的地位。各种类型的文学创作,最后都须落实到"人"(创作者和接受者),进而显示人生的意义。由此,人的议题就成为中国乃至日本文学创作的中心话题,辨析"道器"或"体用"的关系,不是用理性的逻辑推理方式就能实现的,更多的时候只能用人生经验去体验和领悟。而日本诗学史上的重要口号,呼吁"和魂汉才"和"和魂洋才",正是在这样的东亚社会文化背景之中产生。

  日本诗学家提出的和魂汉才(洋才)之论,借鉴了上述"道器"、"体用"的传统思辨套路。由于受到日本传统"间"意识(见本书第五章第一节所论)观念的影响,日本诗学中对"和魂"是推崇的,但正如中国诗学中(例如《文心雕龙》)对"道"的推崇一样,有着意虚化的倾向,实际上的关注论述重点始终在于"器"或"用"的层面。相对于中国古代文论而言,日本缺乏在"道"层面的思考拓展,而更加着迷于在"器"层面的深耕细作,对"和魂"没有具体展开及深化论述,对"汉才"及"洋才"却有细致的辨析及灵活开放的态度。长期的"魂才"之辨,凸显出了日本诗学视域偏重形式操作方面的特点。秉持稳定保守的"和魂"主导,又具备与时俱进灵活多变的"汉才"或"洋才",就成为日本皇室幕府对于治世人才的基本要求,这也是日本诗学对于作家创作的重要素质要求。

  形成这一倾向的另一重要原因是古代日本没有出现类似中国那样庞大的士大夫阶层。日本文学的主要作者群以及读者群,平安时代是皇室贵族及上层官僚,五山及战国时代是僧侣,到了江户时代则为武士及部分市民。而掌握了汉学及汉诗文创作能力的文人学者,只是到了江户时代才有机会进入文坛的主流地位,所以很少能够发挥出主导文坛发展走向的作用。日本的武士阶层人数众多,势力很大,江户时代之后武士阶层分化,进入文坛的中下层武士不在少数。但是总体而言,武士阶层的传统是较为强调忠诚,服从家主,并不关心国家大事,更不用说天下局势。因而日本武士往往没有较高的学术修养,也缺乏全局视野和深远的思考。基本排斥了科举考试体制的日本,其文人学者乃至武士市民,都没有经历过科举"策论"的训练,也很难形成类似中国士大夫那样"天下兴亡,匹夫有责"的精神传统。这些都对日本诗学中"魂才"之论的产生具有一定的影响。

  唐朝经历安史之乱后逐渐走向末世衰败,从公元894年起,日本停派遣唐使。当时重臣菅原道真(Sugawarano Michizane,845—903)首先提出"和魂汉才"的观点,放弃了对唐末五代乱世的交往,转而倡导以日本的传统精神为魂体,以唐土的先进技术为用才。这一观念后来渗透进日本诗学体系中,成为主导文学创作的重要理念。以江户时代著名物语《好色一代女》为例,即可看出日本诗学体系中的这一重要观念特色。《好色一代女》是日本江户前期井原西鹤的物语小说代表作之一。作者通过对女主人公一生描写的同时展示了一幅江户时期的社会画卷,当时的女性所从事的多种职业都与出卖色相相关,而书中的女主人公也在不同职业的反复转换中重复着类似的生活,当她最终年老色衰无法重操旧业之后,因某一契机在佛寺中幡然醒悟,皈依佛门。

《好色一代女》并未对"好色"之来历加以说明,亦未进行正面的定义,作者仅在《好色一代男》的开篇说道:"樱花很快就要凋零,会成为人们感叹的题目。月亮普照大地之后,很快又没于山际。唯独男女之间的恋情绵绵无尽。"[①]这里他用"无常"的眼光来看待世间客观存在的事物,认为它们转瞬即逝,而恋情则凌驾于具体事物之上,永远不会消失,这实在是一个很高明的褒扬,也反映出中日文化对于男女恋情的不同态度。好色(色好み)作为日本文学的一个概念由来已久,且与日本文化息息相关,其在文学作品如《伊势物语》、《源氏物语》中已有很明显的体现,降至江户时期,它也在町人文学中继续发挥着极为重要的作用。

值得注意的是,对"好色"的理解,有着日本本土的认知特色,事实上也构成了"和魂"的内涵之一。当代日本较为权威的词典《大辞泉》中,对"好色"(色好み)一词的意蕴有四种解释:

1. 情事を好むこと。また、その人。好色漢。
(译文)对恋爱非常着迷(的行为),以及其人。
2. 恋愛の情趣をよく解すること。また、その人。
(译文)非常了解恋爱的情趣(的能力),以及其人。
3. 風流・風雅な方面に関心や理解があること。また、その人。
(译文)对风流、风雅等方面极富兴趣及理解(的能力),以及其人。
4. 遊女などを買うこと。また、その遊女。
(译文)找妓女买春(的行为),以及妓女这类人。

显然上述第一种解释的意蕴是最为宽泛的;第二、第三种解释则明显含有贵族文化的色

[①] [日]井原西鹤著,王启元、李正伦译:《好色一代男》,山东文艺出版社,1994年版,第3页。

彩,它是一种具有审美性质的精神,而非纯肉体性质的行为;第四种解释则明显具有江户时期的町人社会的色彩,而井原西鹤作品中的主人公多数符合第四种要素,但风雅及审美的要素也有所保留,这在其作品中亦有所体现。可见江户时期的"色好み"认知及社会风气实际上有着一种复合的"和魂"意味。

总之,"和魂汉才"的渊源可以远溯至绳文(前12000—前300)时代到弥生(前300—250)时代期间,学术界因而有"绳魂弥才"的说法。实际上,平安时代所提出的"和魂",除了包括本土的"绳魂"之外,还包括早就传入的儒道思想和佛教文化,因而本身就已经是混杂的概念。而所谓的"汉才",则主要是指汉代以后各种重要的思想、技术、制度及文化策略。古代日本十分重视吸收来自中国历朝的思想体制,但更重要的是善于融汇外来观念,并开创出具有本土特色的思想理念及实践方式。作为组成日本文化的两个重要部分,外来文化与本国文化长期共存,融会一体。虽然日本原生态本土观念往往视野不宽、开化程度也不高,但在历代吸收外来文化的热潮中都发挥了显著的制约作用,在坚持日本意识主体性的基础上,将外来的思想观念进行日本化改造。虽然在日本历史上曾出现过对汉文化一边倒,或对西欧文化一边倒的潮流,在思想界和文坛也曾出现过国风文化热、国粹主义风潮。但经过历史潮流的冲刷洗礼,日本最终选择了排除极端化倾向,建立起将本土与外来融为一体的发展方式,这在很大程度上决定了从古代的"绳魂弥才"、"和魂汉才",一直到近代的"和魂洋才"、"和魂美才"等日本诗学理念的形成。

四、集团顺从与重视个性

日本社会重视集团组织和忠于职守的传统由来已久,由此导致其抱团意愿强烈,更容易产生协调一致的行动力。近世以来,这一传统已然内化成日本社会待人处世的基本守则,成为促进日本人成就事业的制胜法宝,这一特点给全世界尤其是西方研究者留下独特而深刻的印象。日本历史文化过程中形成的强调人际信任、遵从"公"则的意识,同样反映在日本文学创作乃至诗学观念中。

早在平安后期,女作家紫式部在《源氏物语·萤之卷》中借男主人公源氏之口,表达出对物语小说价值功能的见解:

> 源氏说:"那我真是瞎评物语了。其实,在物语中,将神代以后的世上的真实情况都记述下来了。像《日本纪》等历史书只是记述了一个方面的事实。而只有

物语的记述才更加有条理和翔实啊!"说罢笑了起来。接着他又说:"物语虽然并非如实记载了某某人的事迹,但不论善恶,都是世间真人真事。看了还不满足,听了也不满足,还想将这些事情传诸后世,而不是只藏在一人心中,于是执笔写作。对于好人,就专写他的好事;依从世人的评价,对于恶事,则专取那些稀奇的事情。所写的形形色色的事情,都不是世间所没有的。物语与异朝人的才智、写法不一样。同是大和国的东西,古今也应该有所不同,深浅之言也有所差别。若一概指斥物语为空言,则不符合实情。佛怀着慈悲之心而说的佛法中,有'方便'之法,不悟者却因为看见不同的地方说法不同,便心生疑惑,这种情况'方等经'中也有许多。但归根到底,经文的旨趣却是一致的。菩提和烦恼是有分别的,这就好比是好人与坏人的差别。从好的方面来说,都不是空洞无益的吧。"①

这样的陈述,明显透露出紫式部认为物语小说具有帮助读者认知世界,引导读者趋善向上的宣导功能,因而是具有社会影响力的"公"器。具有了"公"性质的物语小说,其可以发挥的社会影响功能甚至超过了朝廷的史书。而且有着不同社会文化背景的物语小说,有着不同本土色彩的"才智"、"写法",这些都构成日本物语的独特价值。

"公"意识的渗透,不仅表现在历代诗学理念中,而且还反映在日本历代各种文体的创作环境中。比如日本诗歌的发展,从平安时代的和歌竞赛、由中国传入的汉诗唱酬,到后来连歌的发展、俳句的产生,都离不开集体性质的多人唱和创作氛围。和歌最初产生于集体野游活动,大和先民在春天农作之前,或在秋际收获之后,都会到山野间集会庆祝,祭拜山林之神,分享喜悦之情,因而产生了最初的民谣俗唱。从奈良到平安时代,随着中国诗歌的传入,尤其是汉魏文人唱酬联句的风行,日本皇室贵族阶层中除了模仿汉诗联句的创作之外,还流行起"歌赛"活动。具体形式是把诗人分成左右两方,预设题目,现场作歌竞赛。之后由德高望重者判定优劣,并以两方的总结果决胜。参与歌赛者都是宫廷中的和歌能手,能入选歌赛本身就是很大的荣誉。平安初期有名的歌赛有"在民部倾家和歌赛"、"宽平御时后宫和歌赛"等,这些歌赛中的大量佳作都被收录在各种和歌集中,成为后世歌人学习的榜样。

在日本诗史上,连歌最能体现集体创作的特点,并凸显出了和歌"公"的性质。平

---

① 译文参考丰子恺译本及林文月译本,见王向远译:《日本古典文论选译·古代卷》(下),中央编译出版社,2012年版,第671页。

安时代的和歌,已经有了上一句(五七五)和下一句(七七)由不同歌人吟诵的方式。到了镰仓时代,这一连句形式更为盛行,由更多的歌人参与吟诵,连句的内容和方式也不断扩充。在传统的上下句对吟的基础上,还可以"五七五—七七"的形式,接龙吟唱至一百句,方成为一部完整的连歌之作。这种多人参与的长歌连唱形式,被称为"百韵"。到了室町时代,连歌形式被进一步扩大,出现了将十部"百韵"歌作连接而成的"千句",甚至有集合"千句"而成的"万句"。可以想象当时连歌创作的现场情景,多人甚至数十人坐在同一场所吟诵连句,在反复交替中接力完成同一部作品。连歌的吸引力正在于这种多人现场参与,不断地接续作歌,协作中有竞争,互相比试中又能互相启发,因而产生莫大的竞赛乐趣。连歌的长期流行,还奠定了文学创作众的集体游戏性质。众多歌人在轻松愉快的氛围中集体吟诵,机智与才学的结合使得这种集体性质的和歌创作充满了日本特色,并一直影响到江户时代越来越盛行的俳句创作。在当代日本社会中,俳句仍然保持着广泛的群众基础,民间有着大量的俳句协会,电视台每周都有专门的俳句讲座,俳句创作已经充分融入当代日本社会生活,成为喜闻乐见的大众文学形式。

"私"字的本意是指庄稼(同禾),引申义指私田。《诗·小雅·大田》"雨我公田,遂及我私",《诗·周颂·噫嘻》"骏发尔私,终三十里",这两处"私"均是指私田。春秋战国之后,"私"字被假借表示抽象的"公私(厶)"之说,即所谓的"自营为厶,背厶为公",私是与公相对而言的概念,指各种私人的事物。例如《公羊传·昭公五年》言:"不以私邑累公邑也。"其中的"私"是指私人的领地。《战国策·燕策》曰:"丹不忍以己之私而伤长者之意,愿足下更虑之。"其中的"私"指个人的考虑和想法。汉代贾谊《论积贮疏》有言:"汉之为汉,几四十年矣,公私之积,犹可哀痛。"其中的"私积"就是指私人的财产积蓄。到了现代汉语中,"私"字一般不单独使用,而往往与其他字词搭配使用。例如"私有"、"私情"、"私营"等,都是表达了与"公"相对的属于私人的语义;又如"私自"、"私活"、"走私"等,则又都是不公开、不合法的意味;再如"私奔"、"隐私"、"窃窃私语"等,则是秘密地、暗地里的意思。

值得注意的是,同样一个汉字"私",其语义引申在中日两国的历史文化中有着不同的解读和使用。当代日本最具权威的《广辞苑》中,"私"共有七种读法:し、わたくし、わたし、あっし、あたし、あたくし、あたい。其中与汉语读音相近的"し",其字义解释为:"個人の一身,一家に関すること"[1],意思是:"私"指自身或和自己家庭相关的

---

[1] [日]新村出:《广辞苑》(第六版),上海外语教育出版社,2012年版,第1184页。

事情。至于わたし、あっし、あたし、あたくし、あたい均为代词,是不同场合、不同身份的人使用的自称代词。而训读"わたくし"一词的解释是:"公に対し、自分一身に関する事柄。うちうちの事柄。"①词义与"公"的概念相对应,指与自己相关的事情。《广辞苑》中"私"字项下引用了两个例句,其一是"私にも心のどかにまかでたまへ",语出《源氏物语·桐壶》"靫負命婦の弔問"一段,丰子恺译为"心情郁结,苦不堪言"。其二为一首和歌:"旅を行きしあとの宿守おのおのに私あれや今朝はいまだ来ぬ。"出自《金槐和歌集》,是镰仓时代第三代征夷大将军源实朝(1192—1219)的家集。大意为"出门旅行,与留守在家者各居一方,不知不觉间又从早上走到了现在"。值得关注的是此首和歌中"私"字的解读,除了出门远行的"我",还有在家中留守的那个人。所以"私"字在此可兼指"你"和"我"。

因此,日本文学作品中,"私"的涵义非常丰富,也透露出日本思想乃至诗学观的微妙义理,在《广辞苑》中有"私商い"、"私雨"、"私步き"、"私車"、"私闘"、"私金"、"私儀"、"私心"、"私事"、"私樣"、"私仕事"、"私小説"、"私田"、"私大"、"私戦い"、"私戯れ"、"私連れ"、"私取合"、"私物"、"私立"等词汇,可见中日"私"概念意识的不同。就日本近世"私小说"所析出的"私"的意义而言,难以用汉语的"私"来对应,用"自我"一词或许更加合适。所以日本文学中的"私"文体概念,可以解读为日语式"自我"的一种表述。

明治维新以来,尤其是大正年间,私小说创作逐渐兴起,曾在很长一段时期占据了日本文学发展的主流。直接袒露男女"私"情,细致描绘个人私生活,这在日本文学发展史上有着悠久的传统。事实上,公私观之间的竞争关系,往往表现为此消彼长的现象。在日本古代文学发展历程中,台面上的遵从"公"意识,往往成为一种程式化的要求,相对应的是台面下"私"意识的潜行泛化。比如元禄年间著名汉学家伊藤仁斋父子,挑战江户幕府主张文学的价值在于劝善惩恶的"公"性质。京都的仁斋学派,强调人的感情,人性和人情的价值胜过道德说教,这在日本江户思想史上具有重要的意义。到了幕末明治年间,随着大量引进欧美的文学作品及哲学思想,日本文学界及诗学评论也发生了翻天覆地的变化。原本在日本文学创作中潜行的"私"意识,迅速膨胀而呈现台面化,彰显创作者"自我"个性情绪的文学作品大量涌现,传统的"私"意识如雨后春笋般迅速成长,并融合了欧美文学中的个人主义思潮,这就是日本近代以来私小说兴起

---

① [日]新村出:《广辞苑》(第六版),上海外语教育出版社,2012年版,第3030页。

高潮的思想渊源及现实基础。

日本近代小说家、写实主义的理论奠基人坪内逍遥,在《小说神髓》中以江户后期著名小说家曲亭马琴的代表作《八犬传》为例,阐述了小说创作中的真实人情胜于公德概念的道理。其曰:

> 曲亭马琴的杰作《八犬传》中的八犬士,只是仁、义等"八行"的化身,很难说他们是有血有肉的人。作者的本意在于将"八行"加以拟人化,写成小说,所以将这八犬士写得完美无缺,以寄寓劝惩之意。因此,如果以劝惩为标准来评价《八犬传》的话,那么应该说它是古今东西无与伦比的一部好稗史,而若以人情为标准来对它进行评论,则很难说它是无暇之玉。要问为什么这样说呢?请看那八犬士的行为——不,姑且不提他们的行为,先说说他们内心里所想的——那也是彻头彻尾地合乎道德规范。他们从来没有产生过卑劣的念头,一时一刻也没有心猿意马,从未在内心里产生过理智与情感的冲突。即使是在尧舜的圣代,如果有这样的八个圣贤同时出现于人世,难道不也是匪夷所思的事吗?原来八犬士只是曲亭马琴理想中的人物,并不是当今世间真人的真实写照,所以才产生了这种不合乎人情的东西。但由于马琴以他非凡的构思,掩盖了作品的牵强与造作,读者对此也没有察觉,竟然谬赞这部作品写透了人情。[①]

在上述评论中,坪内逍遥并非贬低名著《八犬士》对近世日本社会影响极大的"公"价值,而是提出了他心目中的小说价值观,小说应该是充满真实个人情感之作,这样的作品才能感人至深,才能在不知不觉中提高人的品位。

总之,从继承和发扬本土精神传统的角度来看,日本社会中的个人往往是集团中的个人,一切个人都自觉不自觉地带上了集团的色彩。而中国传统社会中的集团,则往往是个人化的集团,所以中国的集团往往都带有强烈的个人意志色彩。在这样的社会文化的大背景下,日本文学创作中私人化书写就较多,传递出集团强势氛围中的个体隐私及心曲抒发,并融会于一花一世界的禅境之中。而中国文学创作则多趋向集团化的书写,历代文学名篇往往反映出族群的共同理念以及超强的向心力。这也反映在中国社

---

① 《小说神髓》的中译可参读刘振瀛、王向远译本,见王向远:《日本古典文论选译·近代卷》(上),中央编译出版社,2012年版,第220—221页。

会的传统氛围中,往往有心智强大的所谓英雄人物,可以假借集团力量,传递其个人的意志和观念。从根本上看,这也符合儒家的个人修养论:君子修身养性,致君天下;而天下万物,皆可备于我。

第二节 杂糅中的固守本色

一、诗学的杂糅

日本的历史发展过程,决定了其社会思想及文化观念呈现出明显的杂糅性质,这在近代以来的日本研究中已经成为海内外学者的一种共识。杂糅性来自善于学习外来的文化,并坚持把外来的理念因素移植到日本文化本体之中。善于汲取外来的先进技术和思想观念,并不是日本独有的现象,东亚各国的发展过程中都有过模仿借鉴外国科技文化的经历,因而多少都有一些传统文化方面的杂糅现象存在。日本文化杂糅现象的特点在于其"虚中"的性质,有关这一点在本书的第五章中已经有所论述。从中日比较的角度观察,可以发现中国文化的发展过程中同样善于汲取外来的营养因素,中华文化从本质上看也具有较为明显的杂糅融汇性质。但是不同于日本的是,中国式的杂糅融汇过程中,始终存在着较为明确的意义中心,也就是说中国吸收新事物都是让其环绕着原有的中心进行,在中心部位有着实体性的权威存在。这样的权威中心往往有效控制着从四周到外围的情况,并赋予四周外围之物作为共同体的意义价值。这样的方式存在于中国古代册封贡奉体制中,也反映在中国古代诗学的评论观念中。因此,中国古代诗学较为重视文学创作的价值判断,在文学评论中经常会自觉不自觉地投入既定的价值判断,使文学评判具有某种彰扬教化的功能,比如从"诗言志"到"正人伦"的诗学评论,就显示出中国的这种正统文学观。当然,这样的诗学批评是有缺陷的,往往会使得对文学意象失去多样性解读,甚至会将文学创作误导成政治道德宣导的附庸。相反,日本诗学的中心"虚空"倾向,往往会导致日本文学创作朝着淡化政治理念的方向发展,从而使得日本文学创作表现出了较大的偶然性与自在性。比如江户时代的俳句,其特点就是形式精简,价值判断不明确,其意象解读经常出现歧义。日本文学创作中经常可见作家富有个性的风格主导,任性自由,各说各话,创作形式灵活多变,其作品的意涵往往会引起充满歧义的理解,这也导致了日本文学创作的杂糅表现。

上述日本文化中的"虚中"现象,并不说明日本社会中真的缺乏核心价值观,而是其固守核心价值观的一种表现方式。在这一方面,日本文化的特质接近于中国的道家思想,接近于《老子》开篇名义所彰显的"道可道,非常道;名可名,非常名",此处无言胜有言,一切尽在不言中。正因如此,日本社会人际交往关系中长期奉行"以心传心"准则,推崇沉默是金,重在刹那间的禅悟开窍。20世纪中叶,美国人类学家露丝·本尼迪克特(Ruth Benedict,1887—1948)用"菊"与"刀"的象征,描绘日本人的矛盾性格。菊花是日本皇室家徽,而刀剑则是武士道的象征,并列这两个物件,彰显出了日本社会文化看似充满对立矛盾的双重性。本尼迪克特还分析了日本社会的等级制及有关习俗,指出日本儿童教育和成人教养的特殊性,是形成日本社会双重性格的重要因素。从生活方式和典型事件入手,通览日本独特的文化传统和民族性格,并将其置于东亚及太平洋岛屿文化的人类文化学视野进行了细致的学理辨析,其《菊与刀》(The Chrysanthemum and the Sword)因而被公认为阐述日本文化的第一书。当然,日本人并非从一个文化模型里翻刻出来的,不同历史时期的日本人群体中存在着阶层、地域和年龄等具体差别,这些差别会给不同的日本人个体带来截然不同的认知和行动表现。

日本诗学的基本特征之一就是内容和形式的杂糅性,这也是日本文学发展的基本特点之一。大和民族的文学发展过程中,注重延续本土的文学传统,同时转益多师,汲取外来文学的内容。在叠加重合多种文学表现形式的基础上,又显示出本土传统的艺术之道,从而显示出一种较为精致的杂糅性。就内容和形式杂糅性而言,成书于1012年的《和汉朗咏集》,可以视为早期代表。该书共收诗歌803首,其中汉诗587首,和歌216首。汉诗中,源自中国的有234首,日本汉诗则有353首,可见是一部具有鲜明跨文化特色乃至反客为主的诗文选集。早在平安时代,日本宫廷中就盛行"歌合"与"诗合"等团体性赛诗活动,当时贵族文人大都兼善和歌与汉诗创作,因而赛歌和赛诗活动最终趋向交叉合流,即在同一场比赛活动中交替吟咏和歌与汉诗。

《和汉朗咏集》合并收录和歌汉诗,是对当时已成惯例的宫廷诗歌创作活动的实录。《和汉朗咏集》有着明显的和汉文学混杂的特点,其编目分类方式采用"春夏秋冬"顺序编排,与日本留唐僧人空海的《文镜秘府》类似,其分类法皆源于唐朝类书,如《艺文类聚》、《初学记》等。《和汉朗咏集》所录汉诗文皆为短小摘句,这种摘句体例也来源于唐朝。据《新唐书·艺文志》记载,唐代有《古今诗人秀句》、《文场秀句》等摘选佳句的集子,这些秀句集当时就已传入日本。929年前后,大江维时编成《千载佳句》,其中就摘录了149位唐诗人的七言佳句共一千余条,可见有着直接的影响。晚出数十年的

《和汉朗咏集》中,约有140条对句与《千载佳句》所录重合,可见日本这两部诗歌选的摘句体例,都直接或间接地受到了唐朝秀句选集的影响。

《和汉朗咏集》既排列和歌,又排列汉诗,这样"双语"并列的编排特点,根植于日本文字的双语基因。比如每一首和歌都包含能显示某一季节特征的"季语",表现出了对四季变化的高度敏感以及细腻感受。又如各种诗选中的汉诗摘句方式,之所以能够长期流行,原因在于其能匹配和歌的篇幅。定型后的一首和歌,通常由三十一个音节构成,通常也就是十多个日语词,这与七言汉诗对句十四字的篇幅大致相符。和歌的文字篇幅小,朗咏时间短,在容量上与汉诗七言对句相符,因此《和汉朗咏集》中的汉诗摘句与和歌就可以并列相配。

《和汉朗咏集》中还有一些日本特有风土名物的表现,如上卷"春"部的"子日"项,是日语词汇"子日游"之略,指日本民俗在正月初这天出游摘采松枝以祝寿的活动,中国无此习俗,便无汉诗摘句相对应。有些名目的词义中日理解不同,如上卷"春"部的"若菜"项、"秋"部的"前栽"项、"女郎花",项下都没有列举中国诗文。

以上几点,都可看出《和汉朗咏集》从内容表现到编排形式都出现了中日诗歌的杂糅,同时也开始显露出对日本主体因素的重视。如果说平安王朝时代的《源氏物语》和《枕草子》代表了日本的小说和随笔吸收和运用中国文学的很高成就,那么《和汉朗咏集》的和汉并列体例,则表现出了在日本诗歌创作方面新的发展方向。据日本学者研究,《和汉朗咏集》在多方面影响了后代约五十余部作品,其书目如下:

《荣花物语》、《拾玉集》、《撰集抄》、《和歌童蒙抄》、《句题和歌》、《本朝无题诗》、《狭衣物语》、《源平盛衰记》、《朗咏百首》、《色叶和难集》、《私注》、《宴曲集》、《无题诗》、《大纳言为家集》、《土御门院御集》、《太平记》、《古注》、《增镜老》、《江谈抄》、《新古今集》、《拾遗愚草员外》、《平家物语》、《源氏物语》、《本朝丽藻》、《拾玉集》、《六百番歌合秋》、《悦目抄》、《续本朝文粹》、《今镜》、《方文记》、《枕草子》、《本朝文粹》、《蜻蛉日记》、《续古事谈》、《资实长兼两卿百番诗合》、《十训抄》、《谣曲》、《古今著闻集》、《高仓院升遐记》、《金刚寺宝箧》、《东关纪行》、《紫明抄》、《三宝绘词》、《保元物语》、《和歌童蒙抄》、《海道记》、《法性事关白御集》、《奥义抄》、《唐物语》、《和泉式部集》、《堤中纳言物语》。①

---

① 藤原公任编,大曾根章介、崛内秀晃校注:《和汉朗咏集》,日本:新潮社,2000年版,第378页。

其中就包括了在创作内容方面的和汉混杂,却往往相得益彰,而在杂糅的表现形式之中,又常常透露出对本土传统的固执坚守。

当代日本著名学者加藤周一,在其《日本文学史序说》中强调了汉文学是构成日本文学史的重要部分。并对和汉两种形式的文学进行了对比总结:从7世纪至19世纪,日本存在着两种文学,即假名文学和汉诗文。譬如《万叶集》和《怀风藻》、《古今和歌集》和《文华秀丽集》。尽管能够更丰富、更微妙地表现日本人感情生活的,是用假名创作的和歌,而不是汉诗。但在散文方面,用假名撰写的诗论《歌经标式》,其理路则比不上用汉文写的《文镜秘府论》那样清晰。随着时代的推移,汉诗也涌现许多杰作,如室町时代五山诗僧的汉诗与连歌,都同时达到当时的最高艺术水平。加藤还提出,日本的主要文学式样和美学观念是在不断叠加的过程中得到发展的,如抒情诗的主要形式早在8世纪就形成了三十一音缀成的短歌,延续到17世纪产生了十七音的俳句,至20世纪又诞生了自由体诗型。但时至今日高度现代化的日本社会,短歌仍是大众喜闻乐见的抒情诗的主要形式之一。这也显示出日本文学的发展没有出现欧洲那样的变革式进化方式,而是呈现出杂糅文化叠加式的发展方式。

二、日式杂糅的幽玄与禅意

日本诗学在产生和发展过程中重视吸收海内外的多种文学文化要素,勤学揣摩,孜孜不倦,可谓转益多师,汇聚百家。值得注意的是,历代日本诗家歌人在汲取外来诗学思想以及构建本土诗学观念的过程中,逐渐形成了对禅悟的推崇膜拜,将此思维方式大量运用于文学创作,因而日本历代文学创作中出现了各种类型的幽玄体。幽玄体的写法中最关键的一点就是要旨不明说,心情感受也不直接抒写,而往往通过排比的手法,将环境氛围细节烘托到位,让读者自己去感受心情,领悟要旨。

关于日本诗歌中极具本土特色的幽玄体,室町时代临济宗僧人、著名歌人正彻(Shoutetsu,1381—1459),在其歌学论著《正彻物语》中有着形象的解释,他还以自己创作的两首和歌为例加以具体说明。其一如下:

夕暮晚霞下,
恍惚看到心上人,
面影犹如晓残月。

在黄昏的晚霞朦胧时分，见到了一个人，仿佛就像自己的心上人，其面影在心头一闪而过，朦朦模糊，就像拂晓的残月，究竟是不是心上人也难以确定。云遮月晕，雾中看花，词与心都在飘忽之间，便是"幽玄"优美之态，是言外有言。①

其二如下：

花开花落一夜间，
如梦中虚幻，
唯见白云挂山巅。

这是"幽玄体"的歌。所谓幽玄，就是虽有"心"，却不直接付诸"词"。月亮被薄云所遮，山上的红叶被秋雾所笼罩，这样的风情就是幽玄之姿。若问幽玄在何处？真是不好言说。不懂幽玄的人，认为夜空晴朗、月光普照天下才有趣。所谓幽玄，是说不清何处有趣、哪里美妙的。②

正彻在《正彻物语》中还进一步辨析了"幽玄"与"余情"及"物哀"的联系及区别。眼不见而心向往之的事情，令歌人久久难忘的事情，都属于和歌"余情"的表现范围。但唯有真切感受过而且长期蕴藏着的真心真情，才能赋出含有"幽玄"蕴意的和歌佳作，可见感悟"幽玄"需要丰富而有深度的人生阅历。正如正彻所宣称的："幽玄体"只有达到一定程度才能使人体会到。"物哀"与"幽玄"都是饱含深情之歌作，然而"物哀"体的歌作，大都是面对季节变化、时空变迁的哀伤之情的抒发，如老母苦等游子、母亲思念亡儿等内容，尽管悲情深沉，但这种歌"心"还是清晰抒发出来的。"幽玄"之作虽有深情，但却难以言表，是有"心"郁结却无"词"表现的境地，所以表达起来恰如"真真切切在梦中"，就如《源氏物语·若紫卷》中所描写的源氏与继母藤壶妃子第一次乱伦幽会时的感受。

正彻最终对"幽玄体"做出了这样的界定：

---

① 此首和歌出自正彻《草根集》卷六，和文："夕まぐれそれかと見えし面影の霞むぞかたみ有明の月。"译文参见王向远：《日本古典文论选译·古代卷》（上），中央编译出版社，2012年版，第134页。
② 此首和歌出自正彻《草根集》卷四，原文为："咲けば散る夜のまの花のうちにやがそまぎれぬ峰の白雲。"译文参王向远译：《日本古典文论选译·古代卷》（上），中央编译出版社，2012年版，第137页。

第五章　日本诗学价值论

何谓幽玄体呢？所谓幽玄体，就是无论是心，还是词，都不能随意表达。行云飘雪才是幽玄体，空气中云气暧靆、雪花随风飘旋的情景，就是"幽玄"……若要问"幽玄"在何处？在心中是也。岂能是心中清楚明白、并能付诸言词的东西呢？只有朦胧之体，才能够称得上是幽玄体吧！南殿樱花盛开、身穿丝绸的女子四五人对花咏叹，才能够成为幽玄吧！若有人问"幽玄"在何处？这一问恐怕就已经不再"幽玄"了。[①]

这段非常精彩的论断，透露出日本诗学体系中的核心概念"幽玄"，其渊薮为老庄玄学，引入日本后又杂糅了东瀛神道教的神秘内涵，其表现在日本文学作品中就经常显露出东瀛岛国特有的那份幽深神秘的艺术魅力。

日本文学作品中的"禅意"描写极为广泛，造诣极高，多创佳境，因为从中世纪以来，日本就是信奉佛教的国度，佛教文化的影响渗透日本社会的各个角落。日本人对佛教的领悟极深，从皇室贵族的皈依佛教，到市井农夫的烧香拜佛，可以说佛教早已主宰了日本人宗教信仰。尤其是到了江户时代，德川幕府禁止西方传来的基督教，下令在每个村子都修建佛教寺院，让每个人都隶属于特定的佛寺。寺院还负责保管信徒家（檀家）的"过去账"（家谱），发放旅游通行证、结婚证等文书证件，这就是江户时代的"寺檀制度"或"檀家制度"。同时，佛寺也开办学堂，承担了当时很大一部分的基础教育功能，称为"寺子屋"。可见，江户时代佛教寺院的影响力已经渗透进社会生活的各个层面，其中还包括对于日本人的价值观以及文学活动的深刻影响。在当今日本社会，信奉佛教者还是占总人口的半数以上，佛教的社会影响力远大于神道教和基督教。所以不了解日本佛教，尤其是不知晓禅悟、不了解禅意，就很难领悟诸如和歌、园艺、茶道、剑道、歌舞伎等日本传统文化的巨大影响力，也不可能真正理解日本人的思想道德以及行为方式。

日本和歌主要形式之一的俳句，在新创艺术境界方面成就显著，其突出表现在禅意充盈却又细密无痕。比如江户俳圣松尾芭蕉（1644—1694）的代表作《古池》：

古池や蛙飞びこむ水の音
（译文：古池塘，青蛙跳入，水声响）

[①] 正彻《正彻物语》下卷，参见王向远译：《日本古典文论选译·古代卷》（上），中央编译出版社，2012年版，第138页。

古旧池塘，四周静寂，仿佛时空凝聚停顿。而当青蛙入水发出扑通一声，千古静谧刹那间被打破，时空被激活，俳人也顿时领悟，瞬间参透人生，无限禅意便隐含其间。这首俳句所表现的静谧境界，应该说借鉴了中国古诗以动衬静的艺术表现手法，比如南朝梁王籍《入若耶溪》中的"蝉噪林逾静，鸟鸣山更幽"，唐朝王维《山居秋暝》中的"明月松间照，清泉石上流"，《鸟鸣涧》中的"人闲桂花落，夜静春山空"，贾岛《题李凝幽居》中的"鸟宿池边树，僧敲月下门"，韦应物《滁州西涧》中的"独怜幽草涧边生，上有黄鹂深树鸣"等，都是以静衬动的描写典范。中国诗歌中"静"的概念，其实并不全是客观环境中的"静物"，而是在诗人主观感觉中的"心静"。从自然界的客观角度说，"蝉噪鸟鸣"不可能让山林"逾静更幽"，但是诗歌中并没有真正的纯客观，即使是客观的山林描写，都会或隐或显地带有诗人的某种主观意愿。中国古诗所言之"逾静更幽"，就是指诗人内心的幽静，甚或是一种远离官场尘世的幽静，一种超脱名利、与世无争的幽静，才是真正的"宁静致远"。中日诗人歌者看似淡然吟出的这些诗句，之所以能够跨越时空之限，引起后代无数文人墨客的强烈共鸣，正是因为这些诗句中所蕴含的禅意境界。

　　日本文学作品中的禅意，不仅来自中国诗歌中的精彩描写，其宗教思想的影响，更是直接来自中国佛典中记载的唐朝智贤禅师的醒悟公案。成书于南唐保大十年（952）的《祖堂集》卷十九载："（智贤）因到香严山忠国师遗迹，栖心憩泊，并除草木散闷。因击掷瓦砾，次失笑，因而大悟。"约成书于北宋景德四年（1007）由道元编撰的《景德传灯录》卷十一记载："（智贤）抵南阳，睹忠国师遗迹，遂憩止焉。一日因山中芟除草木，以瓦砾击竹作声，俄失笑间，廓然惺悟，遽归沐浴焚香，遥礼沩山。"成书于南宋孝宗淳熙十年（1183）的临济禅僧悟明所编《联灯会要》卷八"邓州香严智闲禅师"记载："（智闲）直过南阳忠国师遗迹，遂憩止草庵。一日芟除草木，因抛瓦砾，击竹作声，忽然省悟。遽归沐浴，望沩山作礼。"此后，如宋代的《五灯会元》《古尊宿语录》，明代的《指月录》《沩山灵祐禅师语录》等佛典书籍中，所录故事情节大略相同。清脆的击竹声与潺潺流水声，都是自然山林中的优雅之声，而有灵性的僧侣闻之而豁然透彻，顿悟禅理。中国佛典中的这一经典记载，其影响延续到了松尾芭蕉的俳句创作中，《古池》中青蛙入水的扑通声，成为俳人瞬间领悟参透的契机，其妙悟的禅意是不言而喻的。松尾芭蕉创作了大量有着娴雅枯淡、空灵纤细风格的俳句，开创了江户歌坛的"蕉风俳谐"，其口号是"追求风雅，顺应造化"。其实这也是芭蕉俳谐中充满禅意的要旨所在，正如芭蕉在其俳谐纪行文集《笈之小文》中所言：

> 西行之于和歌,宗祇之于连歌,雪舟之于绘画,利休之于茶道,虽各有所能,其贯道者一也。他们皆追求风雅,顺应造化,以四时为友。所见者无处不是花,所思者无处不是月。若不把寻常之物视为花,则若夷狄;若心中无花,则类鸟兽。故应出夷狄而离鸟兽,顺造化而归于造化。①

可见芭蕉俳句中的禅意并非高深莫测,而是显露出一种友善人生、顺应自然的生活态度,其灵性不仅可以印证佛典,而且可与老庄哲理遥相沟通。这样的杂糅佛道之思而又凸显本土风味的俳谐新制,充盈着神秘的禅意,其影响弥漫至江户文坛乃至整个日本社会。

三、日式"风雅之诚"

所谓的日本式风雅,指的是日本古代文学家的人格风貌以及其作品显露出的艺术风姿。日本风雅的产生过程,受到了中国古代诗学思想的长期浸淫滋养,在杂糅改造过程中同样也显示出了东瀛本土的特色。江户俳圣松尾芭蕉的高足服部土芳是伊贺地区"蕉门"俳人的核心人物,著有俳论书《三册子》②,对江户中期的俳谐创作影响甚大。服部土芳在《三册子》中提出了俳谐创作的要点在于坚守真诚和风雅,合称"风雅之诚",并将其确认为蕉门俳谐论的核心。如《白册子》曰:

> 汉诗、和歌、连歌、俳谐,皆为风雅。而不被汉诗、和歌、连歌所关注的事物,俳谐无不纳入视野。在樱花间鸣啭的黄莺,飞到檐廊下,朝面饼上拉了屎,表现了新年的气氛。③还有那原本生于水中的青蛙,复又跳入水中时发出的声音。④还有在草丛中跳跃的青蛙的声响,对于俳谐而言都是情趣盎然的事物。多听、多看,从中捕捉令作者感动的情景,这就是俳谐的"诚"。⑤

---

① 《笈之小文》,见小学馆《新版日本古典文学全集70—71·松尾芭蕉集》,译文参见王向远编:《日本古典文论选译·古代卷》(下),中央编译出版社,2012年版,第395页。
② 服部土芳的《三册子》,约成书于宝永元年(1704),由《白册子》、《赤册子》、《忘水》三册构成,较为系统地阐述了蕉门的俳谐艺术论,与向井去来(1651—1704)的《去来抄》齐名。
③ 这是芭蕉的一首俳谐发句(即后来的俳句)所吟咏的内容。原文为:"莺や餅に糞する縁の先。"
④ 这是芭蕉最为著名的一首俳谐发句《古池》所咏场景。
⑤ 服部土芳《白册子》,载岩波书店《日本古典文学大系66·连歌论集、俳论集》,译文参见王向远译:《日本古典文论选译·古代卷》(下),中央编译出版社,2012年版,第494页。

指出俳谐的风雅有别于汉诗、和歌、连歌等文体的高雅,俳谐创作不端架子,它采撷的是来自现实世界中的活泼生气,是情趣盎然的生活细节,换言之就是平凡细物甚或低俗之物,只要是现实生活中呈现了生动、新鲜、活泼的姿态,皆为蕉门俳人视野中的"风雅之诚"。如《赤册子》论道:

> 先师的俳谐理论中,有"万千岁不易"和"一时流行"两个基本理念。这两个理念,归根到底是统一的,而将二者统一起来的是"风雅之诚"。假如不理解"不易"之理,就不能真正懂得俳谐。所谓"不易",就是不问古今新旧,超越于流行变化,而牢牢立足于"诚"的姿态。考察历代歌人之作,就会发现歌风代代都有变化。另一方面,不论古今新旧,今人所见与古人所见,均无改变,那便是为数众多的使人产生"哀"感的作品。这就是千岁不易的东西。同时,千变万化是自然之理。倘若没有变化,风格就会僵化凝固。风格一旦僵化,就会以为自己与流行的东西并无不合,而不责之于"诚"。不责之于"诚",不锤炼诗心,就不会知道"诚"的变化,就会固步自封,失去创新能力。责之于诚者,就不会裹足不前,就会自然前行,有所进步……献身于俳谐之道者,要以风雅之心看待外物,方能确立自我风格。取材于自然,并合乎情理。若不以风雅之心看待万物,一味玩弄辞藻,就不能责之以"诚",而流于庸俗。[①]

可见古代日本文人所倡导的"风雅"中,强调了"诚实"的因素,也就是注重真实地描写所见之景,真实地抒发心中所感。正因为强调了这种真实,古代日本的"风雅"摒弃了装腔作势、故作高深的"高雅",而秉持接地气、真性情的"淡雅",这样的审美选择,在日本文学创作的各个领域都有着大量表现。

日本式的"风雅"精神,与古代中国诗学主流的"风雅"之旨,还有另一方面的根本性差异。中国古代文学中的"风雅"传统中,天然包含着从《诗经》时代传承下来的"风人之旨",中国文人创作都有一种社会责任,那就是主持正义,肩负责任,对社会上层及执政者进行监督批评,遇到不公不平的恶行,就应该大胆美刺发怨;但同时儒家也强调,这样的社会批评,也须要符合温柔敦厚的"诗教"之旨,抒发哀怨时候要"发乎情,止乎

[①] 服部土芳《赤册子》,载岩波书店《日本古典文学大系66·连歌论集、俳论集》,译文参见王向远:《日本古典文论选译·古代卷》(下),中央编译出版社,2012年版,第506页。

礼",这样才是合乎儒家要求的文学创作,也是"以礼治国"的重要辅助。与中国传统文人有着很大不同的是,对于古代日本歌人来说,对中国传来的"诗教"概念并未认真看待,虽不否认,但极少在文学创作中自觉地加以遵守。整体而言,日本历朝文学发展过程中,相对缺少将个人生命同朝廷、民众的命运紧密相连的责任感,也缺乏高瞻远瞩、纵横古今的文化情怀。在这样的历史背景及文化土壤中产生的日本文学,就极少出现如中国古代屈原、杜甫、苏轼这样具有强烈的忧患意识以及忠君爱国的大文豪。

不同的文化背景及发展途径,使得中日诗学的发展产生了不同的基本认知。传统的主流中国文人都能认知和接受这样的基本观念:如果离开关切人生、政治及社会问题,文学创作就不会有很大的价值,所以在中国文学史上取现实主义态度进行文学创作的作家始终占据着主流的位置。但是,不少传统的日本文学家则剥离文学与政治的关系,认为将政治扯入文学创作中,就会使得文学创作成为政治教化的附庸,而使得文学本身失去高雅的地位。这样的本土意识逐渐高涨,滋生了有特色的日本文艺观:艺术创作的本质就是脱离政治的,文艺创作须与现实社会保持一定的距离,真正的高雅艺术是应当超越现实世界而存在的。在这样的文艺观的笼罩下,不少的日本文人从事文学创作,主要是为了获得精神上的享受和美感的满足,而不是为了辅君化民的诗教。

大和民族的这一审美选择,其实很早就有所显露了。早在平安时代,遣唐使制度长期实施,大量逗留中国的日本留学僧以及求学诗人,对政治色彩浓重的中国诗歌作品就反应冷淡。擅长世态写实与朝政批评的唐代诗作(比如杜甫诗集)也输入了日本,却鲜见朝野影响;而政治性比较淡薄的中国诗作却在日本大受欢迎,比如白居易的诗集在其生前就传入日本并广为流行。白居易的闲适诗、感伤诗尤其风靡日本,从皇室贵族到官僚文人,无不喜爱白乐天。白诗的影响渗透到各文体的创作中,《源氏物语》《古今和歌集》等皆成范本。而白居易自己最重视的批评时政,彰显诗教的讽喻诗,传入日本后却很少被人提及。总之,中国文学传统中注重社会影响功用的"风雅"精神,传入日本后反响不大,在文学创作和诗学批评中的影响甚微。

从《万叶集》《源氏物语》等经典作品中,可以看出日本社会长期以来对男女恋爱持有较为开放和宽容的态度,因而文学作品在描写男女恋情方面就显得更为直率和大胆。比如在孤独的夜晚看到点点萤火之时,日本诗人很容易想到自己的恋人,往往表达出对恋人的深切思念;而中国文人则更容易感受到季节的荣枯与人生的悲凉,以及他们无法施展人生抱负的遗憾。无论是中国还是日本的文学创作,萤火虫形象或在夏,或在秋,都被打上了鲜明的季节感。在同样的季节感影响下,具体描写侧重点又有很大的不同。日本文学重视描写夏季萤火虫的点点幽光，呈现幽玄深情；而中国文学则往往写秋夜的萤火虫，多显悲秋之情。因此，同为风雅之作，和歌中吟唱萤火虫的作品多与男女恋情有关，且多显悠远深情；而汉诗中的萤火虫描写多在秋夜荒凉场所，多显萧索和悲凉之意。

四、创作主体的身份杂糅

东亚各国文学发展过程中，大量接受了中国文学的影响。中华文化对周边国家的长期传播辐射，促进了东亚各国汉文化圈的繁荣，也形成了东亚各国的汉文学与本民族文学相辅相成、并驾齐驱的发展模式。从文学创作主体的角度看，东亚各国分别出现了有着不同本土特色的作者群体，比如日本的中下层武士作家，朝鲜王朝时代的朝廷两班身份作家，中国明清时代的士大夫阶层作家，琉球王国世袭的华裔官僚作家，安南历朝主宰文坛的史官阶层作家等，他们都在所在国的文坛潜心创作，开辟蹊径，倡导风雅，引导思潮，形成了东亚各国各具特色的创作主体身份。

中国古代延续数千年的朝政体制及科举制度，造就出庞大的文人士大夫阶层，他们秉持儒家"修身、齐家、治国、平天下"的人生信念，将科举及第进入仕途视为唯一的人生正道。这样的社会文化氛围，使得中国的文人学者往往有着自觉和强烈的忠君爱国情感，秉持挽救民心和匡正世风的社会责任感。每当文坛风气趋向辞藻华丽、空泛庸俗时，就会有文人学者自觉地举起复古大旗，提倡"风雅"精神而纠正时弊。如初唐陈子昂（约659—700）对当时流行的齐梁绮靡文风极为不满，在《与东方左史虬修竹篇序》中称："文章道弊，五百年矣，汉魏风骨，晋宋莫传。"又在《登幽州台歌》中感叹："前不见古人，后不见来者。念天地之悠悠，独怆然而涕下！"并以其杰出的诗文创作使得初唐文坛风气大变。正如南宋诗人刘克庄（1187—1269）在《后村诗话》中所评："唐初王、杨、沈、宋擅名，然不脱齐梁之体，独陈拾遗首倡高雅冲澹之音，一扫六代之纤弱，趋于黄初、建安矣。"再如明七子李攀龙、王世贞等人，反对歌功颂德的庙堂台阁体，提出"文必秦汉，诗必盛唐"的复古口号，其用意在于强调诗文对现实的美刺功用和道德教化作用。中国古代文学发展过程中，文人士大夫逐渐成为创作主体，而关注现实、针砭时弊也成为创作主流和诗学批评的基调，正是在这样的文坛传统中，杜甫的诗作被推崇备至，成为流芳千古的"诗圣"，并广泛传播至东亚各国文坛。

古代日本在奈良时代至平安时代就曾仿行唐朝的科举制度，但真正实行科举制的时间远远短于邻居朝鲜和越南。到了江户时代后期，幕府又曾推出"学问吟味"制，可

第五章　日本诗学价值论

视为江户版的科举制度。总体而言,日本实行科举制度的时间不长,当然就不可能出现数量庞大的文人士大夫阶层,而日本的平民百姓则绝无可能获得进入朝廷幕府任职参与决策的机会。日本从五山时代经过战国纷争而进入江户时代,长期由武士阶层将军大名们掌握全国各地统治大权,重武轻文之风盛行不衰。在这样的社会背景下,从事汉诗等高雅文学创作的主体是皇室、贵族、官僚和僧侣,而和歌(尤其是通俗化的俳句)和物语的创作主要由下层文人、女子甚或市井平民担任。各个社会阶层都有反映其喜怒哀乐的文学形式,江户时代的文学全面兴盛,特别表现在通俗文学的异军突起,全面繁荣。比如武士、平民有他们喜爱的军记物语;下层文人、僧侣则有他们擅长的俳谐、连歌和草子等通俗文学形式。总体而言,日本文学自古以来就有着超脱政治的倾向,尤其到了江户时代,随着闭关保守氛围的加强,文学发展越来越倾向于表现市井生活及平民百姓的情趣,文学创作改变了自中世纪以来的高贵政治身份,蜕变为社会娱乐和风雅消遣的个人方式。在这样的风气引导下,文学活动,尤其是高雅的诗歌创作,自然就放弃了"辅君化民"的诗教重任。

日本中世纪的镰仓时代(1185—1333),经历了从贵族领主制形态向武士领主制形态的转变。该阶段的思想特征是幕府强化主人与仆从间的义务、忠诚的武士伦理。许多描写著名武士英雄业绩的军纪物语成为社会流行读物,净土真宗和日莲宗则配合幕府,强调因信得救的观念,为大众提供精神慰藉。武士阶级兴起,取代了奈良平安时代的贵族政治地位,连天皇也被冷落一边。皇家贵族无力对抗武士阶层,只能逃避现实,不关心政治。这一时期的和歌集,多收录"歌合"诗会上的游宴唱和之作,内容多为追忆昔日荣华、寄情山水,绝少关怀朝政进退及军国大事。由此塑造出日本文学渐趋脱政治化的传统,正如当时歌学家二条良基在《筑波问答》中所感叹的"今之和歌惟弄花赏月,无风雅之姿哉"。其实这就是镰仓时代文学作者的社会地位已然被改变的后果,并非个别创作者所能动摇的历史趋势。

日本文人在社会体制中身份与地位的不同,决定了不同的人生观以及审美态度,这使日本文人形成了较为独立的精神传统。如将《诗经》中的征戍诗与《万叶集》中的防人歌作一辨析比较,就可看出中日两国抒情诗自古以来的不同倾向。《诗经》中有征戍内容的诗40余篇,而《万叶集》则收录了98首反映戍边生活的防人诗作,主要分布在第十四卷与第二十卷中。由于古代中日的文化背景、诗人的社会地位以及审美趣味不同,中国的征戍诗与日本的防人歌在总体基调、情景关系以及感情表达方式上皆有所不同。比如《诗经》征戍诗中善于描写自然景观与心情感受的呼应对比,表现出深沉的哀怨情绪,写法含蓄,将诗人的情感融于意象的营造中,如《何草不黄》、《渐渐之石》等篇皆如是;而防人歌中虽然也有对于远离故乡的不满,但更多的是叙述个人的无奈离愁,写法上往往是直抒胸臆,诗歌语言较为直白素朴。

中国小说传入日本后,出现了把中国通俗小说作为汉语教材的潮流,这是东亚文学史上颇有特色的一种现象。江户初期,日本的汉学者很多,对于汉学的研究也很深入,但是他们学习中国的语言典籍,基本上还是沿用中世纪以来的方法,就是以《昭明文选》、《白氏长庆集》、《论语》、《孟子》、《庄子》等诗文集作为教材,所学和所用的基本上都是文言文,而不是汉语口语。所以,江户前期的著名汉学家,如林罗山、木下顺庵、伊藤仁斋、荻生徂徕等学者,都是自幼熟读中国经典,受过严格的汉文训练,能用文言文撰写高水平的汉诗文,但是他们都不能说日常使用的汉语口语。实际上,这也是因为幕府锁国的政策,使得他们没有可能与中国学者或者民众当面交流,因而就没有学习汉语口语对话的机会。当时整个日本能够开口说汉语的,只有少数在长崎港的"唐通事",也就是直接与中国船户商人谈生意打交道的日本翻译。这些日本翻译出身平民,没有受过正规的汉学教育,他们只不过是得地利之变,将汉语口译作为一种营生手段,其中不少人还是子承父业。然而在江户幕府全面崇拜汉文化的热潮中,长崎的唐通事发挥了促进中日商贸与文化交流的重要作用,有些唐通事的人生命运因此发生戏剧性的变化,而中国小说在江户时期的迅速传播,在初始阶段也与这些小人物的参与密切相关。

江户初期的著名汉学家在幕府政权中享有很高的声望,是当时最有学识修养的社会中坚人物。随着汉学研究的深入和中日交往的扩大,有些汉学家不满足于传统的学习内容和治学方法,他们希望能够掌握汉语口语,以便与中国使臣及文人进行直接的对话。于是,唐通事便成为汉学家学习汉语口语的老师,有些唐通事进而转为专门的汉语教师,甚至开创了翻译、创作通俗小说的新领域。其中,冈岛冠山便是一位出色的代表。冈岛冠山(Okajima Kanzan,1674—1728),名璞,字玉成,号冠山,长崎人。他年轻时向旅居长崎的中国人王庶常等人学习汉语,能够讲一口流利的中国话,后来当上了长崎港的一名通事,并在翻译工作中接触了大量的中国通俗小说。由于在长崎当汉语翻译薪水微薄,后来冈岛冠山便辞掉了长崎港通事的工作,转往大阪、京都、东京等大城市寻求发展。他在这些大城市中开设私塾,以传授汉语口语的"讲说为业",出现了与传统的汉学家全然不同的汉语教学风貌。江户时代的传统汉学教育主要是以儒家经典为阅读教材,加上汉诗文的写作训练。而冈岛冠山的教学则发挥自己的特长,除了讲经史,他还选用明清通俗小说作为学习汉语口语的教材,说中国话,讲中国近期的朝廷时事与社会风俗,介绍现实的中国社会风俗及状况。据史籍记载:"冈山讲说经史,诲督生徒,其所为大异世儒。世之儒者必以仁义道德治乱兴废,辩论郑重,间涉烦冗,不生伸欠者少。冈山专言时世目击之事实,于唐山则明末清初,于我邦则庆元以降,自谓不如此,不甚近于人情。"① 可见冈岛冠山的汉语教学改革正是适应了时代发展的需要,以时事为教材,讲口语,近人情,因而大受欢迎。甚至江户幕府大学者荻生徂徕,后来也亲自聘请冈岛冠山去他的学馆,担任汉语讲师。徂徕和他的门生全都以学生的身份,虚心地向冠山学习汉语口语。在等级制度森严的江户社会中,这一看来很不可思议的事情,在荻生徂徕的文集中却有着明确的记载。或许也是继承了孔夫子"君子不耻下问"的传统。

　　冈岛冠山声名鹊起后,更加潜心于编撰汉语教材,由他主编的汉语口语教材和词典有《唐话纂要》、《唐音和解》、《唐音》等,汉诗文句读本有《唐音三体诗译读》、《华音唐诗选》、《唐音学庸》等,在当时都是流传甚广的汉语学习书籍。尤其值得注意的是,冈岛冠山广泛选择了中国通俗小说作为学习汉语的基本材料,这在日本汉学界是前所未有的事情。他以和文训译刊行了明代小说《通俗皇明英烈传》,又训译《通俗忠义水浒传》,这些和训本的小说刊行后大受市民欢迎。后来他又仿照中国历史演义小说创作了五卷本的《太平记演义》,刊印后又是流行一时,成为日本小说史上的一部重要作品,对江户长篇小说的发展影响极大。这些和训本汉文小说的刊印流行,同时作为学习汉语的教材使用,大大扩展了中国小说的传播层面,使得中国通俗小说深入江户时期市井社会的各个层面,为各个阶层的人士所阅读和接受。从江户初期到中期,中国小说尤其是通俗小说的传入,往往经过长崎港的通事之手,这是东亚汉文学交流史上很值得注意的一种现象。除了上述冈岛冠山等极少数人之外,绝大部分唐通事都没有在史籍留下姓名。但正是这些名不见经传的小人物,却成为江户时代接受中国通俗小说,并且开创日本小说发展新阶段的文化功臣。

　　从东亚文学发展交叉影响的角度看,不同的创作主体直接影响到了文学样式的选择和发展。中国历史演义小说虽然总体上都在标榜正统道德观,但实际上小说中也出现许多戏谑之语及娱乐情节,有着浓厚的市井趣味及民间生活气息。此外受民间道德观念影响颇深,像为广大民众所津津乐道的侠客英雄、义气观等,在中国的历史小说都得到了充分的体现。可见中国历史演义更倾向于以民间自发形成并认可的道德观念来

---

① [日]琴台东条:《先哲丛谈》后篇卷三,大阪:群玉堂,文政十三年(1830)版,第30页。

评品人物。

　　明清小说传入东亚之后对各国的汉文小说产生了深远的影响,正是在有选择地吸收和本土化改造的过程中,朝鲜、日本及越南的汉文小说得到发展并逐渐形成了各自特色。无论从小说作者,还是从小说创作目的、描写对象来看,东亚各国的汉文小说都出现偏重雅言的倾向,这是和各国对待汉文化的基本态度密切相关的,同时也是中国小说与东亚各国文化逐渐适应并进行艺术创新之后的结果。东亚各国汉文小说深受中国文化的影响,又有别于在中国文化环境中所出现的小说表现方式。总之,汉文小说是东亚各国汉文学与民族文化因素相结合的艺术结晶,其中既表现出东亚各国的民族文化特色和思维特征,同时又具备相对的艺术表现的独立性,与中国文化有着密切联系又能自成民族文学之一体。

　　东亚汉文小说艺术表现的最重要之处,就是完全借用中国的传统小说形式来展示和演绎本国丰富的历史文化内容,并彰显出各国本土的道德理念、审美情趣及政治价值观,从而在不断接受与演变的过程中逐渐形成汉文小说的本土特色。各国汉文小说与中国小说相比较,可以说是基本形式相同,但是表现内容有异,这体现在东亚汉文小说创作的各方面,如人物描写、情感抒发、叙事节奏、展现细节等,都可以感受到异域社会生活的特色。东亚各国的汉文小说呈现出了各自不同的发展倾向和审美特点。比如朝鲜汉文小说在叙述情感故事方面表现突出,尤其是对于男女爱情的描写,细腻精彩,佳作迭出,这一传统直接促进了朝鲜文学中长于抒情特色的形成,其影响力至今不衰。

　　日本汉文小说中更热衷于用雅驯的语言来表现市井社会的千姿百态,对江户和京都等城市的文化生活有着全方位的展现,而市井小民的喜怒哀乐也在汉文小说中得到了充分的表现,因而像《三国演义》、《忠义水浒传》这样的通俗汉文小说在日本长期流行,多次得到改编,有些改编本的故事情节也被彻底日本化,深受日本读者的欢迎。而越南汉文小说擅长于讲述历史故事,越南汉文小说家经常以史家的传统见识来观察历史,撰写史传类的小说,实叙多而虚构少,故其汉文小说更接近于史传文章,显示出典雅的语言风格,但在内容表现方面却偏重于朝廷实录,对于越南城乡社会生活缺乏全方位的观察写照。总体上看,东亚各国汉文小说在艺术表现方面各有千秋,但其本土特色的形成过程都围绕着融合汉文化及改造汉文小说这一轴心展开,因为各国文化背景不同,汉化的进程有异,深浅有别,故而其汉文小说本土特色的形成过程也有所不同,所呈现的本土特色自然就有着千差万别。

第三节 日本诗学与歌学之辨

一、中国诗学的源流

东亚各国诗学批评的发端,最早可以追溯到中国的先秦时代。当时虽然还没有专门的诗论著作,但仍有一些谈论和评价诗歌的话语散见于典籍中。清代学者于此多有揭示,如姜曾《三家诗话序》中说:"吴札观乐,不废美讥;子夏序《诗》,并论哀乐:即诗话之滥觞也。"[①]秦大士在《龙性堂诗话序》中也说:"诗话之由来尚矣。'思无邪',孔子之诗话也。'不以文害辞,不以辞害志',孟子之诗话也。"[②]春秋战国时期季札、孔子、孟子等人都有诗论之语传世,可以说是最早的汉语诗歌批评。然而中国最早的诗歌批评著作要到魏晋南北朝时才出现,那就是钟嵘的《诗品》。钟嵘《诗品》的出现并不是偶然的现象,而是在当时文学理论获得高度发展和诗歌创作取得大面积丰收的基础上出现的必然结果。比如曹丕在《典论·论文》中对建安文人的品评,陆机在《文赋》中对赋体艺术规律的探索,挚虞在《文章流别论》中对各种文体特点、源流的归纳,刘勰在《文心雕龙》中对文学创作与欣赏理论的全面阐述等,都对钟嵘专门研究五言诗产生影响和带来启发。《诗品》全书三卷,将自汉迄梁的一百二十位诗人分为上、中、下三品,分别指出其师承渊源,评论其成就得失并概括其诗歌风格。这种诗歌批评方式以品为纲,以人为纲,注重渊源流变,强调批评方式的形象性与艺术性,自成体系,特色鲜明,对后来的诗歌批评产生了深远的影响,因而长期以来被认为是中国诗话的开山之作。清中叶学者章学诚《文史通义·诗话》探讨了诗话的渊源:

> 诗话之源,本于钟嵘《诗品》。然考之经传,如云"为此诗者,其知道乎?"又云:"未之思也,何远之有?"此论诗而及事也。又如"吉甫作诵,穆如清风,其诗孔硕,其风肆好",此论诗而及辞也。事有是非,辞有工拙,触类旁通,启发实多。江河始于滥觞。后世诗话家言,虽曰本于钟嵘,要其流别滋繁,不可一端尽矣。《诗品》之

---

① 郭绍虞辑,富寿荪校点:《清诗话续编》,上海古籍出版社,1983年版,第1917页。
② 同上,第929页。

于论诗,视《文心雕龙》之于论文,皆专门名家,勒为成书之初祖也。

章氏在此段论述中不仅断言诗话之源本于《诗品》,而且还把春秋时期的论诗言论分成"论诗而及事"和"论诗而及辞"两大类。这样的两种诗论类型的说法,对后代的汉语诗评方式的定型,确实是"触类旁通,启发实多"的。这种影响不仅在中国大陆的历朝历代中深刻久远,而且还在朝鲜及日本的汉诗诗学理论发展中起着重要的作用。

中国历代诗歌评论的方式多种多样,从行文文体的样式看,有散文和韵文之分别;从诗评的内容看,有论诗及辞和论诗及诗之分别。这些还是从大处着眼的分法,如果把每一大类再作区分,就更能看出中国历代诗评的各种具体形式。如论诗及辞一类的,包括了论述诗歌理论的、品评诗歌高低的、探究诗体流变的、研讨诗律声调等形式规范的、考辨诗意内涵的,等等。而论诗及事、则起码包括记述诗歌本事的、记述诗人轶事的以及记述与诗作有关的各种数据及见闻的,等等。正是这些众多的诗论形式,构成了中国诗歌批评丰富多彩、复杂多变的面貌以及长期繁荣的局面。

《四库全书总目》在论及历代诗文评论的方式时说:

> 文章莫盛于两汉。浑浑灏灏、文成法立、无格律之可拘。建安、黄初,体裁渐备,故论文之说出焉。《典论》其首也。其勒为一书,传于今者,则断自刘勰、钟嵘。勰究文体之源流,而评其工拙;嵘第作者之甲乙,而溯厥师承,为例各殊。至皎然《诗式》,备陈法律;孟棨《本事诗》,旁采故实,刘攽《中山诗话》、欧阳修《六一诗话》,又体兼说部。后所论著,不出此五例中矣。(卷一九五"诗文评类")

这五类分法,兼指诗文,实以诗歌评论为主。历代评诗文章,尽管形式纷繁,归纳扼要,大体上不出上述五类的范围。然而在中国历代及东亚各国诗学评论中,还有相当多部分是用诗歌形式表达的,如散见于文集中的论诗绝句、论诗组诗及其他论诗形式等,这些也都是内容重要、不应忽视的诗歌评论。因此,在总结诗学批评的时候,首先还是应该兼顾到散文和韵文这两种文体,对每种文体的考察中还应考虑到不同的内容特点,即是以评论诗歌本身的源流工拙为主,还是以记载诗歌本体之外的趣闻本事为主。

中国诗学源远流长,其传播东亚影响东亚各国的汉诗创作及诗学批评同样历史悠久。日本诗学在其发生、发展及兴盛的过程中,始终与中国诗坛的风气变化密切相关,从全面引进努力模仿到逐渐产生本土文学及诗学理念,中国诗学始终是难以摆脱的呼

第五章 日本诗学价值论

应和对照体系。

二、日本诗学理念产生的关捩

诗作与诗论互相促进发展的现象，在东亚各国，尤其是日本的汉诗发展史上经常可见。通过诗人集团中的唱酬造势，尤其是通过诗派盟主的倡导而形成的诗歌创作新潮流，往往成为东亚各国汉诗发展的强劲动力。比如日本的奈良、平安两朝的汉诗主要表现出了贵族文学的特点，镰仓、室町时代的汉诗主要表现出了禅林文学的特色，那么到了江户时代的日本汉诗，便出现了由文人的复古潮流转向一般士民雅俗共赏的趋势。尤其是到了江户时代的后期，社会较为安定，庶民在经济上也较从前富裕了不少，在文化素质方面也提高了许多。于是一般市民对昔日视为高雅艺术的汉诗的兴趣越来越高，参与汉诗创作的人也越来越多。这种社会风气的变化，逐渐影响到了汉诗人的诗学观以及汉诗的创作风气。在江户后期，日本各地都出现了大量的诗社、吟社等汉诗创作的集社团体，普通市民创作汉诗的情况极为普遍。面对这种情况，许多诗人与书商配合，开展编撰汉诗选集的活动。比如江村北海就公开向市民开出点评选录其汉诗诗作的价码，允诺收费之后可以选取他们的数首汉诗，编入《日本诗选》出版。这样对市民来说，花不多的钱，就可以让自己写的汉诗作品得到著名汉诗人的点评，并且还可以公开出版传世，从而满足他们附庸风雅的荣誉心。这样的事情，何乐而不为。而对于像江村北海这样的汉诗人来说，这样做的好处就是直接得到了衣食之资，创作修改汉诗不再像从前那样只是风雅生活的装饰品，而是变成了可以直接带来经济效益的有利可图的商业行为，而且还可以藉此提高自己在社会上的知名度，这同样是何乐而不为的美事。这样一来，汉诗在江户社会就得到了广泛的普及，许多市民诗人脱颖而出，汉诗创作的范围也迅速地扩大了。

在这样的社会风气中，日本的诗学观念也随之发生了很大的转变。江户初期强调汉诗应该具有古典形式之美的古文辞学派，到了这个时期在许多诗人的心目中就失去了影响力。汉诗创作转向通俗普及的方向发展，日本汉诗从形式到内容都出现了鲜明的民族文化特色。比如江户狂诗的流行，便是东亚汉诗中的一种独特的文化现象。早在室町时代，一休禅师有汉诗文集《狂云集》，其中就已经有了故意放诞不经的狂体汉诗的写法。但是狂体诗真正流行起来的时间，则要到江户时期的明和年间（1764—1771）以后，其间又以太田南亩（Oota Nampo，1749—1823）的创作最为突出。太田南亩以寝惚先生（打瞌睡先生）为笔名，在江户出版了《寝惚先生文集》二卷，《李不尽通志选笑知》、《檀那山人艺舍集》二卷,《李不尽通诗选》、《通诗选谚解》等汉诗集,用调侃的笔触创作汉诗,充满着幽默感。同时在京都有一位名叫畠中正盈（Hatakenaka Masamitsu,1752—1801）的汉诗人,用铜脉先生、太平馆主人、灭方海等笔名,刊行了不少狂诗文集子,比如在明和六年印行了《太平乐府》三卷,在明和八年印行了《势多唐巴诗》,安永七年有《太平遗响》,天明六年有《狂诗画谱》,宽政十一年有《太平遗响二编》,等等。江户的寝惚先生和京都的铜脉先生以狂诗互相唱和,并在安政二年把两人唱和的狂诗作品编成《二大家风雅》出版,一时间狂诗创作的风气流行于日本的城镇市井间。狂诗往往充满着诙谐的气氛,夹杂着日本商业城市市井间的俚语,模仿化用唐诗的语言格调,对时事及社会风气进行生动有趣的描述,其中幽默讽刺的笔调最具特色。比如其描写茶室的狂诗写道:"座头茶煎茶碗杯,欲饮三弦梦中催。醉唱仙台君莫笑,古来音曲几人哀。"这首诗显然套用了唐代王翰的《凉州词》:"葡萄美酒夜光杯,欲饮琵琶马上催。醉卧沙场君莫笑,古来征战几人回。"日本市民文人爱喝茶,在市井坊间,往往茶馆林立,所以这首狂诗的首句把葡萄美酒改成了日本煎茶;日本民间艺人弹唱时用得最多的伴奏乐器是三弦琴,所以诗中把"琵琶"改成了"三弦";王翰诗中的"沙场"是泛指边塞战场,而这首狂诗中的"仙台"虽可指仙台市,但实际上更是泛指市井间的秦楼楚馆、风花雪月的仙乡场所。这首诗经过这样的改动处理,唐代王翰原诗中的悲壮色彩全然消失,变成了在日本歌馆酒楼中醉生梦死生活的风情实录。这样对汉诗的改造,似乎表现出对汉诗原作不够尊重,创作态度也不够严肃,但是从日本市民阶层接受汉诗的角度看,这样具有夸张意味的改造汉诗,恰恰又是出于对汉诗的真诚喜爱,而且对汉诗在江户市民社会中的普及起到了积极的推进作用,因而在东亚汉诗发展史上可谓功不可没。

三、日本诗学与歌学的区隔与兼容

在日本文学批评史上,"歌学""诗学"两个主要概念,是长期并用但有清晰区隔。自古以来,日本文坛把和歌创作者称为"歌人",研究和歌的论述理论称作"歌学"。对汉诗和近代以来的自由体诗作者,称之为"诗人"。尊重日本文学史中这一认识和解读,笔者所提出的日本诗学概念,既包含了日本本土诗学的观念,也吸收和涵括了中国、西方诗学之后的杂糅诗学体系。在任何国家的文学发展历程中,如果想寻找"纯粹"的诗学体系,应该说只是一种一厢情愿的理想,实际上并不存在。因此,从世界文学的角度观察,任何民族的文学文化都是具有某种程度的"杂糅"性质的,日本诗学秉性也是如此。

　　日本 16 世纪兴起的"国学复兴"潮流,与中国明代中期的复古运动、欧洲 17 世纪出现的古典主义,时间相近,旨意相同,形式类似,有着共通的规律,值得在宏观上对比研究。这些号称复古复兴的文化潮流,都是为了解决当时面临的继承和创新的重大课题,都是为了适应时代发展变化的需要,都有新的时代因素的出现,并且都与社会上层权贵的某种介入与促进有关。

　　日本诗学经历了对中国诗学的引进、套用再到活用的过程,形成了"物哀"、"幽玄"、"寂"等一系列具有民族特色的概念范畴,并提出了许多独到的理论见解,成长为东方文论乃至于世界诗学丛林中的参天大树。如果从现存的日语文献资料看,日本古代诗学偏重于纯文学形式的探讨,而对文学的本质问题、本源问题、社会价值与功能等重大问题较少关心论辩。但结合日本现存的大量汉语诗话及汉诗文别集总集看,上述情况又会有很大的改变。在著述方式上,日本传统文学创作呈现出偏重私人性和家传性质的特点,创作内容上有着杂糅性的特征,而在文体上则出现闲散随笔化的倾向。这些特殊表现,都与日本民族文化及历史发展特征息息相关。

　　比如俳句显然是日本诗歌的一种代表性形式,在江户市井文化的浓郁氛围中,其创作活动不仅得到迅速发展繁荣,而且还深入从武士贵族到平民商人的广泛阶层之中,其影响力至今未衰,电视台每周都有俳句专栏节目。从文体角度看,俳句确实达到了日本文学创作强调简约而达极致境界的一种形式,最能凸显日本文学乃至大和文化的艺术特点。但即使是俳句,其受到中国诗歌的深刻影响同样是显而易见的。比如俳圣松尾芭蕉的一首名作:

　　　　今秋已十霜,
　　　　却指江户是家乡。

这首让千万日本人感到暖心和感动的俳句,其创作思路明显受到唐代诗人贾岛《渡桑干》的影响:"客舍并州已十霜,归心日夜忆咸阳。无端更渡桑干水,却望并州是故乡。"可见汉诗与俳句的渊源关系很深,这首俳句名篇甚至可以说是对贾岛诗的缩写,只不过把中国地名"并州"被改换成了日本地名"江户"罢了。类似这样的例子不胜枚举,江户俳人在创作时总是自然而然地运用汉诗的素材、意境或手法。甚至有人认为俳句是汉诗在日本发展到一定时期的一种异体。

俳句的内在精神无疑就是禅的精神——日本人普遍认同的一种经过改造的佛教精神，大多日本人都相信非但俳句中有禅，禅意更充满于整个日本社会，为大和民族所共有。川端康成曾经说过："要使人觉得一朵花比一百朵花更美。"又说："虽然歌颂的是花，但实际上并不觉得它是花；尽管咏月，实际上也不认为它是月。"所以他创作《古都》时，尽可能删削壮美景观的描写，用以体现景物的"孤寂之美"，即所谓日本禅的境界。

四、日本诗学的审美实践——和歌俳句的当代流行

和歌，也称倭歌，与汉诗相对而称，即日本诗之意。与来自中国的汉诗不同，和歌只有音数和句式的限制，而无押韵、对仗和平仄等规定。广义的和歌包括长歌、短歌、旋头歌、佛足石歌等。现存最早的和歌集《万叶集》中，短歌数量最多，长歌次之。到了《新古今和歌集》，就只收录短歌了。短歌共三十一音，分节为"五七五七七"的形式。《万叶集》中的和歌大多在"五七"两节后断句，前短后长，称为五七调。《古今和歌集》以后，多在"五七五"三节后断句，称为七五调。到了室町时代，出现了将前句"五七五"和后句"七七"分为两句，由两个以上的人反复咏唱的"俳谐连歌"。俳谐连歌诙谐洒脱，比较口语化。后来，山崎宗鉴、松永贞德等又把俳谐连歌的首句（五七五）独立出来，作为一种新颖的吟咏形式，称为"俳谐"，这就是最早的俳句。

所谓俳谐，就是诙谐、滑稽的俳句，它最初以五行诗的形式出现，也有前句、后句之分。俳谐和创作要求是：在连接前句时，既要生发前句中已经描述的景象，又要以自己的俏皮与机智巧妙地使之"峰回路转"。如前句的内容离奇古怪，而后句能巧妙应接并能插入俏皮的双关语，则更能昭示连接者的水平。俳谐的创作是一种即兴发挥，因此要求作者有迅速的判断和敏捷的才思。在这方面，中世纪著名俳谐高手荒木田守武巧接前句的例子，一直为人们所津津乐道："（前句）虽有几分惧，却有几分喜。（后句）会情郎，夜过独木桥，溪水急。"俳谐的巧妙在于，同一个前句，可以连接各种各样的后句，形成不同的链条。例如前句为："似乎应该砍，却又难下手。"后句既可以用"贼落网，细细一端详——是孽障！"也可以用"花枝艳，朵朵遮视线，明月谈。"正是这种不确定性，为俳谐作者提供了发挥自己聪明才智的广阔舞台。此后，俳谐逐渐发生了变化，其体裁从五行变成三行，形成了著名的俳句。俳句巨匠松永贞德（1571—1653）在其俳论《御伞》的序言中，曾这样描述当时俳句流行的情景："无论京城还是乡村，不分老幼贵贱，只要一提到此道，无不侧耳倾听，感到兴趣。"与俳谐不同，俳句尝试用富有诗意的联想来创作，而且这种联想往往意蕴深刻，富有哲理，耐人寻味。到了元禄时代，松尾芭蕉的杰出

创作使日本俳句的发展达到了一个高峰,松尾芭蕉因此被尊为"俳圣"。明治时期,正冈子规等人力倡俳坛革新,使得"俳句"这一名称得到了广泛的使用。

1. 和歌俳句的由来及当代发展情况

和歌、俳句形式短小,却可准确地捕捉到瞬间的景物并反映日本人复杂的内心世界。由于简练、含蓄、暗示、凝缩,可以给人以无限的想象空间。《万叶集》是日本现存最早的和歌集。它成书于8世纪中期,收集了从4世纪到8世纪长达四五百年间的4 000余首和歌。万叶初期的和歌,仍然带有原始歌谣的性质,以表现贵族集团的、民族共同体的情感为主。之后柿本人麻吕等人的诗作,开始注重个人情感的抒发。值得注意的是,《万叶集》的抒情诗歌多是表达思念、悲哀、眷恋等情感,描写欢乐感受的很少,这种浓郁的悲剧意识,奠定了日本文学哀婉性和感伤性的传统基调,对之后的《古今和歌集》、《新古今和歌集》等诗歌集的影响很大。如:

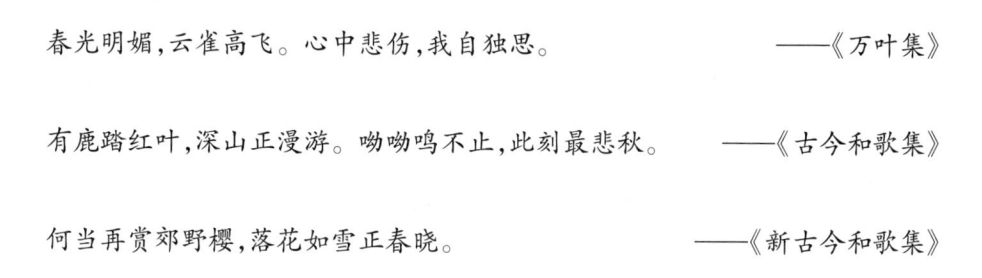

春光明媚,云雀高飞。心中悲伤,我自独思。　　　　　——《万叶集》

有鹿踏红叶,深山正漫游。呦呦鸣不止,此刻最悲秋。　　——《古今和歌集》

何当再赏郊野樱,落花如雪正春晓。　　　　　　　　——《新古今和歌集》

日本和歌中的这种哀感情怀,来自诗人们对自然的敏锐观察和对人生的深刻思索。在大自然四季轮回的变化中,诗人们深深地感受到人世的无常,这在很大程度上影响了他们的审美意识和生死观。所以,他们认为樱花落时最美丽,把在最灿烂的时刻飞离枝头的樱花作为自己的民族象征。即使是在明媚的春光下,日本诗人们也往往细腻地感受到生命中的那种哀感。因此描写男女之情的恋歌,也大都以男女相思之苦作为主题,很少描写相见时的欢乐。这种深刻的哀感情怀,已经在日本诗人的心灵深处扎下了根。

五音、七音是日本诗人在长时间的探索中寻找到的最合适的节奏。和歌分上下两句,上句"五七五"共十七音,下句"七七"共十四音。下句音数比上句少,但下句通过"七七"韵律的反复,具有很强的黏着力,与上句保持着一种音韵平衡。根据断句的不同,"五七"的庄重,"七五"的明快,"七七"的幽雅,使和歌的表现内容比俳句广泛,可以表达恋情、对自然的感受、对友人的庆贺或吊唁、对人生的深刻反省和观照。因此,和歌至今一直受到日本人的喜爱。俳句的形成与汉诗近体诗中的绝句关系密切。和歌的格式是五句三十一音。后因多人合咏和歌，出现了长短连歌。而俳句起源于连歌，为连歌的发句，三句十七音。中国古人把绝句看成是律诗的一半，所谓"绝者，截也"，从这个角度讲，俳句也就是从连歌截下来的发句。古代日本诗人大多数都能写汉诗，俳句的形成，很大程度上是日本诗人从汉诗律诗与绝句的关系上得到了启发。近代日本著名诗人正冈子规曾说："俳句、和歌、汉诗形式虽异，志趣却相同，其中俳句与汉诗相似之处尤多，盖因俳句得力于汉诗之故。"俳句的意境与汉诗多有相通之处。俳句的妙处，是在攫住大自然的微光绮景，与诗人的玄思梦幻对应起来，形成一种幽情单绪，一种独在的禅味，在刹那间定格永久。而这种禅寂，在中国的律诗，尤其在绝句中屡有体现。比如王维的诗句："爱染日已薄，禅寂日已固"（《偶然作》）"一悟寂为乐，此生间有余"（《饭复釜山僧》）等。古代的日本俳人大都能写汉诗，也有很多诗人把汉诗俳句化。比如芭蕉的一段著名的俳句："长夏草木深，武士留梦痕"，便是从杜诗"国破山河在，城春草木深"中化出。

　　日本列岛的气候四季分明，加上国土狭窄，地形复杂，使日本人更多地关注自己身边的事物，培养出了爱好朴素的审美取向和观察细腻的审美方式，这些表现在对季节的感受上尤显敏锐和纤细。编撰于905年的《古今和歌集》中，分有春、夏、秋、冬等十几类。其中描写春秋景色的和歌最多。描写夏季的和歌并不着墨于炎热，而描写初夏的情趣和水边的凉爽。描写冬季的和歌多以雪景作为题材。日本人对季节的描写比较类型化，多是雪、月、花等美好的自然景物。日本人对自然的热爱，对季节微妙变化的感受，逐渐产生了俳句中的季题意识。俳句只有十七个音节，具有高度的浓缩性，创作时必须遵守"季语"、"切字"等原则。"季语"是指表示季节变化的词语。如用"云雀"、"樱花"、"东风"、"蛙"等表示春季，用"薄暑"、"团扇"、"金鱼"、"牡丹"等表示夏季。"切字"是指用来断句的词语，切字的安排对俳句的韵律影响很大。俳句形式简短，留有很大的联想空间，从效果看就像是东方艺术中的一幅水墨画，内容高度洗练浓缩，给读者留下较大的想象思考空白，启发读者自己去回味自然生命的律动，体会世间万物生生不息的真理。和歌、俳句反映了日本人对自然美的追求，体现了他们爱好天然的审美情趣。从形式上来说，短小精炼的俳句，体现了日本人对细小事物情有独钟这一特点。从内容上来说，俳句能在清淡中出奇趣，简易中寓深意，充分体现了日本人含蓄、暧昧的民族性格。从表达方式上来说，俳句也表现出日本人对外界事物的认识不重理性而重具体感性，回避抽象的哲学思辨，对事物的观察往往带有一种直观性和率情性。

　　日本古代的"歌合"，指的就是和歌比赛。这种传统形式，也反映在现代日本人的生活中。比如日本电视台经常举办各种演歌比赛,评比出最佳歌手,出版新歌作品。又如日本新年期间许多人一起玩的"百人一首"纸牌游戏,就是一百首传统名歌的总集。时至今日,日本的和歌(短歌)、俳句仍然有着广泛的群众基础,全国各地各种短歌、俳句协会很多,甚至可以说是"一亿人皆俳句"(大冈信语)。据统计,现在日本国内俳人接近300万人(据报道三分之一在东京,三分之二在地方),遍及各行各业、各个阶层。俳人社团超过300个,有全国性的"俳人协会"。每年都要举办各种俳句比赛,评出最优俳句,而全国性和地方的报刊也定期登载秀逸俳句。据估计,日本国内爱好俳句并经常写作的近1 000万人。在这一现象背后,包含着日本民族对生活艺术化的强烈追求。从这个意义上来说,和歌、俳句表现了日本人的心灵,展现了他们艺术化的生活情趣,不仅在日本文学中有着悠久的传统,更有着较强的现实生命力和广泛的群众基础。

2. 日本俳句流行的深层原因

俳句只有短短的十七个音节,却要表达出丰富的内涵,有时要表达出不只一层意思,就用切れ字断开。常用的切れ字有:"や"、"けり"、"かな"等,一般来讲,一首俳句中只能用一次切れ字。日本和歌俳句传统中十分注重的是从大自然的季节更替变幻中观察领悟人生的生死无常变幻。古代著名歌家宗祇曾说过:"歌之道,惟以慈悲之心见花红叶落,观生死则心中鬼神亦柔,可归本觉真如之道。""见飞花落叶,谁者思常留此世,置定理之外?"俳句来自连歌,连歌的本意就是:"非前念后念之相系,亦非同浮世之状,依盛哀忧喜之境而移。思昨而今,思春而秋,思花而至红叶、飞花落叶之念也。"(著名歌家二连良基语)由此可见,连歌和俳句的精妙之处都在于通过一个自然场景,感悟出人生的变幻无常。这些短歌绝唱往往提醒着人们懂得从自然的虚幻中感悟人生的虚幻,懂得"哀叹无用",留不住美丽,也留不住生命,从而"断念"。这种观念是日本人独特的精神传统和人生态度的艺术体现,就是日本之心。下面通过解读几首俳句佳作,深层次地体验这种隐藏在俳句中的"日本之心":

(1) 木枯しの果てはありけり海の音 池西言水(1650—1722)
（大意:干枯的挂果,尽头有海潮的声音）

枯木的形象在不同的国度里可以引发出诗人不同的联想,日本诗人眼中的枯木无疑带上了禅定的色彩,有着一种残旧的美。羽蚁的爬动,越发衬托出枯木的衰败,而来自大海的声音,则预示着推陈出新的规律。对自然的这种感悟中就意味着对于生命流程的毫不眷恋,该离去的时候就寂然离去,就像枯木落下一样。日本传统文化中的这种心态,既表现于欣赏落樱,又表现在赞叹枯木,这为俳句的审美确实带来了极大的影响。

(2) 天も地もなしただ雪の降りしきる　梶原芭臣(1864—?)
（大意:大雪覆盖,混沌茫茫,不见天地）

这句俳句在日本国内并不是很出名,选者很少提到,一般人也无从见到。但是,这句俳句在西方国家却很有名,各种语言的译本很多。或许,雪国中的日本人已经习惯了冬日里举目皆白、不辨天地的雪景,不以为奇了。但是日本的景色之美,常常在壮观中透露出无常的思绪,这使得许多短歌俳句带上了神秘的色彩,这是日本文化特有的一种氛围,来自不同文化背景的人往往看得更加清楚。

(3) 水がめに蛙うくなり五月雨　正冈子规(1867—1902)
（大意:水缸里的青蛙,回复静寂,五月梅雨季）

青蛙在俳句中是一种很常见的小动物,它活泼、可爱、灵活,是夏日里的精灵。值得注意的是,俳句中常常让青蛙来打破沉寂,在平静的环境中带来短暂的响声和骚动,随即回复静寂。日本多河川水田,青蛙便是常见的小动物,俳句来自日常生活的所见所思,最普通的青蛙也就成为最能代表夏日雨中之美的形象了。关注于小动物,是俳句的传统,俳人往往在小动物的身上寄托着许多深层的感情。比如江户时代的女诗人加贺千代(1702—1775),儿子在外面捉蜻蜓时不慎落水身亡,这件事给她巨大的打击。丈夫去世之后,加贺千代削发为尼,从此远离尘世。多年后有一天,加贺千代看到邻居家的孩子们,一边快乐奔跑,一边捉着蜻蜓,突然想到了自己的爱子,顿时无限悲哀,于是写下了一首著名俳句:

蜻蛉釣今日はどこまで行ったやら
（大意：我的爱子啊,今天你又跑到哪里去捉蜻蜓了?）

中国人看了这首俳句,可以明白这种丧子的悲伤很难消除,但或许难以有更深的体会;而日本人,特别是上了年纪的日本人,读了这首俳句,往往会感到一种发自内心的人生悲哀,情不自禁地叹口气,并掉下眼泪。这种现象,就是所谓的"物哀"(もののあわれ)。"物哀"作为日本的一种美学传统,培养出了日本人在"哀"中蕴含静寂的审美习惯,乃至于走向"空寂幽玄"的人生境界。从哲理上看,空寂与幽玄是有关时间在空间中的精神体验,而这种体验最终走向禅宗所主张的"无"。俳句的精神魅力正是通过描写当前的琐屑色相,最终昭示的却是当前之"后"的无尽挽思。俳句的审美观念提示人们,当前的色相喧闹总是短暂的,重要的不是怀念"过去",也不是留恋"当前",而是要冥想"永久",而最终连"永久"也是不存在的。于是日本诗歌中的审美指向便趋向于表现场景中的"幽暗",十分敬重"幽暗"的美感。正如近代著名作家谷崎润一郎在《阴翳礼赞》中写道:"每当我们凝视阴暗时,虽然明知道它只是阴暗而已,但仍然会深受感动,领略到一种永劫不灭的闲寂在统治着这一片幽暗的感觉,好像只剩下空气沉聚在那里似的。细想起来,西洋人所说的'东洋的神秘',大概就是指这种拥有幽暗的令人生畏的寂静吧。"

从文化地理学的角度看,日本的自然环境影响了日本人的思想观念,日本的土地不仅狭窄,而且大部分湮没在海中。自然万象中那些肉眼看不到的或者是转瞬即逝的部分,才是日本人真正的乡愁所在。因此,日本人一方面在空寂与幽玄中夸大着"幻念"美学,一方面又无与伦比地将艺术触角伸入更加细微纤巧的地方,通过极致的感官体验,形成神经质一般的艺术机敏。日本园艺如此,日本绘画如此,日本摄影如此,日本俳句也如此。相比较而言,日本诗歌中似乎不甚尊崇自然风景的独立意义,和歌俳句在形式上大多表现为美文的排列,而实质上却是内在的意识流动。日本诗人们对于自然景观的观察虽说很细腻,但最终还是不如对其私人情感的体验来得真切。相比起来,俳句中的"风景"就不是最重要的了,真正重要的是诗人意识的物化浮动,即如何让禅定意识在俳句中"物化"为自然山川物象的起伏。俳句显示出日本人对于世界的一种特别的观察视角,万物具象的状态流连于表象,玲珑而悠长。在禅悟诗性的指认下,俳句中自然万象往往于闲寂处显示真容,诗人片刻的观察便能形成完整的艺术体,而诗人的情绪和智慧则仿佛盐粒入于水,在诗作语言中消融得无踪无迹,但又似乎无处不在,在读者的解读中化成未来的记忆。

综上所述,日本诗学的结构体系中透露出了具有东亚特色的思维模式,其主要特点就是思维主体在观察认知对象时,不注重概念分析、逻辑推理论证,而更强调体验式的心灵感悟。因此日本诗学没有像欧洲传统诗学那样出现逻辑严密、概念明确、体系完整的理论体系,与中国传统诗学的发展也是同中有异。如中日诗学最基本的范畴"道",都具有杂糅的性质。但中国诗学中的"道"的释义是与时俱进的,不同历史时期的不同文人学者,都会对"道"提出不同的见解和阐释,如既有儒家的人伦之"道",又有《易传》中的阴阳变化之"道",也有道家的自然之"道",还有佛家的彼岸之"道"。南朝刘勰提出的"文道",与中唐时韩愈倡导的"文道",也有着不同的含义及道理。相较而言,日本诗学中对"道"的释义,是在汲取中国道家思想的基础之上又融入了本土神道教的因素,因而趋向于形而下的"术",而非像中国那样的形而上的"道"。这样的同中有异,使得日本传统诗学显示出了更多的模糊性和神秘感,正是这种本土思维的模糊性和神秘感,使得日本诗学具有了自己的品格和特征。

参 考 书 目

[日]《新编日本古典文学全集》,小学馆,1997
[日] 十返舍一九:《东海道中膝栗毛》,岩波书店,2010
[日] 铃木日出男:《古代和歌史论》,东京大学出版会,2001
[日] 古桥信孝:《日本文学の流れ》,岩波书店,2010
[日] 加藤周一:《日本文学史序说》上,筑摩书房,2009
[日] 加藤周一:《日本文学史序说》下,筑摩书房,2012
[日] 古桥信孝:《物語文学の誕生》,角川书店,2000
[日] 纪贯之编:《古今和歌集》,岩波书店,2012
[日] 本居宣长:《紫文要领》,岩波书店,2010
[日] 辰巳正明:《万葉集の歴史》,笠间书房,2011
[日] 和歌文学論集1《うたの発生と万葉和歌》,风间书房,1993
[日] 和歌文学論集5《屏風歌と歌合》,风间书房,1995
[日] 安万侣著,周作人译:《古事记》,中国对外翻译出版公司,2000
[日] 大伴家持等编,赵乐甡译:《万叶集》,译林出版社,2002
[日] 紫式部著,林文月译:《源氏物语》,译林出版社,2011
[日] 清少纳言著,林文月译:《枕草子》,译林出版社,2011
[日] 渡边淳一著,竺家荣译:《失乐园》,作家出版社,2010
[日] 大野顺一:《色好みの系譜》,创文社,2002
[日] 坪内逍遥著,刘振瀛译:《小说神髓》,人民文学出版社,1991
[日] 中村元:《东方民族の思维方式》,《中村元选集》第三卷,春秋社,1962
[日] 铃木修次:《中国文学と日本文学》,东京书籍株式会社,1986
[日] 吉川幸次郎:《中国诗史》,复旦大学出版社,2012
[日] 久松潜一:《日本文学评论史·中世纪篇》,至文堂,1969
[日] 长谷川泉:《近代日本文学思潮史》,至文堂,1982
[日] 谷崎润一郎撰,孟庆枢译:《谈中国趣味·阴翳礼赞》,河北教育出版社,2002

［日］前田爱:《都市空间の文学》,筑摩书房,1982

［日］小森阳一:《日本近代文学の成立——思想と文体の摸索》,砂子屋书店,1986

［韩］李御宁著,张乃丽译:《日本人的缩小意识》,山东人民出版社,2003

罗兴典:《日本诗史》,上海外语教育出版社,2002

叶渭渠、汤月梅:《日本文学史·古代卷》,昆仑出版社,2004

叶渭渠:《日本文学思潮史》,北京大学出版社,2009

曹顺庆主编:《东方文论选》,四川人民出版,1996

高文汉:《中日古代文学比较研究》,山东教育出版社,1999

王向远:《日本古代诗学汇译》,昆仑出版社,2014

王向远:《日本古典文论选译》,中央编译出版社,2012

跋　　语

　　本课题组成员对日本文学和日本诗学的兴趣由来已久,长期研读中的感触颇深。日本和汉文学在其一千多年的历史进程中,产生了不少独特的表现形式和具有东瀛特色的美学类型及理念。从东亚比较文学发展的角度看,日本文学式样和美学观念是在不断叠加过程中发展的,而中国更多的是随着不断地改朝换代,而出现以一种文学式样遮蔽甚至取代另一种文学式样的历史更替现象。到江户时代定型的近世日本文化,其特质就是有着崇高的精神性以及崇尚美学的天然倾向。在此文化背景和社会土壤中逐渐成熟的日本诗学理念体系,有着两个方面的文化传承:其一是或隐或现地表现和推崇"大和魂",这方面内容可以细化成武士道、奉公之心、秩序、名誉、勇气、洒脱、恻隐之心等;其二是崇尚生活美学,脚踏实地,活在当下,活在细节中。因而日本文学对自然的感受性强,注重与自然的共生。不仅文学创作如此,其他社会生活领域的表现皆如此,比如日本的茶道、花道、剑道等,其最初的形式规则皆源于中国,但在汲取和借鉴的过程中能把中国的道术衍变成日本的道艺传统,乃至于将其精益求精的工作态度,不断升华成延续至今的"匠人"精神和精湛技艺,从而彰显了日本社会进行文化创新的强大能力。

　　作为上海师范大学"比较诗学与比较文化"丛书之一,本书的撰著是从整体上审视及把握日本文学发展历史,从大量作家作品的分析中,梳理日本文学理论的形成及发展过程,探索日本诗学的演变轨迹,剖析其基本理论结构,探究其核心诗学观念,并结合文学史现象,总结日本诗学的特色及成就。

　　日本诗学的起源发展及基本特征的形成,皆与中国诗学密切相关。从长期的模范学生,到近代的后起之秀,日本文学与中国文学的发展可谓亦步亦趋,水乳交融,文学理念及诗学体系极为相近。站在东亚文学的宏观角度对日本诗学进行整体考察和细致辨析,描绘其发生发展和演变的轨迹,探讨其独特的文化背景及审美特征,这是本书研究的旨意所在。至于日本诗学中的形神之辨,日本文学传统重精神轻形式的倾向,日本文学中的推崇含蓄、暧昧,强调感悟乃至于禅悟。日本诗学理念中的动静之辨,显示出日本文学历来不重热烈持续的描写,喜欢闲寂及短暂的乐趣,并且对此有着哲学上的独特理解，这与后来主导日本社会尤其是文艺审美领域的禅意也有着密切关系。还有日本文学传统中的美丑之辨、美丑关系、以丑为美等特殊的审美选择，再比如季节美、色调美等，这些都是日本诗学研究中的重要审美研究课题，在本书研究中有所涉及，但限于篇幅，未能详细辨析，只能留待后续的研究，并期待各位方家提出宝贵批评。

本书是"日本诗学导论"课题组各位成员通力合作的研究成果，严明负责全书的设计构思及统稿定稿。序言由严明撰写，第一章及第二章由山本景子、胡译丹撰写，第三章由熊啸撰写，第四章由严明、陈夕甜撰写，第五章由严明撰写。本书为国家社科基金重大项目"东亚汉诗史（多卷本）"中期成果、上海师范大学中国语言文学创新团队成果。感谢教育部比较文学与世界文学重点研究基地负责人刘耘华教授的统筹规划及悉心指导，感谢上海古籍出版社的精心编辑。

定稿搁笔，窗外传来美国大学生例行周五夜聚的喧闹声，恰似遥岸观烛，内心一片宁静。眼前浮现出三十七年前初春的北师大课堂，陶德臻先生讲解《棉被》的生动场景，让我第一次感受到日本文学的深层魅力，听得微微冒汗。陶先生还带着我们去北京人艺观剧，演出后他与人艺多位编剧演员老朋友的热络问候场面，也让我印象深刻。二十三年前初次客座日本神奈川大学，有幸得到佐野正己先生的指教，领悟良多。他讲课时常露出弥勒菩萨般的笑颜，至今历历在目。斗转星移，恩师已往，然陶门高足王向远教授、佐野后继者浅山佳郎教授，皆热忱襄助，本人感恩善缘，追随前行。此刻万籁俱寂，还记得松尾芭蕉《奥州小道》中的那句名言："月日は百代の過客にして、行きかふ年もまた旅人なり"（日月乃百代之过客，周而复始的岁月也成为旅人呀）。人心那么小，却可容天地；世界如此大，还想四处看。是为跋。

严　明

2017年2月14日于美国密苏里大学访学公寓

2019年12月再改于上海

图书在版编目(CIP)数据

日本诗学导论/严明,(日)山本景子,熊啸著.—上海:上海古籍出版社,2019.12
(比较诗学与比较文化丛书)
ISBN 978-7-5325-9448-1

Ⅰ.①日… Ⅱ.①严…②山…③熊… Ⅲ.①诗学—研究—日本 Ⅳ.①I313.072

中国版本图书馆 CIP 数据核字(2020)第 006888 号

比较诗学与比较文化丛书
日本诗学导论
严　明　[日]山本景子　熊　啸　著
上海古籍出版社出版发行
(上海瑞金二路272号　邮政编码200020)
(1)网址：www.guji.com.cn
(2)E-mail: guji1@guji.com.cn
(3)易文网网址：www.ewen.co
浙江临安曙光印务有限公司印刷
开本787×1092　1/16　印张20.75　插页2　字数400,000
2019年12月第1版　2019年12月第1次印刷
印数：1—1,100
ISBN 978-7-5325-9448-1
I·3450　定价：88.00元
如有质量问题，请与承印公司联系